A. R. TORRE

Kill Girl

Tödliches Verlangen

A. R. TORRE

KILL
TÖDLICHES VERLANGEN
GIRL

EROTIC THRILLER

DEUTSCH VON VERONIKA DÜNNINGER

blanvalet

Die Originalausgabe erschien 2014 unter dem Titel
»The Girl in 6E« bei Redhook Books, New York.

FSC
www.fsc.org
MIX
Papier aus verantwortungsvollen Quellen
FSC® C014496

Verlagsgruppe Random House FSC® N001967
Das FSC®-zertifizierte Papier *Holmen Book Cream*
für dieses Buch liefert Holmen Paper, Hallstavik, Schweden.

1. Auflage
Deutsche Erstausgabe April 2014
im Blanvalet Verlag, München, in der Verlagsgruppe
Random House GmbH

Redaktion: Lisa Bitzer
Umschlaggestaltung: © Johannes Wiebel | punchdesign,
unter Verwendung von istockphoto.com
wr · Herstellung: sam
Satz: Buch-Werkstatt GmbH, Bad Aibling
Druck und Einband: GGP Medien GmbH, Pößneck
Printed in Germany
ISBN: 978-3-442-38417-4

www.blanvalet.de

Dieses Buch ist Terezia gewidmet, einer Schwester,
die die Schönheit eines großartigen Buches,
einem Nickerchen zwischendurch,
Dr. Pepper und Welpenatem versteht.

Ich habe ihn mir so oft vorgestellt, dass meine Fantasie ein Monster mit grotesken Gesichtszügen und seltsamen Proportionen erschaffen hat. Aber vor mir steht, mit schräg gelegtem Kopf und stechendem Blick, ein ganz normaler Mann. Er sieht durchschnittlich aus, mit leichtem Ansatz zur Glatze, zwanzig Pfund zu schwer, den Mund zu einem spöttischen Grinsen verzogen. Seine Augen verengen sich, seine Haltung ist stramm, der Gesamteindruck düster. Dieser Typ, dieser kahl werdende, dicke Mann, hat mir ins Ohr geflüstert, sich seine widerlichen Gedanken von der Seele geredet, mir das finstere Böse in seinem Herzen gezeigt. Und jetzt tritt er näher, während die Erregung von seinem Körper wie ein fauliger Geruch ausströmt. Er denkt, ich bin schwach. Er denkt, er kann mich manipulieren, mich unterwerfen. Mich töten wie so viele Mädchen vor mir. Er hat keine Ahnung, dass hinter meiner zierlichen Gestalt und meinen feinen Zügen etwas steckt, das es mit ihm aufnehmen kann.

Ich taste nach dem Messer in meiner Hosentasche und versuche, mir ein Grinsen zu verkneifen.

Das ist der Moment. Das ist meine Zeit.

WARTEN

Der Geist ist eine Welt für sich, in der er aus der Hölle einen Himmel und aus dem Himmel eine Hölle machen kann.
John Milton, *Das verlorene Paradies*

Sich auszuziehen ist eine alltägliche Angelegenheit. Die meisten Frauen tun es gedankenlos, mit automatischen Bewegungen, die zum gewünschten Resultat führen. Aber auf die richtige Art ausgeführt, kann das Entkleiden das ultimative Vorspiel sein, eine sexuelle Verführung, die jeden rationalen Gedanken ersticken und dir einen Mann auf Gedeih und Verderb ausliefern kann. Ich beherrsche diese Kunst meisterhaft.

Ich knie auf dem Bett und gleite mit den Fingern über meine Haut – mit leichten, neckenden Liebkosungen, die dazu gedacht sind, meine Sinne zu schärfen und meinen Körper zu stimulieren. Ich atme in langsamen, zitternden Zügen aus, während meine Hände in die Nähe empfindlicher Stellen wandern, meinen Brustansatz streicheln, die Spitzenborte über meinen Rundungen. Ich halte den Blick gesenkt, unterwürfig, und warte auf den Befehl. Es kommt immer einer.

»Zieh dich aus. Langsam.« Seine Stimme klingt fremdländisch, englische Worte in Kultur und Dialekt getaucht. Ich gehorche, hebe den Blick und beiße mir sanft auf die Unterlippe; meine Zunge schnellt hervor, und prompt höre ich ihn aufstöhnen. Meine Hände gleiten über meinen Hals und dann weiter nach unten, streifen die Oberseite meines Schlüsselbeins und wandern unter die Seide meines

Negligés. Ich schiebe erst den einen, dann den anderen Träger von den Schultern, die Seide bauscht sich über meinen Brüsten, und der Stoff bleibt an meinen Brustwarzen hängen. Dann richte ich mich auf, verschränke die Arme vor dem Oberkörper und schiebe den Stoff höher, sodass er langsam, Zentimeter für Zentimeter, die Rundungen meiner Brüste enthüllt.

»Gut«, stöhnt er. »Sehr gut. Ich mag dich, Jessica.«

Jessica. Das ist nicht mein richtiger Name. Er denkt, er kennt mich. Sie alle denken, sie kennen mich. Schließlich haben sie meine Facebook-Seite gesehen, die mit Photoshop bearbeiteten Fotos, aus denen mein künstlich erschaffenes Leben aufgebaut ist. Sie glauben, was sie sehen – weil sie es glauben wollen. Sie wollen glauben, dass ich normal bin. Und in den kurzen Momenten, in denen ich mit ihnen zusammen bin, wiege ich mich ebenfalls in diesem Glauben.

Ich drehe mich zur Wand um und stehe auf, ziehe den teuren Tanga über meine straffen Pobacken, beuge mich vor und setze meinen intimsten Bereich seinem hungrigen Blick aus. Die gestickte Spitze rutscht das restliche Stück an meinen Beinen hinunter und fällt um meine Knöchel, bleibt an den italienischen Stilettos hängen, in denen perfekt pedikürte Füße stecken. Jetzt bin ich nackt und lasse mich hinuntergleiten, lege mich auf einen Ellenbogen gestützt vor ihm auf die Seite, während sich seine Augen begierig an meinem Körper weiden. Die strahlend hellen und heißen Lichter beleuchten meine nackte Haut und lassen sie schimmern. Er spricht, und ihm ist die Erregung anzuhören, sein Akzent wird stärker.

»Berühre dich. Nur mit den Fingern. Ich will sehen, wie du kommst.«

Er will ein raffiniertes Vorspiel – eine verführerische Darbietung von Stöhnen, Keuchen und Fingerfertigkeit. Irgendwann werden ihm meine Finger nicht mehr genug sein. Bei seinem nächsten Besuch wird er mehr wollen, etwas Größeres, Tieferes – mein Stöhnen soll lauter werden, meine Orgasmen heftiger. Es wird keine Geheimnisse mehr geben, keine Grenzen, keine Wünsche, die er nicht gern äußern wird. In diesem Moment gehöre ich ihm, um zu tun, was immer er will. Und genau jetzt will er meine Finger.

Ich arrangiere mich so, dass er meine gespreizten Beine sehen kann, mein völlig entblößtes, feuchtes Geschlecht. Mit geübten Bewegungen dringe ich erst mit einem, dann mit zwei Fingern in mich ein, gleite immer wieder hinein und hinaus, mit langsamen, verführerischen, streichelnden Bewegungen. Ich habe die Augen geschlossen und den Kopf nach hinten gelegt. Ich höre sein Keuchen, das Rascheln von Kleidern, einen Reißverschluss und dann ein Aufstöhnen, als seine Hand seinen Schwanz findet. Unverständliche Worte, ein kurzes Abgleiten in eine andere Sprache, die Bedeutung ist klar trotz des fremden Zungenschlags. Ich beschleunige das Tempo meiner Finger, dann halte ich inne, spreize die Schamlippen und entblöße die empfindliche Knospe, die die Macht über meine Ekstase besitzt. Ich stöhne leise auf, ein gehauchter Seufzer, der von Begehren und Bedürfnissen spricht, und verteile den Beweis meiner Lust auf meiner geschwollenen Klitoris. Der Tempowechsel löst ein Stöhnen bei ihm aus.

»Jessica …« Er flüstert meinen Namen. Sehnsucht und Verlangen liegen in jeder Silbe. »Bitte. Ich muss sehen, wie du kommst.«

Ich blicke auf und starre in die grellen Lichter vor mir,

ein dünner, feuchter Schimmer glänzt auf meiner Haut. Ich beiße mir auf die Unterlippe und reiße die Augen weit auf, während meine Finger mit schnellen, hastigen, zielsicheren Bewegungen erneut tief in mein Innerstes vorstoßen, Haut trifft auf Haut, mit jedem Stoß reibt mein Handballen über meine Klitoris in einer köstlichen Berührung, die mich in die ungefähre Richtung eines Orgasmus bringt.

Ich werde nicht kommen. Ein echter Orgasmus ist ein gelegentliches Vorkommnis, eines, das mein gemarterter Körper in erschöpfter Verzweiflung ausspuckt, eines dieser »Hier, nimm schon!«-Geschenke. Meistens bin ich völlig übersättigt von Sex, und mein Körper, meine Muschi, sind immun gegen die Stimulation. Aber das weiß dieser Mann nicht. Er weiß nur, dass ich zehn Minuten nachdem meine Finger zum ersten Mal in die feuchten Falten meines Allerheiligsten eingedrungen sind, den Rücken krümme, die Augen schließe und den absolut tollsten, fantastischsten, umwerfendsten Orgasmus meines Lebens habe. Ich schaudere, ich stöhne; ich hole alles aus diesem vorgetäuschten Orgasmus heraus. So wie immer.

Er ächzt bei meinem Höhepunkt, seine Hand erzeugt in einem unglaublichen Tempo glitschige Geräusche, und ein erstickter Laut dringt an meine Ohren, ein schauderndes Stöhnen, das schließlich in schwere, keuchende Atemzüge übergeht.

Dann absolute Stille. Kein Atmen, kein Rascheln von Stoff, keine zufriedenen Seufzer.

Ein elektronisches Piepsen ertönt, ein Signal, das ich schon Tausende Male gehört habe. Ich strecke mich, schnappe mir die Unterwäsche und rolle mich herum, springe vom Bett und gehe auf zehn Zentimeter hohen Absätzen vorsichtig über weichen Teppich, bis ich die Tastatur meines Computers erreiche. Ich drücke auf eine Taste und verlasse die Webseite.

Die Lichter gehen aus.

1

Ich habe seit drei Jahren keinen anderen Menschen berührt. Das hört sich schwierig an, ist es aber nicht. Nicht mehr, dank des Internets. Dem Ort, der mir mein Einkommen sichert und mich im Tausch gegen meine Kreditkartennummer mit allem versorgt, was ich mir wünsche. Ich musste wegen gewisser Umstände in den Untergrund gehen, und sobald ich in dieser Welt war, deckte ich mich mit ein paar praktischen Dingen ein, zum Beispiel einer neuen Identität. Jetzt bin ich, wenn nötig, Jessica Beth Reilly. Ich verwende einen Decknamen, um zu verhindern, dass andere Leute von meiner Vergangenheit erfahren. Mitleid ist ein Biest, dem ich lieber aus dem Weg gehe. Der Untergrund bietet eine Fülle von Versuchungen, aber bislang habe ich, mit einer bemerkenswerten Ausnahme, die Finger von illegalen Waffen und nicht registrierten Pistolen gelassen. Ich weiß, wo die Grenze ist.

Der UPS-Mann kennt mich inzwischen – er weiß, dass er die Päckchen für mich im Flur stehen lassen und meine Signatur selbst auf sein Unterschriftenpad kritzeln soll. Sein Name ist Jeremy. Vor etwa einem Jahr war er krank, und ein Fremder kam an meine Tür. Er weigerte sich, das Paket stehen zu lassen, ohne mich gesehen zu haben. Ich hätte fast die Tür geöffnet und ihm sein Kartonmesser aus der Hand gerissen. Sie tragen fast immer etwas Scharfes mit sich rum. Das ist eine der Sachen, die ich an Lieferanten liebe. Ich blieb jedenfalls hart und weigerte mich zu öffnen, und er blieb stur und stritt sich mit mir durch die geschlossene Tür hindurch, bis er es leid war und ging und das verdammte Paket wieder mitnahm. Seitdem ist Jeremy nicht wieder krank gewesen. Ich weiß nicht, was ich tun werde, sollte er je kündigen. Ich mag Jeremy. Aus meiner verzerrten Gucklochperspektive gibt es sogar vieles an ihm, was man mögen muss. Kräftig gebaut, kurze dunkle Haare und ein Lächeln, das sich schnell und leicht über sein ganzes Gesicht ausbreitet, selbst wenn es keinen einzigen verdammten Grund zu lächeln gibt.

Der erste Seelenklempner, den ich hatte, sagte, ich hätte Anthropophobie, was so viel wie Angst vor menschlicher Interaktion bedeutet. Das, gemischt mit einer ungesunden Dosis Daknomanie – der Besessenheit vom Töten. Das hat er mir über Skype erzählt. Als Gegenleistung für seine psychologischen Ansichten habe ich ihm dabei zugesehen, wie er sich einen runtergeholt hat. Er hatte einen kleinen Schwanz.

Ich glaube, mit der zweiten Hälfte seiner Diagnose hatte er recht. Aber ich habe keine Angst vor menschlicher Interaktion. Ich habe Angst davor, was passieren wird, wenn ich einem anderen Menschen nahe genug komme, um zu interagieren. Sagen wir einfach, ich kann nicht gut mit anderen Leuten umgehen. Obwohl ich mir alle Mühe gebe, direkte menschliche Kontakte zu vermeiden, verbringe ich den ganzen Tag mit virtueller Interaktion. Für die Leute, mit denen ich camme, bin ich JessReilly19, eine quirlige neunzehnjährige Collegestudentin mit Touristik im Hauptfach, die auf Popmusik, Alkoholausschank an Minderjährige und Shoppen steht. Keiner von ihnen kennt mein wahres Ich. Ich bin, was sie wollen, dass ich bin, und genau das gefällt ihnen. Mir auch. Mein wahres Ich zu kennen, würde ihnen den Spaß verderben. Mein wahres Ich ist Deanna Madden, deren Mutter ihre ganze Familie getötet und anschließend Selbstmord begangen hat. Damals war es eine Riesennachricht, die »Tragödie trifft Vorzeigefamilie«-Story des Sommers. Mein Name wurde mit Mitgefühl und Mitleid in Verbindung gebracht, und die ganze Geschichte machte mich zu einer traurigen Berühmtheit. Aber dann schlugen andere Tragödien zu, und meine Familie war Schnee von gestern. Ich habe viel von meiner Mutter geerbt, unter anderem die edlen Gesichtszüge, die langen Beine und das dunkle Haar. Doch das größte genetische Geschenk war ihr Drang zum Töten. *Das* ist der Grund, weshalb ich mich von anderen Leuten fernhalte. Weil ich töten will. Ständig. Es ist fast das Einzige, woran ich denken kann.

Meine inneren Dämonen haben mich hierhergetrieben, in Apartment 6E, seit drei Jahren meine Welt, wo auf achtzig Quadratmetern alles, was ich brauche, zu finden ist. Innerhalb dieser Wände habe ich gelernt, wie ich mein Einkommen erwirtschaften und kontinuierlich steigern kann. Von acht Uhr morgens bis drei Uhr nachmittags arbeite ich auf einer Webseite namens sexnow.com, deren Kundschaft überwiegend aus Asiaten, Europäern und Australiern besteht. Von sechs Uhr abends bis elf Uhr nachts bewege ich mich auf amerikanischem Gebiet, cams.com. Die Zeit zwischen den Schichten verbringe ich mit Essen, Trainieren, Duschen und dem Beantworten von E-Mails – immer in dieser Reihenfolge. Ich lebe nach einem strengen Zeitplan.

Das hilft mir, meinem Gehirn zu sagen, wann es sich wie verhalten soll, und es hilft mir, meine Impulse und Fantasien zu kontrollieren.

Wenn möglich, versuche ich die Kunden zu bewegen, die Cam-Seiten zu umgehen und meine eigene Webseite zu benutzen, um einen Termin zu buchen und zu bezahlen. Wenn sie über meine Webseite gehen, bekomme ich 96,5 Prozent dessen, was sie bezahlen, außerdem kann ich das Geld am Fiskus vorbeischleusen. Die Cam-Seiten geben mir nur 28 Prozent von den Einnahmen, was an Wucher grenzt. Ich berechne 6,99 Dollar die Minute. In einem guten Monat mache ich um die 55 000 Dollar mit dem Camming – in einem schlechten ungefähr 30 000.

Dieser Verdienst macht 70 Prozent meines gesamten monatlichen Einkommens aus; der Rest kommt von den Abonnements meiner Webseite, die es den Männern ermöglichen, sich ein Videofeed meiner verschiedenen Cam-Sessions anzusehen. Ich sende mindestens vier Stunden täglich und berechne den Abonnenten zwanzig Dollar im Monat. Ich selbst würde ja keine zehn Cent bezahlen, um mich online masturbieren zu sehen, aber dreihundertfünfzig Abonnenten sehen das offenbar anders.

Die 6,99 Dollar pro Minute räumen den Kunden die Möglichkeit ein, ihre sexuellen Fantasien nach Herzenslust zu offenbaren, ohne Angst vor Bloßstellung oder Kritik haben zu müssen. Ich verurteile die Männer und Frauen, die mit mir chatten und ihre verborgensten Wünsche und Perversionen preisgeben, nicht. Wie könnte ich? Mein Geheimnis – meine Besessenheit – ist schlimmer als jede dunkle Seite von ihnen. Um sie unter Kontrolle zu halten, tue ich das Einzige, was ich tun kann: Ich schließe mich ein. Indem ich das tue, sorge ich dafür, dass ich selbst und alle anderen in Sicherheit sind.

Mein Vermögen ist riesig. Einfach ausgedrückt: ein gigantischer Haufen Geld, von dem ich nicht die geringste Ahnung habe, was ich damit anfangen soll. Ich kann nur in begrenztem Umfang in Sexspielzeug und Gleitmittel investieren. Und wenn ich darüber nachdenke, was ich mit all der Kohle anstellen könnte, muss ich an das Leben außerhalb dieses Apartments denken – daher rühre ich es nicht an. Die Beträge werden auf mein Konto eingezahlt und ignoriert. Vielleicht werden sie eines Tages verwendet werden, vielleicht auch nicht. Aber ich bin froh über dieses Polster. Ich fühle mich beschützt, weil ich es habe. Es gibt mir das Gefühl, dass wenigstens ein Teil meines Lebens richtig verläuft.

Ich versuche, jede Nacht mindestens acht Stunden zu schlafen. Die Nacht ist die Zeit, in der ich am schwersten zu kämpfen habe. Das ist die Zeit, in der es mich nach Blut dürstet, nach dem Saft des Lebens. Daher haben Simon Evans und ich eine Abmachung getroffen. Simon lebt drei Türen weiter in diesem Dreckloch, das wir »Apartmentkomplex« nennen. Im Laufe der letzten drei Jahre hat er eine starke Abhängigkeit von verschreibungspflichtigen Schmerzmitteln entwickelt. Ich sorge dafür, dass sein Pillenfläschchen stets gefüllt ist, und er schließt mich nachts ein. Meine Tür ist garantiert die einzige in diesem Wohnhaus ohne einen Schließriegel auf der Innen-, sondern einem auf der Außenseite.

Früher habe ich das von Marilyn erledigen lassen. Sie ist eine großmütterliche Frau, die sich mit dem bisschen Kleingeld über Wasser hält, das sie als Sozialhilfe erhält. Sie wohnt gegenüber von Simon. Aber Marilyn hat sich selbst zu viel Stress gemacht. Sie hatte ständig Angst, es könnte bei mir irgendeinen persönlichen Notfall oder ein Feuer oder sonst irgendetwas geben, und ich müsste die Wohnung verlassen können. Also musste ich jemand anderen finden. Weil ich weiß, was käme, wenn ich Ausnahmen erlauben würde. Nachts würden meine Finger anfangen zu jucken, und ich würde drauf und dran sein, das Telefon in die Hand zu nehmen und sie zu bitten, meine Tür aufzuschließen. Und dann würde ich danebenstehen und darauf warten, dass sich der Riegel bewegt und meine Tür aufgeschlossen würde. Wenn ich sie öffnete und in Marilyns zerfurchtes und erschöpftes Gesicht sähe, würde ich sie töten. Nicht sofort. Ich würde ein paarmal auf sie einstechen, noch ein bisschen Leben in ihr lassen und darauf warten, dass sie wegrennen, dass sie schreien würde. Ich mag das Geräusch von Schreien – echten Schreien, nicht den erbärmlichen Abklatsch davon, den uns die meisten Filme als Laute des Entsetzens verkaufen wollen. Dann würde ich sie zur Strecke bringen und den Rest möglichst langsam erledigen. Ihren Schmerz, ihr Leiden, ihre Erkenntnis, dass sie ihren Tod selbst verschuldet hat, in die Länge ziehen. Ich hatte sogar schon ein Messer ausgewählt und angefangen, es in dem Pappkarton neben der Tür aufzubewahren, der meine ausgehende Post und allen möglichen anderen Kram enthält. Das war der Zeitpunkt, als ich wusste, dass es allmählich zu schlimm mit mir wurde. Das war der Zeitpunkt, als ich mich für Simon entschied. Seine Abhängigkeit ist stärker als jede Sorge, die er sich um mein Wohlbefinden machen könnte.

Ich weiß, was Sie denken. Dass ich theatralisch bin. Dass

ich einmal einen Stephen-King-Film gesehen habe und von dem Gedanken an Blut erregt wurde. Aber Sie wissen nicht, wie verkommen mein Verstand ist. Sie kennen die Gedanken nicht, mit denen ich zu kämpfen habe, die Fantasien, die ich verzweifelt in Schach zu halten versuche. Simon kennt mich mit Sicherheit nicht. Er denkt, dass ich eine Einsiedlerin mit nächtlichen Ängsten bin – dass ich schlafwandle. Ich bin sicher, er hält die Hingabe, mit der ich an dem Schloss festhalte, für lächerlich, und die Hartnäckigkeit, mit der ich auf meine strengen Forderungen bestehe, für extrem. Meine Drohungen spitzen sich immer dann zu, wenn er sich verspätet, aber das kommt nicht oft vor. Ich muss die Unterbrechung seiner Versorgung nur erwähnen, und schon ist er wieder auf Zack. Das Verlässlichste auf der Welt sind die Begierden eines Süchtigen. Ich glaube, sie sind schlimmer als meine eigenen. Aber die einzige Person, der Simon mit seiner Sucht etwas antut, ist er selbst. Ich hingegen habe außerhalb dieser Wände eine ganze Welt von Opfern.

2

Seine Fantasien werden stärker. Das letzte Mädchen ist fast drei Jahre her, und sein Trieb hat den rational denkenden Teil seines Verstandes überwältigt. Diese Einladung war auch keine Hilfe. Die Ankündigung, wie ein riesiges leuchtendes Schild, dass sie sechs wird. Sie kam mit der Post, rosa Bastelpapier mit kindlicher Schrift darauf, die nur die ihre sein konnte.

Er hatte gehofft, ein Kratzen würde nicht nötig sein, das Jucken könnte auf ein Minimum zurückgedrängt und auf einem erträglichen, beherrschbaren Niveau gehalten werden. Aber er kann spüren, wie er schwach wird, wie er aus dem Tritt zu kommen droht. Er hofft, dass ein Rollenspiel genügen wird, um den Juckreiz zu befriedigen, und sein Vergnügen an den Sessions macht ihm Hoffnung.

Aber zur Sicherheit muss er sich vorbereiten. Für den Fall, dass er straucheln, dass er stürzen sollte, muss alles geregelt sein. Diesmal wird er das Mädchen länger dabehalten. Genügend Erinnerungen schaffen, um längere Zeit danach über die Runden zu kommen. Seine Hände zittern, und er steckt sie in die Hosentaschen, geht über das Gras zum vorderen Ende des Trailers und zieht den zerknitterten Umschlag aus der Tasche, der den Schlüssel enthält. Er sieht sich auf dem leeren Gelände um, während der Wind durch das stille Gebüsch am Rand raschelt. Völlige Abgeschiedenheit umgibt ihn. Er zerreißt das Papier, ignoriert das Schreiben des Vermieters und lässt den Schlüssel in der Hand verschwinden.

Vorbereitung. Nur zur Sicherheit. Vielleicht wird er diesen Ort gar nicht benötigen. Aber für alle Fälle sollte er dafür sorgen, dass alles bereit ist. Vorbereitung hat sich in der Vergangenheit immer bezahlt gemacht.

3

Mein Hörvermögen auf dem linken Ohr ist außergewöhnlich gut, und ich genieße es, an der Tür meines Apartments in der sechsten Etage zu sitzen und auf das Tun und Treiben zu lauschen, das im Flur vor sich geht. Es ist erstaunlich, wie viel die Leute auf dem Weg vom Aufzug zu ihrer Wohnung von sich preisgeben. Manchmal treten sie vor ihre Tür, um ein bisschen »Privatsphäre« zu haben – was ich schlichtweg lächerlich finde. Von meinem Platz neben der Tür aus höre ich die Streitereien, die heimlichen Telefongespräche und die alltägliche Normalität, die so viel über einen Menschen verrät. Simon war lange Zeit der »rauchende Rotschopf«. In dem Pappkarton neben meiner Tür bewahre ich ein Notizbuch auf, in dem ich jedem Bewohner unserer Etage, mich selbst eingeschlossen, eine Seite gewidmet habe. Es gibt fünfzehn »Sechser«, wie ich uns gern nenne, und als Simon einzog, schrieb ich »der rauchende Rotschopf« oben auf die Seite.

Er zog mit einem Mädchen ein, das, soweit ich es durch mein Guckloch erkennen konnte, an Abschaum grenzte. Sie stritten sich, während sie schwarze Müllsäcke mit irgendwelchem Kram hinter sich herschleppten, und ihre Stimme unterbrach seine zweimal zwischen dem Aufzug und der Wohnungstür. Ich legte für sie eine Seite an und machte mir unter der Überschrift »Abschaum-Abby« erste Notizen. Später erfuhr ich, dass sie Beth hieß und in einer Filiale der Restaurantkette Applebee's arbeitete. Zwei Wochen nachdem sie eingezogen waren, hatten die beiden Streit, sie zog aus, und ich riss ihre Seite aus dem Büchlein. Nach ihren Abschiedsworten zu urteilen, würde sie nicht mehr wiederkommen.

Simons derzeitige Freundin heißt Vicodin. Im Gegenzug dafür, dass er mich in meiner Wohnung einschließt, sorge ich dafür, dass seine Freundin immer wiederkommt. Nach dem Grad seiner Abhängigkeit zu urteilen, ist Vicodin ein anspruchsvolles Miststück, das ihn in den Tagen vor dem Monatsersten, wenn seine nächste Bestellung eintrifft, in einen winselnden, unterwürfigen Kriecher verwandelt. Simon weiß, dass er, sollte er mir je vor dem Morgengrauen die Tür aufschließen und mich hinauslassen, keine Pillen mehr von mir bekommen und seine Sucht unbefriedigt bleiben wird. Ihm ist nicht bewusst, dass er durch meine Hand sterben könnte.

4

Annie

Sie sitzt auf einem der hohen Hocker in der Küche und tritt gegen das Brett unter dem Tresen, sodass ihr Hocker sich langsam dreht, erst nach rechts und dann nach links. Ihre Schultasche, an den Rändern ausgefranst nach drei Jahren Gebrauch im Kindergarten, liegt vergessen am Fuß der Theke, gezeichnet von sichtbaren Spuren eines Tags, der mit Lesen, Schreiben und Busfahren verbracht wurde.

»Hör auf damit«, sagt Annies Mutter, ohne sich umzudrehen. Das Geräusch von den Tritten ihrer Tochter geht ihr auf die Nerven. Sie nimmt zwei Scheiben Brot und bestreicht sie auf einer Seite mit Erdnussbutter, holt einmal tief Luft und schraubt den Deckel zu. Dann öffnet sie das Marmeladenglas und wirft Annie einen warnenden Blick zu.

Annie hört auf, benutzt stattdessen die Hände auf dem Tresen, um ihren Hocker zu drehen, und sieht auf die Digitalanzeige der alten Mikrowelle über dem Herd. 15:49 Uhr. Nur noch zwei Tage bis zu ihrer Party. Sie stemmt sich von ihrem Hocker, und die abgelaufenen Sohlen ihrer Turnschuhe schmatzen über den sauberen Linoleumboden, während sie zu dem runden Tisch hinübergeht, der in einer Ecke der Küche steht. Sie umrundet langsam den Tisch und gleitet dabei mit den Händen über die bunten, glitzernden

Plastiktüten, die mit Süßigkeiten, Filzstiften und Bögen mit Abziehbildern gefüllt sind. Zehn kleine Geschenktüten insgesamt, für ihre zehn besten Freundinnen. Als sie ihren Vater rufen hört, wendet sie sich vom Tisch ab und läuft los, folgt dem Klang seiner Stimme, bis sie die Sofalandschaft erreicht, die im Wohnzimmer steht.

Ihr Vater will Gesellschaft, daher setzt sich Annie zu ihm. Die Füße untergeschlagen, rollt sie sich in einer Ecke der Couch, ganz in der Nähe von ihm, zusammen. Ihr Hund, ein Straßenköter, der zwei Wochen lang an der Tür des Trailers, des ärmlichen, wellblechverkleideten kleinen Hauses, gekratzt hat, bevor ihre Mutter schließlich nachgab und ihn aufnahm, springt neben ihr auf das Polster. Er umkreist sie zweimal, bevor er es sich, an ihren Körper gekuschelt, bequem macht. Sein drahtiges schwarz-graues Fell kratzt an ihrem nackten Bein, und sie streckt eine Hand aus und tätschelt ihm den Kopf. Er klopft langsam und gleichmäßig mit dem Schwanz, schlägt ein Auge auf und sieht sie zufrieden an. Er ist ein braver Hund, aber eigentlich hätte sie lieber ein Kätzchen – eines mit einem weichen Fell und großen Augen, das sich abends zu ihr ins Bett legt.

»Wie war's in der Schule?« Die Stimme ihres Vaters klingt harsch, aufgeraut von jahrelangem Zigarettenrauchen und Husten. Er greift nach seinem Tee, und ein kondensierter Wassertropfen kullert am Rand des Bechers hinunter und landet mit einem lautlosen Platscher auf seinem Hosenbein.

»Es war schön, Daddy.«

»Gefällt dir die erste Klasse?«

Eine Limonadenreklame kommt im Fernsehen, und Annie sieht zu, wie ein juwelenbehängter Popstar singend und tanzend eine belebte Straße hinunterläuft. »Ich glaube schon.«

»Wie ist deine Lehrerin? Miss Sittich, heißt sie nicht so?«

Annie kichert, streckt eine Hand aus und kneift ihn in den Arm. »Sie heißt Miss Sperling, Daddy. Das habe ich dir schon ungefähr achtmal gesagt.«

»Oh, entschuldige, das bringe ich ständig durcheinander.« Er streicht spielerisch mit einer Hand über ihren blonden Schopf. »Bist du schon aufgeregt wegen deiner Party?«

Sie nickt begeistert. »Superaufgeregt, Daddy.«

5

MÄNNLICHES ANUSSPIEL: Viele Männer empfinden passiven Analsex als angenehm, und manche können durch anale Penetration zum Orgasmus kommen – durch die Stimulation der Prostata. Pegging ist der Begriff für die sexuelle Praxis, bei der eine Frau den Anus des Mannes mit einem Umschnalldildo penetriert.[1] Das National Institute of Health stellt in einem im *British Medical Journal* publizierten Artikel fest: »Es gibt nur wenige veröffentlichte Daten darüber, wie viele heterosexuelle Männer in einer heterosexuellen Beziehung gern hätten, dass ihr Anus sexuell stimuliert wird. Angeblich soll die Anzahl beträchtlich sein. Die Daten, über die wir verfügen, beziehen sich fast ausschließlich auf penetrative sexuelle Akte, der oberflächliche Kontakt des Analrings mit Fingern oder der Zunge ist nur wenig dokumentiert. Man kann jedoch davon ausgehen, dass es sich dabei um ein häufig auftretendes sexuelles Bedürfnis bei Männern jeder sexuellen Orientierung handelt.«[2]

Der Username eines Kunden kann mir viel über die betreffende Person verraten. Beschreibende Nicknamen wie DoctorPat92 oder 1HotLawyer sagen oft etwas darüber aus, wer sie sind oder wer sie gern wären. Zahlen in einem Usernamen stehen im Allgemeinen für das Jahr ihres Schulabschlusses, ihr Alter oder das Geburtsjahr eines Kindes. In meinem Chatroom bewegen sich jede Menge »Doktoren«, aber DoctorPat ist ausnahmsweise tatsächlich Arzt. Und wie Sie sich vielleicht denken können, habe ich gelegentlich Bedarf an einem.

DoctorPat92s richtiger Name ist Dr. Patrick Henton. Er ist ein fünfundfünfzigjähriger Allgemeinmediziner in einer Kleinstadt in Maine namens Buckfield. Nach seinen Google-Bewertungen zu urteilen, ist er beliebt und kompetent, auch wenn ich keine Ahnung habe, wie kompetent der einzige Arzt in einer Stadt mit tausendneunhundert Einwohnern sein muss. Für meine Grundbedürfnisse reicht er vollkommen aus. Ein isoliert lebendes Individuum ohne Zugang zur Außenwelt müsste sich schon große Mühe geben, um krank zu werden oder sich zu verletzen. Meine Basisversorgung beschränkt sich auf Folgendes: Medikamente. Nicht für mich, sondern für Simon. Ich bin sicher, DoctorPat denkt, dass *ich* die Schmerzmittelsüchtige bin. Eigentlich ist es mir egal, was DoctorPat denkt. Er stellt mir Rezepte aus, und ich sehe ihm dabei zu, wie er zwanzig Zentimeter lange Dildos in seinen Allerwertesten schiebt. Es ist eine Win-win-Situation für beide.

Unsere Chats begannen relativ normal und auf dieselbe Weise, wie es die meisten Beziehungen tun.

DoctorPat92: hey.

»Hi, Doc. Ich heiße Jessica. Und du?«

DoctorPat92: Pat. Patrick, wenn du förmlich sein willst.

Ich lachte, während ich im Schneidersitz auf meinem Bett saß, ein breites Grinsen im Gesicht. »Ich bin nicht förmlich. Also, Pat. Bist du *wirklich* Arzt?«

DoctorPat92: ja.

»Wow! Ich habe schon immer davon geträumt, mit einem Arzt zusammen zu sein.« Ich riss die Augen weit auf und kniete mich hin. »Und woran bist du heute Abend interessiert?«

DoctorPat92: an dir. kannst du deine kleider ausziehen?

»Natürlich. Alle?«

DoctorPat92: du bist schön.

DoctorPat92: ja. langsam bitte.

DoctorPat92: langsamer.

DoctorPat92: danke. und jetzt leg dich hin, einfach so, und erzähl mir von dir.

Ich habe schon vor langer Zeit aufgehört, meine Antworten physisch zu tippen. Die meisten Camgirls tippen, reden aber nicht. Ich weiß nicht, ob es daran liegt, dass ihr Englisch so grottenschlecht ist oder dass sie in einer Art Camming-Sweatshop arbeiten, wo es klingen würde wie in einem russischen Callcenter, wenn alle Mädchen gleichzeitig reden würden. Die Männer wollen nicht wissen, dass sie einer von vielen sind. Sie wollen sich ein Mädchen in seinem Schlafzimmer vorstellen, ohne irgendjemanden sonst, ein Mädchen, das ausschließlich mit ihnen reden will. Ich glaube, die Tatsache, dass ich rede, trägt zu meiner Beliebtheit bei. Dass ich Amerikanerin bin – für sich genommen schon seltsam genug –, ist ebenfalls ein großes Plus. Das direktere Erlebnis für die Kunden ist ein Grund, weshalb ich mit ihnen rede. Der andere Grund ist, dass es wirklich schwierig ist, gleichzeitig zu tippen und zu masturbieren, jedenfalls für mich. Die Männer scheinen damit kein Problem zu haben.

Wir chatteten acht Mal, bevor DoctorPat eine Webcam bei sich anschloss. Ich mag es, wenn ich die Kunden sehen kann. Es ist schon witzig, wie sich der Verstand ein

Bild von einer Person macht und wie sehr diese Vorstellung normalerweise von der Realität abweicht. Bei DoctorPat lag ich allerdings nicht allzu weit daneben. Er war absolut unscheinbar, ein typischer männlicher Erwachsener in den Fünfzigern mit einem dichten, grau melierten Haarschopf, von durchschnittlichem Körperbau und normalem Aussehen. Was ich bei DoctorPats Livestreaming viel erstaunlicher fand, war die Tatsache, dass er vollständig bekleidet war. Mit seiner Drahtgestellbrille auf der Nase sah er so unschuldig aus, als hätte er sich eben hingesetzt, um mit seinen Enkelkindern zu skypen.

Als er seine Webcam das zweite Mal benutzte, fragte ich nach.

DoctorPat92: kannst du mich sehen?

»Ja. Das Video ist on. Hey!« Ich winkte aufgeregt, als hätte ich den ganzen Tag darauf gewartet, ihn zu sehen.

DoctorPat92: gut. entschuldige, kann das audio nicht benutzen. meine frau ist unten.

»Macht nichts. Ist das der Grund, weshalb du angezogen bist?«

DoctorPat92: ja.

Er schien noch mehr tippen zu wollen, daher wartete ich.

DoctorPat92: außerdem.

DoctorPat92: ich bin noch nicht bereit dafür, dass du siehst, was ich gern tue.

»Warum nicht?«

DoctorPat92: es ist seltsam.

Ich lachte. »Ich kann dir versichern, es ist nicht seltsam. Und selbst wenn, seltsam ist nicht unbedingt etwas Schlechtes. Ich mag seltsam.«

DoctorPat92: vielleicht ein andermal.

»Berührst du dich … ich meine, wenn wir chatten?« Ich glitt mit einer Hand langsam über meinen nackten Bauch. Ich lag auf der Seite, auf meiner rosa Tagesdecke, die ich eigens für die Cam-Sessions angeschafft habe. Das Muster und die Farbe wirken mädchenhaft und unschuldig. Jungfräulich. Das mögen die Männer.

DoctorPat92: gelegentlich. wenn niemand da ist, sehe ich dir gern zu. manchmal denke ich später an dich.

»Wenn du mit deiner Frau zusammen bist?«

DoctorPat92: ja. oder wenn ich mich selbst befriedige.

»Warst du je mit einer Patientin zusammen?«

DoctorPat92: nein.

Nach seiner Miene zu urteilen, schien ihm die Frage nicht zu gefallen, daher wechselte ich das Thema. »Ich weiß, dass du noch nicht bereit bist, mir zu zeigen, was dir gefällt. Willst du es mir vielleicht sagen?«

Als erste Reaktion hob er eine Hand und schaltete die Webcam aus.

Ich wartete. Er war im Begriff, entweder den Chat zu beenden oder mir mehr zu erzählen. Aus irgendeinem Grund fühlen sich Männer wohler dabei, ihre Geheimnisse preiszugeben, wenn sie unsichtbar sind.

DoctorPat92: denk nicht, dass ich seltsam bin.

Ich lachte. »Ich verspreche dir, ich werde nicht denken, dass du seltsam bist. Ich schwöre es.«

DoctorPat92: ich stecke gern dinge in mich hinein.

Ich dämpfte meine Stimme und schlug meinen »Du bist ein böser Junge, aber ich finde das heiß«-Tonfall an. »Du meinst, du lässt dich gern vögeln?«

Eine lange Pause. Ich biss mir auf die Unterlippe und hielt den Blick auf die Webcam gerichtet.

DoctorPat92: ja.

»Das ist nicht seltsam. Ich finde es heiß. Ich mag es, wenn ein Mann schräg drauf ist.« Ich glitt mit meiner Hand weiter nach unten, bis sie meine Bikinizone streifte.

DoctorPat92: denkst du, ich bin schwul?

Wenn man getippte Worte liest, lässt sich bei manchen Fragen schwer sagen, wie sie gemeint sind. Ich wusste nicht, ob er selbst herauszufinden versuchte, ob er schwul war, oder ob er wollte, dass ich ihn für schwul hielt, oder ob er einfach meine Reaktion testen wollte.

Ich legte den Kopf auf die Seite. »Ich nehme an, das hängt davon ab, woran du denkst, wenn du penetriert wirst. Du chattest doch gern mit mir, oder?«

DoctorPat92: ja.

»Du weißt, dass es auf dieser Seite Männer, schwule Männer, gibt, die nicht mit der Wimper zucken würden, wenn sie hören, dass du dich gern vögeln lässt. Warum chattest du nicht mit denen?«

DoctorPat92: weil ich dich mag. du bist witzig und süß. ich denke an dich, wenn ich dinge in mich hineinstecke.

DoctorPat92: ich stelle mir vor, wie du mir zusiehst.

Ich kicherte. »Dann lass uns genau das tun! Machen wir einen Termin für irgendwann später, wenn du allein bist …« Ich schob meine Hand noch weiter nach unten, glitt mit den Fingern sanft über meine empfindlichen Schamlippen. »Und ich kann dir dabei zusehen. Ich *will* dir dabei zusehen. So etwas habe ich noch nie gesehen.«

DoctorPat92: wirklich nicht?

»Nein.«

Das war eine glatte Lüge. Ehrlich gesagt werde ich von Männern ziemlich oft gebeten, ihnen dabei zuzusehen, wie sie sich selbst irgendwelche Dinge in den Hintern schieben. Ich verstehe das nicht – aber ich habe auch eine Muschi, die perfekt geeignet für Spielzeug jeder Art ist. Wenn sie eine Muschi hätten, würden sie sich vermutlich auch nichts in dieses andere Loch stecken wollen. Außerdem habe ich keine Prostata. Wenn ich eine hätte, würde ich den Hang zu Analsex vielleicht verstehen. Meinem Sextherapeuten zufolge sind Männer, die sich Spielzeuge im Hintern wünschen, tatsächlich homosexuell – sie weigern sich nur, es vor sich selbst zuzugeben. Sie glauben, wenn ein Mädchen ihnen dabei zusieht, wie sie einen fünfundzwanzig Zentimeter langen schwarzen Dildo anal einführen, fühlen sie sich weniger schwul. Aber die Sache hat eine Kehrseite, sagt zumindest mein Therapeut. Nur weil ein Typ sich selbst penetrieren will, muss er noch lange nicht schwul sein. Es gibt Hetero-Männer, die sich an dieser Art der Stimulation aufgeilen, aber trotzdem kein Interesse an der Berührung eines anderen Mannes haben.

Daher zog ich keine vorschnellen Schlüsse und stellte mir nicht die Frage, ob DoctorPat schwul, hetero oder irgendeine Kombination von beidem war. Ehrlich gesagt, war es mir scheißegal, was er war. Das Einzige, was mich interessierte, war das Ticken der Uhr in der rechten oberen Ecke meines Bildschirms, die ständig voranschritt und mir so einen Dollar nach dem anderen einbrachte.

Das war der Beginn unserer Beziehung. Ich wartete zwei Monate, bevor ich die Sache mit den Schmerzmittelrezepten zur Sprache brachte. Ich wollte zuerst sehen, ob er mir als Stammkunde erhalten bleiben würde. Er blieb es. Ich schlug eine Abmachung vor, und er ging darauf ein. Unseren Deal haben wir jetzt seit zwei Jahren. Ich habe dabei zugesehen, wie dieser absolut durchschnittliche Arzt dicke Plastikdildos reitet, Analperlen benutzt und einmal – an einem x-beliebigen Donnerstag – eine Budweiser-Bierflasche zu seinem persönlichen Lieblingsspielzeug machte. Ein Chat alle zwei Wochen im Gegenzug für ein Rezept pro Monat. Ich glaube, ein Grund, weshalb DoctorPat mir illegale Rezepte ausstellt, ist, dass er sich Sorgen macht, ich könnte ihn erpressen. Er hat eine Frau und drei Kinder im Teenageralter, eine Tatsache, die sich nach vier Minuten bei Google leicht feststellen lässt. Seine Sorge ist unbegründet. Was ihn anmacht, ist seine Sache, nicht meine oder die von irgendjemandem sonst.

6

Die Lichter gehen aus – eine automatische Einstellung, die am Ende jedes Chats aktiviert wird. Ich lege mich zurück aufs Bett und gestatte meinem nackten Körper abzukühlen, jetzt, wo die Hitze der Lampen erloschen ist. Ich starre an die Decke hoch, meine Blicke folgen den Linien der freiliegenden Rohre, die im Dämmerlicht zu erkennen sind.

Mein Apartment ist ein einziger großer, offener Raum. Ich habe den starken Verdacht, dass die gesamte sechste Etage ein nachträglicher Einfall war – ein Dachboden, der aufgrund irgendeiner Last-minute-Entscheidung ausgebaut wurde. Die eine Hälfte des Raums ist nicht zu gebrauchen, denn aufgrund der Dachschräge sind ganze Teile der Wand nur einen knappen Meter hoch. Die Küche, die aus einer kurzen Reihe von Schränken und Haushaltsgeräten besteht, befindet sich mittig an der hinteren Wand. Ich betrachte sie als Trennlinie, die mein Apartment in zwei Hälften unterteilt: zum einen in meinen persönlichen Wohnraum, zum anderen in mein Cam-Studio. Der Grundriss ist seltsam, und die schräge Decke garantiert, dass ich mir mindestens einmal im Monat den Kopf anstoße. Aber es war eine der wenigen Wohnungen mit eigener Waschmaschine und Trockner, und allein schon aus diesem Grund war ich von ihr hellauf begeistert. Nächtliche Begegnungen in der Gemeinschaftswaschküche des Apartmentkomplexes hätten mit ziemlicher Sicherheit für eine Unterbrechung in meiner »Ich habe seit Jahren niemanden getötet«-Phase gesorgt.

Ich verstehe, dass mein Leben einem normalen Individuum seltsam vorkommen muss. Aber ich habe es so akzeptiert, wie es ist. Dieses Leben ist für mich okay, da ich weiß, dass ich keine andere Wahl habe. Wenn ich will, dass andere in Sicherheit sind, muss ich selbst eingeschlossen sein. Würde ich gern frei durchs Leben laufen, Freunde haben, mich verlieben, die Sonne auf meinem Gesicht spüren? Ja. Aber das ist für mich keine Option mehr, daher hat es keinen Sinn, darüber nachzugrübeln und mich damit zu quälen.

Ich habe einmal ein Sammelalbum über mein künftiges Leben angelegt. Ich habe Zeitschriften abonniert und all die Elemente ausgeschnitten und auf quadratische Seiten geklebt, aus denen mein künftiges Leben bestehen würde. Es war *mein* Pinterest, bevor es Pinterest gab. Mein Seelenklempner sagte damals, meine Bastelei sei schädlich für meinen Fortschritt und mein Glück, und rückblickend betrachtet denke ich, dass er recht hatte. Es war nicht gesund, wie ich über diesen Seiten brütete und in meinen Tagträumen vor dem Einschlafen an Mädchenabende und Romantik dachte. Ich wollte das Album nicht wegwerfen, klammerte mich daran wie ein Alkoholiker an seinen letzten Drink, und meine Gespräche mit Dr. Derek führten zu Auseinandersetzungen, die damit endeten, dass ich den Hörer aufknallte und mit den Fingern ehrfürchtig über die Seiten des Albums glitt. Meine Besessenheit wurde stärker mit jeder Anweisung von ihm, es loszulassen.

Ich verbrachte über ein Jahr mit diesem Album, bevor ich es zusammen mit meinen ganzen Zeitschriften in einen großen schwarzen Müllsack stopfte und in den Flur stellte.

Dann setzte ich mich hin, lehnte mich mit dem Rücken gegen die Wohnungstür und horchte auf Simons Schritte, während ich gegen den Drang ankämpfte, die Tür zu öffnen und meine Hoffnungen und Träume wieder an mich zu reißen.

Er kam, wuchtete den schweren Sack hoch, und mein Album landete in einem Durcheinander weggeworfener Dinge des Lebens in der Mülltonne hinter unserem Haus. Ich stellte mir vor, wie es zwischen alten Bananenschalen, vollgeschissenen Babywindeln und benutzten Parisern lag und meine eingebildete Zukunft einen Armentod starb.

Es dauerte ein paar Tage. Ein paar Tage, an denen ich nicht mit meinem Seelenklempner sprach und nicht cammte, Tage, an denen ich im Bett lag und dem Leben hinterhertrauerte, das ich nie haben würde.

Aber dann schritt die Zeit voran. Lieferungen kamen, Rechnungen mussten bezahlt werden, und mein Postfach quoll über von E-Mails. Ich wählte die Nummer von Dr. Derek, und zum ersten Mal seit Monaten hörte ich mir wirklich an, was er zu sagen hatte. Das war der Tag, an dem ich aufhörte, an das Leben zu denken, das ich nicht hatte. Das war der Wendepunkt, der es mir ermöglichte, meine Situation als die zu erkennen, die sie war. Es war der Tag, an dem ich endlich akzeptierte, dass dies hier meine Wirklichkeit ist.

7

Annie

Auf dem Tisch liegen drei verpackte Geschenke. Annie weiß bereits, was in zwei von ihnen ist. Am letzten Sonntag nach der Kirche ist sie heimlich ins Zimmer ihrer Mutter geschlichen, hat die Wintermäntel beiseitegeschoben und nach Geschenken gesucht. Ihre Mutter hat sie immer dort versteckt. Hinter dem großen flauschigen schwarzen Mantel mit dem Loch im unteren Saum war eine Plastiktüte. Annie fasste so leise wie möglich in die Tüte und zog die zwei Gegenstände heraus, die darin waren. Einer war ein dunkelgraues My-Little-Pony-Pferd, die Plastikverpackung leicht eingedellt, die Farben der Pappe verblasst. Der andere Gegenstand war ein Reißverschlusstäschchen mit Buntstiften. Annie kreischte entzückt auf – dann fiel ihr ein, wo sie war. Sie stopfte die Gegenstände rasch wieder in die Tüte und verließ das Zimmer, bevor sie ertappt und bestraft wurde.

Jetzt untersucht sie voller Neugier das dritte bunt verpackte Päckchen. Sie betastet es, hebt es hoch und schüttelt es, um herauszufinden, was darin ist. Es ist eine quadratische Schachtel, etwa so groß wie ein Basketball, fühlt sich aber schwerer an. Annie geht die Möglichkeiten in Gedanken durch; die Vorstellung, einen ganzen Tag warten zu müssen, bevor sie das Geschenk öffnen kann, ist quälend. Sie hört ihre Mutter rufen und dreht sich um, stellt das verpackte Geschenk rasch hin und läuft durchs Haus, begleitet von dem quietschenden Geräusch ihrer Turnschuhe auf dem billigen Fußboden.

8

Ich, oder vielmehr JessReilly19, bin derzeit Model Nummer drei auf cams.com. Nummer eins ist Tonya222, eine vierzigjährige, halbwegs attraktive Frau mit gigantischen künstlichen Titten, die den ganzen Tag mit Babystimme redet. Nummer zwei ist JuneGirl, eine russische Tussi, die ein völlig durchgeknalltes Englisch spricht und eine Energydrink-Monsterdose in so ziemlich jedem Loch in ihrem Körper unterbringen kann. Hinter uns dreien gibt es etwa zwei Millionen Cam-Models, hauptsächlich Europäerinnen, unter denen jede Figur, Körpergröße und sexuelle Perversion vertreten ist. Für jede Fünfzig-Kilo-Mannfrau mit einem fünfundzwanzig Zentimeter langen Schwanz gibt es einhundert zahlende Kunden, die gewillt sind, sich von ihrem hart verdienten Geld zu trennen.

Ich bin zu dem Schluss gekommen, dass meine Beliebtheit auf eine Reihe von glücklichen Umständen zurückzuführen ist. Der erste ist mein Arbeitspensum. Je mehr du arbeitest, desto mehr Kunden wirst du treffen, und desto mehr Geld wirst du daher machen. Logisch. Zweitens: Meine Nationalität spielt eine beträchtliche Rolle. Amerikanische Mädchen leben in Sachen Camming offenbar hinterm Mond. Jede Kleinstadt irgendwo dort draußen kann mit dreißig Stripperinnen oder vierzig aufreizenden Hooters-Kellnerinnen aufwarten, aber im Internet gibt es weniger als eintausend amerikanische Camgirls. Aufgrund der Tatsache, dass ich Amerikanerin bin, fehlerfrei Englisch spreche, eine gebührenfreie Rufnummer habe und weiß, wer die Yankees sind, stecke ich die anderen Models locker in die Tasche. Und der dritte Grund, weshalb ich so beliebt bin? Ich bin heiß, sexuell abenteuerlustig und *immer* geil.

Ich habe meine von Gott gegebenen Talente schamlos ausgenutzt, um Minuten, Abonnements und Geschenke zu ergattern. Aber das eigentlich Witzige an mir ist ein Attribut, das ich nie genutzt habe – ein echtes Ass im Ärmel, das mir eine ganz neue Schar fanatischer Anhänger bescheren könnte: die Tatsache, dass ich, das selbst ernannte geilste Girl in Amerika, tatsächlich Jungfrau bin. Ich hatte nicht vor, unberührt zu bleiben. Es lag nicht an meiner christlichen Erziehung oder dem lächerlichen Keuschheitsgelübde, das meine sechs besten Freundinnen und ich ablegten, als die Frage »Was würde Jesus tun?« der letzte Schrei war. Es ist einfach irgendwie passiert, zum Großteil dank Francis Drake.

Francis Drake hätte mit seinen Eltern vor die Tür gehen und sie erschießen sollen, ungefähr drei Minuten bevor sie die Entscheidung trafen, ihm einen lächerlichen Namen zu geben, der ihn für die restliche Dauer seines erbärmlichen Lebens Spott und Schmerzen aussetzen würde. Bedauerlicherweise besaß er nicht die Fähigkeit, durch die Zeit zu reisen, sodass er den Namen Francis also behalten musste. Außerdem hatte er seinen Eltern einen absurd hohen IQ und eine willkürliche Auswahl an äußerlichen Merkmalen zu verdanken, mit denen er, im richtigen Licht betrachtet, gar nicht so schlecht aussah.

Im Laufe meiner Highschool-Karriere verliebte ich mich

insgesamt dreimal in Francis. In den Phasen, in denen ich mich entliebt hatte, fragte ich mich jedes Mal, was zum Teufel ich an diesem Jungen eigentlich attraktiv fand. Seine Füße waren zu groß, er nahm zum Mittagessen seine Zahnspange heraus, und egal, was oder wie er es trug, er konnte nicht verhindern, dass die Vollidiot-Vibes aus jeder Pore seines Körpers strömten.

In den Phasen meiner Hingabe jedoch war ich mir jedes Mal sicher, dass wir füreinander bestimmt waren. Ich fand seine Schrullen und sein Stottern süß und war felsenfest davon überzeugt, dass er meine eine wahre Liebe war und ich nie, aber auch nie einen anderen Mann ansehen würde. Aber zu Francis' Pech kam zwangsläufig jedes Mal irgendein Footballstar oder Ballkönig oder der heißeste Typ der Woche angerauscht und schnappte mich ihm weg. Und ich ging immer mit, fast ohne einen Blick zurück. Und er wartete immer.

Wenn wir miteinander gingen, dann taten wir es auf eine Weise, die meine Mutter gutgeheißen hätte: intellektuelle Rendezvous mit einem keuschen Kuss am Ende des Abends. Er drängte mich nie, es gab keine Zunge, seine Hände wanderten nie, und er »respektierte« mich immer.

Nette Jungs gehen manchmal doch als Sieger vom Platz. Francis absolviert derzeit ein Aufbaustudium in Harvard und hält ein Patent für irgendein Kühlschrank-Chipteil, das offenbar alle Restaurants auf der ganzen Welt verwenden. Ich verfolge ihn im Internet und bekomme jedes Mal eine automatische Benachrichtigung, wenn irgendetwas über ihn geschrieben wird. Er ist ungefähr 200 Millionen Dollar schwer und mit irgendeiner perfekten blaublütigen Blondine verlobt, die ihm vermutlich dreimal täglich den Schwanz lutscht. Mein Gott, war ich dämlich.

Aber trotz meiner Dummheit hat mir meine Vernarrtheit in Francis eines beschert, und das ist meine Jungfräulichkeit. Seine unerschütterliche Hingabe an mich, gepaart mit seiner ständigen Gegenwart als treuer Begleiter, wenn er nicht mein fester Freund war, ermöglichte es mir, bei meinen Dates standhaft zu bleiben, und gab mir das Selbstbewusstsein, mich von anderen beharrlichen Händen oder schmeichlerischen Worten nicht beeinflussen oder unter Druck setzen zu lassen.

Als ich mit dem Camming anfing, war meine Jungfräulichkeit zunächst ein Hindernis. Mit Vögeln und Masturbation kannte ich mich bestenfalls oberflächlich aus. Ich hatte auf der Highschool hin und wieder einen geblasen, und ich war anatomisch halbwegs vertraut mit einem Penis, Hoden und dem Vorgang, jemandem einen runterzuholen, aber ich hatte ernsthaft Nachholbedarf, als ich beschloss, Camming als Vollzeitbeschäftigung aufzunehmen.

Letztendlich war Porno meine Ausbildung, und Jenna Jameson, Nina Hartley und Peter North waren meine Professoren. Zwei Wochen lang sah ich ihnen zehn bis zwölf Stunden täglich beim Vögeln zu, las Verführungsratgeber und ließ mich von Carmen Electra in die Kunst des Striptease einweisen. Ich war eine fleißige Schülerin, und nach über einhundert Stunden Studium fühlte ich mich bereit.

Meine erste Cam-Session war eine Katastrophe: ein verklemmter Dialog, gefolgt von einem langen nervösen Kichern meinerseits. Ich sah unkoordiniert in die Kamera, krümmte meinen Körper zu seltsamen Winkeln, meine Arme und Beine bewegten sich linkisch auf eine Weise, auf die sie es anatomisch betrachtet nicht sollten, und meine Vagina machte mir höllisch Angst, wenn sie auf einem hochauflösenden Bildschirm zu sehen war. Aber irgendwann machte es klick, und einige geduldige Kunden hielten virtuell meine Hand, bis ich der jungfräuliche Internet-Vamp wurde, der ich heute bin.

Aber bin ich überhaupt noch Jungfrau? Wie lautet die genaue Definition dafür? Wenn ich schon einmal einen zwanzig Zentimeter langen Dildo in mir hatte, ist das etwas anderes als ein echter Schwanz?

Wenn ich so weitermache, scheint physischer Sex für mich nicht drin zu sein, es sei denn, ich entwickle eine Neigung zu Nekrophilie. Daher nehme ich nicht an, dass mein sexueller Status überhaupt noch eine Rolle spielt. Die einzigen Menschen, die das interessieren könnte, sind potenzielle Verehrer, und von denen lauert keiner in den vollgestellten Ecken meiner Wohnung.

Als Jungfrau gilt eine Frau, die rein und unschuldig ist. Und eine Frau, die »von einem Mann noch nicht erkundet oder ausgenutzt wurde«. Nach diesen Kriterien bin ich eindeutig keine Jungfrau mehr. Und selbst wenn man es ganz genau nehmen und meinen Körper in Quadranten unterteilen und sie getrennt voneinander analysieren würde, ist die Frage, ob meine Vagina »rein« ist oder nicht, fast bedeutungslos, wenn der Rest von mir alles andere als das ist.

9

Der Mann sieht den Mädchen beim Spielen zu. Er sieht ihr glückliches Lächeln, ihre kindliche Unschuld. Er verlässt seinen Platz am Fenster und geht zur Kassiererin. Während er seine Brieftasche zückt, kämpft er gegen den Drang an, noch einmal einen Blick zurückzuwerfen. Das hier ist eine Kleinstadt, eine Stadt, in der die Leute Dinge bemerken und in der seltsames Verhalten auffällt. Eine Stadt, in der jeder jeden kennt und schon immer gekannt hat, seit sie selbst Kinder waren.

Ein vergnügtes Kreischen dringt an seine Ohren, und er konzentriert sich auf die Frau vor ihm, auf ihre Lippen, die Worte bilden, auf die er reagieren sollte.

»Ist das alles?«

Er schluckt. »Ja, Ma'am. Danke, Ethel.«

»Gerne. Wir sehen uns am Dienstag. Ich sage Bud, dass Sie vorbeigekommen sind.« Sie strahlt ihn an, reicht ihm die Tüte mit seinen Einkäufen und wendet sich dann dem nächsten Kunden in der Schlange zu.

Er atmet schwer, während er an den Mädchen vorbeigeht, den Blick fest nach vorn, auf den Türgriff seines SUVs gerichtet. Einen Fuß vor den anderen, noch drei Schritte, noch zwei, noch einen. *Sieh nicht hin, hör nicht auf ihr Gelächter, denk nicht darüber nach, was unter dem dünnen Stoff ihrer Kleider ist.* Dann sitzt er in seinem Wagen, das Radio laut aufgedreht, und legt den Gang ein. Die Reifen quietschen leicht, als er mehr Gas gibt, als nötig ist.

Er muss nach Hause fahren. Muss sich vor seinen Computer setzen und ein Mädchen finden. Nur um sich rasch etwas Erleichterung zu verschaffen. Ohne Erleichterung werden seine Gedanken abschweifen, und in letzter Zeit wandern sie immer in eine Richtung, in der sie nichts zu suchen haben. Zu dem kleinen Mädchen, von dem er sich mehr als von allen anderen fernhalten sollte, dem einen, das zu nah bei seinem Zuhause ist, bei dem die Verbindung zu stark ist – die Gefahr, geschnappt zu werden, zu groß. Er schüttelt den Kopf, richtet seine Aufmerksamkeit auf die Straße, konzentriert sich auf die nächsten beiden Schritte.

Schritt eins: nach Hause fahren.

Schritt zwei: online gehen.

10

Jeremy liefert am Vormittag ein Päckchen, eines, das ich ignoriere bis zum Mittag, als ich Mittagspause mache. Ich untersuche die Verpackung, bevor ich es öffne, betrachte die farbige Luftpolstertasche und den Aufkleber der Nachsendefirma, über die die Post läuft, die an meine Tarnadresse geht. Er deutet darauf hin, dass es von einem Kunden ist.

Während ich darauf warte, dass die Mikrowelle eine vegetarische Lasagne aufwärmt, schüttele ich das Päckchen und versuche zu erraten, was darin ist. Kein Scheppern, das Päckchen ist weich. Vermutlich Kleidung – irgendein sexy Outfit.

Die Absenderadresse verrät mir im Allgemeinen, ob der Kunde verheiratet ist. Verheiratete Männer geben keine Absender an, oder sie verwenden eine Arbeitsanschrift. Verheiratete Männer hinterlassen keine gemalten Herzen neben meinem Namen oder Smiley-Gesichter auf dem Karton. Verheiratete Männer wollen nicht, dass ein Paket an sie zurückgeschickt wird und sich an ihrem blinden Vertrauen rächt. Dieses Päckchen, mit der rosa Versandtasche und einer Absenderanschrift in Maine, ist vermutlich von einem alleinstehenden Typen. Einem, der sich große Hoffnungen macht, mir das Herz zu stehlen und mich zu überreden, auf immer und ewig die Seine zu sein.

Die Mikrowelle piepst, und ich drücke auf den Knopf, um zu verhindern, dass mich der Timer weiter anschreit. Ich öffne eine Schublade, entnehme ihr eine Kinderschere und schneide das Päckchen auf. Handtücher. Das ist mal was anderes. Ich halte sie hoch und mustere die gestickten Rosen auf der Vorderseite, etwas, was besser zu einer älteren Frau passen würde als zu mir, aber trotzdem hübsch. Ich wühle in dem Seidenpapier nach einer Karte, finde einen weißen Umschlag und ziehe ihn heraus.

Handtücher gehören nicht zu den normalen Geschenken. Schmuck, Dessous, Pyjamas, Briefpapier, Pornovideos, private Sexfilme, Sexspielzeug, Kostüme, Sportzubehör … das ist die Norm.

Ich reiße den Umschlag auf und entnehme ihm eine Karte mit einem Golden Retriever auf der Vorderseite. Als ich sie aufklappe, lese ich den in sauberer Handschrift geschriebenen Text.

Jessica,
ich habe eben eine neue Lieferung bekommen und wollte sie gleich ausprobieren. Dachte, das Design könnte dir gefallen, da mir aufgefallen ist, dass du Rosa magst.
Alles Liebe,
Lillian

Lillian. Ich werfe einen Blick auf die Absenderanschrift mit dem Namen »L. Baker«. Die Handtücher ergeben auf einmal Sinn.

Ich habe nicht viele weibliche Fans, aber es gibt sie, und sie nehmen – in gewisser Hinsicht – mehr Zeit in Anspruch als meine männliche Kundschaft. Frauen erfordern mehr Hingabe, persönliche Aufmerksamkeit. Sie schreiben längere E-Mails, verbringen mehr Zeit mit Chatten und weniger mit Masturbieren, stellen persönliche Fragen und erwarten von mir, dass ich mich an Details über ihre Vorlieben, ihr Leben und ihre Geschichten erinnere.

Für Frauen sind unsere Chats eher dazu da, eine Beziehung aufzubauen. Manche sind bekennende Lesben, andere sind bisexuell, wieder andere sind neugierig. Manche scheinen einfach nur einsam zu sein, während andere die physische Erkundung wollen, die über das Camming stattfinden kann. Manche, wie zum Beispiel Lillian, sind alt genug, um meine Großmutter zu sein, während andere Collegestudentinnen sind, die ein bisschen experimentieren.

Ich »kenne« Lillian jetzt seit etwa einem Jahr. Wir chatten ungefähr einmal im Monat. Es sind freundliche Unterhaltungen, in deren Verlauf sie mich gelegentlich bittet, meine Bluse auszuziehen oder mein Kleid anzuheben und ihr die Spitzen meines Slips zu zeigen. Es kommt nie zu ausdrücklichen sexuellen Aktivitäten, aber sie hat meine Webseite abonniert, und ich habe ihren Webverkehr beobachtet. Lillian sieht sich täglich mindestens eine Stunde meines Feeds an.

Sie ist eine sehr nette Frau, immer freundlich und interessiert an meinem Tag, meinem Leben, meinem allgemeinen Wohlbefinden. Handtücher scheinen genau ihr Fall zu sein, ebenso Stickereien. Ich greife zu meiner Briefpapiermappe und schreibe ihr ein paar Zeilen auf eine Dankkarte, während mich der Lasagnegeruch an mein Mittagessen erinnert. Nachdem ich das Kuvert zugeklebt habe, adressiere ich es und stecke es in den großen Umschlag, der an die Nachsendefirma zurückgeschickt wird. Dann reiße ich die Plastikfolie von meinem Mittagessen und lange zu.

11

Annie

Um halb sechs kommen die Verwandten zu ihrer Party.

Onkel Frank ist der Erste. Er nimmt seine abgewetzte Baseballmütze im Eingang ab, lächelt Annie schüchtern an und hält ihr ein kleines, gelb verpacktes Geschenk hin, das aussieht, als ob es mit einer halben Rolle Klebeband eingewickelt wurde.

Annie springt aufgeregt hoch, schlingt ihre dünnen Arme um seine Taille und atmet den Geruch von Zigaretten und Erde ein, der ihn ständig umgibt. Sie sieht strahlend zu ihm auf, schnappt sich das Geschenk und schüttelt es aufgeregt. »Danke, Onkel Frank!«

Er kneift sie in den Nacken und grinst zu ihr hinunter. »Gern geschehen, Schatz.« Er geht in die Knie, sodass sie auf Augenhöhe sind. »Willst du es jetzt aufmachen?«

Ihre Augen weiten sich. »Darf ich denn?«, flüstert sie.

»Na klar. Setzen wir uns auf die Stufe hinterm Haus, da sind wir niemandem im Weg.« Er richtet sich auf und streckt den Arm aus, und sie legt ihre winzige Hand in seine und zieht an ihr, zerrt ihn durch das kleine Wohnzimmer zu der schäbigen Hintertür.

Sie sitzen dicht nebeneinander auf der kleinen Betonstufe hinter dem Trailer, haben die Köpfe zusammengesteckt, ihre Beine berühren sich. Sie lehnt sich an seine Schulter, zupft mit nervösen Händen an dem Papier, und ihre Frustration über die Verpackung entlockt ihm ein Lachen. Er nimmt ihr das Päckchen sanft aus der Hand und lockert das Klebeband. »So«, sagt er und gibt es ihr wieder. »Jetzt kannst du es in Fetzen reißen.«

Im Haus wird einem anderen kleinen Mädchen die Vordertür geöffnet. Sein Vater hält seine kleine Hand, bis sie die Schwelle überschritten haben. Das Mädchen läuft los, auf den Tisch mit den kleinen Geschenktüten zu, während seine Füße über den dünnen Boden des Trailers poltern.

»Wo ist Annie?«, fragt der Mann, während er zusieht, wie seine Tochter durchs Haus stürmt.

»Sie kommt gleich«, sagt Carolyn Thompson. Sie stellt einen Krug mit Eistee ab und wirft ihm ein Lächeln zu. »Ich weiß, sie wird sich freuen, Dana zu sehen. Es ist schon viel zu lange her, seit Sie sie zuletzt hergebracht haben.«

Der Mann verzieht das Gesicht und wischt sich mit dem Hemdsärmel die Stirn ab. »Sie wissen ja, wie es ist, Carolyn. Ständig zu viele Verpflichtungen.«

Sie nickt und stellt einen Stapel Tassen hin, dann wendet sie sich ab, um zurück in die Küche zu gehen. Auf dem Weg bleibt sie an der Hintertür stehen. Sie sieht die Stufe, und dann sieht sie, wie sich ihr Bruder hinunterbeugt und Annie etwas ins Ohr flüstert.

12

Ich habe zwei Seelenklempner. Ich weiß eigentlich nicht, warum, nur dass ich dem einen offenbar Dinge sage, die ich dem anderen nicht sagen kann, und umgekehrt. Ich bezahle beide, was für mich seltsam ist, da ich im Allgemeinen versuche, Güter jeglicher Art gegen meine Dienste zu tauschen. Sex, sogar Internetsex, scheint eine Universalwährung zu sein. Ich habe nur einmal versucht, einen Seelenklempner unter meinen Kunden zu finden, und es war eine Katastrophe. Natürlich, bei einem Usernamen wie QuackAttack hätte ich mir vermutlich denken müssen, dass es nicht klappen würde. Das war der Typ mit dem kleinen Schwanz.

Dr. Brian Russell ist mein erster Seelenklempner, mein Sex-Doktor. Er ist Sextherapeut und im Grunde mein Plauderkumpel. Das Foto auf seiner Webseite zeigt einen schmalen, kahlköpfigen weißen Mann, dessen Fotos regelrecht herausschreien, dass er schwul ist, obwohl er nichts tut, außer in einem Businessanzug in eine Kamera zu lächeln. Ich wollte unbedingt einen schwulen Seelenklempner, um mir keine Sorgen machen zu müssen, ich könnte ihn antörnen, während ich meine Sessions beschreibe. Ich rede mit ihm über meine Kunden, und er erzählt mir von ihren sexuellen Motivationen und wie ich am besten auf sie eingehen kann. Das ist die offizielle Beschreibung unserer Beziehung, aber die meiste Zeit kichern wir einfach über das, was bei meinen Cam-Sessions abläuft. Ich habe niemanden sonst, mit dem ich darüber reden könnte, und aufgrund seiner ärztlichen Schweigepflicht sind seine Lippen versiegelt.

Dr. Derek Vanderbilt ist mein zweiter Seelenklempner und seit achtzehn Monaten auf meiner Gehaltsliste. In den letzten drei Jahren war er für mich am ehesten so etwas wie ein Freund. Ich kann kein Foto von ihm im Internet finden, was mir einfach keine Ruhe lässt. Aus irgendeinem Grund will ich gern wissen, wie die Person am anderen Ende der Leitung aussieht, denn dann habe ich das Gefühl, die Oberhand zu haben … zumindest in meiner Vorstellung.

Wir reden einmal die Woche, mittwochs um vierzehn Uhr. Er hat mir dringend nahegelegt, die Anzahl meiner Sitzungen auf zwei pro Woche zu erhöhen, aber ich habe diesen Vorschlag ignoriert. Er weiß nicht, dass ich noch einen zweiten Therapeuten habe. Wenn er es wüsste, würde er sich vielleicht nicht so viele Sorgen um meine psychische Gesundheit machen. Ich rede mit Dr. Derek über meine mörderischen Neigungen und die Auswirkungen meiner Isolation. Es macht mir nichts aus, so verrückt zu sein, dass ich jemanden töten könnte, aber ich will nicht so irre wirken, dass ich in der Klapsmühle landen könnte. Das wäre vermutlich schlecht fürs Geschäft – ein echter Abtörner.

»Erzählen Sie mir von Ihrer neuesten Fantasie.« Dr. Dereks Stimme ist sanft, tief und männlich. Ich könnte ihr den ganzen Tag zuhören, aber bei 150 Dollar die Stunde beschränke ich mich auf einstündige Sitzungen.

»Ich gehe nachts in ein Haus. Es ist still. Das Einzige, was ich hören kann, ist das gelegentliche Piepsen eines Rauchmelders. Das Geräusch macht mich wahnsinnig. Im Erdgeschoss kann ich niemanden finden, und während ich die Treppe hochsteige, hämmert mein Herz unregelmäßig. Ich bin feucht.«

»Feucht – vom Regen?«, fragt Dr. Derek.

»Nein. Feucht im Sinne von erregt«, stelle ich klar.

»Sind Sie in Ihren Fantasien oft erregt?«

Das bringt uns aber vom Thema ab, und ich will ihm meine verdammte Fantasie zu Ende erzählen. Das tut er oft, er greift wahllos irgendetwas auf, was ich sage, und reitet darauf herum, bis wir das arme kleine Thema zu Tode erschöpft haben.

»Manchmal.« Ich weiß, dass er mehr hören will, aber ich lasse mich nicht beirren. »Ich fange an, die Treppe hochzusteigen, die dritte Stufe knarrt laut. Ein Hund über mir winselt, und ich weiß, dass ich ihn töten muss, um ihn zum Schweigen zu bringen. Ich will ihn nicht töten, darum drehe ich fast wieder um. Aber der Trieb ist stärker als ich, und er hämmert so laut in meinem Kopf, zusammen mit dem Piepsen des verdammten Rauchmelders, dass ich ihn befriedigen muss.«

Ich halte inne, aber Dr. Derek hält zum Glück den Mund, und so fahre ich fort: »Das obere Ende der Treppe wird von einem kleinen Weihnachtsmann-Nachtlicht erhellt. Ich bin verwirrt, denn es ist nicht Winter. Ich starre es einen Moment lang an, bevor ich ein Kratzen an einer Tür höre. Es ist der Hund. Ich greife nach der Klinke, und auf einmal halte ich ein Messer in der Hand. Ich öffne langsam die Tür; im Zimmer ist es dunkel. Der Hund sieht zu mir hoch. Es ist ein alter Golden Retriever. Sein Rücken ist krumm, und er sieht aus trüben blauen Augen zu mir hoch. Er wedelt mit dem Schwanz. Ich beginne zu weinen. Kein Schluchzen, nur kleine Tränenbäche, die aus meinen Augen sickern. Ich töte den Hund nicht, aber mein Durst nach Blut ist wütend auf mich wegen meiner Schwäche.«

Ich verlagere meine Haltung, während mich die Erinnerung an den Traum aufs Neue erfüllt. »Das Hämmern in meinem Kopf wird stärker. Es ist wie dieses Gefühl, wenn man richtig erregt ist; wenn sich dein Körper nach Erleichterung verzehrt – du würdest alles dafür tun, und du bist in einem solch blinden Aufruhr, dass du keinen rationalen Gedanken mehr fassen kannst. Der Drang besiegt meine rationale, mitfühlende Seite, und ich stürze ins Zimmer, besorgt, dass sie wach sind und ich den Überraschungsvorteil verloren habe. Neben dem Bett bleibe ich stehen und warte darauf, dass sich meine Augen an die Dunkelheit gewöhnen. Ich bin wütend auf mich, weil ich den Hund in Ruhe gelassen habe, und ich höre das leise Schlurfen seiner alten Pfoten auf dem Teppich, als er zu mir herüberkommt. Er kauert sich neben mich und sieht schnaufend zu mir hoch. Das leise Geräusch seines zufriedenen Atems lässt den unerträglichen Chor in meinem Verstand noch lauter werden, und ich kenne nur eine Möglichkeit, ihn zum Schweigen zu bringen.«

Ich halte einen Moment inne. Ich atme schwer aus – die Schilderung der Fantasie erregt mich, und der Drang wird heftiger. Es ist immer ein zweischneidiges Schwert, mit Dr. Derek zu reden. Er hilft, die Triebe in Schach zu halten, aber an diesen Punkt zu gelangen, verleiht ihnen oft erst ihre Kraft.

»Meine Augen haben sich an die Dunkelheit gewöhnt, und ich scanne den Raum: ein großes Schlafzimmer. In dem Bett sehe ich zwei Körper. Der Mann hat die Bettdecke zurückgeschlagen und liegt auf dem Rücken. Die Frau ruht auf der Seite, das Gesicht von mir abgewandt. Ich gehe auf ihre Seite des Betts und erledige sie zuerst. Dann gehe ich …«

»Wie töten Sie sie?«

Ich halte inne, die Hände zu Fäusten geballt, versuche den Schwall der Erregung zu unterdrücken, der immer heftiger wird. »Ich benutze ein Messer. Ich steche sie in den Hals. Sie setzt sich zur Wehr, aber sie kann nicht sprechen. Ich sehe zu, wie sie stirbt.«

»Wie fühlen Sie sich, als sie stirbt?«

»Machtvoll.« Ich schließe die Augen, während ich das Wort ausspreche. Ich weiß, dass es nicht die Antwort ist, die er hören will. Er denkt ständig, dass sich irgendetwas ändern wird. Dass ein Gefühl der Reue in meine Fantasien eindringen wird.

»Und was passiert dann?«

»Dann gehe ich zu ihm. Bei ihm lasse ich mir mehr Zeit. Ich beginne mit seiner Brust. Ich steche auf sie ein, wovon er aufwacht. Ich warte, bis er die Frau gesehen hat, dann erledige ich ihn.«

»Warum warten Sie, bis er sie gesehen hat?«

Ich reibe mir die Stirn. »Ich weiß nicht. Weil ich psychotisch bin.«

»Sie scheinen nicht sehr glücklich mit dieser Fantasie.«

»Scheine ich je glücklich mit meinen Fantasien? Es ist einfach so verkorkst. Ich hasse die Tatsache, dass ich den Gedanken an diesen widerlichen Scheiß genieße. In letzter Zeit deprimiert es mich noch mehr als sonst.«

»Soll ich Ihnen etwas verschreiben?« In seiner Stimme,

seiner Frage, liegt irgendetwas, aber ich kann nicht genau sagen, was.

»Verdammt, *nein.* Ich will, dass Sie den Zauberschlüssel finden, der mich normal macht.«

»Niemand ist normal. Alle geben nur vor, normal zu sein.«

»Kommen Sie mir nicht mit diesem Blödsinn. Früher war ich normal, und damit habe ich mich rundum gut gefühlt.«

»Schien Ihre Mutter normal?«

Ich seufze, stöhne laut prustend auf und schließe die Augen. Ich bin während des bisherigen Gesprächs durch die Wohnung geschlendert, das Handy ans Ohr gedrückt, jetzt lasse ich mich auf mein Bett fallen, mein richtiges, das, in dem ich schlafe, und starre an die Decke. »Ja, Mom wirkte immer normal. Es ist nicht so, dass ich eine zweite Mutter habe, mit der ich sie vergleichen könnte, aber sie war toll. Sie hatte jeden Mittwoch Kekse für uns gebacken, wenn wir von der Schule nach Hause kamen. Und sie liebte Rabattmarken. Dad hat mehr als genug Geld verdient, aber Mom war besessen davon, Rabattmarken zu sammeln und in diese Heftchen einzukleben. Das tat sie jeden Abend, nachdem der Abwasch erledigt war, während wir unsere Hausaufgaben machten. Sie schien glücklich, vielleicht war sie ein bisschen distanziert zu Summer und Trent, aber so normal wie jeder andere auch.«

»Distanziert? Inwiefern?«

»Mich hat sie immer umarmt, wollte über meinen Tag reden, kam in mein Zimmer hoch, um Zeit mit mir zu verbringen. Bei Summer und Trent gab es diesen Ausdruck von Zuneigung nicht, sie schien nicht bestrebt oder interessiert daran, Zeit mit ihnen zu verbringen. Es war fast, als hätte sie Angst davor, ihnen nahezukommen.«

»Denken Sie zurück, Deanna. Gab es irgendeinen Hinweis auf das, was kommen würde?«

Ich schließe die Augen und konzentriere mich auf die Frage, suche in der Vergangenheit. Aber ich weiß die Antwort bereits. Es ist eine Frage, die ich mir selbst vier Jahre lang gestellt habe.

»Es gab Zeiten, in denen sie launisch oder still war, und Zeiten, in denen wir wussten, dass wir ihr Raum lassen mussten. Aber das ist doch für jeden Menschen ein ganz normales Verhalten, oder? Und manchmal rastete sie ohne jeden Grund aus und wurde wegen irgendeiner Kleinigkeit fuchsteufelswild.«

Ich rolle mich auf die Seite und spiele mit einer Naht an meiner Bettdecke. »Einmal, als ich noch klein war, ist irgendetwas passiert. Ich habe Mom und Dad eines Tages darüber reden hören, etwas, was dazu führte, dass Mom für eine Weile weggeschickt wurde. Ich habe Dad eines Tages danach gefragt, und er sagte nur, sie sei krank, und ich vergaß die Angelegenheit, als Mom wieder da war. Ich muss aber zugeben, wenn sie manchmal ausgerastet ist, schien das, was passiert ist, aus völlig heiterem Himmel zu kommen. Der einzige Hinweis, der mir im Nachhinein einfällt, ist, dass sie mich an jenem Tag wegschickte.«

Ich stieg die Stufen unseres großen weißen Kolonialhauses hoch, ein eindrucksvolles Gebäude, das die gehobene Mittelschicht geradezu herausschrie, und riss die rote Haustür auf. Drinnen angekommen, ließ ich meine Schultasche mit einem dumpfen Aufschlag, der meine Schulmüdigkeit verriet, am Fuß der

Treppe fallen und rief »Mom!«, um sie in dem riesigen Haus zu finden.

»Ich bin hier, Schatz.«

Ihre Stimme war von oben gekommen, und ich stürmte die Treppe hoch. Ich nahm zwei Stufen auf einmal und war außer Atem, als ich den Treppenabsatz im zweiten Stock erreichte. Ich trottete den Flur hinunter und sah in alle Schlafzimmer, bis ich sie in meinem entdeckte. »Du glaubst nicht, was heute passiert ist!« Ich blieb wie angewurzelt stehen, als ich mein Bett sah. »Was tust du denn da?«

Sie hatte meinen Koffer auf dem Bett aufgeklappt – ein lilafarbenes riesiges Ding, das ich seit jenem Sommer nicht mehr gesehen hatte, als ich die entsetzliche Entscheidung getroffen hatte, ins Volleyball-Lager zu fahren. Sie musste ihn vom Speicher heruntergeholt haben. Mom hatte Stapel mit zusammengefalteten Kleidern aufs Bett gelegt und war eben dabei, eine Jeans einzupacken. Sie sah lächelnd zu mir hoch. »Du fährst übers Wochenende zu deinen Großeltern.«

»Was? Wieso das denn? Jennifer gibt an diesem Wochenende eine Party im Seehaus ihrer Eltern. Du hast gesagt, ich könnte hingehen!«

»Ich weiß, Schatz, und es tut mir ja auch leid. Aber du hast sie seit einer Ewigkeit nicht mehr gesehen, und als sie anriefen und fragten, konnte ich einfach nicht Nein sagen.«

Ich sah sie stirnrunzelnd an. Das sah ihr überhaupt nicht ähnlich. »Kommen Trent und Summer auch mit?«

Sie zögerte und faltete einen grauen Pullover zusammen. »Nein. Ich will deine Großeltern nicht mit euch dreien belasten. Außerdem wird es gut für dich sein, etwas Zeit allein mit Granpa und Granma zu verbringen. Wenn du erst einmal aufs College gehst, wirst du sie nicht mehr so oft sehen.«

Ich ging zum Bett hinüber und sah auf die Kleider, die sie ausgewählt hatte. Es waren bei Weitem zu viele Klamotten für zwei Tage bei meinen Großeltern. Aber Mom hatte die richtigen Sachen gepackt. Sie wusste, was wozu passte und was im Moment angesagt war. Jennifers Party zu verpassen nervte zwar, aber ich hatte das Gefühl, dass Mom irgendetwas vor mir verbarg. Ich sollte in einem Monat die Highschool abschließen, und ich hätte mich nicht gewundert, wenn sie irgendetwas Besonderes für mich plante. Für Überraschungen war Mom immer gut.

»Was glauben Sie, warum sie Sie weggeschickt hat?«

»Mom und ich waren uns sehr ähnlich. Ich war ein jüngerer Klon von ihr, zumindest haben sie und Dad mich immer so genannt, wenn sie …«

Er fällt mir ins Wort. »Deanna, wenn Sie sich immer als Klon Ihrer Mutter gesehen haben, kann es dann nicht sein, dass Sie diese Gewaltfantasie auf sich selbst projizieren, weil Sie glauben, dass es das ist, womit Ihre Mutter zu kämpfen hatte?«

»Alles ist möglich. Aber ich nehme nicht an, dass sich eine gewöhnliche Paranoia in Trieben äußern würde, wie ich sie habe.«

Dr. Derek weiß nicht, dass ich schon einmal getötet habe. Er weiß nicht, dass ich jemandem ein Messer in den Bauch gerammt und ihm beim Sterben zugesehen habe. Dass ich diese Erfahrung hinter mir ließ und mehr wollte. Mehr Blutvergießen, mehr Tod. Mein Vertrauen in die ärztliche Schweigepflicht ist nicht so groß. Ich fahre fort, bevor er noch mehr auf diese Theorie eingehen und sie zu Tode analysieren kann.

»Jedenfalls, ich weiß nicht, ob sie geplant hat, was passiert ist, aber ich nehme an, sie könnte gewusst haben, dass irgendetwas in der Luft lag. Mich zu töten wäre so gewesen, als hätte sie sich selbst umgebracht.«

»Aber das hat sie doch getan.«

Ich halte einen Moment inne. »Ja, aber vielleicht war das unerwartet. Vielleicht konnte sie nach dem, was sie getan hat, mit sich selbst nicht mehr leben.«

»Glauben Sie das wirklich?«

Ich erstarre. »Was meinen Sie damit?«

»Ich meine, geben Sie nicht irgendwelchen Blödsinn von sich, nur um meinen Fragen aus dem Weg zu gehen?«

»Es ist kein Blödsinn, es ist die Wahrheit. Und wenn ich Ihren Fragen aus dem Weg gehen wollte, würde ich einfach auflegen.«

»Vielleicht.«

Jetzt reicht's. Ich lege aus Trotz auf, und dann erliege ich dem College-Mädchen in mir und strecke meinem Handy die Zunge heraus.

Dr. Derek glaubt nicht, dass ich eine Mörderin bin. Er sagt, dass meine Triebe ausschließlich Fantasien sind, dass ich keine anderen Züge einer Mörderin erkennen lasse. Er denkt, dass ich bipolar bin, dass meine Dämonen nur eine Facette meiner Persönlichkeit sind, nicht mein wirkliches Ich. Er ist der Meinung, dass wir diese dunkle Seite von mir dingfest machen und mit der richtigen medikamentösen Behandlung zum Schweigen bringen können.

Ihm ist nicht bewusst, dass es, nur weil ich es »einen Trieb« oder »meine andere Seite« nenne, keine abgetrennte Persönlichkeit von mir ist. Früher nannte ich es Dämon, weil es für mich weitaus leichter war, ihm einen Namen zu geben, als es Anthropophobie zu nennen. Außerdem war es, wenn ich sauer darauf war, weitaus leichter, darüber herzuziehen, wenn es einen Spitznamen hatte. Aber Dämon war nur ein Name, kein eigenständiges Wesen. Ich *bin* der Dämon. Es gibt nicht die nette Deanna und die böse Schwester. Ich bin immer böse. Der Dämon *ist* Deanna. Daher ließ ich den Spitznamen irgendwann einfach fallen und akzeptierte Anthropophobie, Daknomanie, Psychose … all das bin ich.

Meine vielen Diagnosen würden bei einem Mordprozess durchaus hilfreich sein – für mich. Und streng genommen sollte ich, da ich eine Mörderin bin, im Gefängnis sitzen. Aber Sie müssen verstehen, dass ein Gefängnis, auch wenn es für mich etwas Gutes wäre, sehr schlecht für meine Besessenheit wäre. Wissen Sie, im Gefängnis gibt es viele Leute. Und die könnten nicht sehr weit weglaufen.

13

Jeremy

Seine braune Uniform ist gebügelt und sein Namensschild zurechtgerückt, als Jeremy Bryant mit dem alten Metallaufzug in die sechste Etage hochfährt. Die Lieferung ist erst für morgen vorgesehen, aber als er die Adresse vorhin sah, legte er sie für heute in seinen Lieferwagen. Er brauchte eine Ausrede, um in diesen verdammten Aufzug zu steigen, hoch in die sechste Etage zu fahren und dieselbe Routine zu befolgen wie in den letzten drei Jahren. Klingeln, warten, unterschreiben und wieder gehen. Nicht aufregend genug, um zehn Minuten eines Tages zu verschwenden, der ohnehin schon vollgepackt ist mit Lieferungen. Und doch ist er nun hier.

Es ist ein kleiner brauner Umschlag, auf dem »Jessica Reilly« steht. Die meisten Lieferungen an diese Adresse sind für Deanna Madden, aber von Zeit zu Zeit ändern sich die Namen auf den Päckchen. Jessica Reilly ist eine häufige Empfängerin. Früher ging er davon aus, dass sie Mitbewohnerinnen hat, aber als er einmal mit dem Hausmeister des Mietshauses im Aufzug fuhr, hatte ihm dieser erzählt, dass sie allein lebe, ihre Miete für ein Jahr im Voraus bezahle und – nach den Worten des übergewichtigen, ungewaschenen Mannes – »verdammt heiß« sei.

»Wirklich?«, hatte Jeremy gefragt. »Heiß?«

Der Gedanke war ihm zuvor auch schon durch den Kopf gegangen. Dass er sie nie zu Gesicht bekam, hatte seine Fantasie beflügelt. An einem Tag war er überzeugt, dass sie hinreißend war, am nächsten stellte er sich eine dieser Monsterfrauen vor, die man nur mit einem Gabelstapler von der Couch heben konnte.

»*Verdammt* heiß. Wunderschönes Gesicht mit einem Körper, zu dem ich mir tagelang einen runtergeholt habe.«

Hmm. Das klingt nicht nach Gabelstapler-Frau.

»Wie oft sehen Sie sie denn?«

Der Hausmeister hatte gelacht. »Sie ist das Geheimnis dieses Gebäudes, Mann. Sie versteckt sich vor irgendwem. Sie hat dieses Apartment seit dem Tag, an dem sie eingezogen ist, nicht mehr verlassen. Und das meine ich *wörtlich.* Die Tür ist zugefallen, und das war's. Ein Typ hat vor ein paar Jahren mal den Feueralarm ausgelöst, nur um zu sehen, ob sie rauskommt. Wir standen alle um zwei Uhr morgens in der Arschkälte draußen vor dem Haus, aber sie hat sich nicht gerührt.«

Der Aufzug war rumpelnd zum Stehen gekommen. Der Mann hatte Jeremy zugenickt und sich dann schwerfällig vor ihm durch die Öffnung in den schmuddeligen Hausflur geschoben. »Man sieht sich.«

Ihre Liefergewohnheiten bestätigten die Aussagen des Hausmeisters. Die Menge an Paketen, die sie erhält, ist gigantisch, jedenfalls für einen normalen Menschen, der keinen florierenden Einzelhandel in seiner Wohnung betreibt. Sie kommen so häufig, dass Jeremy fast täglich Lieferungen zu diesem uralten Mietshaus auszufahren hat, und er hat sich an den düsteren Aufzug gewöhnt, der es kaum bis zu ihrer Etage schafft, und stört sich bald nicht mehr an ihm. Sie weigert sich seit drei Jahren standhaft, ihre Tür zu öffnen – seine erste Lieferung ging katastrophal daneben, was sie schließlich zu ihren Gunsten nutzte.

Er hatte dem Karton keine große Beachtung geschenkt, abgesehen davon, dass er unglaublich schwer war, über siebzig Pfund – ein riesiger Karton von einem Elektronik-Großmarkt. Er hätte ihre Tür fast übersehen, wollte eben schon an ihr vorbeigehen, aber dann blieb er doch stehen und überprüfte noch einmal die Adresse. Er klopfte an die Tür des Apartments 6E. Im Inneren der Wohnung war Bewegung zu vernehmen, Schritte, ein kleiner Tumult und dann eine atemlose Stimme. »Ja?«

»UPS. Ich habe ein Paket für eine Deanna Madden.«

»Lassen Sie es einfach an der Tür stehen, bitte.«

Er sah auf den Karton. »Es ist versichert, Ma'am. Muss unterschrieben werden.«

»Dann kritzeln Sie meinen Namen hin.«

»Es tut mir leid, das kann ich nicht machen. Wenn Sie etwas Zeit brauchen, um sich anzuziehen, kann ich warten oder später wiederkommen.«

»Ich bin angezogen, aber ich mache die Tür nicht auf. Lassen Sie das Paket da, und handhaben Sie das mit der Unterschrift, wie Sie wollen.«

Ihre Stimme war kräftig, aber sie klang gleichzeitig so süß und kess, dass sein Verstand darum flehte, einen Blick auf die dazugehörige Frau werfen zu dürfen. Er biss die Zähne zusammen und sah auf die Tür.

»Ma'am, es ist für elfhundert Dollar versichert. Ich kann es nicht ohne Unterschrift dalassen. Wäre es Ihnen lieber, wenn ich es morgen zustelle?«

»Ich werde die Tür auch morgen nicht aufmachen.«

Er kämpfte gegen den Drang an, entnervt aufzustöhnen, sah hinunter auf den schweren Karton. »Ich weiß ja nicht, wie groß Sie sind, aber der Karton ist ziemlich schwer. Sie brauchen vermutlich Hilfe, um ihn in die Wohnung zu schaffen.«

»Ich weiß Ihre Besorgnis zu schätzen, aber ich schaffe das schon. Vielen Dank.«

Vielen Dank. Eine anmaßende Reaktion, die auf ihre Gewissheit hindeutete, dass er den Karton schon dalassen würde. Überzeugt, bevor er eine Entscheidung getroffen hatte. Er seufzte, hin- und hergerissen, ob er ein Tausend-Dollar-Paket in diesem moderigen Flur stehen lassen oder das schwere Ding wieder mitnehmen sollte, um dieses ganze Theater morgen noch einmal mitzumachen.

Er ließ das Paket da, imitierte, so gut er konnte, eine mädchenhafte Unterschrift auf seinem digitalen Signaturpad und warf einen langen Blick auf den dunklen Türspion, der seine Unzufriedenheit mit der ganzen Situation zum Ausdruck bringen sollte. Kopfschüttelnd ging er zurück zum Aufzug, in der Hoffnung, nie wieder etwas mit ihr zu tun zu haben.

Das war vor drei Jahren. Drei Jahre, in denen er ihre Stimme durch diese Tür gehört und mit aufreibender Regelmäßigkeit unzählige Pakete durch diesen düsteren Flur geschleppt, gezerrt und geschwungen hat.

Sie scheint sich alle zwei Tage Toilettenpapier liefern zu lassen. Er sieht auf das braune Päckchen für Jessica Reilly. Der Absender ist eine Nachsendefirma in Des Moines, Iowa. Das ist noch so ein Geheimnis. Ungefähr zehn Prozent ihrer Pakete sind Nachsendungen, die meisten von Absendern ohne Anschrift. Vielleicht ist sie eine Terroristin.

Eine Terroristin mit einem Hang zu Haushaltswaren, die Pakete bekommt, auf die Herzen gemalt sind.

Die Aufzugtüren öffnen sich mit dem quietschenden Geräusch von Metall auf Metall, und Jeremy tritt hinaus in den Gang, auf den dunkelbraunen Teppichboden, mit dem die sechste Etage ausgelegt ist. Vor ihrer Tür bleibt er stehen, beugt sich vor und horcht.

Die Geräusche, die aus ihrer Wohnung kommen, unterscheiden sich oft. Manchmal Musik, manchmal Stimmen, einmal ein Schrei, der sexueller Art zu sein schien. Heute ist es still. Er richtet sich auf und klopft dreimal an die Tür.

»Lassen Sie es stehen. Danke.« Die Stimme kommt prompt, von unten, als würde sie auf der anderen Seite der Tür sitzen.

Lassen Sie es stehen. Danke. Er grinst unwillkürlich, unterzeichnet mit ihrem Namen auf dem Pad und lehnt das Paket sachte gegen die Tür. Dann hebt er eine Hand und winkt der geschlossenen Tür zu, nicht sicher, ob sie die Geste angesichts der Höhe, von der ihre Stimme kam, überhaupt sehen kann. »Schönen Tag noch«, ruft er, bevor er sich in Richtung Aufzug entfernt.

Sie wird die Tür nicht öffnen. Das tut sie nie. Einmal ist er zwei Türen weiter stehen geblieben und hat eine Viertelstunde gewartet, aber ihre Tür wurde nicht geöffnet, und das Paket blieb davor liegen wie ein Stück köstlicher Käse in einer Mäusefalle.

Er drückt auf den Aufzugknopf, die Türen öffnen sich prompt, er steigt ein, und der Blick auf die sechste Etage wird ihm genommen, als sich die Türen schließen.

14

Auf den Camming-Seiten kostet es die Kunden einen Dollar pro Minute zusätzlich, wenn sie ihre eigene Webcam einschalten und sich über das Cam-to-Cam-Feature von mir anschauen lassen. Diese Option ermöglicht es mir nicht nur, sie zu sehen – ein Umstand, den Voyeure lieben –, das Feature ist auch mit Sound ausgestattet, sodass der Kunde sprechen kann, statt tippen zu müssen. Jedes Stöhnen, jedes Keuchen kommt klar und deutlich durch die Lautsprecher, die ich überall in meinem Cam-Room aufgestellt habe. Manche Kunden bemühen nicht gern die Tastatur, sind aber zu knauserig, den zusätzlichen Dollar pro Minute zu bezahlen, um auch reden zu können. Diese Spezialisten bitten mich dann häufig darum, sie anzurufen – die Ökonomie der Cam-Seite ist mit dem Anwählen einer nicht kostenpflichtigen Telefonnummer natürlich ausgehebelt.

Als ich mich auf der Seite anmeldete, musste ich einer Liste von Regeln zustimmen. Eine davon lautet, dass ich keinen direkten Kontakt zu Kunden aufnehmen darf. Telefonanrufe verstoßen gegen diese Regel. Anfangs war ich die perfekte Cammerin. Ich hielt mich eisern an die Regeln – die Hand zu beißen, die mich fütterte, machte mir Angst, vor allem in der ersten Zeit, als mein Kontostand dreistellig war und ich nicht wusste, wie sich dieses ganze Webcam-Ding finanziell entwickeln würde.

Inzwischen verstoße ich mit unverhohlener Gleichgültigkeit gegen die Regeln. Ich mache Werbung für meine persönliche Seite, gebe meine E-Mail-Adresse raus, biete »verbotene Handlungen« an wie zum Beispiel, meine Titten im freien Chat zu zeigen, und ich gestatte es den Kunden, sich emotional an mich zu binden. Gegen die Regeln zu verstoßen, ist meine virtuelle Art, den Webseitebetreibern den Mittelfinger zu zeigen. Je höher mein Kontostand und die Anzahl meiner Fans steigen, desto mehr ärgere ich mich über die Cam-Seiten. Ja, sie haben mich reich gemacht, aber ich habe es ihnen zehnfach zurückgezahlt. Im wahrsten Sinne des Wortes. Letzten Monat habe ich von cams.com 57 000 Dollar bekommen. Der von mir erzielte Gesamtumsatz? 203 581,42 Dollar. Sie haben allein in diesem Monat satte 150 000 Dollar dafür kassiert, dass sie nichts weiter getan haben, als mir ein bisschen Speicherplatz für meine Videos zur Verfügung zu stellen. Daher verstoße ich gegen ihre verfluchten Regeln, und sie verlieren nicht ein verdammtes Wort darüber.

Das war nicht immer der Fall. Einmal bekam ich einen Anruf von einem Mann mit einer näselnden Stimme, der klang, als wäre er in der internen Hackordnung des Unternehmens eine Stufe über der Postverteilerstelle. Er begann mit einem abgelesenen Vortrag darüber, dass sie meinen Account einfrieren würden, wenn ich weiterhin gegen die Regeln verstieße, denen ich bei der Anmeldung zugestimmt hatte. Ich ließ ihn den Vortrag zu Ende bringen, bevor ich ihn darüber in Kenntnis setzte, dass seine Webseite mit meinen Videos im vergangenen Jahr über eine Million Dollar gemacht hatte. Ich sagte ihm, sein Boss solle mich anrufen, und legte auf. Im selben Monat fand ich eine Karte mit einer persönlichen Entschuldigung und einem Scheck über zehn Riesen in meinem Briefkasten. Ich lüge nicht, wenn ich verrate, dass ich danach ungefähr eine Woche lang ein Gefühl von Wärme und Geborgenheit empfand.

Ich verstehe die Regeln und warum sie aufgestellt wurden. Die Mehrzahl dient tatsächlich unserem Schutz. Der Rest dient dem Profit. Aber insbesondere die Regeln zur Kontaktaufnahme sind dazu da, uns vor den kranken Typen zu schützen. Was in meinem Fall einfach nur lächerlich ist.

Ich schütze mich, so gut ich kann. Alle Päckchen, die mir Kunden schicken wollen, werden an eine Adresse in Delaware geschickt, die mir meine Post hierher nachsendet. Außerdem habe ich eine Delaware-Handynummer, welche die Anrufe auf ein Telefon in meiner Wohnung weiterleitet, das ich ausschließlich für die Arbeit verwende. Meine fröhliche Voicemail-Ansage verkündet, dass Sie Jessica Reilly erreicht haben und ich Ihren Anruf im Moment leider nicht entgegennehmen kann, da ich damit beschäftigt bin, Spaß zu haben! Es ist ekelerregend fröhlich. Die Männer lieben es. An einem stinknormalen Tag bekomme ich zwischen zwanzig und vierzig Voicemails. Ich rufe nie zurück und antworte auf SMS-Nachrichten nur, wenn es um Terminvereinbarungen geht.

Früher hatte ich ein SMS-Abo im Angebot – die Kunden konnten dreißig Dollar im Monat bezahlen, um mir SMS-Nachrichten zu schreiben und Antworten zu bekommen –, aber das entwickelte sich zu einem Vollzeitjob, und zwar zu keinem, der mir 6,99 Dollar die Minute einbrachte. Daher dauerte dieses unternehmerische Wagnis nur drei Wochen.

Ich habe noch ein paar andere haarsträubende Ideen ausprobiert, um höhere Einnahmen zu erzielen, aber ich habe festgestellt, dass ich meine Zeit am besten vor der Kamera absitze. Die Lichter, die Kunden, die Webcam. Sie bezahlen die Rechnungen und helfen mir, den Wahnsinn fernzuhalten.

15

Annie

Sie streicht sich die Haare nach hinten und bewundert die schlichte Verpackung, eine einzelne rosa Schleife, die lose an dem Klebeband hängt, das ihr Onkel gelockert hat.

»Na los«, fordert Frank sie auf und stößt ihren kleinen Körper sanft mit dem Ellenbogen an.

Sie sieht ihn an, den Mund zu einem erwartungsvollen Grinsen verzogen. Ihre kleinen Finger greifen nach dem Papier und reißen es auf, und ein in Plastik eingeschweißtes rosa Prinzessinnen-Kostümset kommt darunter zum Vorschein, komplett mit Federboa, Krone und Seidenhandschuhen. Die Sonne glitzert auf den großen rosafarbenen Juwelen der Krone. Annie wirft den Karton beiseite und fuchtelt aufgeregt mit dem Set durch die Luft, während der Wind die Boa herumwirbelt.

Frank steht auf und jagt dem gelben Papier hinterher, das über das Gras tänzelt, schnappt es sich schließlich und knüllt es zu einer kompakten Kugel zusammen. Er hält die Kugel fest und geht zurück zu Annie.

Sie zerrt an der billigen Krone und versucht, sie aus der Verpackung zu befreien. Das Plastik biegt sich unter ihren Fingern, es scheint fast zu brechen. Frank streckt eine Hand aus, als er sich wieder neben sie setzt, und nimmt ihr den Gegenstand sanft ab. Er dreht ihn um und löst die Plastik-Verschlussstreifen auf der Rückseite. Annie, die hinter ihm steht, beugt sich über seine Schulter und bläst ihren warmen Atem an seinen Nacken. Schließlich ist die Krone befreit, und er hält sie hoch, setzt sie Annie sanft auf den Kopf und drückt die Plastikzinken in ihr blondes Haar.

»Wie sehe ich aus, Onkel Frank?«, fragt sie, während sie sich die Boa schnappt und um den schmalen Hals legt.

»Perfekt, Schatz. Du siehst einfach wunderschön aus.«

Seine raue Stimme ist leise, aber sie hört die Worte, schlingt ihm die Arme um den Hals und küsst ihn auf die Wange. »Danke, Onkel Frank«, flüstert sie.

»Annie!«

Sie sieht hoch in die angespannten Augen ihrer Mutter.

»Annie, komm ins Haus. Onkel Michael und Tante Becky sind da.«

Sie steht auf und glättet den Stoff ihres Kleids, schnappt sich die Hand des Onkels und zieht an ihr, während sie die Betonstufe hochsteigt. »Komm schon! Komm ins Haus!«

»Geh du nur. Ich bleibe noch ein bisschen hier draußen, Annie«, sagt ihr Onkel, ein leichtes Stirnrunzeln im Gesicht. Dann lächelt er sie an. »Ich brauche nur eine Minute, Schatz. Geh schon und tu, was deine Mom sagt.«

Sie strahlt ihn an, hebt die Arme und überprüft ihre Krone. Dann schnellt sie herum und löst sich in einem verschwommenen Klecks aus Rosa und Blond auf, während die Fliegentür hinter ihr zufällt.

Annie stürmt ins Wohnzimmer und landet in den ausgebreiteten Armen ihres Onkels Michael. Er hebt sie in die Luft hoch über seinen Kopf und lächelt zu ihr hinauf. Sie kreischt vor Lachen, er lässt sie sanft wieder hinunter, ihre strampelnden Füße finden den Boden.

Tante Becky hält ihr eine rosafarbene Schachtel hin, die mit einer dicken weißen Schleife zugebunden ist. »Hier«, sagt sie knapp. »Wir können nicht lange bleiben.«

Annie umklammert das Geschenk, während sie in dem verkniffenen Gesicht ihrer Mutter nach Zustimmung sucht.

»Na los, Schatz. Du kannst es im Esszimmer aufmachen.«

Annie strahlt, schnappt sich Tante Beckys weiche Hand und zieht an ihr, springt neben ihrem langsamen Gang her, während sie den kurzen Weg ins nächste Zimmer zurücklegen.

Das Geschenk ist, wie sich herausstellt, ein Malen-nach-Zahlen-Set, noch mit dem Preisschild versehen, auf dem in leuchtendem Orange »4,99$« steht. Annie gleitet mit den Händen aufgeregt über die Plastikverpackung, mit weit aufgerissenen Augen und einem breiten Lächeln. Sie umarmt ihre Tante und den Onkel und wendet sich dann wieder dem Set zu, reißt den Plastikdeckel ab, berührt sanft die kleinen Farbtiegel und betastet ihre Struktur. Sie bemerkt nicht, dass die beiden sich verabschieden und gehen, wobei sie die Trailertür fest hinter sich zuziehen.

16

Mike ist einer meiner wenigen Stammkunden, über die ich so gut wie gar nichts weiß. Als Hacker kann er sicherstellen, dass all seine persönlichen Informationen hinter undurchdringlichen digitalen Mauern verborgen bleiben. Ich selbst kann nicht einmal an einer schlichten Firewall vorbeikommen, aber das ist genau der Grund, weshalb ich mich bei Mike eingeschmeichelt habe. Wenn ich Nachforschungen zu Kunden anstellen muss, ist er mein Mann.

Mike fällt unter dieselbe Kategorie wie 80 Prozent meiner Kunden. Er holt sich gern einen runter, während er zusieht, wie ich mich berühre. Während manche Kunden Wert auf ein bisschen Abwechslung legen, hat er eine gleich bleibende Fantasie, von der er nie abweicht. Sobald sein Name auf meinem Bildschirm erscheint, ziehe ich mich rasch aus und schlüpfe in knielange weiße Strümpfe, einen karierten Rock und einen kurzen weißen Pullover. Manchmal will er, dass ich auch noch eine Brille trage oder mein Haar zu Zöpfen flechte, aber im Allgemeinen schlüpfe ich nur in mein Schulmädchen-Outfit, lehne mich vor der Kamera zurück und spreize die Beine. Dann schiebe ich eine Hand unter meinen Rock, hebe ihn an, damit er darunter sehen kann, und warte darauf, dass er etwas tippt.

HackOffMyBigCock: willst du meinen schwanz?

»Gott, ich will ihn so unbedingt. Ich habe eben erst an

ihn gedacht, als ich unter der Dusche war.« Ich zupfe mit einer Hand an meinem Pferdeschwanz und beiße mir auf die Unterlippe, während ich mit den Fingern der anderen Hand mit meiner Muschi spiele.

HackOffMyBigCock: ich habe auch an dich gedacht. was soll ich mit dir machen?

»Ich will, dass du mich zwingst, mich vor deinen Stuhl zu knien. Und dann will ich deine Hose von außen reiben und die Kontur deines harten Schwanzes spüren. Ich werde mich berühren, meinen kleinen Rock hochschieben und mir immer wieder die Finger hineinstecken, während ich den Reißverschluss deiner Hose öffne.«

HackOffMyBigCock: oh yeah baby.

»O mein Gott, ich kann es kaum noch erwarten, ihn zu sehen. Ich liebe es, wie hart du für mich wirst, wie straff deine Haut um den Schaft wird. Bist du jetzt hart für mich?« Ich schließe die Augen, lege den Kopf nach hinten und schiebe zwei Finger in mich hinein, gleite langsam immer wieder rein und raus, sodass er sehen kann, wie sich meine Schamlippen um meine feuchten Finger öffnen und schließen.

HackOffMyBigCock: steinhart. ich will dich unbedingt vögeln.

»Das wirst du gleich, Baby. Du wirst mich so hart vögeln, dass ich schreie. Aber zuerst will ich deinen Schwanz lutschen, bis dein Riesending mich zum Würgen bringt. Ich will deinen süßen ersten Tropfen schmecken.«

HackOffMyBigCock: oh yeah. hol ihn raus.

Ich knie mich hin und stelle meinen Computer so ein, dass die Webcam, die etwa einen Meter fünfzig über dem Boden an der Wand angebracht ist, aktiviert wird. Ein

Stück unter der Kamera habe ich ein Umschnall-Gurtwerk an der Wand angebracht, an dem ich verschiedene Dildos befestigen kann. Ich schnappe mir einen hautfarbenen zwanzig Zentimeter langen RealSkin-Dildo und klemme ihn in die Vorrichtung, dann greife ich nach dem Schaft und sehe hoch in die Kamera.

»Sag mir, wie du es willst, Baby – hart und schnell oder langsam und verspielt?« Ich gleite mit der Zunge über die Eichel des Spielzeugs, während mir der Monitor über der Webcam das schwarze Videobild und das Chatfenster anzeigt. Ungefähr 10 Prozent meiner Kunden verwenden ein Mikrofon und eine Webcam; die anderen tippen ihre Antworten und bleiben ungesehen. Aus diesem Grund habe ich fünf Bildschirme an verschiedenen Stellen im Raum angebracht, die es mir ermöglichen, ihre Anweisungen zu lesen, egal in welcher Position ich mich im betreffenden Moment befinde.

HackOffMyBigCock: h und s.

Ich gehorche und stecke mir das Spielzeug mit einer raschen Bewegung in den Mund. Ich schiebe es mir so tief in den Rachen, dass ich würgen muss, dann ziehe ich es wieder heraus. Ich halte Blickkontakt zur Kamera, während ich dem mit Speichel bedeckten Spielzeug einen blase. Ich sauge an ihm und gleite mit den Lippen am Schaft auf und ab, während meine Augen von der Bewegung tränen und meine Wangen hohl vor Anstrengung werden. Ich würge immer wieder, lasse zu, dass der Reflex das Spielzeug mit Speichel überzieht, spucke hin und wieder auf das Spielzeug und klatsche mir damit ins Gesicht. Manche Männer bevorzugen einen sauberen, ordentlichen Blowjob, aber die meisten meiner Kunden wollen einen schlüpfrigen, feuchten mit viel Würgen und Begeisterung.

HackOffMyBigCock: o gott, du bläst so verdammt gut, baby. ich will dir jetzt gleich ins gesicht spritzen.

Ich sehe auf den Timer in der rechten oberen Ecke des Chatfensters. 5 Min. 32 Sek. *Nicht lange genug.*

»Warte, Baby, komm noch nicht«, flehe ich. »Ich brauche dich wirklich in mir. Ich habe den ganzen Tag auf deinen Schwanz gewartet.«

HackOffMyBigCock: o.k.

HackOffMyBigCock: lehn dich zurück und berühre dich. ich muss eine minute abkühlen.

Braver Junge. Ich lehne mich zurück, gehe von den Knien und lege mich ausgestreckt auf den Boden. Ich schalte auf die Bodenkamera um, die sich einen knappen Meter über dem Boden befindet, und stelle sie so ein, dass sie auf meine untere Körperhälfte gerichtet ist. Ich habe insgesamt sieben Kameras, alles hochauflösende Spitzenmodelle. Mein ganzes System wird über eine Home-Entertainment-App gesteuert, die ein indischer Subunternehmer für meine Zwecke umprogrammiert hat. Ich habe einen iPod, der die App steuert und mir als Fernbedienung dient. Die App ermöglicht es mir, die Kameras auszuwählen und zu steuern, die Beleuchtung anzupassen und Chatsessions zu beenden, wenn sie mir unangenehm werden. Neben der Bodenkamera befindet sich auch eine Umschnall-Vorrichtung, die ich für das Vögeln in der Reiterstellung benutze. Ich habe einmal mit dem Gedanken gespielt, mir eines dieser motorbetriebenen Sexspielzeuge zu kaufen, aber mein System funktioniert einwandfrei, und so ein Sybian ist eine große Investition.

HackOffMyBigCock: wie geht's dir?

Im Allgemeinen werden die Typen in den ersten dreißig

Sekunden einer Cam-Session und während einer Abkühlphase gesprächig. Eine Plauderei gegen Ende der Session ist eher selten.

»Gut, abgesehen von den Zwischenprüfungen, die nächste Woche anstehen. Ich hinke mit dem Lernen so weit hinterher …« Ich verziehe das Gesicht, bewege meine Hände aber weiter, umkreise meine Brustwarzen, die sich von der Berührung aufrichten, und gleite dann hinunter zu meiner Muschi, die feucht ist. Vom Würgen werde ich immer feucht.

HackOffMyBigCock: hast du zu viel gefeiert? haha.

»Schön wär's! Auf meiner Highschool gibt es *absolut* keine süßen Jungs.« Ich ziehe einen Schmollmund und spreize meine rasierten Schamlippen, um ihm zu zeigen, wie erregt und rosig ich bin.

HackOffMyBigCock: o verdammt, du bist nass. ich muss wirklich vorbeikommen und dich persönlich vögeln.

Mike ist der einzige Typ, bei dem ich mir wirklich Sorgen mache, er könnte mich finden. Ich hatte sogar mal eine professionelle Firma damit beauftragt, meine Webseite sicher einzurichten, und mir einst geschworen, unauffindbar zu sein … Aber ich bitte Sie. Wenn Hacker die interne Webseite des Verteidigungsministeriums knacken können, dann können sie auch an dem Sicherheitspaket für 249,99 Dollar vorbeikommen, das ich mir geleistet habe.

»Gott, wenn du jetzt hier wärst, würde ich dich so hart rannehmen …« Ich drücke ein Symbol der App und halte es gedrückt, um die Kamera herauszuzoomen, bis mein ganzer Körper im Bild ist, schließe die Augen und lecke mir die Lippen. Ich stöhne leise, während meine Finger in mich eindringen, dann schlage ich die Augen wieder auf und blicke direkt in die Kamera. »Fick mich«, flüstere ich eindringlich. »Bitte.«

HackOffMyBigCock: ich bin bereit für dich, baby, beug dich vor, ich will's dir von hinten besorgen.

Ich strecke eine Hand nach oben aus, um den hautfarbenen Dildo aus dem Gurt zu nehmen und an die Bodenhalterung zu klemmen, und klicke ihn mit geübten Handgriffen fest. Dann rolle ich mich herum und knie mich hin, mache ein Hohlkreuz und sehe über die Schulter in die Kamera, während ich mit einer Hand unter mich fasse und mich streichele. »Bitte, bitte, ich brauche es so dringend!«

HackOffMyBigCock: jetzt. fick mich jetzt.

Mit langsamen Bewegungen rutsche ich ein Stück zurück, während sich der hautfarbene Schwanz an die Öffnung meiner Vagina presst. Die Typen lieben den Moment, in dem »sie« in mich eindringen, und ich spiele dabei mit, so gut ich kann, und stöhne auf, während sich meine äußeren Schamlippen um das Spielzeug schließen. Ich bewege mich und stoße weiter nach hinten zurück, während der Dildo immer tiefer in mich eindringt und schließlich ganz in mir verschwindet. *Vollständig.* Ich stöhne auf. »O Gott, Baby, du bist so verdammt tief in mir drin. Genau das habe ich gebraucht.«

Ich höre den Klingelton seiner Nachricht und werfe über die Schulter einen Blick auf den Bildschirm.

HackOffMyBigCock: sag mir, dass ich dich hart rannehmen soll.

Ich zoome die Kamera ein bisschen weiter heraus, sodass sie mein Gesicht im Hintergrund zeigt, dann rutsche ich langsam vom Dildo und schiebe ihn mir mit einem leisen Stöhnen wieder hinein.

»Bitte, Mike, ich brauche alles. Bitte, Mike, fick mich! Fick mich mit deinem großen, prallen Schwanz!« Meine Stimme schwillt an, bis ich die Worte fast schreie, und ich wippe begeistert auf dem Dildo auf und ab. »Ja, ja, ja, Mike – o Gott, genau das brauche ich!«, keuche ich kehlig und sehe über die Schulter auf die Kamera. Mein Gesicht ist verzerrt vor Lust und Begierde. Dann schließe ich die Augen und nehme das Spielzeug immer härter und schneller. Mein Atem geht in abgehackten, keuchenden Zügen.

HackOffMyBigCock: aah, fick mich, baby, ich komm gleich.

Ich sehe hinüber und lese seine Worte, während ich weiter den Dildo bearbeite. »Wo, Mike – wo willst du es?« Ich halte den Blick auf den Bildschirm geheftet, während ich auf seine Antwort warte.

HackOffMyBigCock: schluck es.

Ich rutsche abrupt von dem Spielzeug, schnelle herum und umklammere es mit beiden Händen. Wegen des niedrigen Winkels muss ich mich zuerst hinlegen, dann verschlinge ich den Dildo und stecke ihn mir tief in die Kehle, während ich in die Kamera hochstarre. Ich besorge es dem Schwanz mit der Hand, gleichzeitig sauge ich hart und schnell an ihm. Ich stöhne aufmunternd, sauge und drücke meine Brüste zusammen und zupfe mit den Fingern an meinen Brustwarzen.

Fast eine Minute lang herrscht Stille, dann kommt eine Nachricht.

HackOffMyBigCock: scheiße, das war heiß. danke, jess.

PRIVATER CHAT BEENDET von HackOffMyBigCock. Dauer: 13 Min. 24 Sek.

Dreizehn Minuten: 94,35 Dollar, abzüglich der Transaktionskosten meiner eigenen Webseite – macht 91,06 Dollar auf meinem Bankkonto.

Es bezahlt die Rechnungen.

Ich rolle mich herum und stemme mich hoch, gehe nackt hinüber in die Küche und schnappe mir ein Glas. Ich fülle es mit Wasser aus dem Hahn und nehme das Fläschchen mit Aspirin aus dem Küchenschrank. Ich lasse die Tür offen stehen, während ich mir zwei Tabletten in den Mund stecke und mit lauwarmem Leitungswasser hinunterspüle. Mein Blick huscht zu den orangefarbenen Fläschchen, die sich in den Fächern des Schrankes reihen.

Dr. Derek verschreibt mir Antipsychotika. Sie kommen pünktlich wie ein Uhrwerk alle dreißig Tage mit der Post. Ich mache mir nicht die Mühe, ihm zu sagen, dass ich sie schon seit neun Monaten nicht mehr nehme. Sie haben mir zwar den Drang zu töten, aber auch jeden intelligenten Gedanken in meinem Gehirn genommen. Wenn ich alte Webcam-Sessions aus dieser Zeit sehe, wird mir fast schlecht. Ich war ein Zombie, der mechanisch sexuelle Bewegungen ausführte, mein Gesicht war schlaff, die Worte hohl. Daher habe ich aufgehört, die Medikamente zu nehmen, und angefangen, sie zu horten. Das Gute daran: Falls ich je beschließen sollte, mich umzubringen, habe ich über siebenhundert Pillen, die in diesem Schrank auf mich warten.

17

Als ich an jenem Wochenende – *dem* Wochenende, an dem Mom durchdrehte und alle umbrachte – mit dem Wagen meines Dads zu meinen Großeltern fuhr, wunderten sie sich, mich zu sehen. Das hätte mich warnen sollen, dass irgendetwas nicht stimmte.

»Deanna?« Meine Großmutter beäugte mich blinzelnd durch die Fliegentür, als hätte sie Schwierigkeiten, mich zu sehen. Sie drückte die Fliegentür auf und sah mit verwirrter Miene erst mich und dann meinen Koffer an. »Ist alles in Ordnung?«

Ich trat einen Schritt vor, umarmte sie fest und drückte einen flüchtigen Kuss auf ihre zarte Wange. »Hey, Granny.« Ich griff nach meinem Koffer und zerrte ihn vor in Richtung Haustür. »Mom hat gesagt, ich würde das Wochenende bei euch verbringen.«

Ihre Miene verriet Verblüffung, aber sie fing sich rasch wieder. »Oh! Na, dann komm herein, Liebes. Lass den Koffer stehen. Ich sage deinem Großvater, er soll ihn ins Haus bringen.« Sie ließ mich hinein und zog die Tür im Farmhaus-Stil hinter uns zu. Der Geruch von Mottenkugeln und alten Büchern schlug mir entgegen, während ich in der Diele stand und sie um mich herumwuselte, Lichter einschaltete und den Thermostat anpasste.

Meine Familie lag fast einen ganzen Tag lang tot in unserem Haus, bevor ein Nachbar auf einem Spaziergang Blutspritzer am Küchenfenster bemerkte. Er warf einen Blick durchs Fenster und sah meine Schwester, Summer, zusammengesackt am Küchentisch, eine Lache geronnenen Bluts um den Kopf. Meine Großeltern und ich waren gerade bei einem Dinner der Gemeinde, als die Polizei kam, um uns zu verständigen. Sie warteten vor dem Haus, und als wir von der Kirche zurückkamen, saßen zwei uniformierte Beamte auf der Veranda, und ein schwarz-weißer Streifenwagen parkte neben dem Briefkasten. Großmutter hielt sich die Hände an die Brust, als wir vor dem Haus vorfuhren.

Die Männer erhoben sich, als unser Wagen zum Stehen kam, und Granpa legte die Parkstellung ein. Wir öffneten langsam die Türen. Keiner von uns wollte wissen, warum sie da waren. Sobald ich ihre Gesichter sah, wusste ich, dass sie schlechte Nachrichten überbrachten. Wir alle wussten es.

Granny hielt sich am Arm meines Großvaters fest, während sie auf die beiden Polizisten zugingen. Ich konnte die Schwere der Unsicherheit und die Angst auf den Schultern meiner Großeltern sehen. Ich ging an ihnen vorbei die Stufen hoch, öffnete die unverschlossene Haustür und stieg die breite Treppe hoch, um mich umzuziehen. Ich wollte möglichst viel Distanz zwischen die Erwachsenen und mich bringen. Mein Kopf dröhnte, während ich die Treppe hochstieg, und als ich mich vorsichtig am Ohr berührte, spürte ich eine Kruste von getrocknetem Blut.

Nachdem die Polizisten gegangen waren, setzten sich meine Großeltern mit mir ins Wohnzimmer und brachten mir die Neuigkeit bei. Ihre Stimmen bebten, und sie hatten Tränen in den Augen.

Ich jedoch zeigte keine Reaktion. Ich sagte nichts, während sie es mir erzählten. Mein Großvater wiederholte die schreckliche Botschaft, dabei sah er mir in die Augen, um sicher zu sein, dass ich ihn verstand. Ich saß eine ganze Minute schweigend da, dann blubberte ein Wimmern in mir hoch, und sobald ich angefangen hatte zu schluchzen, konnte ich nicht mehr aufhören.

Ich blieb bei meinen Großeltern, bis ich die Highschool abgeschlossen hatte, dann zog ich aus. Ich schrieb mich auf dem College ein, mithilfe des kleinen Geldbetrags, der von der Lebensversicherung meiner Eltern übrig geblieben war. Es war nicht mehr viel, nach Abzug der Kosten für vier Beerdigungen.

18

PODOPHILIE: Im Allgemeinen als Fußfetischismus bezeichnet, ist Podophilie »eine ausgesprochen sexuelle Vorliebe für Füße« oder Fußbekleidung.[3] Es ist einer der häufiger vorkommenden Fetische, der mindestens 70 Prozent der Männer betrifft.[4] Für einen Fußfetischisten kann die Anziehung in der Form und Größe des Fußes und der Zehen bestehen, in Schmuck, Behandlungen, dem Zustand der Fußbekleidung und dem Geruch sowie sensorischer Interaktion wie zum Beispiel dem Riechen, Lecken, Küssen, Kitzeln etc. des Fußes.[5] Selbst eine Vorliebe für Frauen mit hübschen Füßen oder Frauen, die hohe Absätze tragen, kann als Podophilie definiert werden.

Um neun Uhr morgens höre ich ein Klopfen an meiner Tür und halte meine Webcam an, womit ich einen kahlköpfigen Asiaten unterbreche, der darum bittet, meine Füße sehen zu dürfen. Ich laufe über das Linoleum zur Wohnungstür und werfe einen Blick durch das Guckloch. Es ist UPS-Jeremy mit einem großen Karton in der Hand.

»Lassen Sie es stehen. Danke«, rufe ich laut, dann beobachte ich ihn dabei, wie er das Paket abstellt, etwas auf sein Pad kritzelt, mir zuwinkt und wieder geht. Ich halte ein Ohr an die Tür, lausche auf das Geräusch des Aufzugs, dann reiße ich die Tür auf, schnappe mir den riesigen Karton und knalle die Tür wieder zu. Ich schließe sie nicht ab. Ich schließe meine Tür nie ab. Ich nehme an, wenn jemand dumm genug ist, ungebeten hereinzukommen, hat er böse Absichten, und dann hat er es verdient, durch meine Hand zu sterben. Das ist eine meiner Lieblingsfantasien, denn ihr Eintreten ist am wahrscheinlichsten.

Ich lasse den schweren Karton auf den Boden fallen und hüpfe zurück auf mein rosa Bett, wo der Asiate geduldig wartet. Ich entschuldige mich bei ihm und halte die Füße dicht vor die Kamera, damit er sie besser sehen kann.

Fußfetischisten machen einen Großteil meiner Kundschaft aus. Meine Füße wurden die ersten achtzehn Jahre meines Lebens vollständig ignoriert. Sie waren nicht mehr als die Enden von Gliedmaßen, die in Schuhe schlüpften, bevor sie das Haus verließen. Aber in der Webcam-Welt sind meine Füße bares Gold wert. Die Tatsache, dass dieser Kunde Asiate ist, hat nichts mit seinem Fetisch zu tun: Die Liebe zu Füßen erregt Menschen weltweit und ist verbreiteter, als ich je vermutet hätte. Die meisten Männer haben nur einen leichten Fetisch – wie zum Beispiel der Beine-Typ. Es gefällt ihnen, hübsch geformte Beine und Füße zu sehen, entweder nackt oder in zehn Zentimeter hohen Absätzen. Andere Männer konzentrieren sich ausschließlich auf Füße als Antörner; sie tun nichts weiter, als auf meine Zehen, Fußsohlen und Fußgewölbe zu starren, während sie sich einen runterholen. Das sind meine Lieblingskunden, da ich während des Akts nichts weiter tun muss, als mit den Zehen zu wackeln und die Füße verführerisch aneinanderzureiben. Diese Füße, die ich jahrelang missachtet, die ich sorglos an Türpfosten angestoßen und barfuß in alte Turnschuhe gesteckt habe, haben ein hohes Fußgewölbe, symmetrische Zehen und schmale Knöchel. Mit meinen nackten Füßen kann ich eine Show abziehen wie Pamela Anderson vor zwei Jahrzehnten in diesem roten Badeanzug.

Der Asiate ist jetzt kurz vor dem Orgasmus, sein Gesicht ist angespannt vor Konzentration, sein Blick auf meine Füße geheftet. Ich strecke mich aus und gleite langsam mit der linken Sohle über die Oberseite meines rechten Fußes. Ich stöhne leise auf, während meine Füße ihn in die totale Ekstase treiben.

Mittags mache ich fünfzehn Minuten Pause, schneide den Karton auf und packe den Inhalt aus. Es ist mein Essen: Jenny-Craig-Mahlzeiten für zwei Wochen. Jenny ist mein derzeitiger Essensplan. Ich verwende die Fertigmahlzeiten aus Diätprogrammen, da sie mir das Leben erleichtern – ich bekomme eine komplette Frühstück-Mittag-Abendessen-Kombination geliefert, zwei Wochen geschmackloses Fleisch auf einmal. Die Tatsache, dass diese Firmen mir das Essen nach Hause bringen, erspart es mir, die Wohnung zum Einkaufen verlassen zu müssen. Ich habe festgestellt, dass ich eine Marke ungefähr zwei Monate ertragen kann, dann muss ich mir etwas anderes suchen. Das hier ist meine zweite Lieferung von Jenny Craig.

Das Leben als Einsiedler ist schwerer, als man vielleicht denken würde. Anfangs gab es so viele Details, die ich mir überlegen musste. Das Internet war meine Rettung. Es ist nicht nur eine Einkommensquelle, sondern meine Rettungsleine zur Welt, meine Quelle für notwendige Dinge. Letztendlich kaufe ich vieles in Großpackungen. Es ist gar nicht so leicht, manche Produkte in kleinen Mengen zu bekommen, wenn man sie übers Internet bestellt. Nehmen Sie zum Beispiel Seife. Unter meinem Küchentresen habe ich Handseife für die nächsten vier Jahre gelagert. Da mein Speiseplan ausschließlich aus Fertiggerichten besteht, benötige ich keine Teller, aber ich besitze dennoch ein Silberbesteck und ein achtteiliges Gläserset. Walmart.com versendet inzwischen auch an private Empfänger, aber irgendein Idiot in der Firmenleitung ist offenbar ihre Webseite durchgegangen und hat entschieden, welche Artikel einer Lieferung frei Haus würdig sind. Etwas so Wichtiges wie Tampons etwa? Nein. Man kann sie online bestellen, muss sie aber in einem Geschäft *abholen.* Als ob ich zu meinem örtlichen Walmart trotten und mich in der Kundenservice-Schlange anstellen wollte, um eine vorbestellte Schachtel supersaugfähige Tampons abzuholen.

Der persönliche Teil meines Apartments, der auf keinem Webcam-Bild erscheint, dient hauptsächlich dazu, meinen ganzen überzähligen Kram zu lagern. Dort bewahre ich einen gewaltigen Vorrat an Toilettenpapier, Tampons und Trinkwasser auf. Es nervt Sie, für Wasser in Flaschen zu bezahlen? Dann versuchen Sie doch mal, für den *Versand* von gottverdammtem Wasser in Flaschen zu bezahlen. Ich habe praktisch jede Ziffer meiner Kreditkartennummer verflucht, als ich diese Bestellung aufgab. Das war in den Zeiten vor Amazon Prime. Jetzt, wo die innerhalb von zwei Tagen kostenlos versenden, habe ich meine Versandkosten um neunzig Prozent gesenkt. Ich würde mich nicht wundern, wenn ich im Alleingang dafür sorge, dass Amazon dieses ganze Programm wieder abschafft. Sie haben in diesem Jahr mindestens schon zwei Riesen an Versandkosten für mich ausgegeben, was die achtzig Dollar mehr als wert ist, die ich bezahlt habe, um an dem Programm teilzunehmen.

Wenn man in der Küche steht und diese »private« Seite des Raums betrachtet, sieht es so aus, als ob ich eine Sammlerin wäre. Eine gut organisierte, nach Pappkartons süchtige Sammlerin. Mit Ausnahme von Essen habe ich genügend Vorräte, um mindestens neun Monate über die Runden zu kommen. Die Apokalypse sollte nur bitte erst am Tag nach meiner letzten Lebensmittellieferung eintreten.

Ich schiebe ein Grillhähnchen mit Reis in die Mikrowelle, während ich darüber nachdenke, mir das Leben zu nehmen. Das ist ein häufiger Tagtraum von mir – ein rationaler Gedankengang, einer, der mir vorgaukelt, damit die Gefahr zu bannen, dass ich anderen Leuten etwas antue. Aber bis dahin ist es noch ein weiter Weg. Ich könnte meiner Angst die Schuld geben und sagen, dass ich zu feige oder zu egoistisch bin, um mich selbst zu töten. Aber das ist es nicht. Aus irgendeinem Grund kann ich es einfach nicht. Ich kann es nicht über mich bringen, das einzige Leben auszulöschen, das es wert wäre, ausgelöscht zu werden. Jedes Mal, wenn ich mich mit diesem Gedanken befasse, wenn ich diese Tat in Betracht ziehe, wird ein Wort in meinem Kopf so klar ausgesprochen, als würde Gott vor mir stehen und es persönlich sagen: *Warte.* Ich weiß nicht, worauf ich warten soll, aber ich tue es. Ich warte.

Die Mikrowelle piepst. Ich öffne die Tür und nehme mein dampfend heißes Essen heraus. *Bon appétit.*

Ich habe einmal getötet, vor langer Zeit. Das war einer der Gründe, weshalb ich entschied, mich einzuschließen. Eines Tages wird irgendjemand dahinterkommen, und dann werden sie mich holen.

Als ich jenes erste Mal tötete, redete ich mir ein, es wäre eine einmalige Angelegenheit gewesen. Dass die Person, die in diesem Moment handelte und dieses andere Leben nahm, nicht wirklich ich war, sondern nur das, was ich in diesem einen entsetzlichen Augenblick geworden war.

Die düstere Besessenheit vom Töten kam zu mir, als meine Familie starb. Sie ließ mich lange genug allein, um zu trauern, um stundenlang zusammengerollt im Bett zu liegen und zu schluchzen. Die Einsamkeit und meine Verzweiflung über den Verlust meiner Familie begruben jeden normalen Gedankengang unter sich. Aber schließlich musste ich wieder zu mir kommen, das Bett verlassen und wieder in die Tretmühle steigen, die das Leben ist.

Bald darauf kam *es* – ein Ruf, der mich in Momenten absoluter Schwäche und Schutzlosigkeit heimsuchte. Unter der Dusche überkam mich bisweilen eine Vision, wie ich eine fremde Kehle aufschlitzte und das Blut durch den Abfluss rinnen ließ. In der Schule konzentrierte ich mich unwillkürlich auf den Hals meines Physiklehrers und träumte davon, meine zarten Hände darum zu legen und zuzudrücken, bis alles Leben aus dem Körper des Mannes gewichen war.

Wenn der Drang allzu stark wurde – wenn er jeden Atemzug und Gedanken, der mir in den Sinn kam, beherrschte –, versuchte ich, ihn auf andere Arten zu befriedigen. Arten, an die ich nicht gern denke, Arten, die mich mit Scham und Angst erfüllen. *Nichts* klappte. Und als ich schließlich anfing, ernsthafte Pläne zu schmieden, als ich damit begann, Opfer auszuwählen und Messer zu wetzen, da wusste ich, dass ich etwas unternehmen musste. *Das* war der Augenblick, in dem ich entschied, mich einzuschließen. Ich beendete das Herbstsemester am College, packte die Sachen in meinem Wohnheimzimmer zusammen, kündigte meinen »Ich sprühe Sie mit beschissenem Parfüm bei Abercrombie ein«-Job und zog in das Dreckloch, das ich heute mein Zuhause nenne. Ich richtete mich ein, schloss die Wasser- und Stromversorgung an und zog die Tür hinter mir zu.

Seitdem bin ich keinem Menschen mehr von Angesicht zu Angesicht gegenübergetreten.

19

Er entdeckte sie an einem Mittwochabend. Spät in der Nacht, zu einer Zeit, zu der die normale Gesellschaft schlief. Er betrat und verließ ein halbes Dutzend Chatrooms, aber jedes der dort anwesenden Mädchen war aus einem anderen Grund nicht richtig. Zu dick. Zu sexuell. Zu schlampig. Zu aggressiv.

Und dann fand er sie. Ihr Username war ihm vertraut; es war einer dieser Namen, für die auf der Webseite heftig geworben wurde. Das Mädchen war regelmäßig anwesend, ihr Arbeitseifer beeindruckend. Im Allgemeinen kamen und gingen die Mädchen. Wurden von einer Welt in die nächste gezogen, aller Wahrscheinlichkeit nach von einem Mann. Aber sie war geblieben. Und an jenem Mittwochabend beschloss er, es mit ihr zu versuchen, trotz des 6,99-Dollar-pro-Minute-Preisschilds, ein ordentlicher Batzen verglichen mit dem, was die meisten anderen berechneten.

Sie war anders als die anderen. Das sah er in dem Moment, in dem ihr Lächeln seinen Bildschirm erhellte. Sie hatte denselben Glanz wie Annie in den Augen, pure Güte strahlte aus ihrem glücklichen Gesicht. Sie blickte errötend in die Kamera, hob eine Hand, um sich das Haar hinters Ohr zu stecken, und er konnte die Unschuld sehen. Seine Hand bewegte sich, ohne zu überlegen, und er klickte auf die Maus, startete den Timer und damit den raschen Abfluss von seiner Kreditkarte.

Im Jahr 2009 führte die Southern Methodist University eine Studie zu Mordgedanken und -fantasien durch. Man fand heraus, dass 50 bis 91 Prozent der an amerikanischen Universitäten Befragten zugaben, eine Mordfantasie zu haben.

Was für eine beschissene Statistik ist das denn – 50 bis 91 Prozent? Plante auf einem Campus nur die Hälfte der Studenten Tod und Chaos, während es auf einem anderen Campus von psychotischen Studierenden nur so wimmelte? Diese Prozentzahl weckt in mir den Verdacht, dass die ganze Studie Schwachsinn war, durchgeführt von irgendeinem Doktoranden, der sich einen Haufen Daten ausgedacht und hingekritzelt hat. Aber ungeachtet ihrer Gültigkeit fühle ich mich mit dieser beunruhigenden Statistik besser. Sie gibt mir das Gefühl, normal zu sein, jedenfalls so normal, wie es sein kann, sich ein aufgeschlagenes, spritzendes Gehirn vorzustellen. Bei genauerer Betrachtung will ich vielleicht gar nicht normal sein – nicht, wenn *das* normal bedeutet. Wir sind alle total verkorkst, falls »normal« wirklich so gestört ist.

Es ist 22:45 Uhr, das heißt, ich camme noch immer, aber mein Verstand beginnt abzuschweifen, und Gedanken an den Tod dringen in meine sexuellen Rollenspiele ein. An dem Tag, an dem mein Mund sich gedankenlos bewegt und ich den armen Schwachkopf in mittleren Jahren, der in Unterhose vor mir sitzt, anschreie: »Ich bringe dich um!«, könnte es verdammt peinlich für mich werden …

22:46 Uhr.

Ich überlege, ob ich mich früher ausloggen, mir die Zähne putzen und ins Bett kriechen soll. Es war ein langer Tag, voller privater Sieben- und Acht-Minuten-Sessions mit den Typen, die fünfzig Dollar erübrigen können und sicherstellen wollen, dass sie in dieser Zeit auch kommen. Daher holen sie sich einen runter, bis sie kurz davor sind, und nehmen mich dann mit in einen privaten Chat, wo ich nichts weiter tue, als mir die Kleider vom Leib zu reißen, die Beine zu spreizen, mich zu berühren und die nächsten fünf Minuten zu stöhnen. Sie wollen nicht chatten. Sie wollen nichts Besonderes. Sie wollen nur ein zufriedenstellendes Ergebnis, verursacht durch eine unorthodoxe Quelle. Aber das ist eben das, was ich mittwochs kriege. Freitags sitzt das Geld bei den Kunden lockerer, da haben sie ihren Lohn bekommen und sind bereit für ein bisschen persönliche Aufmerksamkeit. Die Freitage vergehen rasch.

Ich beende die Session nicht früher, sondern ziehe sie bis zum Ende durch. Meine Zwangsneurose gestattet mir nicht die geringste Abweichung von meinem Zeitplan. Ich logge mich wieder in den freien Chat ein und warte. Ich flirte kaum eine Minute, da werde ich wieder mit in den privaten Bereich genommen, diesmal von RalphMA35.

20

Meine technische Ausrüstung bestand nicht immer aus dem ausgeklügelten System, das ich heute habe. Als ich mit dem Camming anfing, hatte ich ein IBM-Laptop und eine Logitech-Webcam – die Festplatte des Laptops war vollgestopft mit Hausarbeiten vom College, und die Webcam hatte ich mir für 19,99 Dollar bei eBay gekauft. Ich hatte keine Ahnung von Beleuchtung, Hintergründen, Sexspielzeugen oder Outfits. Es gab nur mich auf meinem Bett und eine Nachttischlampe, die den Betrachter blendete, wenn ich mich zu weit nach rechts lehnte. Ich hatte meine Finger, zwei Sets halbwegs erotischer Unterwäsche und ein Verlängerungskabel, das mir ein bisschen mehr Spielraum mit meinem Laptop ermöglichte. Mein Bild war körnig, die Aufnahme wackelig, meine roboterartigen Bewegungen gelegentlich verschwommen. Aber ich war nackt, und ich war Amerikanerin, daher kamen die Kunden immer wieder, und meine Einkünfte stiegen. Mein erster Gehaltsscheck belief sich auf 5018 Dollar für zwei Wochen Arbeit. Ich war geplättet.

Ich bezahlte drei Monatsmieten im Voraus, insgesamt 1800 Dollar, überwies 1000 Dollar auf mein Sparkonto und investierte den Rest in meine neue Karriere. Ich studierte die beliebten Mädchen, bemerkte ihre hervorragende Bildqualität, das Schimmern ihrer Haut, und ich wandte mich Hilfe suchend an sie und schloss Freundschaften über neuntausend Meilen Cyberspace hinweg. Sie teilten den Reichtum ihres Wissens mit mir, und ich begann einzukaufen.

Das Erste, was ich mir anschaffte, war eine neue Kamera. Profis benutzen keine Webcams. Sie benutzen hochauflösende digitale Camcorder und schließen sie über ein Fire-Wire-Kabel an ihren Computer an. Ich kaufte mir das beste Modell, das ich mir damals leisten konnte. Das Equipment, das ich heute habe? Verglichen damit sieht diese erste Kamera wie ein Kinderspielzeug aus. Als ich damals meine neue Errungenschaft einstöpselte und anschaltete, bekam ich das perfekte Bild, eines, das ruckelfrei über meinen Bildschirm lief … einfach unglaublich! Ich schwärmte, ich strahlte, und die Webcam-Gemeinde reagierte mit Begeisterung.

Mein freier Chat füllte sich rasch, und die User waren schneller dabei, den »In privaten Chat mitnehmen«-Button anzuklicken. Mit meinem neuen Sexspielzeug in der Hand – einem hautfarbenen zwanzig Zentimeter langen, authentisch aussehenden Schwanz – begann ich das große Geld zu scheffeln. Mein nächster Gehaltsscheck belief sich auf über zehn Riesen. Ich feierte auf die einzige Art, die ich zu diesem Zeitpunkt kannte: Ich warf die Füße in die Luft und kreischte vor Entzücken – und erlebte einen kurzen Moment der Verzweiflung, als mir bewusst wurde, dass ich niemanden hatte, mit dem ich die Neuigkeit teilen konnte. An jenem Abend loggte ich mich früh aus, schaltete die Kamera ab, machte es mir im Bett gemütlich und kaufte mir mit einem Mausklick alles, was mein Herz begehrte.

Eine Louis-Vuitton-Handtasche. Gekauft.

Ein Kleid von Betsey Johnson. Gekauft.

Hochpreisige Kosmetik, in jedem Glanz und Schimmer, der mir gefiel. Gekauft.

Da meldeten sich meine Dämonen zu Wort, und ich wechselte die Webseiten.

Ein Dark-Ops-Stratofighter-Stiletto-Kampfmesser. Gekauft.

Ein Spyderco-Embassy-Aluminium-Springmesser. Gekauft.

Um zwei Uhr morgens hörte ich auf mit dem Spaßshopping und begann mich mit Computern zu befassen. Ich bestellte schließlich ein MacBookPro, komplett installiert, das in den nächsten vier bis sechs Werktagen geliefert werden sollte. Dann klappte ich das alte College-Laptop mit einem zufriedenen Lächeln zu und legte mich schlafen.

Ich lernte rasch, wie sinnlos es ist, Geld für Handtaschen, Schuhe und Kleider auszugeben, wenn man so lebt, wie ich es tue. All diese Gegenstände sind wertlos, wenn es niemanden gibt, der sieht, dass man sie trägt. Sie standen meinem Glück sogar im Weg, ihre eleganten Designs und ihre Schönheit machten sich von einem Fach in meinem leeren Schrank aus über mich lustig. Sie waren wie ein permanenter Verweis auf das Leben, das ich nicht führte, und erinnerten mich an Orte, zu denen ich nicht ging, und an Leute, die ich nicht sah.

Daher hörte ich auf, Geld aus dem Fenster zu werfen, und konzentrierte mich stattdessen auf die guten Sachen. Ein zweites Bett und eine hochwertige Matratze, beides wurde binnen achtundvierzig Stunden geliefert. Ich hatte festgestellt, dass ein Bett voller Gleitgel und Latex stinkt, und ich wollte eines, das ich ausschließlich fürs Camming benutzen konnte.

Ein neues Lichtkonzept ließ nicht lange auf sich warten: sechs Scheinwerfer rings um mein rosa Bett, jeder mit zwei Birnen ausgestattet, über sechshundert Watt pro Lampe. Mit der richtigen Beleuchtung strahlst du vor der Kamera, und Cellulite und Falten verschwinden vollständig. Leider ist es auch verdammt heiß. Ich spielte mit dem Gedanken, mir eine Kühlmatte für die Matratze zu kaufen, aber dann wurde mir klar, dass es tausendmal leichter war, einfach die Heizung runterzudrehen. Meine Stromrechnung ist enorm, aber das ist kaum verwunderlich angesichts meiner knapp fünfundzwanzig Grad warmen Wohnung.

Ich besitze die Crème de la Crème der Sexspielzeuge, in allen Farben, Formen und Fetischen. Glasdildos? Na klar. Ein RealSkin-Schwanz, der künstliches Sperma spritzt? Ähm … ja. In Weiß, Schwarz und extradick. Liebeskugeln, Analperlen, Kaninchen, Entchen, Butt-Plugs, Nippelklammern, Peitschen, Handschellen, Sauger, Knebel und Zauberstäbe. Ich habe Kommoden voller Strümpfe, Strumpfhalter, Dessous, Leder, Latex, Stöckelschuhe, Netzstrümpfe und Spitze. Sehr selten verlangt ein Kunde etwas, was ich nicht besitze.

In meinem zweiten Jahr in dieser Wohnung gestaltete ich das Cam-Schlafzimmer um. Mit »Cam-Schlafzimmer« meine ich die linke Seite des riesigen offenen Bereichs, aus dem Apartment 6E besteht. Die Seite, auf der ich das Bett stehen habe, das ich fürs Camming verwende. Wo meine Scheinwerfer und Kameras und die Ständer sind, an denen alles befestigt ist. Anfangs war es rein funktional, nur ein Bett und mein Handwerkszeug. Im zweiten Jahr entschied ich, dass ich der Figur, die ich spielte – der neunzehnjährigen Collegestudentin, als die ich mich ausgab –, mehr Beachtung schenken musste. Ich begann einzukaufen und bestellte mir alles, was rosa, mädchenhaft und typisch für eine Studentin im ersten Semester ist, darunter zwei Vier-Liter-Eimer mit Wandfarbe im Farbton »Rosenblüte«. Es dauerte eine Woche, bis alles geliefert wurde, und meine Wohnung füllte sich mit Kartons in jeder Form und Größe.

Sobald alles da war, schaltete ich die Kameras für drei Tage aus und schob alles in die Mitte meines Apartments. Dann strich ich die Wohnung, baute billige furnierte Sperrholzmöbel zusammen und begann, Dinge aufzuhängen. Kalender, Poster und Fotos von abartig glücklich aussehenden Kommilitoninnen, die ich über die Bildersuche gefunden und dann hatte ausdrucken und rahmen lassen. Ich besorgte mir ein paar gebrauchte und benutzt aussehende Lehrbücher bei eBay und stapelte sie auf der Kommode, dann wusch ich die rosa Bettwäsche und breitete eine riesige Tagesdecke über der Matratze aus.

Nachdem ich mein Bett wieder zurückgeschoben und das Endergebnis begutachtet hatte, kam ich zu dem Schluss, dass ich es in Sachen Rosa vielleicht ein bisschen übertrieben hatte. Selbst jetzt, nachdem ich einen Teil des Mädchenkrams weggeworfen habe, sieht es aus, als ob eine Jahresproduktion Erdbeerjoghurt auf dieser Seite des Apartments ausgeschüttet wurde.

Und die andere Hälfte meines Lofts? Diese Seite habe ich größtenteils ignoriert. Das ist der Ort, wo ich schlafe, lese oder online shoppe, um mich auf andere Gedanken zu bringen, bis sich der Schlaf einstellt. Meine Deko auf dieser Seite des Apartments besteht aus Pappkartons, einem Boxspringbett mit zwei Matratzen und Bücherstapeln. Supercool. Ich nenne es Crazy-Girl-Chic.

21

AGEPLAY (dt. »Altersspiel«): Ageplay ist eine Art Rollenspiel, bei dem ein Individuum sich so benimmt oder ein anderes so behandelt, als ob es ein anderes Alter hätte. Ageplay findet zwischen Erwachsenen statt und setzt die Zustimmung aller Beteiligten voraus. Im Allgemeinen gehört zu einem Ageplay, dass sich eine Person jünger gibt, als sie tatsächlich ist.[6] Ageplay hat meistens einen sexuellen Unterton, gilt aber nicht als Pädophilie, auch wenn es ein Rollenspiel in Form einer Kind-Erwachsener-Beziehung beinhalten kann (wie zum Beispiel ein Daddys-Girl-Szenario).[7]

22:49 Uhr. Ich sitze auf meinem rosa Bett und lächele breit in die Webcam, da er mich noch nicht gebeten hat, mich zu bewegen. Er hat mich allerdings dazu aufgefordert, meine Shorts auszuziehen, die ich also auf den Boden geworfen habe.

RalphMA35: hast du noch was anderes anzuziehen?

Ich lächele. »Na klar. Was hättest du denn gern?«

RalphMA35: vielleicht ein shirt. irgendwas in rosa mit rüschen.

Ein rosa T-Shirt mit Rüschen habe ich nicht in meinem Kleiderschrank. Klingt nicht, als ob es so etwas in meiner Größe überhaupt gibt. Aber ich weiß, was er will. Er will ein junges Aussehen. Ich zwinkere ihm zu und hüpfe vom Bett, gehe an die weiße Kommode und öffne die oberste Schublade. Ich nehme ein verwaschenes rosa T-Shirt heraus, das so dünn ist, dass man meine Brustwarzen sehen kann, mit einer errötenden Minnie Mouse auf der Vorderseite. Ich streife es über, dann tausche ich den Seidentanga, den ich trage, gegen einen weißen Baumwollschlüpfer.

Es kommt nicht oft vor, aber hin und wieder kommen Ageplay-Kunden zu mir, deren spezielle Vorliebe an Pädophilie grenzt. Das ist ein schwieriges Thema für mich, eines, über das ich oft nachdenke, wenn ich nachts allein im Bett liege und nicht schlafen kann.

Dr. Brian sagt, dass es nicht immer so ist, dass sie ein junges Mädchen wollen, sondern dass sie vielmehr nach Unschuld suchen. Sie wollen die erste Erfahrung, der erste Liebhaber eines Mädchens sein. Sie muss nicht unter achtzehn oder unter vierzehn oder unter neun sein – sie muss nur unberührt sein. Er legt mir dringend nahe, einen Kunden nicht zu verurteilen, nur weil er will, dass ich mich unschuldig gebe, kichere, stöhne und ihm sage, dass ich noch nie einen Penis gesehen habe.

Ich gebe ihm zum Teil recht. Manche Kunden, vor allem die, die eher unzureichend bestückt sind, scheinen Unerfahrenheit zu wollen – sie wollen bei allem, was sie sagen, bewundert werden. Manche wollen, dass ich zögernd und unsicher bin, dass ich mich anfangs sträube. Aber zwischen den Motiven der Pädophilie und des Bewundert-werden-Wollens zu unterscheiden, ist ein vermintes Gebiet, das ich nur ungern betrete.

Ich krabbele aufs Bett, setze mich im Schneidersitz hin und lächele in das schwarze Kameraauge. »Ist das hier okay?

Ich habe keines mit Rüschen.« Ich binde mir die Haare zu einem niedrigen Pferdeschwanz und kaue auf meiner Unterlippe.

RalphMA35: sieht toll aus, baby. können wir ein rollenspiel spielen?

Ich lehne mich zurück, stütze mein Gewicht auf meine Hände und spanne mein T-Shirt straff über der Brust. »Na klar, Ralph. Aber ich habe nicht viel Erfahrung, also hab bitte Geduld mit mir.« Ich lege den Kopf auf die Seite.

RalphMA35: okay, baby, wie heißt du?

»Wie möchtest du, dass ich heiße?«

RalphMA35: annie.

22

Jeremy

Er klopft an die Tür, hält den Karton hoch und wartet auf die knappe Antwort. Es dauert ab und an mehr als eine Minute, bis sie kommt, eine Minute, in der seine Handflächen schwitzen und er ins Grübeln kommt. Er denkt darüber nach, ob heute der Tag ist, an dem sich der Türknauf drehen und er ihr gegenüberstehen wird. Heute ist nicht dieser Tag.

»Lassen Sie es stehen. Danke.«

Immer höflich. Immer kurz angebunden. Immer diese schöne trällernde Stimme, in der so viel Distanz liegt. Er unterzeichnet auf dem elektronischen Pad mit ihrem Namen, winkt dem stillen Guckloch zu und geht den langen Flur hinunter zum Aufzug.

Darauf zu warten, dass sie die Tür öffnet, hat noch nie geklappt. Heute wird er etwas anderes versuchen.

Er drückt auf den Aufzugknopf, steigt ein, drückt auf die Taste fürs Erdgeschoss, dann geht er rasch wieder hinaus und wartet, bis sich die Türen schließen. Er drückt sich flach gegen die Wand, um nicht gesehen zu werden, und wartet, den Blick auf den Karton vor der Tür zu Apartment 6E geheftet.

In dem Augenblick, in dem sich der Aufzug in Bewegung setzt und leer hinunterfährt, hört Jeremy das Klicken einer Tür, die geöffnet wird. Er hält die Luft an. Die Tür geht auf, eine lautlose Bewegung, dann kommen ein blasser Arm und ein dunkler Haarschopf zum Vorschein, schnappen sich das Paket und ziehen es hinein. Es klickt noch einmal, und die Tür ist wieder geschlossen.

Jeremy lehnt sich leise gegen die Wand und denkt nach. Brünett. Blass. Es ist mehr, als er gestern wusste. Er hört, wie der Aufzug ächzend wieder hochfährt, und dann gehen die Türen auf, und ein schwarzer Mann in Arbeitskleidung steigt aus.

Er nickt dem Mann zu, steigt in den Aufzug und lässt sich wieder nach unten fahren. Während er darauf wartet, dass der Aufzug das Erdgeschoss erreicht, fragt er sich, wie er es ständig tut, warum sie sich versteckt. Denn Verstecken scheint mit Sicherheit der Grund zu sein, warum sie in ihrer Wohnung bleibt. Vor wem läuft sie weg? Oder wovor? *Von irgendetwas will sie nicht entdeckt werden, das war verdammt klar.*

23

Ich lehne mich gegen die Wohnungstür und esse Teriyaki-Hühnchen, das mit Reis und irgendwelchem zu Tode gedämpftem grünem Zeug geliefert wurde, das sie Gemüse nennen. Früher hatte ich Kabelanschluss, aber nach drei Monaten brach der Service zusammen, und auf dem Bildschirm erschien nur noch eine Fehlermeldung. Ich rief die Firma an, die mit mir vier verschiedene Lösungsmöglichkeiten durchging, um den Fehler zu beheben (von denen keine klappte), bevor man zu dem Schluss kam, dass ich einen Vor-Ort-Service benötigte. Nein danke. Ich bat sie, den Service stillzulegen. Das Fernsehen hatte mich sowieso nur vom Camming abgehalten.

Für meinen Internetanschluss hat sich Mike per Fernsteuerung in mein System eingeloggt und es so eingerichtet, dass ich mir das Internet von meinen drei nächsten Nachbarn klauen kann. Normalerweise verwende ich das Netz von »Team Bradley«, die in dem Apartment rechts neben mir leben. Sie haben die schnellste Verbindung. Aber in den seltenen Momenten, in denen es offline, nicht verbunden oder langsam ist, verwende ich eines der beiden anderen WLAN-Netzwerke, die mir dank meines geilen Lieblingshackers zur Verfügung stehen.

Ohne Fernsehen ist es mein größtes Unterhaltungsprogramm geworden, meine Nachbarn zu belauschen. Ich lehne mich zurück und horche auf die Totenstille auf der anderen Seite der Wohnungstür. *Irgendwann ist garantiert irgendjemand im Flur.* Ich hoffe auf den Bodybuilder vom anderen Ende des Gangs, den mit der blond gefärbten Freundin. Sie führen immer höchst dramatische Gespräche.

Ich höre ein Geräusch, dann das Knallen einer Tür. An dem Geräusch höre ich, dass die Tür gegen den Rahmen schlägt, aber nicht ganz zufällt. Schritte kommen näher, und nach dem Schlurfen und dem Tempo, mit dem sie bei meiner Tür ankommen, zu urteilen, weiß ich, dass es Simon ist.

Als seine Füße auf selber Höhe mit meiner Tür sind, spreche ich. Laut, damit er mich hören kann. »Deine Tür ist nicht zu.«

Er hält inne, und an dem Licht unter meiner Tür kann ich erkennen, dass er sich zu mir umgewandt hat. Und ich weiß ebenfalls, ohne aufzustehen, dass er durch mein Guckloch äugt, obwohl er aus Erfahrung weiß, dass er nichts darin sehen kann.

»Du jagst mir einen Schrecken ein, wenn du das tust.« Seine Worte sind gedämpft, fast zu leise, aber mein empfindliches Ohr versteht den Satz.

»Du wärst noch erschrockener, wenn jemand hineingehen und deinen ganzen Scheiß stehlen würde.«

»Ja.« Er wendet sich ab, seine Schritte entfernen sich, und ich höre das entschiedene Klicken seiner Tür, als sie fest zugezogen wird. Dann ist er wieder da, und ich kann an seinen Schritten hören, dass er im Begriff ist, mich etwas zu fragen. »Wann kriegst du … äh …«

»Am Ersten. Das weißt du doch. Meine Bestellung kommt immer am Ersten.«

»Okay. Es ist nur so, ich bin ein bisschen knapp.«

»Dann teile es dir besser ein.«

Er hält kurz inne, dann wendet er sich wieder zum Gehen.

»Simon.«

»Ja?«

»Du warst spät dran gestern Abend.«

»Ja, ich hatte … äh … ein paar Dinge …«

»Simon …« Ich spreche langsam und deutlich, damit kein Missverständnis aufkommt. »Wenn du dich noch einmal verspätest, werde ich mit den Bestellungen aufhören müssen.«

»Ja, ja. Es kommt nicht wieder vor. Ich verspreche es. Das weißt du doch. Versprochen.«

Er wartet einen Moment, und ich antworte nicht und stecke mir stattdessen eine Gabel voll Reis in den Mund. Dann geht er weiter, und ich höre das Rascheln von Plastik, als er meine Mülltüte in die Hand nimmt und den Flur hinunterträgt. Simon schließt mich nicht nur nachts ein, er bringt auch meinen Müll und meine ausgehende Post nach unten. Ich lasse die Abfallsäcke vor meiner Tür stehen, und er bringt sie zu der Mülltonne hinter dem Haus. Ich höre Simon am Aufzug, höre die Kabine in die sechste Etage hochfahren. Außer dem Surren kann ich nichts anderes hören. So gut mein Gehör auf dem linken Ohr auch ist, gleicht es das Unvermögen meines anderen doch nicht aus. Auf dem rechten Ohr bin ich schwerhörig. Das ist kein Zustand, mit dem ich geboren wurde, sondern vielmehr die Folge eines Unfalls, der sich vor einigen Jahren ereignet hat. Ich habe nie jemandem etwas von diesem Unvermögen erzählt, da er mein Alltagsleben offenbar nicht beeinträchtigt und mit Sicherheit keinen Besuch bei einem Arzt oder eine Operation erfordert. Ich mag die Stille, die sich dann und wann auf meinem rechten Ohr einstellt, beinahe. Es ist noch eine Schicht mehr zwischen der Außenwelt und mir.

Da draußen gibt es eine Gemeinde für Leute wie mich. Nicht Online-Prostituierte, die vom Tod fantasieren, sondern Leute, die töten wollen, Leute, die besessen von Blut und Schreien sind. Als ich auf dem College war, fand ich ihre Foren, trat ihren Twitter-Gruppen bei und bestellte ihren gruseligen monatlichen Newsletter. Doch ich verließ diese Gemeinde rasch wieder. Ich hatte auf eine Art Versammlung der Anonymen Alkoholiker gehofft, nur eben für potenzielle Mörder, eine, die es ihren Mitgliedern ermöglichte, einander in ihren düsteren Momenten zu unterstützen, die ihnen half, einander von den Straßen fernzuhalten und andere Leute vor ihnen zu schützen. Aber stattdessen bestärkten sie sich gegenseitig, teilten ihre Fantasien und Realitäten miteinander und diskutierten ganz offen darüber, wie man eine Kehle richtig aufschlitzt oder eine Garotte anfertigt oder woher man weiß, ob man jemanden zu Tode oder nur bis zur Bewusstlosigkeit gewürgt hat. Das ist etwas, was man aus Filmen nie lernen kann. Dass jemand, wenn er gewürgt wird und die Augen schließt und sein Körper in sich zusammensackt, wie man es im Kino sieht, nicht tot ist. Er verliert nur das Bewusstsein wegen des Sauerstoffmangels. Um ihn zu töten, muss man weiter zudrücken, eine gute Minute länger warten. Erst dann wird er tot sein.

In diesen Foren unterwegs zu sein und in die Köpfe von Leuten zu sehen, die noch verkommener waren als ich, war nicht gut für meine Triebe. Es brachte mich auf zu viele

Ideen, gab meinen Dämonen zu viel Nahrung. Ich löschte meine Accounts in den Foren, bestellte den Newsletter ab und sah zu, dass ich von Twitter verschwand. Ich wechselte zu Plan B: meine Triebe langsam verhungern zu lassen, ihnen den Kontakt zur Außenwelt zu verwehren, Nahrung in Form ausschweifender Fantasien zu verweigern. Dr. Derek ist nicht unbedingt überzeugt von meinem Plan B, aber er billigt ihn, auch wenn er gern betont, dass mir dieser Plan in den letzten drei Jahren nicht viel geholfen hat.

Dr. Derek will einen proaktiven Ansatz. Er denkt, dass die einzige Möglichkeit, mich zu heilen, eine medikamentöse Behandlung ist. Er denkt, wenn ich die Medikamente regelmäßig nehme, könnte ich irgendwann wieder in die Gesellschaft zurückkehren. Ein normales Leben führen. Aber diese Therapie ist kein Heilmittel, nur ein Heftpflaster. Ich habe diese Pillen geschluckt, und ich will das Leben nicht, das sie mir bringen würden. Einen freien Körper zu haben, aber einen gefangenen Geist? In einem zombieartigen Zustand durch die Welt zu stolpern, nie etwas zu fühlen, nie genug bei Bewusstsein zu sein, um jemanden wirklich zu kennen? Da ist mir das Leben, das ich habe, doch lieber. In dem ich alles erlebe, selbst die entsetzlichen Fantasien meines psychotischen Verstandes.

Ich schiebe die zweite Hälfte meines Fertiggerichts beiseite und sehe auf die Uhr. Zeit, wieder online zu gehen.

24

Sein erstes Opfer hieß Haley McDonald. Haley war sieben Jahre alt gewesen, ein Rotschopf mit Brille, vor allem aber ein ungeplantes Ereignis. Er war quer durchs Land gefahren, mit schweren Lidern, während sein Kopf immer wieder nach unten gesackt war. Schließlich war er auf eine Autobahnraststätte abgefahren, um zu schlafen.

Fast eine Stunde hatte er gedöst, bis er von einer Frau geweckt wurde, die lautstark Obszönitäten über den leeren Parkplatz schrie. Dann marschierte sie auf den Pavillon der Raststätte zu, weg von ihrem Auto, das direkt neben seinem parkte, während sie mit einer Schachtel Zigaretten auf ihr Handgelenk klopfte und unsinnige Worte vor sich hin murmelte.

Er stellte seine Rückenlehne senkrecht und sah der Irren hinterher, während er nach dem Gurt griff. Bevor er sich anschnallen konnte, fiel sein Blick auf das tränenverschmierte kleine Mädchengesicht in dem Wagen, der neben seinem stand. Er sah ihre kleine Gestalt auf dem Beifahrersitz des alten Kombis, den Kopf zu ihm gewandt. Er überlegte nicht, bereitete sich nicht vor, sondern stieg aus dem Auto und öffnete die fremde Wagentür, griff hinein und nahm das Mädchen in die Arme. Ihre Fragen unterband er mit einem leisen »Schscht!«.

»Steig in meinen Wagen«, sagte er leise. »Ich bringe dich an einen Ort, wo es schöner ist.«

Sie widersprach nicht, schrie nicht, ließ sich einfach von ihm hochheben und auf seine Rückbank setzen, und sie zuckte nur leicht zusammen, als er leise die Tür schloss. Er wusste nicht, wie lange ihre Mutter auf der Toilette der Raststätte sein oder wie lange sie damit warten würde, zum Wagen zurückzukehren. Und natürlich hatte er keine Ahnung, wie lange es dauerte, bis ein Polizist am Ort des Geschehens eintraf.

Er wusste nur, dass sie, als er ihr zwei Meilen weiter auf dem Highway sagte, sie solle auf den Beifahrersitz klettern, Folge leistete. Dreißig Meilen später hielt er an und checkte in ein Motel direkt am Highway ein. Eine Stunde später war sie tot. Er erwürgte sie, damit kein Blut floss, und trug sie hinaus, da es auf dem Parkplatz dunkel war, legte sie in seinen Kofferraum und fuhr weg. Er warf ihren Leichnam in einen Müllcontainer in Oklahoma, wo ihn – soweit er wusste – auch später niemand entdeckte.

Dann fuhr er nach Hause zu seiner schwangeren Ehefrau und dem warmen Abendessen. Und er erkannte schockiert, dass er keine Schuldgefühle hatte. Dass die Fantasien, die er sein Leben lang gehegt hatte, endlich befriedigt worden waren, ohne irgendwelche negativen emotionalen Auswirkungen. Dass er in jener Nacht nach dem Tod der kleinen Haley McDonald besser schlief als in jeder anderen Nacht zuvor.

Danach fand sein Verstand für eine Weile Frieden. Seine Seele war still. Gesättigt. Er war damals vierundzwanzig. Seinen nächsten Mord beging er zwei Jahre später.

25

Annie

Es heißt, dass Kinder von ihrer Rolle, die sie in der Familie einnehmen, beeinflusst werden, Einzelkinder mehr noch als andere. G. Stanley Hall, ein berühmter Psychologe, bezeichnete die Situation eines Einzelkindes als »eine Krankheit für sich«. Einzelkinder sind dafür bekannt, dass sie unabhängiger sind, gelten aber oft auch als verzogen, egozentrisch und über die Maßen verwöhnt.

In der Familie Thompson gab es keinen Platz zum Verwöhnen. Überleben war das Hauptinteresse der Familie, und jeder, einschließlich Annie, war sich der angespannten Situation bewusst. Tage wie der letzte Sonntag, als sich solche Luxusdinge wie Kuchen und Geschenke im Haus türmten, waren selten, und Annie hatte jeden Moment davon genossen.

Bevor mein Leben eine entsetzliche Abwärtsspirale nahm, war ich das älteste Kind, eines von dreien. Der Altersunterschied zwischen uns war so groß, dass mir die Zwillinge manchmal wie meine eigenen Kinder vorkamen. Summer und Trent waren sechs – gewaltige elf Jahre jünger als ich.

Dad sagte immer, dass Mom an ihrem neununddreißigsten Geburtstag ausflippte und auf einmal besessen davon war, ein Jahrzehnt nach mir noch ein Kind zu bekommen. Die moderne Technik beglückte sie mit zweien.

Ich hatte sechseinhalb Jahre mit ihnen, genügend Zeit, um mich eng an sie zu binden. Sie nahmen zwei große Teile meines Herzens in Beschlag und hielten es so in Geiselhaft. Obwohl Mom mit knapp vierzig Jahren unbedingt noch einmal hatte schwanger werden wollen, schlüpfte sie, sobald die Zwillinge geboren waren, emotional aus der Mutterrolle und überließ es mir, mit Umarmungen, Küssen und frischen Windeln ihre Stelle anzutreten. Ich überschüttete die beiden mit Liebe, dann schlug die Pubertät zu, und ich zog mich zurück. In dieser Zeit übernahm hauptsächlich Dad die liebevollen Worte und die Gutenachtgeschichten. Ich will damit nicht andeuten, dass Mom uns in eine Ecke des Hauses setzte und ignorierte. Sie war ein witziger, spontaner Elternteil, aber sie war eben … anders. Als ich älter wurde, kamen wir uns allmählich näher. Ihre Distanz schien sie vor allem gegenüber den jüngeren Kindern zu haben; die Tränen und Wutanfälle der Zwillinge brachten sie auf die Palme und erschütterten ihre Psyche. Je älter ich wurde, desto näher kamen wir uns und desto weniger Zeit verbrachte ich mit den Zwillingen. Ich gebe den durchgeknallten Hormonen eines Teenagers die Schuld daran. Die verwandelten mich in eine Schönwetter-Schwester – liebevoll, wenn es einfach war, biestig und streitlustig, wenn sie mich nervten. Bedauerlicherweise war ich die meiste Zeit über genervt von den beiden. Ich hätte sie mehr umarmen, ihre blauen Flecken küssen und sie das Fernsehprogramm auswählen lassen sollen. Sie liebten mich, sie himmelten mich an und folgten mir überallhin, bettelten geradezu um Zuneigung. Ich würde alles geben, nur um die Uhr zurückdrehen zu können und noch einen einzigen Tag mit ihnen zu verbringen.

Ich hasse mein früheres Selbst. Ich hasse meinen Egoismus und meinen Mangel an Dankbarkeit für das perfekte Vorstadtleben, das ich hatte. Ich hatte alles in meiner perfekten, trägen Hand, und ich ahnte es nicht einmal.

26

Jeremy

Seine achtjährige Nichte baumelt mit den Beinen, die von ihrem Platz auf dem Picknicktisch hängen. »Vielleicht ist sie ein Vampir, Onkel Jermy.«

»Ein Vampir?«

»Ja! Du hast doch gesagt, dass sie ihre Wohnung tagsüber nie verlässt. Ich möchte wetten, sie ist ein Vampir. Die kommen nur nachts heraus.« Sie lächelt ihn über ihre Eistüte hinweg an, der Mund um ihr zahnloses Grinsen ist verschmiert mit geschmolzener Schokolade.

Jeremy zieht die Augenbrauen hoch und denkt darüber nach. »Das ist eine sehr gute Idee. Vielleicht ist sie wirklich ein Vampir.«

»Außerdem hast du gesagt, dass ihre Haut blass ist, oder?« Sie hat die Augen weit aufgerissen, während sie den Rand ihrer Eiswaffel ableckt und entschieden nickt. »Muss ein Vampir sein.«

»Hmmm. Aber sie isst ganz normal. Sie bekommt immer große Kartons mit Essen von verschiedenen Diätfirmen.«

»Ist sie …?« Sie führt die Hände in einem weiten Bogen um ihre Taille und bläht theatralisch die Wangen.

Jeremy lacht. »Übergewichtig?«

Sie bricht in Gekicher aus, während sie sich den Mund

mit dem Handrücken abwischt. »Ja. Mom sagt, ich darf nicht ›fett‹ sagen.« Sie reißt entsetzt die Augen auf und fährt sich wieder mit der Hand an den Mund. »Hoppla. Sag ihr nicht, dass ich das gesagt habe.«

»Sie ist nicht übergewichtig, Olivia. Sie scheint irgendwie …« Er zieht den Bauch und die Wangen ein, in einem Versuch, so ausgemergelt wie möglich auszusehen.

Seine Nichte krümmt sich vor Lachen und hält sich die Seite – und die aufgeweichten Reste ihrer Eiswaffel fallen auf den Boden. »Mager!«, schreit sie und zeigt auf ihn, während sie vor Lachen kreischt.

»Ja«, sagt er und grinst sie an. »Aber ich kann es nicht eindeutig sagen. Ich habe nur ein Handgelenk gesehen.«

Sie richtet sich auf, mit einem Mal ernst. »Vielleicht ist sie maga-süch-tick.«

»Magersüchtig? Hmmm … Daran hatte ich noch gar nicht gedacht. Hey, was weißt du denn über Magersucht?«

Sie zuckt mit den schmalen Schultern. »Ich weiß nicht. Mom sagt, dass Katie das ist.«

Jeremy nickt und konzentriert sich auf sein Eis. »Weißt du, mit Katie wird alles gut werden. Sie macht nur eine schwierige Phase durch. Du kannst ihr helfen, weißt du?«

Sie dreht sich zu ihm um, und ihre klugen Augen weiten sich. *»Ich?«*

»Na klar. Du kannst die beste kleine Schwester auf der Welt sein. Das wird sie glücklich machen.«

Sie denkt darüber nach, schürzt die Lippen und wendet den Blick von ihm ab. »Das heißt … du willst, dass ich nicht so wie du bin, stimmt's?«

Jeremy spürt, wie das Gespräch eine andere Richtung nimmt, und er lächelt. »Ja. Worauf willst du hinaus?«

»Mom sagt, wenn du ein braver kleiner Bruder wärst, würdest du mit Bethany ausgehen.«

Jeremy folgt ihrem ausgestreckten, beharrlichen Finger, und sein Blick bleibt an der langbeinigen Blondine mit der hübsch modellierten Oberweite hängen. »Wirklich? Das hat deine Mom gesagt?«

Sie nickt rasch, die Augen weit aufgerissen. »Ja. Mom sagt, wir müssen ein Mädchen für dich finden.« Sie dämpft verschwörerisch die Stimme. »Eines, das *kein* Vampir ist.«

Er lacht, und dann versucht er, das Lachen zu ersticken, während sie ihn mit ernster Miene fixiert. »Ich weiß deine Besorgnis zu schätzen, aber Bethany ist eigentlich nicht mein Typ.«

Das kleine Mädchen schnaubt verächtlich, und ihre Stimme nimmt einen autoritären Ton an. »Mom sagt, Bethany ist *jedermanns* Typ.«

Jeremy schaut wieder rüber zu der Blondine, verfängt sich im Anblick ihrer knappen Shorts, des eng anliegenden T-Shirts und des Pfunds Make-up, das ihr Gesicht bedeckt. »Vergiss Bethany. Das wird nicht passieren.«

»Wirklich nicht?«

Als er die Stimme seiner Schwester hört, sieht Jeremy unwillkürlich auf. Ihre hellblauen Augen fixieren ihn mit einem strengen, starren Blick. »Und was, falls die Frage gestattet ist, gibt es an dem Bikinimodel auszusetzen, das ich dir frei Haus geliefert habe?«

Das kleine Mädchen sieht stirnrunzelnd auf. »Das hier ist ein Park, Mom. Nicht Onkel Jermys Haus.«

Ihre Bemerkung wird ignoriert, während sich Lily zwischen ihnen auf die Bank setzt. »Hm? Was gibt es an ihr auszusetzen?«

»Das habe ich dir doch schon gesagt. Ich muss mit niemandem verkuppelt werden.«

»Ja, genau, weil du irgendein Mädchen hast, das nicht mit dir redet und deine ganze freie Zeit in Anspruch nimmt.«

»Sie ist interessant. Weitaus interessanter als ein knapper Rock mit einem Pfund Make-up.«

»Schweigsam heißt nicht unbedingt interessant. Es könnte einfach nur langweilig heißen. Manchmal öffnest du eine Tür und stellst fest, dass es nur eine prächtige, sexy Pforte zu einem leeren Schrank ist. Vielleicht bist du nur an dem Geheimnis interessiert und wirst gelangweilt sein von dem, was darin ist.«

Er schenkt ihr ein ironisches Lächeln. »Keine Sorge, vermutlich werde ich sowieso nie sehen, was darin ist. Ich kann mir nicht vorstellen, dass sie in absehbarer Zeit diese Tür öffnet.«

»Genau deshalb solltest du mit Bethany ausgehen. Sie schmachtet dich schon die ganze Zeit an. Du musst dich beeilen, bevor du alt und grau wirst, so wie ich.«

Er legt seiner Schwester einen Arm um die Schultern und drückt sie fest an sich. »Du wirst mich trotzdem lieben, selbst wenn ich verschrumpelt und einsam bin.«

Sie erwidert seine Umarmung und lächelt unwillkürlich. »Vielleicht.« Dann steht sie auf und wirft ihrer Tochter einen strengen Blick zu. »Kein Eis mehr für dich. In zwei Stunden gibt es Abendessen.«

Jeremy wartet, bis sie davonstolziert, die Hände um den Mund gelegt, um verschiedenen Kindern Befehle zuzurufen. Sobald sie außer Sichtweite ist, beugt er sich hinüber zu seiner Nichte. »Hier, du kannst den Rest von meinem haben.«

Er reicht ihr den Rest von seinem Eis und sieht hinaus auf den Park. »Ich habe mir überlegt, diesem anderen Mädchen irgendetwas zu geben, ein Geschenk.«

Ihre Miene hellt sich auf. »Einen Luftballon oder so?«

»Oder vielleicht Blumen.«

Sie runzelt leicht die Stirn. »Ich weiß ja nicht, ob Vampire Blumen mögen.«

»Ich glaube nicht, dass sie ein Vampir ist. Ich glaube, dass sie allein ist.«

»Pass auf, Jermy. Lass dir von ihr nicht das Blut aussaugen.«

Er grinst über diesen Ratschlag, während er zusieht, wie sie von der Bank springt und in Richtung Klettergerüst davonläuft. Vielleicht hat seine Schwester recht. Verdammt, er *weiß,* dass sie recht hat. Es ist lächerlich, sich Bethany wegen eines Mädchens entgehen zu lassen, das ihm nicht einmal die Tür öffnet. Vermutlich hätte er, wenn sie ihm vom ersten Tag an geöffnet hätte wie jeder normale Mensch, keinen weiteren Gedanken an sie verschwendet, egal, wie viele Pakete sie bekommen hätte. Normale Leute öffnen ihre Türen. Leute, die etwas zu verbergen haben, halten sie geschlossen.

Er sieht hinüber zu Bethany. Ihr gekünsteltes Lachen hallt durch den Park. Sie ist schön und freundlich, und sie würde vermutlich die Beine für ihn breit machen und ihm die tollste Nummer seines Lebens bereiten. Es gibt eintausend Mädchen wie sie, Mädchen, denen er an jeder Straßenecke über den Weg läuft. Mädchen wie sie waren die Königinnen seiner Highschool und beherrschen jetzt die Bars, die die Straßen in der Innenstadt säumen. Er weiß schon gar nicht mehr, wie viele von ihnen er flachgelegt hat, und jedes Mal fühlte er sich danach schmutzig. Das emotionale Gepäck, das er danach zwangsläufig mit sich herumschleppte, und das Keuschheitsgelübde, das er sich selbst abnahm, waren die logische Folge. Jetzt ist er bereit für eine richtige Beziehung – der Verbindung zweier Seelen zu einem anderen Zweck als gedankenlosem Vögeln und blödsinnigen Beziehungsspielen.

Das Vampirmädchen ist vermutlich nicht das beste Yin für sein Yang, wenn er eine Beziehung will. Physischer und emotionaler Kontakt scheinen dafür doch eine Grundvoraussetzung zu sein. Schritt eins: Er muss sie dazu bringen, diese Tür zu öffnen. Danach kann er vielleicht anfangen, über ein bisschen mehr oder gar Schritt zwei nachzudenken.

Sie muss einsam sein. Was für ein Leben kann das sein, so ganz allein in diesem Apartment?

27

Männer prahlen. Offenbar können sie einfach nicht anders. Selbst wenn sie mich dafür bezahlen, dass ich Zeit mit ihnen verbringe, wenn garantiert ist, dass ich sie »mögen« werde, verspüren sie das Bedürfnis zu prahlen.

Richard, Username SentfromHeaven, ist so einer. Er ist Senator – eine Position, die mich nicht im Geringsten beeindruckt, aber offenbar sein ganzer Stolz ist. Er erwähnte es bei unserer zweiten Session, in einem gedämpften Flüsterton, als wäre irgendjemand in seinem leeren Haus oder in meinem einsamen Loft, der sein Geständnis hören könnte. Und er erwähnte es auch noch bei unserer dritten, vierten und fünften Session, nur für den Fall, dass ich es vergessen oder beim ersten Mal nicht mitbekommen hatte.

Für einen Senator ist er verdammt dumm. Er bewegt sich auf einer Webseite, die seine Kreditkarte verlangt und seine IP-Adresse zurückverfolgen kann, und er verwendet eine Webcam, die die Hälfte des Chats über sein Gesicht zeigt, wenn sie nicht gerade auf seinen schlaffen und störrischen Penis gerichtet ist. Ich bin nicht »so ein Mädchen« – ich habe nicht das Bedürfnis, unsere Sessions aufzuzeichnen und die Videos meistbietend zu verkaufen –, aber es ist nur eine Frage der Zeit, bis irgendein anderes Camgirl das tun wird. Genau das habe ich Richard gesagt. Er sollte vorsichtig sein, meine persönliche Seite benutzen und keinem der anderen Camgirls seinen Beruf nennen. Ich weiß, dass dieser Ratschlag bei ihm zu einem behaarten Ohr hinein- und zum anderen wieder hinausging.

Richard hat keine speziellen sexuellen Vorlieben oder heimlichen Fetische. Ich glaube, der eigentliche Grund, weshalb er sich einloggt, ist sein Ego. Es ist der verbotene Kick. Es ist das Bedürfnis, alles und jedes zu haben, wen er will, was er will, und eines davon ist die von ihm empfundene Bewunderung seitens einer nackten jungen Frau. Es ist nur eine Frage der Zeit, bis er bloßgestellt und erwischt wird, wie er über seine erzkonservative Haltung zu Moral hinweggeht. Aber nicht durch mich.

Töten: ja.

Geheimnisse ausnutzen: nein.

28

Um vier Uhr morgens gehen meine Augen schlagartig auf, als ein dumpfes Geräusch an meiner Tür erklingt. Ich warte, während mein Verstand langsam wach wird und meine Ohren auf irgendeinen Hinweis lauschen, was da draußen los ist. Eine Reihe von dumpfen Schlägen ertönt – irgendjemand hämmert gegen den soliden Stahl meiner Tür. Ich stehe auf und eile durchs Zimmer zur Tür, bevor das Hämmern verklingt.

Ich erkenne seinen Haarschopf und höre das Keuchen seiner Stimme. Simon. Betrunken, nach dem Klang seiner Stimme zu urteilen. Es ist zwei Tage vor der nächsten Lieferung, und ich könnte fast schwören, dass er seinen Vorrat aufgebraucht hat.

Der Türknauf wackelt, ein Rütteln, während ihn jemand so weit hin- und herbewegt, wie es geht. Links. Rechts. Links. Rechts. Ich bin hellwach und lasse gedankenlos die Knochen meiner Hand knacken. Es wird so einfach sein. Er wird mir die Tür öffnen. Ich muss ihm nur sagen, dass ich noch mehr von seinem Zeug für ihn habe. Ich habe Pillen, und ich werde sie ihm geben, wenn er mir die Tür öffnet.

Ich bewege mich rasch, reiße die Küchenschublade auf, und mein Blick huscht über die silbrig glänzende Reihe mit Messern. Es sind alles stumpfe Buttermesser – die einzige Art, die ich mir zu benutzen gestatte. Die anderen Messer – Stilettomesser, Springmesser, Fleischermesser und so weiter – bewahre ich sicher verschlossen auf. Tagsüber bin ich geistig so weit bei mir, dass ich sicherstellen kann, dass ich sie nur umständlich und langsam in die Finger kriege. Als ich die Messer wegschloss, hoffte ich, dass ich meine Dämonen in schwachen Momenten so weit besänftigt haben werde, dass ich wieder weggehe, bevor ich die Messer endlich in Händen halte, und den Aufruhr in mir damit unterdrücken kann.

Ich springe über Kartons, zwänge mich zwischen zwei hohen Stapeln hindurch und schiebe Bücher und Packungen mit Toilettenpapier beiseite, bis ich den Safe erreiche. Die Kombination erklingt laut in meinem Kopf, und ein Schwindelgefühl beflügelt meine Erregung, während ich höre, wie gegen die Tür getreten wird. Sie scheppert leicht, und gedämpfte Worte sind zu vernehmen, als der Türknauf wieder wackelt.

Simon. Ich werde ihm den Bauch aufschlitzen, mein Messer durch seine Haut stoßen und es seitlich drehen, Organe und Gewebe zerteilen, während ich ihm in die Augen blicke und seinen Schmerz sehe. Meine Hände zittern über dem Kombinationsschloss, und mein erster Versuch schlägt fehl. Der Griff bewegt sich nicht ein bisschen, als ich an ihm zerre. Ich verlangsame meine Bewegungen, höre das Klicken der Stifte im Inneren des Mechanismus, während ich rechts die 62, links die 37, rechts die 95 einstelle. *Klick.* Der Griff lässt sich nach unten drücken, die Tür schwingt auf, meine Augen weiden sich an Metall, Silber und Bargeld, und meine Hand greift hinein und tastet aufgeregt über Messergriffe und Scheiden, bis ich das eine finde, das ich will.

»Jessica!« Ein Winseln vor der Tür, ein schwaches Hämmern mit etwas, das vermutlich eine Faust ist.

Ich umklammere den Griff des Messers, reiße es aus seiner Lederscheide und gehe zwischen den Kartons zurück, in dem undeutlichen Bewusstsein, dass ich nackt bin, als ich die Tür erreiche und die Augen an das Guckloch halte.

Diese kleine kreisrunde Öffnung durch meine Tür bietet einen verzerrten Blick auf die Welt. Sie macht attraktive Leute hässlich, dünne Leute dick, einen kurzen Flur abgerundet und geschwungen. Simons Auge, an das Guckloch gepresst, befindet sich genau in meinem Blickfeld – eine haselnussbraune Pupille, umgeben von einem blutunterlaufenen Weiß.

»Simon.« Ich spreche laut und deutlich, damit er mich durch die schwere Tür hören kann. Meine Tür ist anders als die anderen. Jeder andere Bewohner dieses Drecklochs hat eine Sperrholztür, die sich mit einem einzigen beherzten Tritt aufbrechen lässt. Ich habe an diesem Türspion gesessen und zugesehen, wie wütende Expartner, Betrunkene und Einbrecher in Wohnungen eingedrungen sind, wie sie neben dem runden Griff hart gegen das Türblatt gehämmert haben, bis die Sperrholzplatte in einem einzigen schlichten Eingeständnis »Scheiß drauf!« sagte. Splittern. Zutritt gewährt.

Ich habe meine Tür schon bald nach meinem Einzug ersetzen lassen, habe dem Hausmeister 700 Dollar bezahlt, damit er eine Stahltür bestellt und meine auswechselt. Es war eine der seltenen Situationen, die menschliche Interaktion erforderten; die Knopfaugen des Hausmeisters blickten allzu interessiert in das Innere meiner Wohnung, und meine Hand zitterte, als ich ihm den lächerlichen Betrag überreichte. Vermutlich dachte er, ich wäre nervös. Wenn er nur wüsste, was mir in dem Moment wirklich durch den Kopf ging. Sein Blut. Sein Tod.

Simons Kopf schnellt zurück, als er meine Stimme hört, dann kommt sein Auge wieder näher. Seine Worte sprudeln rasch hervor, sie überschlagen sich in ihrer Hast, gesagt zu werden. »Jessica. Hör zu, ich weiß, es ist Montag, und die Lieferung kommt erst am Mittwoch. Um genau zu sein, ist jetzt Dienstag. Es ist vier Uhr morgens. Vier Uhr morgens am Dienstag, was nur einen Tag vor Mittwoch ist. Und ich habe Schmerzen, Jessica. Wirklich, wirklich verdammt schlimme Schmerzen. Ich dachte, vielleicht hast du irgendwas, egal was, ich brauche wirklich dringend etwas! Und die Lieferung kommt erst am Mittwoch. Jetzt ist Dienstag.«

»Ich habe deine Pillen, Simon.«

Er stöhnt auf, gegen die Tür gelehnt, und schließt die Augen. Seine Hände ballen sich zu Fäusten und hämmern gegen das Metall. Das Geräusch klingt dumpf auf meiner Seite der Tür. »Du musst sie mir geben! Bitte, mach die Tür auf und gib sie mir.«

Idiot. »Ich kann die Tür nicht aufmachen, Simon. Sie ist abgeschlossen.« Ich spreche deutlich, meine Handfläche wird feucht, während ich das Messer umklammere. Ich rolle es in meiner hohlen Hand, mache mich wieder mit seinem Gefühl vertraut, begrüße es wie einen alten Freund mit offenen Armen. »Du musst die Tür aufschließen, Simon. Du hast den Schlüssel.«

Er schüttelt den Kopf, sein Kiefer bewegt sich rasch hin und her, hin und her, durchsägt die Luft, sodass er durch mein verzerrtes Fenster nach draußen irgendwie geistesgestört aussieht. »Nein, ich habe ihn nicht. Mach die Tür auf. Ich brauche etwas, Jess. Egal was, bitte!«

»Simon. Geh in deine Wohnung und hol den Schlüssel. An deinem Bund hast du einen Schlüssel für diese Tür. Geh und hol ihn.«

Er stöhnt auf und krümmt sich, offenbar vor Schmerzen, sein Gesicht ist angespannt und verkniffen. »Nein … nein, ich habe meinen Schlüsselbund nicht. Dieses Biest Rita hat ihn mir abgenommen, weil ich betrunken war.«

Ich atme tief ein, Wut lodert in mir auf, und mein Verstand rast vor Panik. »Simon, ich habe dir zwei Schlüssel gegeben. Erinnerst du dich? Vor zwei Jahren habe ich dir *zwei* Schlüssel gegeben. Wo ist der zweite?«

»Zwei Schlüssel?« Er kneift die Augen fest zusammen. »Du hast mir zwei Schlüssel gegeben?«

Scheiße. »Ja«, sage ich knapp. »Zwei verdammte Schlüssel. Wo ist der andere?«

Er sieht hinüber zu seiner Wohnung. »Heute ist Dienstag. Ich halte es nicht mehr aus bis Mittwoch. Er muss in meiner Wohnung sein. Hast du da drinnen Pillen?«

Ich atme aus, versuche mein Herz in eine andere Gangart zu zwingen, einen ruhigen Ton zu bewahren. »Ja. Geh und hol den Schlüssel.«

Er entfernt sich, seine Füße klatschen über den dünnen Teppichboden, und einen Moment später höre ich die Tür seiner Wohnung zuknallen. Ich stehe da, angespannt und bereit, das Messer fest in der Hand, während mein Hirn die Sekunden zählt und auf das wartet, was kommt. Das Klicken meines Schlosses, das Aufschwingen meiner Tür, das Zustechen meines Messers, sein Stöhnen, sein letzter Atemzug. Endlich. Spritzendes Blut, das meine Hände bedeckt.

Schmerz in seinen Augen, Kontrolle in meinem Griff. Ein Leben in meinen Händen. 72 Sekunden.

124 Sekunden.

648 Sekunden. Ich lasse mich auf den Boden sinken und lockere die Handgelenke, während ich zusehe, wie das Messer im Dunkeln aufblitzt.

793 Sekunden. Ich presse ein Ohr an die Tür, lausche angestrengt auf irgendein Geräusch, irgendeinen Hinweis darauf, was los ist.

921 Sekunden.

1122 Sekunden. Mein Messer fällt zu Boden, und ich spüre heiße Tränen über meine Wangen laufen.

1400 Sekunden. Ich schlafe ein, mit der nackten Haut an die Tür gelehnt, während mein Kopf in einem unbequemen Winkel schlaff herunterhängt.

29

Ich stehe unter dem kümmerlichen Wasserstrahl der billigen Dusche und versuche den Tag abzuwaschen. Mindestens zum zwanzigsten Mal überlege ich mir, aus diesem Dreckloch auszuziehen. Als ich entschied, mich abzukapseln, war meine finanzielle Lage unsicher. Ich hatte 649 Dollar auf meinem Girokonto und keine Einkommensquelle. Die Wohnung war billig, und es war keine Kaution erforderlich. Jetzt, mit einem Kontostand im siebenstelligen Bereich, ist es lächerlich, dass ich in einem Haus wohne, in dem es nur gelegentlich warmes Wasser gibt. Aber ein Umzug scheint eine undurchführbare Aufgabe für mich zu sein. Und ich lege mir das Leben hier als eine Art Buße auf. Ich habe getötet, daher werde ich bestraft.

Mein letzter Cammer des Tages, RalphMA35, war der typische »Junge Erfahrung«-Kunde. Ich sollte Widerlinge inzwischen gewohnt sein, sollte sie abtun und zum Nächsten übergehen. Vielleicht liegt es daran, dass er der letzte Kunde heute Abend war, aber aus irgendeinem Grund geht mir die Session nicht aus dem Kopf. Ich kann die Heiserkeit seiner Stimme nicht vergessen, das Verlangen, das ich durch die Lautsprecher hörte, oder die hungrige Betonung des Namens, mit dem er mich ansprach. *Annie.* Es war mein dritter Chat mit Ralph und das zweite Mal, dass er diesen Namen verwendete. Es kommt nicht oft vor, dass

Kunden einen bestimmten Namen verwenden oder dass ich den Platz einer bestimmten Person einnehme. Als er diesen Namen sagte, diesen süßen Namen in einem Ton aussprach, der alles andere als das war, da zerriss es mir das Herz – es wurde gepackt, zusammengequetscht und herausgerissen und ließ eine blutige Spur der Verwüstung hinter sich zurück.

Ich stelle die Dusche ab, schnappe mir das Handtuch vom Haken und reibe meine nasse Haut ab. Ich schalte das Licht aus und gehe nackt durch das Loft, bis ich den Rand meines Bettes erreiche. Ich will eben schon nach der Decke greifen, das Bettzeug zurückschlagen und darunterkriechen, aber dann halte ich auf einmal inne. Ich spüre in mich hinein, ein fremdartiges und komplexes Ziehen und Zerren von Emotionen kämpft in mir. Dann knie ich mich hin, eine Bewegung, die mir vertraut und fremd zugleich ist. Tägliche Routine konkurriert mit jahrelanger Vernachlässigung. Ich falte die Hände und beuge mich über die Tagesdecke nach vorn, atme tief ein und versuche zu ergründen, was zum Teufel ich hier eigentlich tue. Dann bete ich.

Mein Gebet ist kurz und konzentriert. Ich bete um Frieden vor meinen Dämonen, darum, dass der Drang, anderen etwas anzutun, meinen unwürdigen Körper verlassen wird. Und ich bete zu Gott, dass Er, *falls* es dort draußen ein kleines Mädchen, eine kleine Annie, geben sollte, sie verdammt noch mal von diesem Mann namens Ralph fernhalten wird.

Früher war ich gläubig. Unsere Familie ging sonntags zur Kirche, regelmäßig wie ein Uhrwerk. Meine Mutter war die treibende Kraft dahinter; mein Vater hingegen konnte es kaum erwarten, wenn der Gottesdienst zu Ende war, damit er zurück zu seinem Fußball und den Wochenendprojekten eilen konnte. Falls meine Mutter zu kämpfen hatte, so wie ich mit meinen Dämonen, frage ich mich oft, ob das der Grund war, weshalb sie zur Kirche ging. Ob es ein Versuch war, ihre Seele zu reinigen, das Böse in ihr mithilfe einer höheren Macht zu zerstören.

Ich habe alles andere versucht; Jesus steht auf meiner Auswahlliste ignorierter Möglichkeiten. Ich kann diesen Weg einfach nicht einschlagen. Ich habe einmal mit einem Pfarrer gesprochen, als ich noch bei meinen Großeltern lebte. Er sagte mir, meine Mutter sei wegen ihrer Sünden in der Hölle und würde bis in alle Ewigkeit dort bleiben. Er verstand nicht, dass ich sie, obwohl sie meiner Familie das angetan hatte, obwohl sie mir alles Gute in meinem Leben genommen hatte, dennoch liebe. Sie ist meine Mutter, und eine einzige grausame Nacht löscht nicht siebzehn Jahre Erinnerungen aus. Ich hörte seine Worte, mit so viel Gewissheit gesprochen … und ging nie wieder in jene Kirche. Es war schon schwer genug, das Bild meiner Mutter auszulöschen, wie sie in der Hölle schmorte, *ohne* sein Gesicht je wiederzusehen.

Ich verstehe ja, dass ich meine Ansichten über Gott nicht auf einen rothaarigen Landpfarrer gründen sollte. Aber das Blut meiner Mutter fließt durch meine Adern. Wenn Gott ihr all die Jahre geholfen hat, bei klarem Verstand zu bleiben, normal zu bleiben, was löste dann ihren tiefen Fall aus? Was, wenn ich mein Leben in den Griff bekommen sollte, mich verlieben, eine Familie gründen, das perfekte Leben schaffen – und *dann* so straucheln sollte wie sie? Nein, es ist besser so, wie es jetzt ist, wenn es niemanden gibt, dem ich etwas antun könnte, keine Babys, die ich zu späteren

Psychopathen heranziehen könnte. Wenn ich diese Möglichkeit betrachte, den Lauf, den das Leben meiner Mutter genommen hat, dann will ich nicht normal sein, es sei denn, ich weiß, dass ich keine Gefahr für andere darstelle. Ich kann es mir nicht leisten zu straucheln, anderen Leuten ihr Glück zu rauben. Daher wende ich mich nicht an Gott. Aber ich glaube an Seine Existenz. Und ich glaube, dass Er manchen Leuten tatsächlich helfen kann. Vielleicht kann Er Annie helfen, vielleicht kann Er sie vor den Monstern behüten, die unsere Welt durchstreifen.

Mir kann Er nicht helfen. Nicht auf die Weise, auf die mir geholfen werden muss. Ich will keine Beruhigung meines Gewissens oder was immer meine Mutter an Unterstützung bekommen hat. Ich habe gesehen, wie eine Familie zerstört wurde. Ich habe nicht vor, diese Geschichte fortzusetzen.

30

Jeremy

Als um 4:59 Uhr morgens das Telefon klingelt, liegt Jeremy im Bett, der Länge nach ausgestreckt, der weiße Bettbezug an seinen Füßen verheddert. Sein Zimmer ist dunkel, der Fernseher wurde von ihm in irgendeinem schläfrigen Moment mitten in der Nacht ausgeschaltet. Er streckt eine Hand aus, tastet über Gegenstände, bis er sein Handy zu fassen kriegt. »Ja?«

»Ich verstehe ja nicht, warum du dir überhaupt die Mühe machst, J.« Die Stimme seines Chefs dringt laut durchs Telefon.

Jeremy setzt sich auf und fährt sich mit einer Hand durchs Haar, während er versucht, wach zu werden. »Haben Sie eines für sie?«

»Ja, ein kleines Päckchen, nicht der Rede wert. Warum lässt du es nicht Mark zustellen, oder ich packe es dir in deine Tour für morgen?«

»Nein. Das habe ich Ihnen doch schon gesagt – ich erledige das.«

Der Mann dämpft seine Stimme. »Du weißt, wie viel Ärger wir alle bekommen könnten, wenn die Geschäftsleitung erfährt, dass du diese Pakete in unbezahlten Überstunden ausgeliefert hast?«

»Ich weiß, ich weiß. Ich bin Ihnen was schuldig.«

»Du bist mir seit drei Jahren was schuldig. Genieß deinen freien Tag und stell das Ding morgen zu. Ich gebe die Schuld an der Verzögerung New Orleans, falls irgendjemand fragt.«

Jeremy schüttelt den Kopf. »Nein. Heute ist der Monatserste – sie will dieses Päckchen bestimmt haben. Ich komme so gegen elf und hole es ab.«

Der Mann lacht. »Wie du willst, Jeremy. Wir sehen uns.«

Er fährt mit dem Aufzug hoch, während er das wattierte Päckchen in seiner Hand betrachtet. Er schüttelt es, hört das vertraute Rasseln von Pillen. Es ist ein altes Spiel, eines, das er schon bald leid war. Es ist ein Spiel, das sie trotz seiner Verärgerung offenbar für nötig hält. Das ist der Grund, weshalb er diese Lieferung nicht auf Donnerstag verschoben hat. Dieses Päckchen ist das eine, das mehr als nur einen Empfänger hat.

Als er aus dem Aufzug steigt, ist der rothaarige Junge bereits da. Er sitzt auf dem Boden, gegen die Wand gelehnt. Seine Augen leuchten auf, als er Jeremy kommen sieht, und er springt hoch und zappelt nervös herum.

»Hey, Mann.« Er streckt die Hand nach dem Päckchen aus.

Jeremy schüttelt den Kopf, klopft an die Tür von Apartment 6E und beantwortet die verärgerte Miene des Jungen mit einem ruhigen, starren Blick.

»Komm schon, Mann – sie sagt doch immer Ja.«

Ihre Stimme kommt durch die Tür. »Schon gut. Geben Sie es ihm.«

Jeremy hält ihm das Päckchen hin, und der Junge

schnappt es sich, reißt die Verpackung auf und geht weg, während er aufgeregt vor sich hin murmelt. Jeremy sieht zum Türspion, will etwas sagen, irgendetwas, aber ihm fällt nichts ein. Er kritzelt ihre Unterschrift auf das Pad und geht weg. *An dieser Tussi ist einfach nichts normal.*

Er steigt aus dem Aufzug und geht hinaus zu seinem Lieferwagen, die Sonne scheint warm auf sein Gesicht. Er wirft einen Blick auf die Uhr und grinst, während er losfährt. Jetzt, nachdem dieser Auftrag erledigt ist, gehört der Tag offiziell ihm, und er zückt sein Handy, während er sich in den Verkehr einfädelt.

Eine Stunde später joggt er auf das Spielfeld, frisch gemähtes Gras unter seinen Füßen, die Nachmittagssonne warm auf seiner Brust. Er bückt sich und befestigt seine Stollen, dann richtet er sich wieder auf und grinst das Fußballteam vor sich an. »Entschuldigt, Leute, ich bin so schnell gekommen, wie ich konnte.«

»Kein Problem – du kannst uns allen einfach ein Bier ausgeben, wenn wir gewinnen«, sagt einer der Männer und wirft ihm den Ball zu. »Los geht's.«

Das Spiel zieht sich bis zum Abend hin. Die Flutlichter gehen flackernd an und beleuchten das Spielfeld. Es ist eine lange Zeit unentschiedene Partie, bei der sich keine Seite geschlagen geben will. Und schließlich passiert es, ein perfekter Schuss von Jeremy findet die eine kleine Lücke in der Verteidigung. Der Ball landet im Netz des Tores, das Spiel ist zu Ende, gewonnen von dem Team, dem der Sieg gebührt.

Jeremy bricht keuchend auf dem Gras zusammen. Die Halme kitzeln ihn sanft an den nackten Unterschenkeln, während die warme Nacht eine Brise über seine erhitzte

Haut wehen lässt, und als er die Augen aufschlägt, sieht er über sich ein Meer von Sternen.

Von meiner Wohnung aus kann ich keine Sterne sehen. Das ist eines der Dinge, die ich vermisse. Die Sonne fällt durch die Fenster herein – die Fenster, die sich nicht öffnen lassen. Daher kann ich das Sonnenlicht sehen und die Wärme der Scheibe spüren, wenn ich meine Hand darauflege. Aber es gibt keine Brise. Und nachts? Die Sterne sind hinter den umliegenden Gebäuden verborgen. Wenn ich mich auf den Boden lege und eine Halsverletzung riskiere, indem ich mich verrenke und zu irgendeiner unnatürlichen Position verdrehe, die Gott nie beabsichtigt hat, dann kann ich einen winzigen Streifen Nachthimmel und gelegentlich ein schwaches Flackern von Sternenlicht ausmachen.

Aber ich will das volle Programm. Eine Galaxie über mir, die sich von einem Horizont zum anderen erstreckt, die ununterbrochene Weite des Universums, die mir sagt: »Du bist nicht allein.«

Als ich im Haus meiner Großeltern lebte, nachdem meine Familie gestorben war, verbrachte ich die Abende oft auf dem Gras hinter ihrem Haus. Es gab keine anderen Häuser, so weit das Auge reichte, keinen Verkehrslärm, keine Großstadtlichter. Ich streckte mich auf dem Gras aus, sah zum Himmel hoch und entspannte mich. Ließ mir von den Sternen meinen Schmerz, meine Qualen nehmen. Ich lag dort draußen, bis meine Lider schwer wurden und ich spürte, wie ich einzunicken begann. Dann stand ich auf, ging leise zurück ins Haus, stieg die Treppe zu meinem Zimmer hoch und kroch ins Bett, mit Grasflecken auf dem Rücken und Erde zwischen den Zehen. Erst dann schlief ich ein.

Vielleicht würden mir Sterne nachts helfen. Ich wälze mich im Bett hin und her und starre hoch an die Decke meines Apartments. Ungefähr zum hundertsten Mal wünschte ich, ich könnte ein riesiges Loch hineinschneiden, ein Dachfenster zur Welt. Ich starre an die Decke, bis mir die Augen zufallen und ich in einen unruhigen Schlaf sinke.

31

Annie

Das Haus ist sauber und glänzend. Annie bemerkt die gebohnerten Dielen, die glänzenden Küchengeräte und den ganzen Kühlschrank voller Essen. Für ein Mädchen ohne Mutter hat Dana ein Zuhause, das nahezu perfekt zu sein scheint. Ihr Vater beobachtet die beiden von seinem Platz im Türrahmen aus. Annie verlagert nervös den Rucksack auf ihren Schultern, sie fühlt sich in diesem glänzenden Zuhause irgendwie verkehrt. Sie sind im SUV von Danas Vater hierhergefahren, einem glänzenden Wagen mit elektrischen Fensterhebern und Ledersitzen, die warm wurden, wenn man auf einen Knopf drückte. Er hat ihnen Eis gekauft, und Annie durfte sich ihre Sorte selbst aussuchen, mit Garnierungen dazu, und er wurde nicht einmal böse, als ein paar Streusel auf den Sitz fielen.

»Annie, lass deinen Rucksack einfach auf dem Tisch stehen. Warum geht ihr Mädchen nicht zum Schwimmen in den Pool?«

»Den *Pool?«* Annies Augen leuchten auf. Sie ist seit dem letzten Sommer nicht mehr in einem Pool geschwommen, als ihre Mutter an einem Sonntagnachmittag mit ihnen zu YMCA fuhr.

Das Mädchen neben ihr stöhnt auf. »Ich würde lieber hochgehen und ihr meine Spielsachen zeigen.«

Der Vater legt die Stirn in Falten. »Wir haben draußen einen Pool, den du nie benutzt. Geh nach oben, such einen Badeanzug für Annie heraus und dann hinaus mit euch. Ich mache euch inzwischen ein Mittagessen.«

Das dunkelhaarige Mädchen zieht einen Schmollmund, stöhnt theatralisch auf und nimmt Annies Hand. »Na schön. Gehen wir hoch. Ich zeige dir mein Zimmer, während wir uns umziehen.«

»Aber zieht euch schnell um«, warnt der Mann sie in strengem Tonfall. »Ich will nicht, dass ihr den ganzen Tag dort oben im Zimmer verbringt.«

Sie ziehen sich um, in einem Raum voller Puppen, Plüsch und Rosa. Dana wirft Annie einen brandneuen Badeanzug zu, an dem noch das Preisschild hängt. Annie schlüpft vorsichtig hinein, um den Stoff nicht zu spannen, dann betrachtet sie sich im Spiegel. Mit dem sonnigen Zimmer im Hintergrund und dem leuchtend pinkfarbenen Badeanzug, der über und über mit Glitzersteinchen besetzt ist, fühlt sie sich wie verwandelt, als würde sie ein anderes Leben führen, in eine andere Welt eintauchen, die nicht die ihre ist. Sie verspürt einen Anflug von Schuldgefühlen, als Begehren und Neid, Sehnsucht nach diesem Leben anstelle ihres eigenen armseligen und zerlumpten in ihr aufwallen.

Sie schwimmen in kristallklarem Wasser, essen Hamburger und Kartoffelchips zu eisgekühlter Cola und posieren am Rand des Pools für Fotos. Es ist, soweit Annie sagen kann, ein perfektes Leben.

Sie hofft, dass sie wieder eingeladen wird.

32

Der Schuppen ist seit einer Weile nicht mehr benutzt worden. Spinnweben hängen quer über dem Eingang, als er die Tür öffnet. Er ist klein, kaum größer als ein begehbarer Kleiderschrank, mit einem Tresen an einer Seite, der Rest leer. Als er den Schuppen das erste Mal durchsuchte, enthielt der Verschlag nicht mehr als einen Rasenmäher und eine Kettensäge. Diese sperrigen Gegenstände nehmen auch jetzt den Großteil der Bodenfläche ein. Er stellt den Rasenmäher und die Säge unter den Dachvorsprung und geht zurück in den Raum. Dann steht er da, die Füße auf dem Betonboden, und lässt den Blick aufmerksam durch den Raum schweifen. Die Wände sind solide gebaut, das Fenster und der Tresen hoch genug, um eine Flucht unwahrscheinlich zu machen, vor allem, wenn er irgendeine Art Befestigungssystem für seinen Gast installieren kann.

Er geht zurück zu seinem Wagen und greift nach einer Tüte mit Werkzeug, seinem Bohrer und einem Seil. Dann kehrt er zurück zum Schuppen, kniet sich in eine Ecke und hält eine große Ösenhalterung an die Wand, dicht über dem Boden.

Er nimmt sechs Schrauben, drückt die erste an das Holz und setzt die Bohrerspitze an. Als das Kreischen des Bohrers und das Geräusch von zersplitterndem Holz den kleinen Raum erfüllen, wächst seine Erregung. *Es ist fast Zeit.*

Erinnern Sie sich noch an diese Camming-Regeln, die ich erwähnte? Die, gegen die ich mit unverhohlener Missachtung selbst verstoße? Bei manchen dieser Regeln geht es um sexuelle Akte. Ich darf vor der Kamera nicht pinkeln oder sonst wie entleeren. Ich darf keine Tiere oder Männer vögeln. Und ich darf nicht so tun, als wäre ich unter achtzehn.

Ich hatte nie ein Problem damit, mich an diese Regeln zu halten. Ich habe nicht das Bedürfnis, online auf die Toilette zu gehen oder einen Hund sexuell zu missbrauchen. Und ich wollte mit Sicherheit noch nie so tun, als wäre ich jung, und mich auf einen pädophilen Chat einlassen. Meine Kunden, selbst die Ageplay-Fans, halten sich an die Regeln. Sie fragen mich nicht, wie alt ich wirklich bin, und bringen mich nicht in unangenehme Situationen.

Ralph ist anders. Er testet die Grenzen aus, jedes Mal ein bisschen weiter, ein bisschen jünger. Ich könnte dieses kranke Spiel leicht beenden. Ihn sperren und seine Stimme nie wieder hören. Aber ich kann es verkraften, Angst zu haben. Ich kann die gestörten Worte verkraften, die er von sich gibt, denn ich bin sicher in meiner Wohnung, wo er mich niemals berühren kann. Und weil ich nicht das Objekt seiner Begierde bin. Meine Angst ist, dass er, wenn ich die Nabelschnur zwischen uns beiden durchtrenne und seine virtuellen Fantasien beende, in die Wirklichkeit zurückkehren wird. Und das wird für niemanden gut sein.

33

»Es war ein guter Tag. Zwei gute Tage, um genau zu sein.« Ich spreche in mein Handy, während ich im Schneidersitz auf meinem rosa Bett sitze, das Laptop vor mir aufgeklappt.

»Erzählen Sie mir davon.«

Ich hoffe, er ist nackt. Ich hoffe, Dr. Derek sitzt an seinem Schreibtisch, einen dicken fetten Schwanz in der Hand, den er streichelt, während er mit mir redet. Vor zwei Stunden habe ich zwanzig Minuten mit einem Anwalt gesprochen, der mir am Telefon juristische Ratschläge erteilte, während er mir zusah, wobei sein Orgasmus den Fluss seiner intelligenten Prosa kaum verlangsamte. Dieses Bild hat sich mir eingebrannt, und jetzt erscheint es vor meinem inneren Auge, als ich Dr. Derek atmen höre, einen leisen Seufzer höre, während er seine Haltung auf dem Stuhl verlagert. Das sind genau die Art Gedanken, die ich vermeiden muss, vor allem, wenn ich mich weiterhin bemühen will, das Gleichgewicht zu behalten und geistig gesund zu werden. Aber es ist nicht leicht, den ganzen Tag mit sexuellen Aktivitäten zu verbringen und dann das Telefon in die Hand zu nehmen, diese sanfte, sexy Stimme von ihm zu hören und sich *nicht* den Schwanz vorzustellen, der an seinem Körper hängt.

»Deanna?«

»Hmm?«, antworte ich geistesabwesend, während ich einen Camming-Screenshot auf Twitter poste.

»Erzählen Sie mir von Ihren guten Tagen.«

»Oh.« Ich schließe den Laptop-Bildschirm und konzentriere mich auf seine Stimme, verdränge das Bild von dickem Fleisch, das von kräftigen Händen gehalten wird. »Keine Triebe, keine Hannibal-Lecter-Fantasien, gestern den ganzen Tag nicht, letzte Nacht nicht und bis jetzt auch heute nicht. Und ich war gestern noch lange auf, fast bis eins.«

»Was haben Sie zu Abend gegessen?«

Ich verdrehe die Augen. Dr. Derek ist lächerlich besessen von meinen Ernährungsgewohnheiten, als könnte die magische Lösung zu meinem Problem in einem Kräuter-Brathuhn von Lean Cuisine liegen.

»Schmorbraten. Jenny Craig.«

»Hatten Sie das schon mal?«

Ich schnaube verächtlich. »Ungefähr dreiundfünfzigmal. Vielleicht noch öfter.« Dr. Derek hat mich einmal aufgefordert, sämtliches Fleisch von meinem Ernährungsplan zu streichen, ausgehend von der Hypothese, dass meine animalischen Instinkte von dem Protein darin ausgelöst wurden. Wenn man sich beim Angebot einer Diätfirma auf streng vegetarische Kost beschränkt, bleiben einem nur ungefähr vier Mahlzeiten, die alle gleich beschissen schmecken. Ich hielt ungefähr sechs Tage durch, bevor ich ihm sagte, ich würde diese Wohnung persönlich verlassen und nach Kalifornien fliegen, nur um ihn eigenhändig umzubringen. Das war der Moment, als wir entschieden, dass der vegetarische Plan auch keine Hilfe war.

»Ich dachte, zur Feier des Tages könnte ich mir heute Abend ein chinesisches Essen kommen lassen.« Ich halte den Atem an, während ich auf seine Antwort warte. Die Wahrheit ist, ich lasse mir ein chinesisches Essen kommen, egal wie seine Antwort lautet. Ich denke seit sieben Uhr morgens darüber nach; Rindfleisch und Brokkoli beherrschen seitdem meine Gedanken, und meine seitdem stetig wachsende Besessenheit von diesem Essen hilft mir vermutlich, die verrückten Gedanken in Schach zu halten. Aber ich führe diese kleine Übung, Dr. Derek um Erlaubnis zu bitten, trotzdem gern durch. Wenn er meine Idee gutheißt und der chinesische Lieferant sterben sollte, kann ich mit einem blutverschmierten Finger auf meinen Seelenklempner zeigen: *Es ist seine Schuld. Er dachte, ich würde mit Honighuhn und gebratenem Reis mit Shrimps klarkommen.*

»Ich glaube, das ist keine gute Idee.«

Verdammt. Ich stöhne ins Telefon. »Im Ernst? Haben Sie mich nicht gehört? Keine Triebe seit vierundzwanzig Stunden. Außerdem öffne ich nicht einmal die Tür. Sie lassen es im Flur stehen.«

»Das ist mir egal. Je mehr Leute sich Ihrer Tür nähern, desto größer ist die Gefahr, in die Sie sich begeben. Man wird klopfen. Sie werden vielleicht nicht stark genug sein, nicht zu öffnen.«

Ich knirsche mit den Zähnen. »Ich *werde* stark genug sein.« Wenn es nach Dr. Derek ginge, würde ich nicht einmal die Lieferungen von Jeremy bekommen. Er erwartet von mir, dass ich einfach irgendwie überlebe, ohne Vorräte oder Essen, eingepfercht in diesem Dreckloch und halb verhungert. Ganz zu schweigen von den wichtigen Dingen, die ich zum Überleben brauche. Nein, die sind ja nicht *wichtig.* Wichtig ist nur, dass niemand an meine Tür klopft. Klopfen kommt dem Tod gleich. Man kann gar nicht vorsichtig genug sein. Dr. Dereks Haftpflichtversicherung könnte in die Höhe schießen.

»Besser auf Nummer sicher gehen.«

Wow. Diese fünf Worte … Sie könnten meine ganze Existenz zusammenfassen. Ich lasse die Landmine liegen und sehe auf meine Uhr. »Die Zeit ist um, Doc.«

»Lassen Sie sich kein chinesisches Essen kommen, Deanna. Bleiben Sie bei dem, was Sie in Ihrer Wohnung haben.«

»Verstanden. Danke für Ihren klugen Rat.« Ich lege auf, bevor er mir noch irgendwelche schlauen Kalendersprüche vorbeten kann, dann scrolle ich mein Telefonverzeichnis durch und drücke auf die Taste für Hongkong Chinese.

Eine Dreiviertelstunde später töte ich den kleinen Chinesen nicht, der an meine Tür gehuscht kommt, klopft, sich umsieht und noch einmal klopft.

»Lassen Sie es einfach auf dem Boden stehen«, rufe ich gereizt. Die Leute sollten es inzwischen wissen. Ich bestelle seit mindestens zwei Jahren einmal im Monat etwas bei ihnen. Der Laden scheint mehr Personalwechsel zu haben als McDonald's, die Plastiktüte wird mir jedes Mal von einem neuen Gesicht gebracht.

Schließlich geht der Typ, lehnt die Tüte gegen die Tür und sieht sie lange an, bevor er sich entfernt.

So ist's recht, Kumpel. Geh einfach weiter. Geh weg, bevor ich diese Tür öffne und dich dafür töte, dass du so verdammt lange gebraucht hast. Ich warte, lausche und rühre mich nicht von der Stelle, bis ich höre, wie ihn der Aufzug wieder nach unten bringt. Dann öffne ich meine Tür und stürze mich auf die Tüte.

Ich wünschte, ich würde Pizza mögen. Wenn ich Pizza mögen würde, dann würde ich mir vielleicht nicht mit von Geschmacksverstärkern nur so strotzender Kost den

Bauch vollschlagen. Aber ich mag keine Pizza. Ich kann diese teigige, fetttriefende Herzinfarktgarantie, die unter neun Schichten Käse begraben liegt, nicht ausstehen. Daher ist chinesisches Essen mein einziger Luxus. Da ich die gute Absicht in Dr. Dereks Denkweise erkennen kann, beschränke ich meine Bestellungen auf einmal im Monat, und ich gestatte sie mir auch nur, wenn es, so wie heute, einen Grund zum Feiern gibt.

Ich bestelle das Übliche: eine extragroße Dr. Pepper, eine Portion Rindfleisch mit Brokkoli, eine Portion Huhn mit Gemüse, eine große Eierflockensuppe und fünf Frühlingsrollen. Ich stelle die Suppe, drei Frühlingsrollen und das Huhn in den Kühlschrank. Dann setze ich mich an den Tisch, um mir den Rest schmecken zu lassen. Die Dr. Pepper ist verwässert, da das Eis auf dem Transport geschmolzen ist, und die ganze Kohlensäure ist verdunstet; aber es ist Limonade, und ich stöhne auf, als ich den ersten zuckersüßen Schluck in den Mund bekomme. Dann mache ich weiter, öffne Behälter für Behälter und gebe mich der puren Völlerei hin, alles im Namen des Geschmacksverstärkers.

34

PSYCHOSE: Unter einer Psychose versteht man eine schwere Geisteskrankheit, die zu einer Störung der Persönlichkeit führen kann. In manchen Fällen kommt es dabei zu Stimmungsschwankungen und Erregungszuständen, aber die häufigsten Symptome sind ein emotional gedämpftes Befinden und sozialer Rückzug. Entgegen den allgemeinen gesellschaftlichen Ansichten werden psychotische Individuen selten gewalttätig und laufen häufig eher Gefahr, sich selbst etwas anzutun als anderen.[8] Es gibt zahlreiche Theorien darüber, was genau eine Psychose auslöst. Viele zeitgenössische Wissenschaftler sind sich darin einig, dass die Psychose durch eine Kombination erblich-genetischer Faktoren und äußerer Umweltfaktoren ausgelöst wird.

Die Polizeiberichte vergleichen die Küche meiner Kindheit mit einem Schweineschlachthaus. Es heißt, dass sie von der Decke bis zum Boden mit Blut bespritzt war und Körperflüssigkeiten Möbel, Fliesen und Kleider befleckten. Die Forensiker und die Leute von der Spurensicherung fanden heraus, dass meine Mutter zuerst meinem Vater das Leben genommen hatte, wobei sie eine Schrotflinte als Waffe wählte und diese anschließend gegen Summer und Trent richtete. Die Messer verwendete sie zu keinem anderen Zweck, als ihre Körper danach noch weiter zu verstümmeln. Es heißt, dass meine Mutter entschlossen vorging – dass sie bei der ganzen Verheerung, die sie anrichtete, nie zu zögern schien. Weniger entschieden war sie lediglich, als es darum ging, sich selbst das Leben zu nehmen. Es heißt, dass die Stichverletzungen nur oberflächlich und zögernd zugefügt wurden und dass nur eine von ihnen tief genug war, um tödlich zu sein. *Was, wenn …* ist der unausgesprochene Halbsatz in allen Berichten. Was, wenn sie sich nicht das Leben genommen hätte? Was hätte sie dann als Nächstes getan? Hätte sie das Haus verlassen? Jemand anderem etwas angetan?

Ich muss mir nicht den Kopf darüber zerbrechen, was sie als Nächstes getan hätte. Es ist eine Verschwendung von Zeit und Energie. Ich weiß, was ich wissen muss. Ich weiß, dass meine mörderischen Obsessionen in der Nacht begannen, in der ihre Seele die Erde verließ. Ich habe einmal getötet. Ich kann nur hoffen, dass ich verhindern kann, noch einmal zu töten.

Warte.

Ich höre dieses Wort in meinem Kopf. O ja. Ich weiß es. Warte. Ich kann nur hoffen, dass es Gott ist, der mir sagt, dass ich warten soll, und nicht meine Mutter. Oder der Satan. Oder beide. Ich frage mich, ob meine Mutter schon immer verrückt war oder ob es sie aus heiterem Himmel traf, so wie mich vor all den Jahren.

Ich habe viel über Psychosen gelesen. Hauptsächlich im Internet, wovon Dr. Derek mir natürlich abrät. Offenbar betrachten echte Ärzte die große Fachkenntnis ihrer Patienten, die Wikipedia hervorruft, mit Skepsis. Aber trotz der fragwürdigen Gültigkeit der Seiten, die ich besuche, lese ich alles, was ich finden kann. Vielleicht werde ich eines Tages irgendetwas lesen, was mir hilft, eine Erklärung zu finden, etwas, was irgendeinen berechtigten Grund für die Existenz meiner Geisteskrankheit bietet. Ich würde gern zurückblicken und meine mörderische Rage auf eine toxische Ladung Brunnenwasser zurückführen können, von dem nur meine Mutter und ich getrunken haben. Oder Krebs: ein Tumor, der auf einen Teil meines Gehirns drückt, und dass meine Mutter und ich ähnliche Veranlagungen in unserem Körper haben, die es den Tumoren ermöglicht haben zu wachsen. Vielleicht ist es aber auch gar kein Tumor, sondern einfach nur erblich bedingt wie Alkoholismus oder hoher Blutdruck. Vielleicht hätte Summer dieselben mörderischen Neigungen entwickelt, nur dass sie nicht lange genug lebte, um es herauszufinden.

Ich habe keine stechenden Kopfschmerzen oder andere klinische Symptome, die ich in ein Online-Medizinportal eingeben könnte. Nur diesen Schwall blutrünstigen Verlangens, das in einer unbezähmbaren Rage durch meinen Körper schießt und mein Gehirn und meine Gedankengänge in einen verworrenen, chaotischen Wahn treibt, der nur durch spritzendes Blut besänftigt werden kann.

Das Verlangen tritt im Allgemeinen nachts auf, wenn es nichts gibt, um mich abzulenken, und die ungenutzte Zeit Himmel und Hölle mit meinem Gehirn spielt. Wenn dieses Verlangen kommt, dann übernimmt mein Geist die Kontrolle über meinen Körper, sodass meine Hände zittern und mein Mund wässerig wird und mein ganzer Körper von Hass erfüllt ist. Schließlich bebe ich vor Verlangen,

Begehren und dem Drang, es auf eine Art loszuwerden, die Blutvergießen beinhaltet. Ich beruhige es auf die Weise, die Dr. Derek mir beigebracht hat: Ich schließe die Augen und rolle mich zu einer Kugel zusammen, die Arme fest um meine Beine geschlungen, sodass mir der Druck meiner Umklammerung ein gewisses Gefühl von räumlichem Empfinden gibt. Dann stelle ich mir mich selbst vor, Arme und Beine frei, die Tür aufgeschlossen, mit einem Messer in der Hand und der Pistole in meiner Tasche, während mich meine Beine hinaus in die Freiheit tragen. Ich atme rasch, mit schnellen, kontrollierten, schnaubenden Atemzügen, die Luft im Freien fühlt sich heiß auf meinen Beinen an, und mein Herz hämmert mit tausend Schlägen pro Minute. Und ich frage mich: »Was jetzt?«

Dann lasse ich meinen Gedanken freien Lauf, meine Fantasie lebt in buntem Technicolor alles aus, was dreckig und verrottet in meinem Verstand liegt. Ich töte, ich verstümmele, ich lösche vergnügt Leben aus, berauscht von meinem Tun, während mein Verstand immer ausgelassener wird, je mehr Opfer unter meinen Händen zu Tode kommen. Und ich höre die ganze Zeit Schreie – die Schreie meiner Opfer, aber auch die Schreie meiner Seele, die sich gegen mein Vergnügen zur Wehr setzt und für das Leben kämpft, das ich so heiter vernichte.

Das Ziel besteht darin zu verhindern, dass dieses Verlangen zuschlägt. Aber wenn mir das nicht gelingt, wenn es sich heimlich anschleicht und mich packt? Dann kann ich ihm nur nachgeben. Und ich müsste lügen, wollte ich behaupten, dass ich diese Augenblicke nicht genieße.

35

DEMÜTIGUNG: Ein Demütigungsspiel steht in Zusammenhang mit sexuellem Fetischismus und kann mit Exhibitionismus insofern in Verbindung gebracht werden, als der Betreffende will, dass andere die eigene sexuelle Erniedrigung sehen. Beschimpfungen sind dabei eine Möglichkeit, eine Ego-Reduktion zu erreichen oder sexuelle Hemmungen zu überwinden.[9]

Ich war unvorbereitet, als zum ersten Mal ein kleiner Schwanz den Chatroom betrat. Vor meinem privaten Chatroom gibt es eine Art Wartezimmer, das sich freier Chat nennt. Wenn ich nicht in einem privaten Chat bin, logge ich mich in diesen Chatroom ein. Er ist als Ort gedacht, an dem die Camgirls die Mitglieder treffen und sie überreden können, sie mit in einen privaten Chat zu nehmen. Das Wartezimmer ist kostenlos, dort soll ich mit allen Mitgliedern gleichzeitig chatten, bis eines von ihnen beschließt, den »In privaten Chat mitnehmen«-Button anzuklicken. Das ist der Augenblick, in dem die Belastung der Kreditkarte beginnt. Ich kann mich glücklich schätzen, dass ich im Allgemeinen nicht länger als etwa eine Minute im Wartezimmer sitze. Als Camgirl bin ich heiße Ware. Aber eines Montags lief es ein bisschen träge. Ich lag gelangweilt auf der Seite, lächelte in die Kamera und chattete mit zweiundsiebzig verschiedenen Mitgliedern, als auf einmal threeinchpenis auf meinem Bildschirm erschien.

threeinchpenis: hey, Jessica.

richone45: kannst du uns mehr haut zeigen?

OSUfreshie: hey, baby, wie viel kostet es privat?

Ich lachte und beugte mich vor, um mein Dekolleté etwas mehr zu betonen. »Hey, three! Nein, Rich, du kennst die Regeln im freien Chat, und es kostet sechs neunundneunzig die Minute, Fresh.«

OSUfreshie: verdammt. das kann ich mir nicht leisten.

richone45: ich schon.

allaboutpussy: magst du cunnilus, Jessica?

OSUfreshie: ja, na klar, rich – und warum bist du dann mit uns anderen im freien Chat?

Jacob1982: cunni … was? *schnappt sich das Wörterbuch*

fantasyplayer: kannst du mir deine füße zeigen?

threeinchpenis: Jessica, ist es okay, wenn mein penis nur sieben zentimeter lang ist?

richone45: weil ich den freien chat mag, freshie. außerdem bin ich kurz davor, sie mit in den privaten chat zu nehmen.

»Natürlich ist es okay, dass dein Schwanz sieben Zentimeter lang ist. Willst du mit mir in den privaten Chat gehen, damit du ihn mir zeigen kannst?«

Jacob1982: ich kann cunnilus im wörterbuch nicht finden. was heißt das?

OSUfreshie: dann nimm sie doch, rich. Wir sind alle gespannt darauf.

NFLJunkie: du bist heiß.

frankiedoug betritt den Chatroom

Assman22: haha, ihr seid ja alle so bescheuert. das schreibt man cunnilingus, ihr idioten.

allaboutpussy: du solltest dir blöd vorkommen, weil du weißt, wie man es schreibt.

BlueDog1: wer sagt denn überhaupt cunnilingus? klingt wie etwas, was meine großmutter sagen würde.

Packersfan13 betritt den Chatroom

Jacob1982: ich habs gefunden. aber ich will nicht »die weiblichen Genitalien oral stimulieren«. das hört sich unheimlich an.

»Danke, NFL. Hey, Leute, seid bitte nett zueinander. Ich liebe Cunnilingus, und es ist mir scheißegal, wie irgendeiner von euch es schreibt. Rich, wolltest du mich mit in den privaten Chat nehmen?«

richone45 verlässt den Chatroom

OSUfreshie: ich hab doch gewusst, dass er nur scheiße im kopf hat.

FREIER CHAT BEENDET. threeinchpenis hat PRIVATEN CHAT BEGONNEN.

Ich ging fälschlicherweise davon aus, dass ein Typ mit einem kleinen Schwanz die Bestätigung haben wollte, dass die Größe keine Rolle spielte, dass ich ihn trotzdem attraktiv fand. threeinchpenis ließ mich auf dieser Schiene nicht sehr lange weitermachen, bevor er mich aufklärte. Seine Bitte erschien mir so seltsam, dass ich einen Moment lang blinzelnd auf meinen Bildschirm sah.

threeinchpenis: HÖR AUF DAMIT, mach mir keine komplimente. mach dich darüber lustig. lach darüber.

Ich hatte zu diesem Zeitpunkt ein gewisses Verständnis für gehörnte Ehemänner entwickelt. Die machen ungefähr 10 Prozent meiner Chats aus. Ein betrogener Ehemann zu sein, ist zu einem gewissen Grad mit Demütigung verbunden, und zu einem gewissen Grad habe ich auch nichts dagegen, diese Demütigung noch ein wenig weiter auf die Spitze zu treiben. Aber reine Demütigung und Verhöhnung ist kein Fetisch, mit dem ich Erfahrung habe oder mich unbedingt wohlfühle. Diese Kunden haben ihren eigenen Bereich bei den Cam-Seiten, mit eigenen Mädchen, die auf Leder, Beleidigungen und Erniedrigung spezialisiert sind. Ich musste so etwas während einer Session nie tun, und ein Ausflug in diese Richtung erschien mir auch nicht besonders erstrebenswert.

Ich zögerte und startete dann einen unbeholfenen, katastrophalen Versuch, verlegen auf ihn zu zeigen und zu lachen. Ich klang gekünstelt und albern, und ich wartete eigentlich nur darauf, dass das CHAT-BEENDET-Fenster auf meinem Bildschirm erschien. Aber es kam nicht, er blieb geduldig bei mir, und sein körniges Bild füllte den Bildschirm aus – sein kleiner Schwanz eingeklemmt zwischen sonnengebräunten, muskulösen Schenkeln. Er schien, nach meiner eingeschränkten Sicht auf seinen Bauch und seinen Schritt zu urteilen, ein Mann zu sein, der sorgfältig auf sich achtete: sonnengebräunt, muskulös, rasiert. Sein Schwanz war hart, der Bereich darum unbehaart und glatt, der kurze Stummel dunn und unbeschnitten. Er war winzig, und ich versuchte zu lachen und auf ihn zu zeigen – aber das widersprach jedem Gefühl von Mitleid, das ich empfand.

Mithilfe von threeinchpenis' sanften Aufforderungen bekam ich es schließlich hin, und ich fiel in einen Rhythmus, der natürlich und aufrichtig grausam klang. Ich sagte ihm, sein Schwanz sei erbärmlich, damit würde er niemals eine Frau befriedigen. Die Worte bewirkten, dass sein kleiner

Stummel zappelte und anschwoll; seine Finger umklammerten den kurzen Stängel und zerrten an ihm. Der Höhepunkt kam fünf Minuten später, als ich ihm sagte, ich würde meine Freundinnen einladen, um ihnen sein Pimmelchen zu zeigen. Sie würden sich alle ausschütten vor Lachen darüber, wie mickerig und lächerlich sein winziger Schwanz war. Ich verpasste den Moment, als er kam, fast – er hatte die Hand darübergelegt, aber ich erhaschte einen kurzen Blick auf etwas weiße Gischt. Dann nahm er die Finger weg, und ich sah es. Die normal große Spitze, neben welcher der kurze Schaft noch kleiner und dünner aussah, zuckte und spritzte, und eine schockierende Menge weißen Spermas schoss in schnellen Schüben aus ihm hervor.

Ich stöhnte auf – eine aufrichtige Standardreaktion, wenn ich sehe, wie ein Typ fertig wird – und zögerte dann, nicht sicher, wie die erwünschte Reaktion aussehen sollte. Schließlich lächelte ich, ein Grinsen, das sich über mein ganzes Gesicht ausbreitete. »Wow«, sagte ich spöttisch. »Das war beeindruckend.« Ich versuchte trotz des Kompliments meine anmaßende, herablassende Haltung zu wahren, aber dann ergänzte ich sie noch um ein bisschen widerwillige Anerkennung. Er schien meine Reaktion zu genießen, rieb sich den Schwanz mit einem weißen Handtuch ab, beugte sich vor und gewährte mir einen kurzen Blick auf seine muskulöse Brust, bevor das Fenster dunkel wurde.

threeinchpenis: danke, baby, das war toll.

Ich machte den Mund auf, um etwas zu erwidern, aber er war schon verschwunden.

PRIVATER CHAT BEENDET von threeinchpenis. Dauer: 11 Min. 56 Sek.

IN FREIEN CHAT ZURÜCKKEHREN?

Ich klickte den »Ja«-Button an, setzte ein Lächeln auf und winkte begeistert in die Kamera, um die wartenden Kunden, die den freien Chatroom belagerten, zu begrüßen. Elf Minuten. Der Betrag, mit dem seine Kreditkarte belastet wurde: 76,89 Dollar. Was davon übrig blieb, wenn die Drecksäcke, denen die Cam-Seite gehörte, ihren Anteil abgezogen hatten: 21,53 Dollar.

36

Es war ein langer Tag, an dem sie hauptsächlich eines taten: warten. Warten während eines langen Arbeitstages. Warten während eines stillen Abendessens, bei dem sich beide schweigsam über Käsemakkaroni hinweg ansahen. Zwei Seelen in einem ansonsten leeren Haus. Er sah nach dem Essen fern, wartete unruhig darauf, dass Stille einkehrte, dass sie einschlief. Und jetzt ist er endlich frei. Frei, um zu tun, worauf er den ganzen Tag gewartet hat.

Er fährt sein Laptop hoch und scrollt Bilder durch, bis er das eine findet, das er haben will, das eine, das er bearbeitet hat. Er betrachtet ihr Foto, die blonden Locken, die ein süßes, engelsgleiches Gesicht umrahmen. Voller Unschuld, voller Hoffnung. Es ist fast ein Jammer, das zu vernichten. Die Süße hält nie lange an. Sie wird rasch zerstört, ersetzt von Tränen und Angst. Es ist traurig, dass er diese Angst nun mit der Erfahrung in Verbindung bringt. Dass ihm die Angst inzwischen fast ebenso viel Genuss bereitet wie die Unschuld.

Er atmet einmal tief aus und starrt auf ihr Bild. Seine Handflächen schwitzen, während er die Gedanken abschweifen lässt. Er steht abrupt auf und bewegt die Maus, bis die Uhrzeit erscheint: 23:02 Uhr. Er sollte zu dem Trailer fahren. Er will auf dem Grundstück sein, der Stille des Waldes lauschen und sich vergewissern, dass ihre Schreie später nicht zu hören sein werden. Er kann dorthin fahren, zwanzig Minuten zum Trailer und zwanzig zurück, kann gerade lange genug bleiben, um sein Verlangen zu befriedigen.

Sie wird es nie erfahren. Sie wird die ganze Zeit durchschlafen, genau wie sie es früher getan hat.

37

Jeremy

Es kommt keine Antwort, als er um 13:55 Uhr klopft, auch nach einer Minute nicht. Es ist das erste Mal, dass das passiert. Er wartet geduldig, ein kleines Päckchen in den Händen. *Sie muss im Bad sein.*

Eine weitere Minute verstreicht, und er tritt ungeduldig von einem Fuß auf den anderen, bevor er noch einmal klopft.

Um 13:57 Uhr bricht er in Panik aus. Er klopft häufiger und lauter, während er sich vorstellt, wie sie ohnmächtig auf dem Boden liegt. Er hält ein Ohr an die Tür, um zu lauschen, und er könnte schwören, dass er sie aufschreien hört, dass sie Hilfe braucht.

Was, wenn noch jemand anders dort drinnen ist? Ein Entführer oder Einbrecher? Die Vorstellung, dass sie geknebelt und gefesselt ist oder mit einem Messer bedroht wird, lässt ihm keine Ruhe. Der Türknauf lockt ihn, scheint ihm zuzublinken wie ein Neonschild. Er starrt ihn an, während die Welt um ihn herum verschwindet. Er klopft seine Taschen ab, findet das Kartonmesser – das Einzige, was annähernd einer Waffe ähnelt – und sieht noch einmal auf den Türknauf.

Vermutlich ist abgesperrt.

Er streckt eine Hand aus, umklammert fest das runde Metall und dreht es. Der Knauf bewegt sich leicht, und die Tür öffnet sich prompt und schwingt nach innen auf. Jeremy starrt auf die Türöffnung, überrumpelt von seiner Aktion und ohne zu wissen, was er als Nächstes tun soll. Dann hört er es – eindeutig ein schmerzerfülltes Stöhnen. Damit hat er nicht gerechnet. Er stürzt durch den offenen Türrahmen in ihre Wohnung, das Kartonmesser gezückt, um sie zu verteidigen: der Retter in der Not.

Das könnte meine Chance sein.

Er betritt Apartment 6E, von einem Adrenalinschwall durchströmt, und bleibt im Eingangsbereich stehen, während sein Blick in alle Richtungen zugleich huscht. Die Wohnung ist ein einziger riesiger Raum, etwas, was er nicht erwartet hat. Sein Blick wandert über eine kleine Küchenzeile, einen einsamen Sessel und einen Schlafzimmerbereich – spärlich und gewöhnlich – mit einer dunkelvioletten Tagesdecke und Kissen, die unordentlich über die Matratzen eines Boxspringbetts geworfen sind. Überall türmen sich Bücher: rings um das Bett und neben einer Wand aus Pappkartons, zu denen sein UPS-Lagerraum im Vergleich winzig aussieht. Kartons. Es ist, als ob er eine Zeitschiene ihrer Beziehung betrachtet. Ordentliche Stapel mit quadratischen Kartons unterschiedlicher Größe. Weiße Etiketten verzieren sie wie unregelmäßige rechteckige Tupfer, bestimmt einhundert Kartons, zu einer riesigen braunen Wand aufgetürmt.

Er dreht sich um und sieht auf die linke Seite des Apartments. Er kneift die Augen zusammen, der Anblick ist fremd und seltsam. Helligkeit. Er blinzelt, und während sich seine Augen allmählich an das Licht gewöhnen, versucht sein Verstand, die Szene vor ihm zu begreifen. Es ist, als würde er eine andere Dimension betreten – eine Mischung aus Barbie-Welt und Pornofilm. Die Wände auf dieser Seite sind in einem zarten Rosa gehalten und bedeckt mit Postern, gerahmten Fotos und einem Wandkalender voller Notizen, Pfeilen und Herzen. Auf dem Bett, einem großen weißen Himmelbett, liegt eine rosa Decke mit rosa Kissen und Rüschen. Das Bettgestell passt zu einem kleinen Nachttisch mit einer knallrosa Lampe und einem Notizbuch. Es ist, als hätte ein junges Mädchen im Möbelladen nach Herzenslust einkaufen dürfen und sich mit der Kreditkarte seiner Mutter ausgetobt.

Das Schlafzimmer ist hell erleuchtet; strahlendes, blendendes Licht kommt von vier riesigen Ständern, an denen professionelle Scheinwerfer befestigt sind. Alle möglichen Kabel verlaufen quer durchs Zimmer, feine Ethernet-Kabel, große Mehrfachstecker- und dünne Silberdrahtkabel, die das Ensemble mit Strom zu versorgen und zu orchestrieren scheinen. Überall sind Computer, Monitore und Kameras, alle auf diesen Bereich ausgerichtet, alle auf Rädern oder Schienen, tragbar und leicht zu manövrieren.

Sie ist in der Mitte des Betts, und auf einmal verschwindet alles andere. Sie kniet aufrecht, ihr dunkles Haar ist zerzaust und ihr Blick auf seinen gerichtet. Sie ist nackt, ihre Brüste recken sich ihm entgegen, ihre rosa Brustwarzen sind aufgerichtet, ihre blasse Haut ist gerötet und glüht. Sie richtet ihre braunen Augen scharf auf seine, und in ihnen blitzt etwas auf, das er prompt als Wut erkennt.

Ach du Scheiße.

Er versucht, nicht auf ihre Haut, ihre Brüste oder den rasierten Hügel zwischen ihren Schenkeln zu starren. Er bewegt den Mund und versucht zu sprechen, aber er bringt keinen Ton heraus.

⊸o⟜

Er ist hier, in meiner Wohnung. Er steht nur einen Meter neben der geöffneten Tür. Ich mustere ihn unverhohlen ohne die Verzerrung des Türspions. Seine breiten Schultern, die Muskeln seiner Arme, die sonnengebräunte Haut und die kräftigen, markanten Gesichtszüge. Dass er gut aussieht, konnte ich schon durch das Guckloch erkennen, aber dieser Anblick ist noch tausendmal besser.

Er ist hier.

Verwirrt erinnere ich mich an meine letzten Handlungen, und mir wird bewusst, dass meine Position auf den Kissen mein Gehör auf dem gesunden Ohr gedämpft haben muss. Vermutlich hat er geklopft. Und nach dem geröteten Gesicht und den panisch geweiteten Augen zu urteilen, muss er gedacht haben, dass irgendetwas passiert ist.

Sein Blick verharrt auf mir, und ich halte ihm stand, während mein Gehirn Überstunden macht. Wut schleicht sich in meinen Verstand. Er ist *hier,* in meinem Raum, dringt in mein Zuhause ein – aus welchem Grund? Weil er glaubt, dass ich *gerettet* werden muss?

Ich spüre einen Schwall der Erregung, Macht schießt durch jede Ader, jeden Muskel und jede Pore meines Körpers.

Er ist hier, ohne eine Tür oder Barriere zwischen uns.

Ich richte mich auf, meine nackten Füße stehen fest auf der Matratze, alle Sinne sind in Alarmbereitschaft, und starre hungrig auf meine schöne Beute. Es ist, als ob Gott ihn mir auf einem Silbertablett serviert hat, und der Beweis für das alles wird von der Hand meines Opfers umklammert: ein Kartonmesser. Meine Muschi verkrampft sich und schmerzt, und ein Tropfen meiner Lust sammelt sich und läuft an meinem Innenschenkel hinunter, ein Beweis meiner Erregung. *Das ist meine Zeit.*

Er ist schockiert, dass sie keine Anstalten macht, sich zu bedecken, keine Scham wegen ihrer Nacktheit empfindet. Eine Veränderung ist an ihr vorgegangen, sie hat sich auf dem Bett zu voller Größe aufgerichtet, alle Muskeln angespannt, ein seltsames Lächeln auf den Lippen. Es ist, als ob sie wütend und erregt zugleich ist.

Sein Blick fällt auf seine Hand, auf seine »Waffe«, und er lässt sie instinktiv fallen, als ihm bewusst wird, dass sie in Abwehrhaltung ist, dass sie vermutlich denkt, dass er gekommen ist, um ihr etwas anzutun. Er hebt die Hände.

»Es tut mir so leid! Sie haben nicht geantwortet. Ich dachte, Sie wären in Gefahr. Es tut mir leid.« Er zieht den Kopf ein, wendet den Blick widerstrebend von ihrem Körper ab und macht einen Schritt zurück, in Richtung Tür und Hausflur.

Ein Laut wie ein erstickter, aber fröhlicher Schlachtruf entweicht aus ihrem Mund, und er bleibt wie angewurzelt stehen.

Sie springt mit einem Satz vom Bett, landet auf beiden Beinen und streckt ihren nackten Körper. Ihre Augen strahlen vor Vergnügen, und ihr Mund ist zu etwas verzogen, was man nur als Grinsen bezeichnen kann. Ihr Blick ist auf irgendetwas – nicht auf ihn – geheftet, und er folgt ihrem Blick zu dem Kartonmesser, das zu seinen Füßen auf dem Boden liegt. Er bückt sich und hebt es auf, lässt die Klinge einfahren und hebt die Hand, um es wieder einzustecken. Er sieht einen verschwommenen nackten Klecks, und im nächsten Moment prallt ihr Körper gegen seinen. Sie hat die Hände begierig ausgestreckt, und der Schwung, mit dem sie auf ihn gefallen ist, bringt ihn aus dem Gleichgewicht. Sie gehen gemeinsam zu Boden, und ihre Hand entreißt ihm das Kartonmesser. Sie fummelt kurz am Griff herum, lässt die Klinge ausfahren, setzt sich rittlings auf seinen Körper und hebt beide Hände über den Kopf, mit wilder Freude in den Augen.

Dann senkt sie die Hände mit einer einzigen raschen Bewegung, und die scharfe Spitze rast auf seinen Hals zu.

38

Jeremy

Sein Arm schießt zur Verteidigung vor, aber sein Verstand ist benommen, verwirrt von dieser völlig chaotischen Situation. Irgendwie hält er das Kartonmesser mit der Hand auf, bevor sie es ihm in den Hals rammen kann, doch die scharfe Klinge fährt tief in seine Handfläche, und der Schmerz bringt rasch etwas Wirklichkeit in die ganze Situation.

Auf einmal ist er wieder bei Sinnen, und er schlägt die Frau mit dem Handrücken ins Gesicht. Der Schlag lässt sie zur Seite taumeln, und sie streckt die Hände aus, das Messer noch immer fest in einer Hand. Sie schlägt blinzelnd die Augen auf, rappelt sich hoch und stürzt sich erneut auf ihn.

Er rutscht auf dem Boden aus, als er aufzustehen versucht, und dann ist sie auf ihm und schwingt die Klinge mit perfekter Präzision durch die Luft, während er versucht, sie wegzustoßen und etwas Halt zu finden, um von dem verdammten Boden aufzustehen. Die Klinge trifft ihn an der Schulter, durchschneidet den Stoff und dringt in seine Haut ein, und für einen Sekundenbruchteil durchzuckt ihn ein brennender Schmerz. Seine Hand findet ihren Arm, umklammert ihn und hält ihn fest. Sie keucht, das Gesicht dicht vor seinem, die Augen gebannt und hasserfüllt.

Ich bin wütend, und ich steigere mich immer mehr in meine Wut hinein, während ich mit Jeremy kämpfe. So sollte es nicht ablaufen; es passt nicht zu den Tagträumen, die ich normalerweise durchlebe.

Letztes Mal ist es anders gelaufen. Letztes Mal war es leicht – mein Opfer war abgelenkt, wurde in einem ungeschützten Augenblick von mir überrumpelt. Plötzlich geht mir der Gedanke durch den Kopf, dass ich mich beim Töten als Niete erweisen könnte; vielleicht war meine erste Erfahrung nur ein Glückstreffer. Ich habe mich immer als Killermaschine gesehen, fein eingestellt auf alles, was tödlich ist.

Ich habe meine Fähigkeiten deutlich überschätzt. Die Einsicht erschüttert mich, und in diesem einen schwachen Moment der Selbsterkenntnis wirft mich Jeremy herum, setzt sich rittlings auf mich und schleudert das Kartonmesser, meine Trophäe, quer durchs Zimmer.

Jeremy atmet aus. Die Waffe ist nicht mehr da, sie starren sich an. Sein Körper ist über ihrem, nackte Haut zwischen seinen Schenkeln, und ihre kleinen festen Brüste heben und senken sich mit jedem ihrer keuchenden Atemzüge. Sie ist schön, ihre Augen sind intelligent und groß, ihre Nase ist nicht ganz perfekt, ihre vollen Lippen sind geöffnet, hohe Wangenknochen umrahmen ihr Gesicht. Dunkles Haar umgibt sie wie ein Heiligenschein. Sie ist hinreißend in ihrem Wahn. Und genau das muss er sich vor Augen halten. Trotz ihres atemberaubenden Aussehens versucht sie, ihm etwas anzutun.

»Runter von mir, verdammt noch mal!« Die Stimme ist ihm so vertraut – er hat sie so lange verehrt, und sie klingt sanft und süß, selbst als sie diese Worte ausspuckt.

Er schüttelt den Kopf. »Vergiss es.«

»Ich werde Zeter und Mordio schreien, wenn du nicht aufstehst, und jemand wird kommen! Du hast die Tür offen gelassen.«

Er sieht zur Tür, die nur einen Meter von ihm entfernt offen steht, sieht den düsteren Flur dahinter und den verdammten Karton, der noch immer unschuldig vor dem Eingang steht. Er fragt sich, wie viel Zeit verstrichen ist, seit er den Türknauf bewegt hat. Eine Minute? Zwei? Fünf? Es kommt ihm vor wie eine Ewigkeit.

Jeremy streckt die Hände aus, die ihre Handgelenke umklammern, presst sich mit seinem Gewicht fester auf ihren Körper, sie windet sich unter ihm und versucht, sich aus seinem Griff zu befreien, während sie mit tödlich funkelnden Augen zu ihm hochsieht. Er streckt das Bein aus, berührt mit dem Fuß die Tür und versetzt ihr einen Tritt. Das Türblatt schwingt sanft zu und fällt dann ins Schloss.

Er grinst zufrieden zu ihr hinunter. »Was genau war dein Plan? Mich umzubringen?«

»Du bist in meine Wohnung eingedrungen! Ich habe das Recht, mich zu verteidigen.«

»Das war keine Verteidigung. Das war verdammt psychopathisch. Mit dieser Nummer warst du nicht viel besser als Hannibal Lecter.«

Er lacht nervös, während er im stillen Zwiegespräch mit seinem Schwanz ist, versucht, ihn zu überreden, schlaff zu werden. Sein Schwanz ignoriert ihn und schlägt trotzig die entgegengesetzte Richtung ein.

Ihr Blick huscht nach unten, in Richtung seines Schritts, und ein Lächeln zieht sich langsam über ihr Gesicht.

Scheiße.

Sie bewegt sich ein wenig, sodass ihre nackte Haut den groben Stoff seiner Uniform streift, während ihre Augen ihn noch immer beobachten. Dann krümmt sie sich, stemmt das Becken gegen seinen Schwanz, und der Druck führt dazu, dass ein Stöhnen über seine Lippen dringt. Sie schließt die Augen und beißt sich auf die Unterlippe.

Eine Verwandlung, alles binnen dreißig Sekunden. Der wilde, irre Blick ist verschwunden, ersetzt von einer sexuellen Macht im Stile einer Jenna Jameson. Sie drückt sich entschlossen gegen ihn, reibt ihr nacktes Geschlecht an seinem erigierten Schwanz, macht ihn rasend vor Verlangen. Sie hat die Augen geschlossen und den Kopf zurückgeworfen, während ihr ein leises Keuchen entweicht – entzückende, süße Geräusche, die ihn immer tiefer in diesen Kaninchenbau des Wahnsinns treiben. Er lockert den Griff um ihre Handgelenke, sie macht sich frei, streckt die Hände aus, packt ihn am Hemdskragen und zieht ihn zu sich heran – erst sanft, dann fester, als er nicht reagiert.

Seine Hose ist fast zum Zerreißen gespannt, und er versucht verzweifelt, normal zu atmen, vernünftig zu handeln.

Sie schlägt langsam und träge die Augen auf und leckt sich über die Lippen. »Ich brauche dich unbedingt«, flüstert sie.

Er tut es fast. Fast springt er von ihrem vollkommenen

Körper, reißt den Hosenschlitz seiner braunen Uniform auf und wirft sich wieder auf sie, den Schwanz auf ihre nasse Öffnung gerichtet, bereit, sie als die Seine zu nehmen.

Aber er wartet. Er beobachtet sie, während er versucht, aus alledem schlau zu werden. Es ist eine Vorstellung, die sie zum Besten gibt und die auf jeden Fall verlockend ist; verwirrend und dreimal heißer als jede Fantasie, die er je hatte. Aber irgendetwas stimmt nicht, und während er zusieht, wie sie unter ihm stöhnt und sich windet, erkennt er die Falle. Es ist inszeniert, ihre Täuschung versteckt hinter einer falschen Schicht aus Sinnlichkeit.

Er gleitet mit einer Hand leicht über die dünne Haut an ihrer Kehle, über die empfindliche Stelle, an der sich ihre Sehnen ineinander verschlingen. Sosehr er ihre gerötete Haut, ihre schönen Brüste, ihr erregtes Stöhnen auch begehrt, will er doch noch etwas genauer hinter den Vorhang ihrer Vorstellung blicken. Er will wissen, womit er es zu tun hat. Er legt die Hände um ihren Hals und drückt zu.

39

Sein harter Schwanz ist der offizielle Beweis, dass ich beim Töten eine Niete bin. Aber zwischen den zerstörten Überresten meines Selbstbewusstseins sehe ich ein Licht aufflackern. Seine Schwäche könnte meine Gelegenheit sein, mein Körper die Waffe, die zu seinem Tod führt. Ich bewege mich ein wenig unter ihm, teste mein theoretisches Halbwissen, nachdem ich so wenig Erfahrung mit lebenden, atmenden Männern habe. Aber ja, er zuckt, und meine Haut wird empfindlich unter seinem Schwanz – mein Körper verrät mich. Ich benutze den Rest von mir, die Teile, die mir noch treu sind, um mich etwas hochzustemmen, und presse mein nacktes Becken gegen sein steifes Glied. Meine Schenkel zittern leicht, ich beiße mir auf die Unterlippe, während ich ihm in die Augen starre, stemme mich wieder hoch und schließe die Augen in gekünstelter Bewunderung, als sich meine Haut an seiner reibt. Es ist fast lächerlich unfair. Verführung ist die eine Sache, die ich vollendet beherrsche.

Nur dass dabei irgendetwas schiefgeht. Er entspannt sich, reagiert, und meinem eigenen Körper fällt es schwer, nicht die Beherrschung zu verlieren. Meine Gedanken schweifen ab und beginnen statt von Mord von rasendem, leidenschaftlichem Sex zu fantasieren, in dessen Verlauf ich ihm diese Uniform vom Leib reiße. Ein Kampf tobt in meinem

Verstand, Sex gegen Mord, und ich gehe in Gedanken die verschiedenen Waffen durch, die ich in Reichweite habe, als er sich auf einmal vorbeugt und mich würgt.

Jeremys Hände legen sich fest um meine Kehle, drücken mir die Luft ab, und ich werde von Panik ergriffen. Ich höre auf, mich an ihm zu reiben, und starre ihn an, forsche in den Tiefen seiner grünen Augen, um es zu verstehen. Ich sehe dort nichts – nur entschlossene, unbeschreibliche Stärke. Meine Instinkte übernehmen die Kontrolle, und ich schreie, eine lange, lautlose, wütende Bewegung, bei der mich meine Stimmbänder im Stich lassen.

Er lockert den Griff ein wenig, und ich schnappe verzweifelt keuchend nach Luft. Ich fletsche die Zähne und zische ihn an. Frustration quillt aus jeder Pore meines Wesens, meine Erregung springt von der Klippe des Wahnsinns und rast im Sturzflug auf den Boden zu. Ich hechte auf ihn, mit Beinen, Armen und verborgener Kraft, in einem Versuch, ihn aus dem Gleichgewicht zu bringen, seinen erdrückenden Körper von mir zu schleudern. Es ist ein sinnloses Unterfangen; mein Kampf raubt mir nur Energie, während ich mich gegen eiserne Muskeln und Körpermasse zur Wehr setze. Der Mann ist erstaunlich gut in Form, und schließlich gebe ich erschöpft auf. Ich liege schlaff da und starre stur an die Decke, während mir Tränen der Frustration aus den Augenwinkeln kullern. Ich habe die Gelegenheit gehabt und *verloren.* Es ist ein Ergebnis, das ich nie in Betracht gezogen habe.

»Hast du kein Paket auszuliefern?«, fauche ich ihn an. Ich weigere mich, ihm in die Augen zu sehen.

Sein Gesicht schwebt über meinem, seine Gesichtszüge sind irritierend in ihrer Vollkommenheit. Er kichert.

Dabei reiben die Taschen seines Hemds gegen die dünne Haut meiner Brüste. Die Berührung meiner Brustwarzen löst eine unerwartete Reaktion in mir aus, und ich verlagere meine Haltung leicht, um nicht wieder die Kontrolle zu verlieren, um nicht wieder diesen berauschenden Schwall von Lust zu verspüren, der jeden rationalen Gedanken einfach ausgelöscht hat. Auf einmal ist mir alles allzu deutlich bewusst: seine kräftigen Arme neben meinem Kopf, der Geruch von ihm, eine Mischung aus Männlichkeit, Schweiß und Leder. So nah bin ich in den letzten drei Jahren keinem Menschen mehr gewesen, und so nah bin ich keinem erwachsenen Mann *je* gekommen.

»Lässt du mich bitte aufstehen?« Sie wendet sich von ihm ab und spricht mit leiser Stimme, in einem beherrschten Ton, den er vielleicht von einer Schullehrerin erwartet hätte.

»Warum?« Er bewegt sich ein wenig, weicht ein Stück von ihr zurück, sodass er sich auf ihr Gesicht konzentrieren kann, auf diese glatten, vollkommenen Konturen, die prallen rosafarbenen Lippen, die einen Kontrast zu ihren feinen Zügen bilden, ihre leicht nach oben gebogene Nase, mit der sie jünger und verletzlicher aussieht, als sie vermutlich ist.

Sie dreht den Kopf in seine Richtung, Wut lodert in ihrem Blick auf und verrät ihre Unschuld. Ihre Augen, eine Mischung aus Milch und dunkler Nussschokolade, durchdringen seine Seele, und ihm stockt für eine Sekunde der Atem, als sie seinen Blick erwidert. »Warum?«, stößt sie hervor, und ihre weißen Zähne sehen weniger gefährlich aus, wenn sie sie nicht vor ihm fletscht. »Warum du, ein

Eindringling in meiner Wohnung, von mir ablassen solltest, damit ich mich anziehen kann? Bist du bescheuert? Du kannst von Glück reden, wenn du für diese Nummer nicht im Gefängnis landest!«

»Ich lasse dich aufstehen, sobald ich verstanden habe, was hier eigentlich gespielt wird.«

Sie ist ebenso schnell gegangen, wie sie gekommen ist, wendet den Kopf zur Seite, schließt die Augen und verweigert sich dem Gespräch.

Er will für immer so auf ihr sitzen bleiben und dieses seltsame, schöne Mädchen betrachten, das er sich so lange vorgestellt hat, aber er widersteht der Versuchung. Er bewegt seine Hand, dreht ihr Gesicht zu sich um, will ihre Augen zwingen aufzugehen. Aber sie ignoriert ihn, die Lider bleiben geschlossen, ihr Gesicht starr. Er gleitet mit den Fingern über ihre Lippen, ihr Kinn, ihren Hals und ihr Schlüsselbein. Unter ihm zuckt ihr Körper leicht, fast unmerklich, aber er kann es spüren und lächelt. Er lässt die Finger über ihre Haut wandern, spürt, wie das Leben in diesen Körper unter sich zurückkehrt, wie sich ihre Brustwarzen zusammenziehen und aufrichten. Sie schlägt die Augen auf, als er das Wort ergreift.

»Wenn ich aufstehe, was wirst du dann tun?«

Sie schweigt einen Moment, beißt sich auf die Unterlippe, dann zuckt sie die Schultern, sodass sich ihre Brüste bewegen.

Er schließt unwillkürlich die Augen. »Was genau war dein Plan?«

»Was meinst du damit?«

»Diese ganze Tarzanfrau-Nummer, jauchzend vom Bett zu springen und auf mich loszugehen, wie du es getan hast. Was hattest du vor, als du dir mein Kartonmesser geschnappt hast?«

Sie lacht leise, ihre verdammten Brüste wogen wieder, und ihr Bauch spannt sich unter ihm an. »Es ist wirklich, wirklich traurig, dass du nicht weißt, was meine Absicht war.«

»Mich töten.« Er testet die Worte auf seiner Zunge, bezweifelt jedoch die Gültigkeit ihrer Aussage.

Sie erwidert seinen Blick mit hellen intelligenten Augen, nickt langsam. »Gut. Kluger Junge.«

Er ignoriert ihren spöttischen Ton und umklammert ihre Handgelenke erneut, eines mit jeder Hand. Er spürt, wie die winzigen Knochen in ihnen zum Leben erwachen, während sie gegen die Bewegung ankämpft. Er drückt ihre Hände zu beiden Seiten ihres Kopfes nach unten, sodass sich ihre Brüste heben, als würde sie sie ihm anbieten. Er wendet den Blick ab, verflucht sich für seinen verdammten Kontrollverlust.

»Warum? Warum wolltest du mich töten?«

Er heftet den Blick auf ihre Lippen, dann auf ihr Haar und schließlich auf ihre offenen Augen, in einem Versuch, irgendwohin, nur nicht auf ihren Körper, zu sehen. Sein Atem geht hart wie der Schwanz, der noch immer seine Hose ausbeult und nach Freiheit schreit.

Sie verzieht die rosa Lippen, während sie zu ihm hochstarrt. »Warum nicht?«

»Warum nicht? Das ist kein Grund, das ist verrückt …« Seine Stimme verliert sich bei diesem letzten Wort, er bereut es, seinen Gedanken laut ausgesprochen zu haben.

Aber sie hört das Wort dennoch, reckt das Kinn mit lodernden Blick. »Eigentlich ist es mir scheißegal, wie du darüber denkst. Aber ich wäre dir sehr verbunden, wenn du deine dreckigen Hände von mir nehmen und mich in Ruhe lassen würdest.«

Sie stemmt ihr Becken hoch, in einem Versuch, ihn abzuschütteln, und der Druck gegen seinen Schwanz zerreißt den einzigen Faden, der ihn bis hierher noch zusammengehalten hat. Er beugt sich hinunter, lässt ihre Handgelenke los, schnappt sich stattdessen ihren Kopf und presst seinen Mund begierig auf ihren. Sie setzt sich zur Wehr, eine Hand auf seine harte Brust gedrückt, öffnet den Mund, um etwas zu sagen, und er nutzt die Bewegung aus und schiebt ihr die Zunge in den Mund.

Ich bin verwirrt. Das Verlangen, ihn zu töten, ist in einen Bus gestiegen und hat versprochen, nächste Woche zurück zu sein. Verärgert über diesen Mann, der noch immer in meiner Wohnung ist, sehe ich seine Bewegung erst, als es zu spät ist.

Seine Hände sind in meinen Haaren, sein heißer Atem ist auf meinem Gesicht, und er versucht mich zu küssen – seine weichen Lippen pressen sich hartnäckig auf meine. Ich drücke eine Hand gegen seinen Oberkörper, und dann ist er *da* – in meinem Mund –, und seine Zunge verheddert sich sanft mit meiner. Mein eigener verräterischer Mund reagiert, und mein Herzschlag beschleunigt sich, während meine Hände wie von selbst hoch zu seinen kräftigen Armen wandern. Seine Hände, in meinen Haaren vergraben, halten meinen Kopf. Der Geruch von ihm bombardiert meine Sinne. Ich habe ganz vergessen, wie es ist, geküsst zu werden – die Reaktion an meiner Zunge zu spüren, seinen heißen Atem auf meinem Gesicht, wenn er zurückweicht und mir in die Augen starrt. Seine Miene ist gequält und verwirrt zugleich. Ich mag diesen suchenden Blick nicht, dieses Eindringen in meine Seele, und ich umklammere seinen Nacken und ziehe ihn wieder nach unten.

Alles ist so fremd: das Gefühl von Wärme unter meinen Händen, der Geruch von etwas anderem als Gleitgel, Büchern und Essen in meiner Wohnung. Ich schmecke ihn, begierig nach jeder Empfindung, und meine Hände wandern überallhin, greifen nach seinem Hemd und öffnen hastig die Knöpfe. Seine Hände bewegen sich nach unten, fort von meinem Kopf, wandern zögernd, langsam weiter, bis sie meine Brüste erreichen, liebkosen sanft die Rundungen meiner Brustwarzen. Ich stöhne und erstarre.

Dieser in der Zeit erstarrte Moment, in dem seine Finger diese empfindliche Haut berühren, eine Stelle, an der mich noch nie ein Mensch berührt hat – er reißt mich mit einem Ruck in die Gegenwart zurück, in meine Wirklichkeit, und auf einmal kann ich *es* kommen spüren. Das Verlangen zu töten. Ich will es nicht. Ich will weiter diese verrückte heiße Chemie spüren, die mich erregt und zum Stöhnen gebracht hat. Ich will mit jedem Tropfen meines Bluts eine normale nackte Frau sein, in einem leidenschaftlichen Moment vereint mit einem hinreißenden, starken Mann.

Aber *es* ist da, und *es* wird stärker.

Er ist zu weit gegangen – indem er ihre vollkommenen Brüste berührt und die weiche Haut ihrer Brustwarze gestreichelt hat. Sie stöhnt auf, und ihr Körper erstarrt. Er weicht zurück und sieht ihr in die Augen. Leidenschaft, Hitze und Verlangen liegen in ihnen, und dann wird irgendein Schalter umgelegt. Eine stürmische Welle der Unentschlossenheit trübt ihren Blick, und sie presst die Augen fest zusammen, das Gesicht zu einem Ausdruck verzerrt, der fast leidend aussieht.

Dann, auf einmal, gehen ihre Augen auf und füllen sich mit Panik. Sie schubst ihn hart, mit loderndem Blick, von sich. »Geh weg! Jetzt sofort! Verschwinde von hier!« Sie rappelt sich hoch, rutscht auf Händen und Füßen, kriecht unter ihm hervor, und ihre eindringlichen Bewegungen sorgen dafür, dass er sich mit einem Ruck von ihrem Anblick losreißt.

Er steht auf und verharrt reglos, nicht sicher, was er jetzt tun soll.

Dann kommt ihr erstickter Schrei: »Geh!«

Er macht einen Satz zur Tür, reißt sie auf und stürzt hinaus in den leeren, einsamen Flur, während er spürt, wie ein Luftstoß seinen Rücken trifft. Er dreht sich in dem Moment um, in dem die Tür hinter ihm zufällt, ein lautes Krachen von Stahl auf Holz, als das Türblatt in den Rahmen knallt, gefolgt von einem lauten Klicken und einem langen gequälten Schrei, der ihm durch Mark und Bein geht. Das Geräusch erschüttert ihn zutiefst.

Danach herrscht völlige Stille, eine lange quälende Pause, die sich mehrere Minuten hinzieht. Er steht hilflos da, zur Tür gewandt, und lauscht auf irgendetwas, wartet auf irgendetwas, allein in dem leeren Flur, den verdammten Karton zu seinen Füßen. Diese verschlossene Tür, die er drei Jahre lang angestarrt hat, ist zu einer Barriere geworden, die ihn von ihr fernhält.

Sein Verstand ringt mit dem, was soeben passiert ist. Er verspürt ein vertrautes Gefühl, eines, das ihn immer wieder im Traum überkommt – die Erkenntnis, dass das, was soeben passiert ist, nicht sein kann, dass die Teile nicht zusammenpassen und keine Normalität ergeben. Es ist dieser Aha-Moment, in dem ihm »Das muss ein Traum sein« durch den Kopf geht.

Aber es ist kein Traum. Dieser Flur ist echt, die letzten drei Jahre Grübeln ebenfalls. Er hat die Wohnung betreten und das Mädchen in Apartment 6E endlich gesehen. Und er hat sie nicht nur gesehen, sondern sie berührt und geküsst und ihre nackte Haut unter seinem Körper gespürt.

Der rationale Teil seines Gehirns mischt sich in die Unterhaltung ein, zwingt seine Gedanken, sich der düsteren Seite seines Besuchs zuzuwenden. Das pure Verlangen in ihren Augen, während sie begierig nach der Klinge griff. Der Blick von Befriedigung und Freude, als sie das Messer hoch über ihm hielt und dann rasch auf seinen Hals hinunterstieß. Der gequälte Blick, als ihr Kuss von *irgendetwas* unterbrochen wurde, die Panik, mit der sie ihn hinauswarf, und das lange verzweifelte Heulen auf der anderen Seite dieser Tür.

In gewisser Hinsicht hat sie seine Fantasien noch übertroffen. Sie ist heißer und mit Sicherheit sexueller, und ihr vollkommenes Gesicht und ihr schöner Körper sorgen dafür, dass sein Schwanz jetzt noch hart ist, selbst nach all dem, was soeben passiert ist. Ihr Feuer, die Energie, die in einer gewaltigen Welle aus ihr strömte, während ihr ganzer Körper vor Selbstbewusstsein und Sinnlichkeit nur so strotzte.

Aber in manch anderer Hinsicht ist das, was hinter dieser Tür liegt, so viel schlimmer. *Du bist in meine Wohnung eingedrungen. Ich habe das Recht, mich zu verteidigen.* Sie ist nicht in ihrer Wohnung eingeschlossen, versteckt sich nicht vor irgendjemandem. Sie liegt auf der Lauer, ein eingeschlossener Körper von weiß Gott wem.

Die Worte seiner Schwester hallen in seinem Kopf wider: *Manchmal öffnest du eine Tür und stellst fest, dass es nur eine prächtige, sexy Pforte zu einem leeren Schrank ist. Vielleicht bist du nur an dem Geheimnis interessiert und wirst gelangweilt sein von dem, was darin ist.* Er lacht auf. Gelangweilt. Egal, was dieses Mädchen für Probleme hat, langweilig ist mit Sicherheit das Letzte, was sie ist.

Er wirft noch einen Blick auf die geschlossene Tür, dann wendet er sich ab, geht zum Aufzug und drückt auf den Knopf für den Aufzug.

40

Ich glaube, meine Großeltern wussten nicht recht, was sie mit mir anfangen sollten. Es war fünfundzwanzig Jahre her, seit sie zuletzt mit irgendjemand anderem zusammengelebt hatten. Und damals wohnten ihre eigenen Kinder bei ihnen, kein junges Mädchen, das eben seine ganze Familie verloren hatte. Sie waren selbst in Trauer und hatten mit dem Verlust einer Tochter, eines Schwiegersohns und zweier Enkelkinder zu kämpfen. Die Tatsache, dass ihr eigen Fleisch und Blut dieses Gemetzel angerichtet hatte, war eine Last, die für sie kaum zu ertragen war.

Das große Farmhaus war voller glücklicher Erinnerungen an meine Kindheit: in dem großen Garten hinter dem Haus Glühwürmchen in Einmachgläsern zu fangen; in Wolldecken gewickelt auf dem ausgetretenen Holzboden des Wohnzimmers zu sitzen und den riesigen Weihnachtsbaum zu bewundern, der in einer Ecke funkelte; heiße Schokolade in gesprungenen Bechern; Brathähnchen an Sonntagnachmittagen und Osterfeste, an denen wir im hohen Gras Eier suchten. Dieses Farmhaus starb mit meiner Familie – es wurde zu einem Mahnmal der Trauer, in dem niemand sprechen oder sich bewegen wollte, vor lauter Angst davor, einen falschen Schritt zu tun, der dazu führte, dass wir alle zusammenbrachen.

Sie brachten mich in dem Schlafzimmer im Erdgeschoss

unter, gleich neben der Diele. Es gab keine Regeln, keine festen Zeiten, zu denen ich zu Hause sein musste, keine strengen Blicke oder Diskussionen über mein Tun und Handeln. Granma und Granpa bewegten sich durchs Haus wie zwei lautlose Geister, sie in ihrer Welt, ich in meiner. Ich hätte in meinem Zimmer eine Orgie feiern können, hätte schreien und vögeln können, bis die Farbe von den Wänden blätterte, ich glaube nicht, dass sie sich gerührt hätten, sich von ihren Plätzen der Einsamkeit bewegt hätten, auf denen sie festzementiert waren. Ich hätte sie an manchen Tagen gern umgebracht, nur um sie von ihrem Elend zu erlösen.

Aber damals war ich noch nicht bereit zu töten. Ich hatte höllische Angst vor den aufkeimenden Trieben in meinem Inneren. Sie flüsterten mir nachts zu, überrumpelten mich in ungeschützten Momenten, wenn ich mich mit Tränen der Einsamkeit und Frustration verausgabt hatte. Sie trafen mich, während ich Auto fuhr, wenn meine Gedanken von der Straße abschweiften und eine andere Richtung einschlugen, wo sie in einer blutigen Fantasie endeten und ich vor Angst und Verlangen keuchte. Angst vor dem, was ich mir vorstellte, und Verlangen, das an mir zerrte, um es wahr zu machen. Ich bin froh, dass ich sie nicht getötet habe. Trotz des schwarzen Lochs, zu dem ihr Leben wurde – ich glaube nicht, dass ich mit mir selbst hätte leben können, wenn ich sie umgebracht und noch mehr zu der Tragödie beigetragen hätte, in der meine Familie inzwischen die Hauptfiguren stellte.

Ich stolperte durch die Abschlussfeier meiner Schule, mit toten Augen und nassen Wangen. Alles, was ich gekannt, alles, was ich gehabt hatte, alles, was ich je gewesen war, existierte nicht mehr. In der Woche nach meiner Zeugnisverleihung kam der Scheck von Dads Versicherung. Die erste Zahlungsanweisung, die ich ausstellte, war für das Bestattungsinstitut, mit zitternder Hand, meine Unterschrift ungeübt. An jenem Abend packte ich meine Sachen zusammen.

Eine Immobilienfirma versteigerte das Haus meiner Eltern mitsamt seinem Inhalt. Eine kesse Rothaarige in einem blauen Kostüm erklärte mir, das Haus sei unter dem Marktwert weggegangen, die frische Farbe hätte wenig geholfen, um das Blut zu überdecken, das in unserer Küche vergossen worden war. Sie wollte wissen, wann ich vorbeikommen würde, um mein Zimmer auszuräumen und meine Habseligkeiten und die persönlichen Gegenstände aus dem Haus abzuholen. Ich nannte ihr meinen Zeitrahmen mit zwei schlichten Worten: *Verpiss dich.*

Zwei Wochen später bekam ich eine E-Mail mit der Adresse einer Lagerfirma, einer Abteilnummer und einer Rechnung. Ich bezahlte für sechs Monate im Voraus, in der Annahme, dass ich meine Emotionen bis dahin im Griff haben würde und ich einen Gegenstand von Summer in der Hand halten, auf einen Bilderrahmen blicken oder den Geruch des Fliederparfüms meiner Mutter würde riechen können.

Vor zwei Monaten schickte ich ihnen eine Mietvorauszahlung für die nächsten fünf Jahre. In den letzten vier hatte nichts meinen Schmerz lindern können.

41

»Ich habe heute jemanden getroffen.«

Dr. Derek zeigt keine Reaktion. Offenbar wartet er darauf, dass ich noch mehr sage. Ich tue ihm nicht den Gefallen, und so sitzen wir schweigend da, während ich zusehe, wie die Digitalanzeige meiner Uhr weiterspringt, erst eine Minute, dann zwei.

Schließlich ergreift er das Wort. »War es der Chinese?«

Ich muss unwillkürlich lachen. Humor ist kein häufiger Bestandteil unserer Sitzungen.

»Nein. Nicht der Chinese. Aber Sie werden sich freuen zu hören, dass ich Ihren Rat ignoriert und mir chinesisches Essen habe kommen lassen – und dass ich den Mann, der es geliefert hat, nicht getötet oder mit einem Messer verletzt oder auch nur bedroht habe.«

Falls ich erwartet habe, dass er mir auf den Rücken klopft, weiß ich es im nächsten Augenblick besser, denn Dr. Derek behält seine unterkühlte Art bei. »Erzählen Sie mir von Ihrer heutigen Begegnung.«

»Ich kannte ihn schon vorher, durch die Tür, meine ich. Sein Name ist Jeremy. Er liefert meine Pakete.«

»Und Sie haben ihn hereingebeten?« Dr. Dereks Stimme ist ruhig, besänftigend, auf eine nervenaufreibende Weise.

»Nein. Er ist von selbst hereingekommen.«

Die Szene steht mir immer noch vor Augen. Eine Bewegung sprang mir ins Auge. In meiner Wohnung ist nie Bewegung. Ich setzte mich verwirrt auf und sah ihn, Jeremy – oder vielmehr seinen Rücken. Dann wandte er sich um, und unsere Blicke trafen sich.

»Das müssen Sie mir erklären.« Dr. Dereks Tonfall ist jetzt schärfer, auch wenn man seine Stimme gut kennen muss, um es herauszuhören.

»Ich war im Bett. Ich nehme an, ich habe das Klopfen nicht gehört. Als ich nicht antwortete, öffnete er die Tür und kam herein.«

»Ist Ihnen bewusst, dass er seine Grenzen überschritten hat, indem er sich zu dieser Vorgehensweise entschied?« Dr. Dereks Stimme klingt jetzt fast aufgeregt, auch wenn es ihm gelingt, den melodischen Ton beizubehalten.

»Das ist eine bescheuerte Frage, und Sie wissen selbst, dass Sie sie besser nicht stellen sollten. Ich bin nicht geisteskrank, Herrgott noch mal! Ich kenne die normalen gesellschaftlichen Verhaltensregeln. Offenbar hat er ein paarmal geklopft, ich habe nicht geantwortet, daher hat er die Tür zu öffnen versucht und ist reingekommen.«

»Sie schließen Ihre Tür nicht ab?«

Ich seufze entnervt auf. »Nein, *Daddy.* Ich schließe meine Tür nicht ab. Na ja, Sie wissen schon … außer nachts.«

»Warum nicht?«

»Ich weiß nicht. Ich tue es einfach nicht.«

»Sie haben eben gesagt, dass Sie im Grunde von normaler Intelligenz und sich der gesellschaftlichen Erwartungen und Sicherheitsvorkehrungen bewusst sind. Sie schließen Ihre Tür nicht ohne Grund nicht ab. Was ist der Grund?«

»Ich nehme an, ich habe gehofft, jemand würde vielleicht

hereinkommen.« Ich recke trotzig das Kinn nach vorn und warte auf das, was, wie ich weiß, als Nächstes kommt.

»Damit Sie einen Freund haben könnten?« In dem Satz liegt ein Anflug von Hoffnung. Was lächerlich ist, da er mir nicht einmal zutraut, dass ich mir gefahrlos Essen kommen lassen kann.

»Nein, Dr. Derek. Damit ich ihn *töten* könnte. Wenn jemand in meine Wohnung kommt, habe ich das Recht, mich zu verteidigen.«

Er macht dieses seltsame Geräusch, das wie eine Mischung aus einem Stöhnen und einem Seufzen klingt. »Meinen Sie, dieser Typ, dieser Jeremy, ist hereingekommen, um Ihnen etwas anzutun?«

Wieder schiebt sich ein Bild vor mein inneres Auge. Jeremy stand in Kampfhaltung da, die Beine leicht gespreizt und die Hände an den Seiten zu Fäusten geballt, das Gesicht gerötet und panisch, während seine Augen überallhin huschten und dann mich fokussierten.

»Nein. Ich glaube, er war besorgt, als ich nicht antwortete. Ich habe bis jetzt immer geantwortet. Ich glaube, dass er die Tür geöffnet und mich vielleicht stöhnen gehört hat. Dass er dachte, ich wäre verletzt. Er ist hereingestürzt, als ob irgendetwas passiert wäre.«

»Und was haben Sie getan?«

Ich schneide eine Grimasse ins Telefon. »Ich habe versucht, ihn anzugreifen und ihm sein Kartonmesser abzunehmen.«

»Haben Sie schon einmal davon fantasiert, ihn zu töten?«

»O ja. Schon oft.«

»Was ist passiert, als Sie ihn angegriffen haben?«

O Gott. Der peinliche Moment ist gekommen.

»Es war ein totaler Reinfall. Es war völlig anders als in meiner Fantasie. Mein Angriff war schlecht und unkoordiniert.« Ich erröte und reibe mir die Stirn. »Sagen wir nur so viel, es hat nicht geklappt. Er hat mir das Kartonmesser abgenommen.«

»War er empört?«

»Ich glaube, er war verwirrt.«

Dr. Derek lacht kurz auf. »Davon bin ich überzeugt.«

»Und erregt.« Die Worte rutschen mir heraus, bevor ich sie aufhalten kann, und sie schweben zwischen uns in der Luft. Dr. Derek wartet, und ich warte ebenfalls – *unser gewohntes Spiel.*

»Warum war er erregt?«

»Ich weiß nicht. Ich war nackt. Vielleicht, weil wir beide irgendwie auf dem Boden herumgerollt sind.«

»Waren *Sie* erregt?«

Ich schließe die Augen und denke an den Moment zurück, an das Gefühl seiner Zunge an meiner, an seine festen, aber sanften Hände auf meiner Haut. »Ja. Es war … anders, wissen Sie? Mit einem echten Mann zusammen zu sein. Es ist lange her, seit ich zuletzt berührt wurde.«

»Ich will Sie nicht in Verlegenheit bringen, Deanna. Sie müssen mir nicht sagen, was passiert ist.«

Als könnte es mich in Verlegenheit bringen, von Erregung zu sprechen. Diesen Punkt habe ich vor einer Million Chats überwunden.

»Es ist eigentlich gar nichts passiert. Wir haben uns geküsst. Und er hatte eine Erektion. Ich habe nicht … Sie wissen schon … Es war einfach lange her. Das ist alles. Es war nett.«

»Fühlen Sie sich zu ihm hingezogen?«

»Ja. Er ist heiß. Und dann war da dieser kurze Moment, als wir zum ersten Mal Blickkontakt aufnahmen – es war wie ein Funke.«

»Ein Funke?«

»Ja. Aber ich weiß nicht, was da genau war. Dieser Teil ist irgendwie verschwommen, denn dann habe ich mich auf einmal wie die Kriegerprinzessin Xena auf ihn gestürzt.« Ich grinse, vergesse für einen Moment, dass er mich nicht sehen kann.

»Und was ist letztendlich passiert?«

»Wir haben uns geküsst, auf dem Boden, und alles war gut. Ich habe nicht an Mord oder Tod oder irgendwas gedacht. Aber dann hat er meine Brust berührt, und das war ein solcher Schock – es war so seltsam für mich, denn dort hat mich noch nie jemand angefasst. Das hat den Moment ruiniert, und ich konnte spüren, wie ich mich veränderte, konnte spüren, wie *es* kommt.«

»Und was haben Sie dann getan, Deanna?«

»Ich habe ihm gesagt, dass er gehen soll. Habe ihn weggestoßen.«

»Und er hat es getan?«

»Ja. Ich glaube, er war ein bisschen verwirrt.«

»Warum wollten Sie, dass er geht?«

»Weil ich ihm nichts antun wollte. Nicht, dass ich es gekonnt hätte. So schwach und erbärmlich, wie ich bin.«

»Das ist ein guter Schritt, Deanna. Sie hatten die Gelegenheit, ihn dazubehalten, zu warten, bis Ihre Triebe die Oberhand gewinnen, aber Sie haben es nicht getan. Sie haben ihm gesagt, dass er gehen soll.«

»Das ist doch Unsinn! Ich bemühe mich immer, den Leuten nichts anzutun. Das ist doch der Grund, weshalb ich überhaupt in diesem Dreckloch eingeschlossen bin.«

»Aber, Deanna, Sie schließen sich ein, weil Sie sich selbst nicht zutrauen, dass Sie Ihre Triebe im Griff haben. Heute haben Sie Ihre Triebe in gewisser Weise dominiert, als Sie ihm sagten, dass er gehen soll.«

Ich erwidere nichts. Ich sage ihm nicht, dass ich, nachdem Jeremy gegangen war, eine Stunde lang im Bett lag und systematisch nach einer Möglichkeit suchte, ihn zurück in die Wohnung zu locken und sein Leben ein für alle Mal auszulöschen. *Dr. Derek ist stolz auf mich.* Das ist ein seltener Moment, und ich will ihn nicht ruinieren.

42

PÄDOPHILIE: Als psychische Störung definiert, die typischerweise durch ein vorrangiges oder ausschließliches sexuelles Interesse an präpubertären Kindern charakterisiert ist, beinhaltet die Pädophilie Gefühle, die das Individuum entweder tatsächlich ausgelebt hat oder die Unbehagen oder zwischenmenschliche Schwierigkeiten bei ihm auslösen.[10] »Die Erfahrung eines sexuellen Missbrauchs als Kind galt früher als starker Risikofaktor; die Forschung hat bislang jedoch keinen kausalen Zusammenhang festgestellt, da die überwiegende Mehrheit sexuell missbrauchter Kinder im Erwachsenenalter nicht zu Tätern wird; auch berichtet die Mehrheit erwachsener Straftäter nicht von einem sexuellen Missbrauch in der Kindheit.«[11] »Straftäter sind im Allgemeinen eher Verwandte oder Bekannte des Opfers, keine Fremden.«[12]

Mein Finger liegt auf dem Mousepad, der Curser schwebt über dem »Sperren«-Button, über den all unsere Chatrooms verfügen. Ich bin hin- und hergerissen. Ich habe schon früher Kunden gesperrt – manchmal kriegt man ein Arschloch, manchmal einen Stalker, und einmal hat mich jemand von der Highschool wiedererkannt. Aber in diesem Fall habe ich Probleme mit dem Sperren. Während ich mir noch unschlüssig bin, verschwindet der Button wie von Zauberhand, und die Software der Webseite lädt eine neue Ansicht. Jetzt bin ich in einem privaten Chat, und das Objekt meiner Unschlüssigkeit sitzt direkt vor mir. *Verdammt.*

RalphMA35: hey, baby.

Ich lächele breit. »Hey, Ralph.«

RalphMA35: du weißt, was ich will, oder?

Ich nicke, trete an eine Seite des Betts, außer Sichtweite der Kamera, und ziehe das Outfit an, um das er mich schon die letzten drei Male gebeten hat: eine rosa Federboa, eine billige Plastikkrone und rosa Seidenhandschuhe. *Freak.*

Später stelle ich mich unter die Dusche, die in einem deprimierenden Rinnsal Wasser auf mich plätschern lässt, während ich überlege, was ich wegen Ralph unternehmen soll. Der Mann ist gestört – bei seinen Wünschen und Rollenspielen geht es um brutale Vergewaltigung, und sie sind immer auf ein einziges Individuum fixiert: Annie.

Am schlimmsten ist es, wenn er seine Webcam einschaltet, wenn er aufhört zu tippen und anfängt zu sprechen. Sein Tonfall ist kehlig, erregt. Böse. Jedes Mal, wenn er ihren Namen sagt, läuft es mir eiskalt den Rücken hinunter. Er ist auf jeden Fall ein Typ, den man sperren sollte – die schlimmste Art Kunde, einer, bei dem ich nach jeder Session in ein Meer der Hoffnungslosigkeit stürze. Ich habe keinen Zweifel, dass Annie echt ist. Und dass sie eine leichte Beute für diesen kranken Scheißkerl ist. Was ich nicht weiß, ist, ob ich seine Krankheit begünstige oder befriedige. Ob ich Annie beschütze oder erst recht in Gefahr bringe.

Ich treffe eine Entscheidung, drehe am Hahn und lasse den erbärmlichen lauwarmen Strahl versiegen. Ich trockne mich ab, schlüpfe in meinen Pyjama, gehe wieder online und suche nach HackOffMyBigCock. Ich logge mich bei Skype ein und schicke ihm eine Nachricht. Es dauert keine Minute, bis seine Antwort auf meinem Bildschirm erscheint.

HackOffMyBigCock: was gibt's, süße?

JessReilly19: ich muss mit dir reden. hast du zeit?

HackOffMyBigCock: ich muss noch rasch etwas erledigen. lass uns in fünf minuten voicechatten.

JessReilly19: super. danke.

Ein lächerlicher Service zu unserem Schutz, den cams.com den Models bietet, ist die IP-Adresse jedes beliebigen Kunden, der unsere privaten oder freien Chats besucht. Ich habe mir Ralphs IP-Adresse nicht notiert, aber ich habe eine Software auf meinem Computer installiert, die alle dreißig Sekunden einen Screenshot von meinem Bildschirm macht. Ich logge mich in das Programm ein und finde die Bildschirmbilder von vorhin. Die IP-Adresse von RalphMA35 wird deutlich in der linken unteren Ecke des Bildschirms angezeigt. Ich kritzele sie auf ein Post-it und öffne wieder Skype. Mike ist bereits da und wartet auf mich.

»Was hast du für mich?« Seine Stimme klingt deutlich und klar, aber er hat die Kamera ausgeschaltet.

»Du musst für mich eine IP-Adresse zurückverfolgen.«

»Willst du nur eine Ortsangabe oder eine genaue Adresse?«

»Ich will alles, was du kriegen kannst.«

»Alles ist viel. Bist du sicher, dass du …«

»Alles. Ich werde noch mehr Fragen an dich haben, sobald ich diese Infos habe.«

»Was ist für mich drin?«

»Was willst du?«

»Zweihundert Dollar. Und eine Analshow – zwanzig Minuten.«

»Wie wär's mit dreihundert, ohne Anal? Du weißt, dass ich diesen Scheiß hasse.«

Er lacht, und das Geräusch klingt verzerrt durch das Mikrofon. »Genau deshalb bitte ich dich darum. Komm schon. Du kannst dir das Spielzeug selbst aussuchen. Zwanzig Minuten und zweihundert Dollar.«

»Zehn Minuten. Du weißt, dass ich dich in dieser Zeit dazu bringen kann zu kommen.«

»Autsch. Aber du hast recht.« Er schweigt einen Moment, und ich warte, während ich gegen den Drang ankämpfe, auf meinen Fingernägeln herumzukauen. »Okay. Schick mir die IP als E-Mail, und ich schicke dir die Info später heute Abend.«

Ich lächele. »Du bist der Beste.«

»Ich versuch's. Nacht, Baby.«

»Nacht, Mike.«

Mike hält Wort. Binnen zwei Stunden habe ich Ralphs Namen, seine Adresse und Sozialversicherungsnummer sowie die letzten beiden Steuererklärungen. Und ich habe ein komplettes Dossier über den Mann, einschließlich früherer Beschäftigungsverhältnisse, ärztlicher Berichte und einer Hintergrundüberprüfung. Ich hole mir einen Diätapfelstrudel aus der Küche und mache es mir bequem, um die Informationen zu lesen.

Ralph Atkins, einundvierzig Jahre alt, ist Klempner. Er wurde in Statesboro, Georgia, geboren, hat zwei Geschwister und keine unterhaltsberechtigten Angehörigen auf seinen Steuererklärungen. Sein Einkommen im vergangenen Jahr belief sich auf 54 029 Dollar. Er ist nicht vorbestraft. Nach ärztlichen Unterlagen ist er einen Meter fünfundsiebzig groß, hundertneunzig Pfund schwer, mit 30 Prozent Körperfett. Er hatte vor sechs Jahren eine Blinddarmoperation und muss täglich zehn Milligramm Crestor gegen zu hohes Cholesterin einnehmen. Er fährt einen ein Jahr alten marineblauen Ford Explorer mit dem amtlichen Kennzeichen X42FF.

Er lebt nicht in Massachusetts, wie ich nach dem »MA« in seinem Usernamen vermutet hatte, sondern in Brooklet, Georgia – einer kleinen Farmerstadt mit eintausendzweihundertfünfzig Einwohnern, einer winzigen Polizeiwache und einem ortsansässigen Arzt. Google Maps zufolge ist Brooklet von meiner Wohnung mit dem Auto dreizehn Stunden entfernt.

Was in den Informationen fehlt, ist, ob er ein kleines Mädchen namens Annie kennt. Die Möglichkeiten scheinen endlos. Eine Kleinstadt voller Nachbarskinder und ein Job, der ihm dort und in allen umliegenden Städten Zutritt zu Privathäusern gewährt. Dazu kommen zwei Geschwister, unbekannte Cousinen und Nichten. Wie könnte ich sie je finden? Was, wenn ihr Name gar nicht Annie ist? Was, wenn sie nicht einmal existiert?

Ich schicke Mike noch eine Nachricht und frage ihn nach allen bekannten Verwandten von Ralphs Geschwistern sowie allen Nachbarskindern im Umkreis von fünf Meilen. Und ich frage nach allen Klempnerjobs, die Ralph in den letzten sechs Monaten hatte, sowie irgendwelchen Hobbys oder außerberuflichen Aktivitäten von ihm.

Mikes Antwort kommt prompt.

HackOffMyBigCock: deine muschi ist gut, aber nicht so gut, baby.

JessReilly19: wie viel?

HackOffMyBigCock: 1000 dollar.

JessReilly19: okay. außerdem muss ich alles wissen, was er online macht – verlaufsprotokolle, archivdaten, dieses zeug. kannst du das alles von seinem computer bekommen?

HackOffMyBigCock: warum?

JessReilly19: kannst du es bekommen? ich frage jemand anderen, wenn nicht.

HackOffMyBigCock: biest … wird er einen anhang öffnen, den du ihm schickst?

JessReilly19: ja, wenn du ihn in einem bild oder einer videodatei verstecken kannst.

HackOffMyBigCock: okay. dann ja. zweitausend.

JessReilly19: für beides?

HackOffMyBigCock: nein. für den computer-klon. der liefert dir seine dateien.

JessReilly19: 3 riesen ist happig. wollen wir dienstleistungen tauschen?

HackOffMyBigCock: nicht für diesen scheiß. dafür könnte ich in den knast kommen.

JessReilly19: okay. 3500, wenn ich es in den nächsten 48 stunden kriegen kann.

HackOffMyBigCock: abgemacht.

HackOffMyBigCock: hab dich immer noch lieb, baby.

JessReilly19: ich dich auch. an die arbeit. :)

Letztendlich waren die ersten eintausend Dollar, die ich investierte, um an Annie ranzukommen, rausgeworfenes Geld. Ich musste überhaupt nicht nach ihr suchen. Drei Tage später wussten alle in Georgia, wer Annie war. Und alle hofften, dass sie noch lebte.

43

FINANZIELLE DOMINANZ: Fetisch, der in einem tiefen Bedürfnis nach Kontrollverlust verwurzelt ist. Dabei handelt es sich um eine Art BDSM, bei der der Unterwürfige von dem Gedanken oder Tun erregt wird, so manipuliert zu werden, dass er sich von seinem Geld trennt.[13] Je höher die Summe, desto heftiger kann der Unterwürfige erregt werden. Traditionelle »Fin-Dom«-Akte beinhalten Erpressung, Tribute (Geldgeschenke) und das Mitteilen von Kreditkarten- und Kontodaten für einen uneingeschränkten Zugang.[14]

takeitALL61 schien der perfekte Mann zu sein: süß, liebevoll und gewillt, mir jeden Dollar in seiner Brieftasche zu überlassen. Wir chatteten fast zwei Monate lang, bevor er auf einmal wie vom Erdboden verschluckt war. Ich nehme an, dass ihm die Kohle ausging, und hoffe, die Orgasmen waren es wert.

Unser erster Chat fand vor fast sechs Monaten statt.

FREIER CHAT BEENDET. takeitALL61 hat PRIVATEN CHAT BEGONNEN.

»Hey, takeit!« Ich lächelte und griff hinter mich, löste die Schnalle an meinem BH und ließ ihn hinuntergleiten, um meine Brüste zu entblößen.

takeitALL61: hey, babe. mein name ist Frank.

»Hey, Frank. Worauf hast du heute Lust?«

takeitALL61: ich will, dass du mir befiehlst, dir geld zu geben.

takeitALL61 war der erste Finanzielle-Dominanz-Kunde, den ich je hatte. Er war geduldig mit mir wie die meisten Kunden mit ungewöhnlichen Wünschen, und spätestens bei unserem dritten Chat wusste ich genau, was er wollte.

»Wag es nicht, deinen verdammten Schwanz rauszuholen, Frank – das ist nicht das, was ich will!« Ich zeigte mit wütender, entschlossener Miene in die Kamera.

takeitALL61: ja, baby. entschuldige. was willst du?

»Ich will, dass du deine Brieftasche rausholst. Warst du heute bei der Bank?«

takeitALL61: ja du schöne. ich bin in der mittagspause dort gewesen.

»Hast du seitdem Geld ausgegeben?« Ich kniete mich hin, in einen Seidenmorgenmantel gewickelt. Jede Spur von Mitleid war aus meinen Augen gewichen.

takeitALL61: nein! versprochen.

»Braver Junge. Ich will, dass du deine Brieftasche öffnest. dann werde ich dir erlauben, deinen Schwanz rauszuholen. Du musst mir jeden Dollar in dieser Brieftasche geben, bevor ich dich kommen lasse. Hast du mich verstanden?«

takeitALL61: ja, baby. mache ich. aber ich habe rechnungen, die ich bezahlen muss.

»Scheiß drauf! Du wirst die Rechnungen in diesem Monat nicht bezahlen, Frank. Du wirst mir dein Geld geben, und zwar bis auf den letzten Cent, bis du pleite bist und in der Gosse lebst. Hast du kapiert, Frank? Wenn du mich verstanden hast, erlaube ich dir, deinen Schwanz anzufassen.«

Frank gab mir nie einen Dollar über die festgelegten 6,99 Dollar pro Minute hinaus. Er verwendete nicht einmal den »Trinkgeld«-Button, der so auffällig über unserem Chatfenster angezeigt wird. Ich hätte das als Teil unseres Spiels verwenden können, aber es erschien mir nicht fair. Vor allem gegenüber einem Kunden, der ohnehin schon dem finanziellen Ruin preisgegeben war.

44

Vier Jahre zuvor

Jennifer Blake. Sie war dieses Mädchen in der Schule – das, mit dem alle befreundet sein wollten und dessen Freunde ständig Angst davor hatten, in der großen Pause von einem Konkurrenten verprügelt zu werden. Sie war eine Bienenkönigin: schön, gnadenlos, mit allem ausgestattet, was andere begehrten. Geld, Macht und Josh Martin – der tollste, perfekteste Typ, dem ich je begegnet bin.

Jennifers Eltern hatten ein Seehaus etwa zehn Meilen außerhalb der Stadt, und das war der Ort, an dem sie ihre alljährliche Party gab. Keine Eltern, kostenloser Alkohol und genügend Schlafzimmer für einhundert Highschool-Teenager – die Garantie, um einen Riesenspaß zu haben. Ich selbst war die Tugend in Person, daher wollte ich mit Sex oder Drogen nichts zu tun haben. Aber ich war nicht abgeneigt, mir ein paar Smirnoff Ices zu genehmigen und auf einer Couch ein bisschen zu knutschen. Und ich wollte unbedingt zu dieser Party gehen. Im Jahr zuvor war ich nicht eingeladen gewesen und hatte die ganze Nacht in meinem Zimmer damit verbracht, mich selbst zu bemitleiden. Dieses Jahr hatte ich die begehrte Einladung bekommen, von Jennifer beiläufig hingeworfen, als sie an einem denkwürdigen Mittwoch an meinem Schließfach vorbeigekommen war. Endlich war ich »drin«, und ich wür-

de einen Teufel tun und die Party verpassen, nur weil ich bei meinen Großeltern übernachtete.

Daher entschied ich am Samstagabend – irgendwann zwischen Omas Apfelkuchen und Opas Abendnachrichten, sobald mir klar war, dass tatsächlich keine Überraschung anlässlich meines Schulabschlusses für mich geplant war – hinzugehen. Ich würde warten, bis beide eingeschlafen waren, zur Hintertür hinausschleichen und dann mit dem Auto zu dem Seehaus fahren. Ich würde rechtzeitig wieder zurück sein und tief und fest in meinem Bett schlafen, wenn sie am nächsten Morgen aufwachten und mich wecken würden, um zur Kirche zu gehen. Es war kinderleicht.

Ich ließ drei Seinfeld-Folgen über mich ergehen, bevor ich den beiden einen Gutenachtkuss gab und nach oben ging. Ich schloss die Tür hinter mir ab und zog den Reißverschluss meines Koffers auf. Als ich die zusammengelegten Stapel durchsah, erkannte ich rasch, dass Mom nicht ein einziges Partyoutfit eingepackt hatte, mit dem ich mich bei Jennifer Blake blicken lassen könnte. Das Schlimmste war, dass ich die perfekte Aufmachung wusste – ich hatte es so deutlich vor Augen, als würde es vor mir hängen. Das grüne Sommerkleid – ausreichend körperbetont geschnitten, um sexy zu sein, aber lässig genug, um nicht verzweifelt auszusehen. Ich hatte es erst vor zwei Tagen gekauft und die Einkaufstüte auf die Rückbank von Moms Wagen geworfen, wo sie zweifellos noch immer lag.

Ich kaute auf meinem Daumennagel herum, während ich meine Optionen prüfte: Die Party sausen lassen, im falschen Outfit zur Party gehen oder auf dem Weg dorthin bei mir zu Hause vorbeifahren. Ich sah auf die Uhr. Scheiß drauf. Ich würde zu Hause vorbeifahren, in die Garage schleichen, mir das Kleid schnappen und mich im Wagen umziehen. So spät am Abend würden sowieso alle drinnen sein oder sogar schon schlafen.

Wenn das Böse in jemandem ist, dann wächst es, unbeachtet von allen und geschützt von der Person, in der es haust. Das weiß ich, denn ich spüre es an jedem einzelnen Tag; ich fühle, wie es in mir immer stärker wird, bis es eines Tages – *schnapp!* – die Kontrolle übernehmen wird. Jede logische Überlegung, jeder Gedanke an Überleben und Selbsterhalt wird verschwinden, und ich werde völlig unberechenbar sein, eine abgefeuerte Kugel auf ihrer Flugbahn der Zerstörung, mit nichts vor mir als meinem eigenen Verhängnis und dem Hinscheiden von jedem, der auf diesem letzten Weg liegt.

RalphMA35 ist noch nicht übergeschnappt. Aber ich kann seinen Weg ebenso deutlich vor mir sehen wie meinen eigenen. Und es wird kommen. Sein geistesgestörtes Böses wächst, und ich bin dabei, die Flamme zu schüren, dessen bin ich mir mittlerweile sicher. Ich verspreche Ihnen, das war nie meine Absicht. Meine Absicht war es immer, dieses Mädchen zu retten.

45

Jeremy

Er kann nicht aufhören, an sie zu denken. Zum Teil liegt es an dieser ganzen verkorksten Situation, zum Teil an ihrem Anblick nackt unter ihm und zum Teil an der Schwäche, die er für sie hegt, die seinen Verstand und sein Herz in den letzten drei Jahren in Beschlag genommen hat.

Zwei lange Tage sind ohne irgendwelche Pakete für sie verstrichen. Heute früh ist die Rettung in Form eines Overnight-Expresspakets gekommen, an »Jessica Reilly« adressiert. Zweimal hat er unterwegs angehalten, um Blumen für sie zu kaufen, und beide Male stand er ein paar Minuten an der Bordsteinkante vor dem Blumengeschäft mit seinem Lieferwagen im Leerlauf, bis er den Gedanken schließlich verwarf und weiterfuhr.

Jetzt bleibt ihm nichts anderes übrig, als zu klopfen. Er hat den ganzen Tag überlegt, was er zu ihr sagen könnte, und ihm ist absolut nichts eingefallen. Er zögert, dann hebt er die Hand und klopft.

Eine Pause tritt ein – eine lange Pause, in der er sich daran erinnern muss zu atmen. Eine Sekunde lang fantasiert er davon, dass heute eine Wiederholung des letzten Mals sein wird; dass sie nicht antwortet, dass sie will, dass er hereinplatzt, und dass sie nackt ist und auf ihn wartet. Dann spricht sie, und sein Wunschtraum verpufft schlagartig im Nichts.

»Lassen Sie es stehen. Danke.«

Dieselbe knappe Antwort, die er seit Wochen … Monaten … Jahren hört. Sie spricht im selben Tonfall, mit derselben Melodie und in völliger Unverbindlichkeit. Es war, als wäre es nie passiert, als hätte sie nie nackt unter ihm gelegen, als hätten sie sich nie geküsst, liebkost, mit dem Gedanken gespielt, noch weiter zu gehen.

Er steht da, um Worte ringend, ein großes Paket in den Händen. »Ich dachte, vielleicht …« Er bricht unvermittelt ab, befeuchtet seine Lippen und versucht es noch einmal. »Ich …«

»Lassen Sie es stehen. Danke.«

Derselbe Ton. Dieselbe Melodie.

Er stellt das Paket ab, kritzelt mit langsamen Strichen ihren Namen auf das Pad und versucht einen klaren Gedanken zu fassen. Dann wendet er sich ab und geht in Richtung Aufzug, wobei er sich noch zweimal zu ihrer geschlossenen Tür umdreht.

Ich stehe an der Tür, ein Auge an das Guckloch gedrückt, und betrachte sein kräftiges Profil, während er sich abwendet, stehen bleibt und dann weitergeht. Mein Körper zuckt, ein Kampf tobt in mir, und ein Drang ergreift von mir Besitz. Der Drang nach Interaktion, nach seiner Berührung und nach seinem Blut. Meine Hand zittert, und ich lockere meinen Griff. Das Messer fällt zu Boden, das Geräusch hallt in meiner leeren Wohnung laut wider.

Ich schluchze auf, der Schrei entfährt mir unwillkürlich, und ich sinke zu Boden. Dort, an die Tür gelehnt, gestatte ich mir einen kurzen Moment der Schwäche. Ich vergieße Tränen um die verpasste Gelegenheit, um das Leben, das sich außerhalb dieser Wände ohne mich abspielt, und um die absolute Vergeudung, diesen schönen Mann allein weggehen zu lassen.

Selbstmitleid. Die Politikerin, Bürgerrechtlerin und Publizistin Millicent Fenwick nannte es einst das entsetzliche Hamsterrad des Selbst. Für mich ist es eine sinnlose Zeitverschwendung. Ich hole einmal tief Luft, reiße mich zusammen und stehe auf, wische mir die Tränen vom Gesicht und gehe zurück zu meinem rosafarbenen Bett.

SCHNAPP

46

Annie

Sie liegt im Bett und sieht an die Decke. Plastiksterne, die im Dunkeln leuchten können, sind an ihr befestigt. Die Sterne leuchten nicht mehr, aber sie sind noch immer dort – festgeklebt und vergessen. Im Zimmer ist es heiß, aber ihre Mom hält nichts davon, vor Juni die Klimaanlage einzuschalten. Eine leichte Brise weht durch das offene Fenster herein, und Annie dreht ihren Körper so, dass mehr davon an ihre Haut gelangt. Der Trailer knarrt und wird dann wieder still, und nach ein paar Minuten schließt sie die Augen.

Zwei Stunden später geht der Mann leise am Trailer entlang. Seine Füße erzeugen kein Geräusch auf dem trockenen Boden. Er erreicht das offene Fenster zu ihrem Zimmer und wartet, verharrt reglos, lauscht auf die Geräusche der Felder rings um ihn. Er bückt sich, stellt den Hocker, den er mitgebracht hat, auf den Boden und klettert darauf. Die zusätzliche Höhe ermöglicht es ihm, seinen Kopf durch das Fenster ins Innere zu strecken, und er greift in seine Gesäßtasche und zückt die lange silberne Taschenlampe, die er dort hineingesteckt hat. Er knipst sie an und bewegt den Strahl durch das Zimmer des Mädchens, beleuchtet Kleider, die über einem Stuhl hängen, einen Schubladencontainer aus billigem Plastik und das Bett. Er lässt den Lichtkegel langsam über ihre blassen Beine und den rosa Stoff des Bettbezugs gleiten, bis er schließlich auf ihrem Gesicht zu ruhen kommt, blass und entspannt im Schlaf, umrahmt von blondem Haar auf dem weißen Bettzeug.

Irgendetwas Helles schmerzt ihre Augen. Sie blinzelt und bewegt eine Hand, und das Licht geht weg und kommt dann wieder. Dann ist es ganz verschwunden, denn als sie die Augen aufschlägt, ist es dunkel.

Aus dem Dunkeln kommt eine Stimme. »Annie.«

»Ja?« Sie richtet sich verwirrt auf.

»Ich bin's. Siehst du mich? Komm ans Fenster.«

Sie gähnt und reibt sich die Augen. Ihre Gliedmaßen gehorchen ihr nicht, ihr Verstand ist benommen und verwirrt. Warum ist er hier? Mitten in der Nacht? An ihrem Fenster?

Sie schlurft zu der Öffnung. Ihre Mutter hat die Plastikjalousien gestern Abend hochgezogen, aber das kleine Fenster ist kaum groß genug für seinen massigen Körper. »Was denn?«, flüstert sie.

»Ich habe eine Überraschung für dich – draußen im Wagen. Sei schön leise, Schatz, und geh und schließ die Vordertür auf. Triff mich auf den Stufen davor. Weck deine Mommy nicht auf, sie würde nur wollen, dass ich es zurückbringe.«

Jede Zelle von Annie ist prompt hellwach, zitternd vor Aufregung. »Ist es ein Kätzchen? Du weißt doch, dass ich so gern ein Kätzchen haben…«

»Psst!« Seine Stimme klingt harsch, aufgebracht.

Annie verstummt prompt, und die nächsten Worte bleiben ihr im Hals stecken.

»Geh nach vorn. Sei ganz still und warte auf der Stufe auf mich.«

Sie nickt leise, dreht sich um und schleicht auf Zehenspitzen aus ihrem Zimmer und vorbei an der geschlossenen Schlafzimmertür ihrer Eltern.

Der Mann seufzt erleichtert auf, als er die rosa bekleidete Gestalt auf der Stufe sitzen sieht, die Arme um ihre kleinen Knie geschlungen. Er ist nah, so nah. Er streckt eine Hand aus, und sie steht auf, springt vor und ergreift sie, legt ihre kleine Hand in seine. Sie wenden sich gleichzeitig um, gehen an ihrem Fahrrad vorbei, das umgefallen auf der Erde liegt, und weiter zu seinem Wagen, der in einer Ecke des Grundstücks, weit hinten, steht, dunkel und still in der Nacht.

Sie erkennt früher, als er erwartet hat, dass irgendetwas nicht stimmt. Sie hat ihm geglaubt, als er sagte, das Kätzchen sei die Straße weiter runter in einer Kiste. Sie ist eingestiegen, hat sich angeschnallt und sich erwartungsvoll vorgebeugt – hat die Felder und Zufahrtsstraßen nach einem Hinweis auf ihr Geschenk abgesucht.

Aber jetzt, sechs Meilen später, schweigt sie, ihre Fragen kommen seltener, und ihr Gesicht ist angespannt.

»Wie lange noch, bis wir da sind?«

»Etwa eine Viertelstunde, Schatz. Ich habe ganz vergessen, ich hatte es mir anders überlegt und das Kätzchen zu uns nach Hause gebracht. Es ist jetzt dort und trinkt etwas Milch.«

»Aber sollen Mommy und Daddy es denn nicht sehen? Soll ich es nicht bei mir zu Hause behalten?«

Er streckt eine Hand aus und tätschelt ihr Knie. »Natürlich, Annie. Wir werden nur schnell bei mir zu Hause vorbeifahren und es holen.« Er greift nach dem Getränkehalter und entnimmt ihm eine geöffnete Flasche Cola. »Hier, Annie. Trink das.«

Sie greift mit weit aufgerissenen Augen nach der Flasche. Er weiß, Cola ist ein Luxus, der bei Annie zu Hause nicht gestattet ist. Die wenigen Male, die sie es getrunken hat, waren bei Geburtstagspartys anderer Leute oder Freundinnen zu Hause, das hat sie ihm erzählt.

Sie hält die kalte Flasche fest umklammert und führt sie mit beiden Händen an ihren Mund.

Er beobachtet sie, während sich sein Mund zu einem Lächeln verzieht. »So ist's recht, Annie. Es ist heiß heute Abend. Trink ruhig alles aus.«

47

Ich warte an der Tür, bis ich höre, wie der Aufzug aufgeht, Jeremy einsteigt und der Aufzug sich wieder nach unten in Bewegung setzt. Dann öffne ich die Tür und schnappe mir den großen Pappkarton mit der Aufschrift »Zerbrechlich«. Es sind Glühbirnen für meine Cam-Scheinwerfer.

Ich trage den Karton in die Wohnung, trete die Tür mit einem Fuß zu und sehe hinunter auf die Oberseite des Kartons, auf den fremdartigen Gegenstand, der halb in die Tasche des Etiketts gestopft ist. Es ist eine Karte in einem rosa Umschlag, die Worte auf der Vorderseite fein säuberlich geschrieben: *An das Mädchen, das in Apartment 6E wohnt.*

Ich lächele über die Bezeichnung, verstehe die Bedeutung dahinter, die Anspielung auf meine zahlreichen Decknamen. Ich öffne die nicht zugeklebte Lasche und ziehe eine schlichte weiße Karte heraus. Darauf steht eine kurze Nachricht in Blockschrift in blauer Tinte:

Ich weiß nicht, was mit dir los ist, mit deiner ganzen »Ich rede nicht mit Leuten, ich töte sie«-Nummer.
Aber ich weiß, was mit mir los ist, nämlich dass du mir nicht mehr aus dem Kopf gehst.
Bitte lass mich herein.
Jeremy

Ich lese die Nachricht zweimal, bevor ich sie vor mir auf den Schreibtisch lege. Ich setze mich und starre sie an, während ich nachdenke. Dann greife ich zum Telefon und rufe Dr. Derek an.

Er nimmt beim zweiten Klingeln ab. »Was ist los?«

»Nichts. Darf ich nicht einen Freund anrufen, um ein bisschen zu plaudern?«

»Wir sind keine Freunde, und wir haben keinen Termin. Sie rufen nie ohne Termin an.«

»Sind Sie beschäftigt?« Ich verspüre einen Anflug von Eifersucht, plötzlich und heftig, aber dann ist er vorbei.

»Nein. Was ist los?« Ich höre ein Knarren und stelle mir vor, wie er sich auf seinem Stuhl zurücklehnt und langsam entspannt.

»Nichts. Ich meine, doch, es ist etwas passiert, und ich brauche einen Rat.«

»Wieder eine Episode?«

»Nein – nichts dergleichen. Es geht um Jeremy. Sie wissen schon, den Typen, der …«

»Sie hatten in drei Jahren nur eine einzige menschliche Interaktion – ich weiß, von wem Sie reden. Was ist passiert?«

»Er hat mir eine Nachricht dagelassen. Vor meiner Wohnung. Bei einem meiner Pakete.« Ich lese ihm die Nachricht vor, wobei ich mich bemühe, meinen Tonfall möglichst neutral klingen zu lassen, um ihn nicht um Nuancen zu ergänzen, die vermutlich gar nicht existieren.

Als ich fertig bin, herrscht Schweigen – ein Schweigen, das sich so lange hinzieht, dass ich zappelig werde.

»Was wollen Sie von mir, Deanna?«

»Ich will, dass Sie mir sagen, was ich tun soll. Ich weiß nicht, wie ich mit diesem Scheiß umgehen soll.«

»Was *wollen* Sie denn tun?«

»Ich … ich weiß nicht, was ich will. Sie müssen mir einfach sagen, was ich tun soll.«

»Wie war es denn, als Sie mit ihm zusammen waren?«

Ich stehe auf und gehe zwischen meinen beiden Schlafzimmern auf und ab. Diese Trennlinie immer wieder zu überqueren kommt mir vor, als würde ich mich zwischen meinen beiden Ichs hin- und herbewegen – von der Sexmieze zur einsamen Frau. Von JessReilly19 zur intriganten Mörderin.

Ich habe eine Hand gegen seine harte Brust gedrückt, und dann war er da, in meinem Mund, seine Zunge hat sich sanft gegen meine gepresst, und mein eigener verräterischer Mund hat reagiert, mein Herzschlag hat sich beschleunigt, und meine Hände sind wie von selbst zu seinen kräftigen Armen gewandert. Ich stoße die Klinge des Kartonmessers tief in seinen Hals, Blut schießt hervor und spritzt sanft auf meine Haut. *Ich habe ihn geschmeckt, begierig auf alles; meine Hände sind überallhin gewandert, haben sein Hemd gepackt, haben hastig die Knöpfe geöffnet.* Wenn er wiederkommen würde, wenn er hereinkommen würde, dann könnte ich besser vorbereitet sein, könnte mein Verlangen nach dem Tod erfolgreich befriedigen …

»Deanna?«

Ich halte inne und versuche, mich zu konzentrieren. »Entschuldigung – was war die Frage?«

»Wie war es, als Sie mit ihm zusammen waren? Wie haben Sie sich dabei gefühlt?«

»Ich wollte ihn.«

Auf mir, in mir, tot unter mir.

»In welcher Hinsicht?« Dr. Dereks Stimme ist so sinnlich, so besänftigend, so männlich.

Ich entscheide mich für eine Richtung, gehe zielstrebig zu meinem rosa Bett und strecke mich auf der Matratze aus, die nach Gleitgel und Latex riecht.

»In jeder Hinsicht. Ich wollte, dass er weitermacht, mich berührt, mit den Händen immer wieder über meinen Körper gleitet. Ich wollte seine Wärme an meiner Haut spüren. Ich wollte seinen Schwanz, hart und fest, der mich immer wieder fickt …«

Ich breche ab, die Finger in mich gesteckt, mit gespreizten Beinen und gekrümmtem Rücken – ich posiere für die Kamera, die gar nicht auf mich gerichtet ist. *Ich habe es getan.* Ich bin in die Jessica-Rolle geschlüpft, in meine Gewohnheit, Sex bildhaft zu beschreiben, die Gewohnheit, die meine Kunden lieben, die Gewohnheit, die sie hart macht und dazu bringt zu kommen.

Mit Dr. Derek.

Was zum Teufel ist mit mir los? Ist überhaupt noch ein Teil von mir übrig? Oder haben meine beiden Egos alles in Beschlag genommen?

Am anderen Ende der Leitung herrscht Schweigen. Schweigen und Atmen.

»Entschuldigung«, sage ich rasch. Ich setze mich auf und versuche, wieder einen halbwegs professionellen Ton anzuschlagen. »Ich wollte mit ihm vögeln, aber ich wollte ihn auch töten. Es war anstrengend – ein innerer Kampf, bei dem in einem Moment die sexuelle Seite dominierte und den Kampf zu gewinnen schien, aber dann verlor ich auf einmal die Beherrschung und wollte ihn nur noch verletzen. Ich will das nicht noch einmal durchmachen.«

»Dann haben Sie Ihre Entscheidung.«

»Irgendwie schon.«

»Irgendwie?«

Ich sehe auf die Uhr, warte, beschwöre die Ziffern vorzurücken. Sie tun, was von ihnen verlangt wird, und springen unter meinem wachsamen Blick artig um.

»Danke für Ihre Zeit. Wir sprechen uns am Montag.«

»Deanna, wir müssen das hier zu Ende bring…«

Ich lege auf, drücke länger als nötig auf die »Auflegen«-Taste, während ich zusehe, wie das Telefon dunkler und dann schwarz wird. Dann rolle ich mich von der Matratze, reiße die obere Schublade der Kommode auf und entnehme schwarzes Leder mit silbernen Nieten. Heute ist eindeutig ein Domina-Tag.

48

Carolyn Thompson

Die Stromrechnung ist fällig. Um genau zu sein, ist sie überfällig – seit zwei Wochen jetzt. Sie sind der Stromgesellschaft 124,55 Dollar schuldig, und sie können keine Verlängerung mehr bekommen. Carolyn Thompson geht den schmalen Flur hinunter zu Annies Zimmer, während sie sich den Kopf über eine Lösung des Problems zerbricht. Henrys Scheck von der Sozialversicherung kommt erst in zwei Wochen, und er deckt kaum seine Medikamente, geschweige denn den Berg von Rechnungen.

Carolyn lehnt sich gegen die Tür des Kinderzimmers, und das dünne Holz lässt sich geräuschlos öffnen. Annies Bett ist leer, helles Sonnenlicht dringt durch das Fenster ins Zimmer. »Annie?« Sie spricht leise, um ihren Mann nicht zu wecken, der im Zimmer nebenan schläft. Sie betritt den kleinen Raum, hebt eine hingeworfene Socke und die Überreste eines zerplatzten Luftballons vom Boden auf, geht erst zum Wäschekorb und dann zum Abfalleimer. Immer gibt es irgendetwas. Und nie genug Zeit oder genug Geld.

»Annie, ich habe jetzt keine Zeit für so etwas. Wir müssen dich für die Schule fertig machen.« Sie geht zurück in den Flur, dann weiter zum Bad, öffnet die Tür und sieht hinter den Duschvorhang.

»Annie!« Verärgert gibt sie den Versuch auf, leise zu sein, die Zeit ist zu knapp. »Annie? Komm schon her, ich muss dich anziehen! Ich habe keine Zeit, nach dir zu suchen.«

Aus dem hinteren Schlafzimmer kommt ein Geräusch. *Na toll.* Ihr Mann ist wach.

Carolyn öffnet die Tür zum gemeinsamen Schlafzimmer. »Schatz, Annie versteckt sich. Ich muss sie nur rasch finden und anziehen, und dann komme ich und helfe dir.«

Er nickt vom Bett aus, und sie schließt die Tür, geht vorbei an dem Rollstuhl in der Diele und weiter in Richtung Wohnzimmer. »Annie Thompson!«, ruft sie jetzt, so laut sie kann. »Ich spiele nicht mit dir. Komm *sofort* her!«

Annie ist nicht im Trailer – eine Tatsache, die sich in den fünf Minuten, die ihre Mutter mit Suchen verbringt, leicht feststellen lässt. Das ist einer der wenigen Vorteile, wenn drei Personen auf fünfundsiebzig Quadratmetern wohnen. Sie geht entschlossen hinaus, hat die Stromrechnung vergessen. Aber sie ist noch nicht beunruhigt.

Henry Thompson sitzt aufrecht im Bett und verflucht seine nutzlosen Beine. Er hat gehört, wie Carolyn den Trailer abgesucht hat, wie sie nach Annie gerufen hat, hat gesehen, wie sie ins Schlafzimmer gekommen ist und den kleinen Raum abgesucht hat, in der Hoffnung, dass Annie sich unter dem Bett oder im Kleiderschrank versteckt. Jetzt ist sie draußen, und ihre Rufe werden lauter und häufiger.

Irgendetwas stimmt nicht. Carolyn ist es vielleicht noch nicht bewusst, aber irgendetwas stimmt eindeutig nicht. Annie würde ihnen das nicht antun. Sie würde Carolyn, einer Frau, die schon zu viel Stress zu ertragen hatte, keine unnötigen Sorgen bereiten.

Er hebt die Beine an, rutscht mit seinem Körper bis zur Bettkante vor und greift mit einer Hand nach dem Nachttisch.

⤙o⤚

Carolyn steht im Schlamm von Georgia, umgeben von Baumwollfeldern. Die Pflanzen sind noch klein, in einer frühen Wachstumsphase, zu niedrig und dürr, als dass sich ein Kind darin verstecken könnte. Und während die Sonne ihren Rücken wärmt und ein sanfter Wind durch die leeren Felder raschelt, begreift sie mit einem Mal, dass Annie verschwunden ist.

⤙o⤚

Henry spürt ihre Verzweiflung, spürt den Moment, in dem sie zu derselben Erkenntnis gelangt wie er. Er hört ihr Wimmern, noch bevor es ihr über die Lippen kommt. Und in diesem Augenblick, an diesem Wendepunkt, an dem Carolyn im Lehmboden von Georgia auf die Knie fällt, rutscht seine Hand ab, sein Körper sackt zu Boden, und seine hilflosen Beine können ihn nicht auffangen.

⤙o⤚

Irgendwo im Dunkeln beginnt Annie zu weinen.

49

Hap0972 ist in mich verliebt oder vielmehr in JessReilly19. Sein richtiger Name ist Paul. Paul Irgendwas – irgendein langer und komplizierter Nachname. Er lebt in Alaska, wo er an einer Ölpipeline arbeitet. Entweder werden Ölpipeline-Arbeiter richtig gut bezahlt, oder er gibt 80 Prozent seines Einkommens für mich aus. Ich hoffe, es ist Ersteres.

Paul ist einer dieser netten Typen, bei denen ein gebrochenes Herz praktisch vorprogrammiert ist –, und er ist zu nett, um sexy zu sein. Wir chatten mindestens eine Stunde pro Tag. Im Allgemeinen sieht er mich dabei nicht einmal an. Er loggt sich nach Feierabend auf meiner Seite ein, startet die Uhr und schlendert dann durch sein Haus, während er auf seinem Handy mit mir redet. Das ist der leichteste Teil meines Tages. Manchmal bekomme ich davon Sodbrennen. Ich habe das Gefühl, ihn zu bestehlen. Aber ich weiß, wenn ich ihn verlassen würde, wenn ich mich weigern würde, mit ihm zu chatten, dann würde er eine andere Cammerin finden – eine, die die Geschenke vielleicht annehmen würde, die er mir ständig aufzudrängen versucht, und das Geld, das er mir ständig schicken will. So rechtfertige ich es jedenfalls vor mir selbst.

Ich weiß, dass er früher mit einer Cammerin namens Brooke gechattet hat. Er erwähnt sie manchmal; ich glaube, er hat noch immer Gefühle für sie. Vor zwei Jahren hat er sich zu einem fest vereinbarten Termin eingeloggt, hat ihre Webseite aufgerufen, und sie war verschwunden. Er hat sie vier Monate lang gesucht, hat sich auf jeder Camgirl-Webseite angemeldet, die er finden konnte, hat Millionen von Profilen durchforstet, verzweifelt auf der Suche nach ihr. Und so hat er mich gefunden. Jetzt bin ich seine neue Brooke, und er hat schreckliche Angst, dass ich eines Tages ebenfalls verschwinden werde.

Er scheint einsam zu sein in Alaska. Die Bilder, die er mir schickt, zeigen nichts als Weiß: weißen Schnee, seinen weißen Hund, einen Eisbären, der eines Tages an seinem Haus vorbeigetrottet ist. Unter den Hunderten von Fotos, die er mir gemailt hat, sind nur sehr wenige Bilder von ihm selbst. Zwei, um genau zu sein. Es sind Fotos, die ihn nicht zeigen, sondern verbergen. Auf einem Bild, das er mit ausgestrecktem Arm selbst geschossen hat, trägt er eine Kapuzenjacke mit einem dicken Fellrand, fest um den Kopf gezogen, sodass nur die Augen und ein Teil seiner Nase zu sehen sind. Ich glaube, er ist zu einem Teil Eskimo – soweit ich erkennen kann, hat er eine eher dunkle Haut. Jemand anders hat das zweite Foto geschossen, das ich bekommen habe. Es wurde in einem Schneesturm aufgenommen und zeigt den schwachen Umriss einer Person, kaum zu erkennen hinter einer Wand aus weißem Schneegestöber. Vielleicht ist er verunstaltet. Oder eine Art Keanu-Reeves-Doppelgänger, der sich Sorgen macht, ich könnte ihn nur aufgrund seines umwerfend guten Aussehens lieben. Egal wie er aussieht, er ist nett, zu nett. Zu nett, als dass ich seine Liebe erwidern könnte. Was gut für ihn ist. Das verringert sein Sterberisiko erheblich.

Wir reden über alles, und ich lüge über alles. Das Schlimme an Paul ist, dass er alles über mich und meinen Tag wissen will. Die Fassade in einem solchen Ausmaß zu wahren ist anstrengend. Und er stellt nicht nur Fragen; er hört wirklich zu und speichert meine Antworten ab. Ich habe einen Kalender eigens für Paul angelegt. Es ist einer dieser großen Schreibtischkalender, und ich habe ihn so aufgestellt, dass ich ihn von meinem Camming-Bett aus sehen kann. Darin habe ich meinen erfundenen Stundenplan, die Namen meiner erfundenen Professoren und alle erfundenen Ereignisse eingetragen, die ich bei unseren Gesprächen erwähne. Ich bin sehr kreativ, was meine Alltagsaktivitäten angeht. Manchmal muss ich mich ein bisschen zügeln – zu viele Details erregen Verdacht.

Paul liest gern. Er hat mir mindestens zwölf Bücher geschenkt. Sie liegen alle auf einem Stapel neben meinem Bett, und ich gebe mir wirklich Mühe, das erste von ihnen, *Der Alchemist,* zu lesen. Ich versuche jetzt schon seit einem halben Jahr, es zu bewältigen, aber ich finde einfach nicht hinein. Vermutlich sollte ich es aufgeben und mich dem nächsten Buch auf dem Stapel zuwenden. Aber Paul ist geduldig. Er drängt mich nicht zum Lesen; er bestellt mir nur immer mehr verdammte Bücher.

Seine Hündin heißt Whitehorse. Das ist der seltsamste Hundename, den ich je gehört habe. Das habe ich ihm auch gesagt, und er hat gelacht. Whitehorse ist trächtig, und Paul will mir einen der Welpen schicken. Ich hätte sehr gern einen Hund. Manchmal brauche ich etwas, um mich zu trösten. Ich weiß, ich bin schon einundzwanzig, aber manchmal bekomme ich einfach Heimweh. Nicht Heimweh in dem Sinn, dass ich wünschte, ich wäre in meinem Kindheitszuhause, sondern die Sehnsucht, mich in jemands

Arme fallen zu lassen und von ihm getröstet zu werden. Ich will, dass mir jemand den Rücken reibt und mir sagt, dass alles gut werden wird.

Man hat keine Ahnung, wie sehr man menschliche Interaktion schätzt, bis sie einem entrissen wird. Schlichte Berührungen tragen viel dazu bei, Trost zu spenden.

Ich habe versucht, online einen Hund zu bekommen, aber ich habe noch keine Möglichkeit gefunden, mein Vorhaben in die Tat umzusetzen. Man kann Hunde im Internet bestellen und sie sich schicken lassen, aber man muss sie immer am Flughafen abholen. Ich könnte natürlich jemanden damit beauftragen, den Hund abzuholen und im Flur anzubinden, aber das klingt selbst in meinen Ohren fragwürdig. Außerdem muss man mit einem Hund Gassi gehen, und das ist in meinem Fall leider unmöglich. Bevor Sie fragen: Ich hasse Katzen.

Paul würde mir den Welpen bringen. Ich müsste ihn nur bitten, und er würde Himmel und Erde in Bewegung setzen, um Whitehorse' Entbindung voranzutreiben, den Welpen zu nehmen und ins nächstbeste Flugzeug zu springen, um ihn herzubringen. Wie ich bereits sagte, Paul ist zu nett. Zu hilfsbereit, zu süß und definitiv zu gut, um sich im Umkreis von fünf Meilen von mir aufzuhalten.

50

Carolyn Thompson

Normalerweise wartet die amerikanische Polizei vierundzwanzig Stunden, bevor ein Kind als vermisst gilt – eine archaische Regel, die zu unzähligen unnötigen Todesfällen geführt hat. Diese Regel existiert in Bulloch County nicht. In einer Stadt mit zwei Deputys und einer Schreibtischangestellten, einer Stadt, in der jeder jeden kennt, wird Annies Verschwinden prompt und sofort ernst genommen.

Carolyn und Henry Thompson sitzen in dem kleinen Büro, das die Hälfte der Polizeiwache von Brooklet ausmacht – sie auf einem Metallstuhl, er in seinem Rollstuhl. Ihnen gegenüber sitzt Deputy John Watkins, ein Mann, der mit Henry zusammen auf die Highschool gegangen ist, der neben Carolyn in der Kirche sitzt und der Annies Hand hält, wenn sie die Hauptstraße überquert. Er hat ein längliches Gesicht, die Falten tief von jahrelangem Tabakkonsum und der Sonne und noch etwas mehr gealtert durch die Ereignisse dieses Morgens.

Carolyn hat um sieben Uhr fünfunddreißig auf der Wache angerufen und mit Maribel, der Sekretärin, gesprochen. Maribel funkte John an, der auf der anderen Straßenseite im Old Post Office Café mit Hank, dem anderen Deputy der Wache, bei einem Kaffee saß. Hank durchsucht jetzt das Zuhause der Thompsons, zusammen mit ein paar anderen Beamten aus dem Sheriff's Department. Das Funkgerät auf Johns Schreibtisch, auf Kanal 8 eingestellt, hält sie über die Ergebnisse auf dem Laufenden – die gleich null sind. Es gibt keinen Hinweis auf ein gewaltsames Eindringen in den Trailer, keinen Hinweis auf ein Verbrechen, kein Blut, keine ungewöhnlichen Gegenstände und keine Reifenspuren oder Zeugen. Das Fenster, das in Annies Zimmer führt, ist zu klein, als dass sich irgendjemand hindurchzwängen könnte, und der wackelige Tisch darunter ist offensichtlich nicht verschoben worden. Entweder hat sie sich in Luft aufgelöst, oder sie ist einfach aus dem Bett gestiegen und weggegangen.

»Ich bin mir sicher, dass ich die Vordertür abgeschlossen habe, als wir gestern Abend zu Bett gegangen sind.« Carolyns Stimme ist ruhig, auch wenn ihr Gesicht aussieht, als würde es jeden Moment in sich zusammenfallen.

»Carolyn macht sich oft Sorgen wegen der Tür«, sagt Henry. »Manchmal steht sie sogar auf und überprüft sie noch einmal. Sie macht sich Sorgen, weißt du, weil wir ganz allein dort draußen leben.«

Mit einem wehrlosen Ehemann, der im Rollstuhl sitzt. Der Gedanke schwebt unausgesprochen in der Luft.

»Meint ihr, Annie könnte zu Fuß zu den Bakers gegangen sein?« John lehnt sich zurück und sieht die beiden an, während er an dem Stift in seinem Mund herumspielt.

»Annie könnte bis in die Stadt gelaufen sein, wenn sie wollte. Du kennst das Mädchen ja – sie ist entschlossen genug, um alles zu erreichen, was sie sich in den Kopf setzt.« Henrys raue Stimme schwankt leicht, doch sie ist ungebrochen in seinem Stolz. »Aber sie hat schreckliche Angst vor der Dunkelheit. Sie hätte das Haus niemals mitten in der Nacht verlassen, um diese dunkle Straße hinunterzugehen. Und Carolyn hat ihre Schuhe überprüft; sie sind alle noch da. Das heißt, sie ist barfuß.«

John nickt, kann den Gedanken offenbar nachvollziehen. »Ich werde die Bundespolizei verständigen. Dafür sorgen, dass sie einen nationalen AMBER-Alarm ausgeben. Man kann gar nicht vorsichtig genug sein.«

Carolyn steht auf und umklammert die Schulter ihres Mannes. »Ich werde im Geschäft anrufen. Bescheid geben, dass ich nicht komme.«

Er nickt und sieht zu ihr hoch, und ihre angespannten Blicke treffen sich. »Es wird alles gut werden, Carolyn«, flüstert er. »Ich verspreche dir, es wird alles gut werden.«

Sie blinzelt rasch und streicht ihr Kleid glatt. »Ich rufe im Geschäft an.«

51

Es ist so lange her, seit ich ein normales Leben geführt habe, dass ich gar nicht weiß, ob ich das überhaupt wieder könnte. Wenn meine ganzen düsteren Fantasien mit einem Mal – *puff!* – verschwinden würden, könnte ich in der normalen Gesellschaft dann funktionieren? Ich sage zwar, dass ich ein normales Leben führen will, aber eigentlich ist jetzt alles genau so, wie ich es mag. Ich esse, wann ich will und wie ich will, in der Annahme, dass ich mich bis an mein Lebensende von Huhn mit Pasta Primavera aus der Mikrowelle ernähren möchte. Ich habe meinen eigenen Raum, achtzig Quadratmeter ohne das ganze ärgerliche Drum und Dran eines anderen Menschen, seine Schuhe auf meinem Boden, seinen Körper in meinem Bett. Ich habe Freunde – oder so ähnlich –, die gewillt sind, ein paar Dollar für ein bisschen Aufmerksamkeit von mir hinzublättern. Freunde, die an meinen Lippen hängen und ihren Tag so umstrukturieren, dass sie Zeit mit mir verbringen können.

Außerdem ist da noch Jeremy. Er mag mich, weil ich eine Kuriosität bin, ein Geheimnis. Mein eins zweiundsiebzig großer Körper mit den perfekten Proportionen trägt sicher auch seinen Teil dazu bei. Aber würde er mich überhaupt noch wollen, wenn ich ein normales Mädchen wäre? Die Art Mädchen, die samstagnachmittags ins Einkaufszentrum geht und am Telefon mit Freundinnen kichert? Die

Art, mit der er leben und zusammen sein wollte, über die er genug herausfinden würde, um zu wissen, dass es da gar kein Geheimnis gibt? Es ergibt keinen Sinn, dass er mich so mag, wie ich bin. Nicht wenn ich ein verkorkstes, krankes Individuum bin. Daher muss es das Geheimnisvolle sein, das ihn anzieht. Wenn ich ins normale Leben zurückkehren könnte, auf Partys und ins Kino gehen, Reisen unternehmen und mit anderen Leuten interagieren … dann würde ich das alles gewinnen, um ihn gleichzeitig mit meiner Normalität zu verlieren.

Ich bin zufrieden in diesen vier Wänden, ohne Normalität. Einsam? Ja. Elend? Manchmal. Aber das heißt es eben, zufrieden zu sein. Sich mit einer Situation wohl genug zu fühlen, um keine prompte Veränderung herbeiführen zu wollen.

An eine Rückkehr in die Gesellschaft zu denken ist ebenso gefährlich, wie damals an diesem Sammelalbum festzuhalten. Hoffnung ganz allgemein ist gefährlich. Hoffnung kann der lose Faden sein, der deine geistige Gesundheit zerreißt.

Der AMBER-Alarm wird am Montagmorgen um 9:14 Uhr ausgelöst. Die Suchmeldung wird prompt an alle Nachrichtensprecher und Mitarbeiter der staatlichen Verkehrsbetriebe geschickt. Sie unterbricht alle regelmäßigen Radio- und Fernsehprogramme. Die Nachricht wird unverzüglich auf der Highway-Beschilderung in Georgia, Florida, Alabama und South Carolina angezeigt. In dieser einen Minute werden über achtzigtausend SMS-Nachrichten mit der Meldung verschickt, und Banneranzeigen erscheinen überall auf Internetseiten.

Ich camme, ohne irgendetwas von alledem zu ahnen, fünf Stunden lang. Um 14:21 Uhr setze ich mich auf den Boden, lehne mich gegen die Tür und rufe meine E-Mails auf, während ich die Folie von pikantem Huhn mit Wildreis ziehe. Ich kaue gerade, als mir die Sidebar-Schlagzeile ins Auge springt, und ich klicke den Link an und öffne die Suchmeldung.

Annie Cordele Thompson
AMBER-Alarm: Georgia
Letzte Aktualisierung: Montag, 23. April, 09:14:08 Uhr.
Ein AMBER-Alarm wurde in Georgia für die sechsjährige Annie Cordele Thompson ausgegeben. Nach Angaben der Polizei wurde Annie zuletzt gesehen, als sie am Sonntagabend gegen 20:15 Uhr zu Bett gebracht wurde. Annie ist ungefähr 94 Zentimeter groß, mit blonden Haaren und blauen Augen. Die Ermittler haben zum gegenwärtigen Zeitpunkt noch keine Spur, vermuten sie aber in der Nähe von Savannah, Georgia. Wir brauchen Ihre Hilfe, um Annie zu finden.

Am Ende der Meldung steht eine gebührenfreie Rufnummer, mit der Bitte anzurufen, falls man irgendwelche Hinweise zu Annies Aufenthaltsort hat. Ich starre lange Zeit auf den Bildschirm. Dann greife ich nach meinem Handy und wähle die Nummer.

Es klingelt fünfmal, bevor jemand abnimmt – ein Mann, der in einem abgehackten, unfreundlichen Tonfall spricht.

»Ich rufe wegen Annie Thompson an.«

»Ja. Bitte nennen Sie Ihren Namen.«

Ich zögere. »Jessica Reilly.«

»Und die Nummer, von der Sie anrufen?«

Ich nenne sie ihm, obwohl ich mir sicher bin, dass sie längst auf seinem Display erschienen ist. Mir ist flau im Magen. Das hier ist eine schlechte Idee, eine Bedrohung meiner Seifenblase, meiner sorgfältig gekappten Verbindungen.

»Was haben Sie für Informationen?« Die Stimme des Mannes ist kalt, ausdruckslos.

»Sie müssen sich Ralph Atkins ansehen. Er ist Klempner und lebt in Brooklet, Georgia.«

»In welcher Beziehung steht er zu Annie?«

»Ich weiß nicht, ob er in einer Beziehung zu ihr steht.«

»Welcher Art ist die Verbindung zwischen den beiden?«

»Ich … weiß nicht.« Dieses Gespräch führt zu nichts, es taumelt wie ein außer Kontrolle geratener Skifahrer, der immer schneller den Hang hinunterrast. Ich höre die Schwäche in meiner Stimme, und ich hasse sie.

»Warum erklären Sie mir nicht, was Sie wissen?« Ich nehme einen Anflug von Freundlichkeit hinter dem effizienten Stahl wahr.

»Ich weiß, dass ich mehrere Gespräche mit einem gewissen Ralph Atkins geführt habe, bei denen er besessen von dem Verlangen war, eine sexuelle Beziehung zu einem kleinen Mädchen namens Annie einzugehen.«

»Hat er auch einen Nachnamen genannt?«

Ich knirsche mit den Zähnen. »Nein.«

»Warum haben Sie das den Behörden nicht gemeldet?«

»Ich habe versucht, mehr Informationen über Annie zu finden – wer sie ist, ob sie überhaupt existiert.«

»Wie lange kennen Sie Ralph schon?«

»Ich kenne ihn eigentlich gar nicht. Er ist ein Kunde von mir. Ich arbeite als Sex-Dienstleisterin im Internet. Ich habe mit Männern Cybersex gegen Geld.«

»Und er hat Annie bei einer dieser Sex-Sessions erwähnt?«

Ich habe ihn verloren. Ich kann es an seinem Tonfall heraushören, die Ungläubigkeit, die seine Worte umgibt.

»Ja.«

»Haben Sie seine Adresse?«

Ich nenne sie ihm, während mein Körper von Hoffnung und Bedauern zugleich durchströmt wird. Hoffnung, dass man sie finden wird, und Bedauern, dass ich das Monster nicht selbst werde töten können.

Wir beenden das Gespräch, und ich sitze auf dem Boden und denke nach. Ich habe schon vor langer Zeit jeden Respekt vor der Polizei verloren, wegen ihrer Unfähigkeit, die Wahrheit zu sehen, selbst wenn sie genau vor ihrer Nase ist. Mein Anruf könnte sie zu Ralph bringen; er könnte sie sogar dazu bringen, Annie zu retten. Aber da ich ihr Scheitern schon bildlich vor mir sehen kann, muss ich selbst in Aktion treten.

Ich öffne die Datei, die mir Mike vor ein paar Stunden geschickt hat, und beginne, die Verkommenheit des Geistes von RalphMA35 zu durchforsten. Ich brauche nicht lange, um zu finden, was ich suche. Ich sehe die Bestätigung von seiner Krankheit in seinen Film- und Fotodateien. In seinem E-Mail-Account finde ich Abo-Bestätigungen, Forum-Postings und E-Mail-Korrespondenz zu allem, was pädophil ist. In seinem Web-Verlauf knacke ich den Jackpot: Kleinanzeigen-Suchen nach Miet-Trailern. Zwei Angebote, die er mehr als fünfmal angeklickt hat. Ich gehe zurück zu seinem E-Mail-Account, suche nach der Korrespondenz zu beiden Einträgen und finde einen zwei Wochen langen E-Mail-Verlauf sowie etwas, was nach einem Vertrag aussieht – ein Mietverhältnis über sechs Monate, abgeschlossen mit irgendeinem fingierten Namen. Die Kaution wurde in Form eines Bankschecks hinterlegt, das Mietverhältnis begann am 1. April.

Bingo.

Ich starre auf diesen Mietvertrag, sehe die Adresse, wo Annie möglicherweise festgehalten wird, aber ich fühle mich erbärmlich unvorbereitet. Es ist fast lächerlich, wenn ich die vergangenen drei Jahre betrachte. Drei Jahre, in denen ich über den Tod nachgedacht habe, darüber, anderen Leuten das Leben zu nehmen. Und jetzt, wo die Zeit zum Handeln gekommen ist, habe ich nicht die geringste Ahnung, wie ich die Sache anpacken soll.

Mein Scheitern mit Jeremy, sein Körper, der meinen so leicht überwältigt hat, meine Schwäche gegenüber seiner Stärke, das alles ist mir noch allzu frisch im Gedächtnis. Vielleicht kann ich das nicht. Vielleicht werde ich scheitern. Aber es ist da, dieses Wort, das so lange unterdrückt wurde, und in meinem Kopf ist es so klar wie sein Vorgänger, das *Warte. LOS!*

LOS

52

Messer: *vorhanden.*

Ich schiebe einen Stapel Bücher von dem alten ausgeblichenen Koffer, auf dem sie liegen, ziehe den Reißverschluss des Koffers auf und entnehme ihm den einzigen Gegenstand, den er enthält: ein schwarzes Stilettomesser.

Als ich auf den Knopf auf der Vorderseite des Schafts drücke, springt eine lange, dünne und sehr scharfe Klinge heraus. Ich habe das Messer in einem Moment der Schwäche – oder vielmehr vier Stunden der Schwäche – gekauft, als ich Nachforschungen zu unterschiedlichen Messern anstellte, auf der Suche nach dem effektivsten und effizientesten Tötungswerkzeug. Bei meinen Fantasien geht es hauptsächlich um den Tod durch eine Klinge. Messer erzeugen mehr Blut, mehr Leiden seitens des Opfers und einen langsameren Tod, wenn man in die richtigen Stellen sticht und Hauptschlagadern vermeidet. Nicht dass ich mich auf dieser Mission einschränken würde. Ich stopfe das Messer in die Tasche meines Kapuzenpullovers.

Pistole: *vorhanden.*

Als ich bei meinen Großeltern auszog, war einer meiner ersten Zwischenstopps ein Pfandleihhaus. Ich beantragte einen Waffenschein und nenne seitdem eine Smith&Wesson 317 mein Eigen.

Ich trage meinen Schreibtischstuhl zum Kühlschrank, stelle mich auf die Sitzfläche und strecke die Hand nach hinten aus, bis ich die Fuge zwischen Wand und Kühlschrank ertasten kann. Meine Finger streifen etwas Klebeband, körnig und abblätternd an den Rändern. Ich strecke mich und schnappe mir den Stoffbeutel, der mit dem Klebeband am Kühlschrank befestigt ist, zerre an dem Stoff, bis ich das Klebeband heruntergerissen habe, und ziehe den Beutel über die Kante. Ich drücke ihn mir an die Brust und steige vorsichtig vom Stuhl. Als ich mir diese Pistole damals zulegte, war es meine größte Leidenschaft, sie zu reinigen. Ich liebte, wie sie sich anfühlte, und ihr Gewicht in meiner Hand, liebte es, die Mechanismen zu untersuchen, die sie so tödlich machten. Damals ging ich zwei- bis dreimal die Woche zum Schießstand und lebte meine Fantasien nach Herzenslust mit Zielen in meiner Reichweite aus. Falls sich irgendjemand auf dem Schießstand darüber wunderte, dass ich lebensgroße Pappfiguren über den Haufen ballerte, erwähnten sie mir gegenüber jedenfalls nichts davon.

Ich habe die Waffe seit über zwei Jahren weder gereinigt noch angerührt. Es ist ein bittersüßes Wiedersehen.

Auto: *nicht vorhanden.*

Ich brauche ein Fahrzeug. Ich gehe ins Internet und suche die nächstgelegene Autovermietung. Die Webseite des Anbieters informiert mich, dass sie einen Abholservice haben, daher rufe ich dort als Erstes an.

Es ist fast fünf Uhr. Der Angestellte, der ans Telefon geht, erklärt, dass sie mich frühestens am nächsten Morgen abholen können. Ich fange an, nach Taxiunternehmen zu suchen.

Es klopft an der Tür – zweimal rasch hintereinander.

Jeremy.

Er hält Blumen in der Hand. Eine lächerliche Geste, wie er findet, je länger er darüber nachdenkt. Er steht schwitzend vor ihrer Tür, und die verwelkten Gerbera sehen traurig aus, nachdem sie den ganzen Tag in seinem heißen Lieferwagen gelegen haben. Apartment 6E ist sein letzter Stopp an diesem Tag. Er hat sie ans Ende seiner Route gelegt, in der Hoffnung, dass sie über seine Nachricht nachgedacht hat und dass heute der Tag sein wird, an dem sie ihn hereinlässt.

Die Tür schwingt auf, die unerwartete Bewegung verblüfft ihn, und *sie* steht da, kleiner, als er sie in Erinnerung hat, ganz in Schwarz gekleidet. Sie streckt eine Hand aus, packt ihn am Hemd und zieht ihn in die Wohnung.

Seine Fantasien recken die Köpfe, bereit für ein Wiedersehen orgastischer Ausmaße – vielleicht einen innigen Kuss, der dazu führt, dass sie sich gegenseitig die Kleider vom Leib reißen und sich gleich hier auf dem ausgetretenen Boden um den Verstand vögeln?

Sie lässt ihn in der Mitte ihrer Wohnung stehen, zwischen den beiden Schlafzimmerbereichen, die albernen Blumen liegen schwer in seinen Armen. Seine Fantasien verschwinden in der Dunkelheit, und sein Schwanz neigt sich wie die Köpfe der Gerbera abwärts.

Sie geht zu einem Schreibtisch, beugt sich über den Computer und tippt wild drauflos, während sie ihm über die Schulter Worte zuwirft. »Hast du einen Wagen?«

»Einen Wagen?«

»Ja, einen Wagen.«

»Ja – aber im Moment bin ich mit dem Lieferwagen da. Ich habe dir Blumen mitgebracht.«

»Wirf sie weg. Der Mülleimer steht in der Küche.« Sie hört auf zu tippen, dann greift sie hinter das Laptop, zieht das Kabel aus der Steckdose und wickelt es sich mit einer zügigen Bewegung ums Handgelenk. »Danke«, sagt sie auf einmal und dreht sich um, um seinen Blick zu erwidern. Die Worte kommen wie ein Nachgedanke. »Mülleimer. Küche.«

»Richtig.« Er geht zur Küche und wirft die abgelehnten Gerbera in den Mülleimer, wobei er Verpackungen von Fertiggerichten nach unten drücken muss, um Platz zu schaffen. *So viel zu dieser Geste.* Wenn er sich's recht überlegt, ist sie vielleicht gar kein Herzen-und-Blumen-Mädchen.

Er dreht sich um und beobachtet sie. Ihre Füße bewegen sich rasch, während sie einen schwarzen Rucksack öffnet und ihr Laptop hineingleiten lässt, zusammen mit dem Kabel.

»Bist du fertig mit deiner Route?«

»Ja. Bist du allergisch gegen Blumen?«

»Wo steht dein Wagen?«

»Unten, vor der Haustür, ist der Lieferwagen. Mein Truck steht beim Verteilzentrum.«

»Wie weit ist das von hier?«

»Ähm … so zehn Minuten. Musst du irgendwohin?« Es ist lächerlich, ausgerechnet ihr diese Frage zu stellen, aber sie benimmt sich wie jemand, der tatsächlich im Begriff ist, vor die Tür zu gehen. Die Wohnung zu verlassen. Sie hat sogar Schuhe an.

»Wir.«

»Wir … was?«

Sie bleibt stehen und dreht sich mit verärgerter Miene zu ihm um. »*Wir* müssen wohin. Ich brauche einen Wagen. Fahr mich zu deinem, und ich bezahle dir ein Taxi nach Hause. Ich bringe dir deinen Wagen morgen früh wieder.« Sie dreht sich wieder zu ihrem Rucksack um, stopft einen dicken schwarzen Gegenstand und ein Bündel Bargeld hinein.

Sein Blick folgt dem Geldbündel, und er traut seinen Augen nicht, während er die Banderole um die Scheine erkennt: *10 000 Dollar?*

»Äh … nein.«

»Nein?« Sie dreht sich zu ihm um und funkelt ihn aus dunklen selbstbewussten Augen zornig an. Wo immer diese Verrückte war, die drauf und dran war, ihn zu erstechen, sie hat offenbar eine Pause eingelegt und schlürft irgendwo anders im Kopf dieses Mädchens einen Kaffee. »Wir reden in deinem Lieferwagen. Gehen wir.« Sie schnappt sich einen Schlüsselbund, schultert ihren Rucksack und geht zur Tür.

Ohne weitere Widerworte beschließt Jeremy, ihr zu folgen.

Sie meidet den Aufzug und zögert nur kurz, bevor sie die Tür zum Treppenhaus am Ende des Flurs aufreißt und die Stufen hinuntersprintet. Sie bewältigt die sechs Stockwerke in null Komma nichts, Zeit scheint ein kostbares Gut zu sein.

Er folgt ihr, während er zu begreifen versucht, was hier eigentlich los ist, und überlegt, ob er sein Kartonmesser in den nächstbesten Mülleimer werfen oder doch lieber mitnehmen soll.

Unten angekommen, hält sie einen Moment inne, holt einmal tief Luft, drückt die Haustür auf und tritt ins Licht.

Ein Vampir. Die Diagnose seiner Nichte schießt Jeremy durch den Kopf, als er ihre Reaktion auf die Sonne sieht. Sie schwankt einen Moment, während ihre Beine am Boden kleben bleiben, und blinzelt in die Sonne – in einem einzigen kurzen Moment scheint sie alles in sich aufzusaugen. Sie sieht sich um, den Blick auf seinen Lieferwagen geheftet, und geht leicht stolpernd darauf zu.

53

Es klingt lächerlich, aber ich hatte Angst davor, diese Türklinke des Apartmentkomplexes herunterzudrücken und auf die Straße zu treten. Angst, dass meine dunkle Seite ausflippen wird, wenn sie die unbegrenzten Möglichkeiten sieht, die die Außenwelt bietet. Angst, dass ein kleines Mädchen die Worte hören muss, die ich die letzten zwei Wochen gehört habe. Angst, dass sie verängstigt und allein ist, während ich unterwegs bin, um Fremde zu töten – den Leichnam des hinreißenden Lieferanten zu verstümmeln, der jetzt nur ein paar Schritte von mir entfernt steht.

Ich öffne den Außenlüfter in meiner Wohnung nicht einmal einen Spaltbreit, voller Angst vor den Auslösern, die es dort geben könnte, vor den Geräuschen und Gerüchen von Normalität, die meine Psychose oder, noch schlimmer, meine Erinnerungen wecken könnten. Das ist meine größte Angst, als ich jetzt vor diese Treppenhaustür und ins Freie trete. Dass ich das Normale schmecken werde, dass ich auf seine Straße treten, in einem Wagen fahren und dem Alltäglichen ins Gesicht lächeln und nicht widerstehen können werde. Dass ich meine Situation psychologisch schönfärben und mir einreden werde, dass ich damit umgehen kann. Dass ich mir etwas vormachen werde, weil ich so unbedingt in die Welt zurückkehren will. Und dann, *schnapp.*

Nachdem ich mich zur Genüge geängstigt habe, drücke

ich die Klinke der Ausgangstür herunter und trete hinaus ins Licht.

Das Gefühl, im Freien zu sein, überwältigt mich, obwohl ich mich innerlich darauf vorbereitet habe. Man ahnt gar nicht, wie viel dort draußen los ist, die ganzen Geräusche und Gerüche, die die Sinne attackieren, während man etwas so Schlichtes tut, wie an einer öffentlichen Straße zu stehen. *Ich war zu lange weggesperrt.* Das körnige Gefühl des Gehsteigs unter meinen Schuhen, das Gewicht davon, überhaupt Schuhe zu tragen – meine Füße fühlen sich schwer und heiß an. Meine Nase ist angewidert von dem Geruch der Autoabgase, meine Haut kribbelt von dem Gefühl von Wärme und dem Licht der Sonne, ein harter und mächtiger Angriff gegen meine empfindlichen Sinne. Ich sehe mich blinzelnd um, sehne mich nach der schützenden Hülle eines Fahrzeugs. Jeremys Lieferwagen steht am Straßenrand, und ich gehe schwankend darauf zu.

Er ist noch vor mir an der Beifahrerseite angekommen und schiebt eine Jacke und einen Karton vom Sitz, während er mir ein verlegenes Grinsen zuwirft. Ich steige an ihm vorbei in den Lieferwagen und setze mich auf das aufgewärmte Sitzpolster. Die Außenwelt lenkt mich für einen Moment ab, ein Regenbogen aus Farben und Eindrücken vor meinen Augen, während die Schönheit des Alltagslebens lockt. Bilder und Erinnerungen – *mit Summer im Gras umhertollen* – prasseln auf mich ein, und eine Welle der Nostalgie unterbricht meine Konzentration.

Jeremy klettert auf den Fahrersitz des Lieferwagens und dreht den Schlüssel im Zündschloss herum. Ein Dröhnen erfüllt die Luft, und der Motor ruckelt kurz und beginnt dann anhaltend zu tuckern. Jeremy setzt den Blinker und fährt los.

Ich fühle mich ungeschützt hier drin, und das macht mich nervös; die fehlenden Türen und der laute Motor sind ein direkter Angriff auf die sensorische Enthaltsamkeit, die ich gewohnt bin. Ich reiße mich zusammen, zücke mein Laptop und durchkämme Ralphs Dateien, um nach irgendetwas zu suchen, was ich vielleicht übersehen habe. Jeremy sagt etwas, irgendein Gebrabbel im Hintergrund, auf das ich gar nicht achte. All meine Gedanken und meine Konzentration kreisen darum, Annie zu finden und so schnell wie möglich zu ihr zu gelangen. Ich spüre, wie mich irgendetwas pikst, und ich sehe auf meine Schulter, folge dem Finger zu der Hand und dann zu Jeremys verärgertem Gesicht.

»Hör zu – ich versuche mit dir zu reden.«

»Fass mich nicht an«, fauche ich, während ich Dateien durchscrolle und hin und wieder ein Dokument öffne.

»Wohin willst du fahren?«

»Ich muss jemanden besuchen. Es ist sehr wichtig, dass ich so schnell wie möglich dorthin komme.«

»Warum hast du keinen eigenen Wagen?«

»Weil ich die Wohnung nie verlasse. Ein Auto ist eine unnötige Ausgabe.«

»Warum verlässt du die Wohnung nie?«

»Das ist doch Zeitverschwendung. Konzentrier dich darauf, uns so schnell wie möglich zu deinem Wagen zu fahren.«

»Ich lasse dich nicht mit meinem Truck fahren.«

Meine Augen schnellen vom Display des Laptops hinüber zu seinem Gesicht. *Scheiße. Das könnte ein Problem geben.*

»Warum nicht?«

»Kannst du überhaupt Auto fahren?«

»O ja. Ich bin eine hervorragende Fahrerin. Ich hatte in den letzten drei Jahren nicht einen Strafzettel oder Unfall.« Ich sage die Worte mit ernster Miene, während mein Verstand vor Lachen prustet und mir für meinen geistreichen Witz auf die Schulter klopft. »Was willst du?«

»Was ich will?« Er guckt mich mit großen Augen an.

Gott, es ist, als würde man mit einem Papagei reden.

»Was willst du dafür, dass du mir deinen Truck leihst?«

Er verzieht entnervt das Gesicht. »Ich will wissen, was los ist!«

»Ich habe keine Zeit, es dir zu erklären, ich kann dir nur sagen, dass ich deine Hilfe brauche. Wenn du mir deinen Truck nicht leihen willst, dann setz mich bei einer Autovermietung ab. Ich suche auf meinem Handy eine heraus.«

»Lass mich mitkommen.«

»Auf gar keinen Fall! Es fällt mir schon schwer genug, in diesem Moment neben dir zu sitzen.« Das breite Lächeln, das sich über sein Gesicht zieht, macht mir bewusst, wie falsch diese Worte von mir waren. »Nicht aus diesem Grund, Jeremy!«

»Oh.« Er blickt geknickt. »Du bist noch immer auf diesem Trip, dass du mir etwas antun willst?«

Ich grinse trotz meines Ärgers. »Ja, ich bin noch immer auf ›diesem Trip‹.«

»Ich weiß mich zu verteidigen.«

»Egal, ob das stimmt oder nicht, ich habe weder die Zeit noch die Energie, um mit dir zu kämpfen. Es gibt etwas anderes, um das ich mich kümmern muss.«

»Ein Date.«

»Was denn für ein Date?« Ich finde einen Ordner mit dem Titel »Annie«, und als ich ihn öffne, sehe ich Hunderte von Fotos, die neuesten davon zeigen ein blondes Mädchen, das eine rosa Federboa und eine Krone trägt, vor einem Kuchen sitzt und allem Anschein nach keine Ahnung hat, dass es gerade fotografiert wird. *Annie.* Meine Freude darüber, sie gefunden zu haben, wird prompt gedämpft von dem Gedanken, dass jemand diesem vollkommenen kleinen Geschöpf etwas antun will.

»Du hast mich gefragt, was ich will. Wenn du meinen Truck kriegst, will ich ein Date mit dir.«

»Vergiss es.«

Wir biegen auf einen leeren Parkplatz ein; Zwillingsbrüder unseres UPS-Fahrzeugs stehen auf Stellplätzen in einer Reihe zu unserer Rechten. Jeremy konzentriert sich aufs Fahren und lenkt den Lieferwagen erst vorwärts und dann rückwärts auf einen Stellplatz ganz hinten rechts. Er stellt den Motor ab, wendet sich zu mir um und sieht mir in die Augen.

Ich versuche angestrengt, nicht herumzuzappeln, während mein Blick von seinen Augen zu seinem Schlüsselbund huscht, der neben dem Lenkrad baumelt. *LOS!* Der Befehl dröhnt in meinem Kopf.

»Bitte«, stoße ich hervor. Das Wort kommt mir unbeholfen über die Lippen. Es ist ein Wort, das während meiner Cam-Chats häufig vorkommt, aber völlig vernachlässigt wird, wenn die Kamera ausgeschaltet ist.

»Für einen Kuss.«

Ich verziehe das Gesicht, verstehe die Verhandlung hinter den Worten. Ein Kuss ist das Letzte, was ich im Augenblick geben will.

»Vierhundert Dollar«, schlage ich vor. »Das dürfte mehr als genug für die Nutzung deines Trucks sein.«

»Nein«, sagt er leise, während er mich mit seinen hellgrünen Augen anstarrt, Augen, die mich an ein Kleid erinnern, das ich besaß, als ich noch zur Highschool ging.

Mein Blick wandert von diesen unglaublichen Augen nach unten und verharrt dann auf seinem Mund. Ich muss daran denken, wie er über mir war, an seinen Mund auf meinem, seine Hände auf meiner nackten Haut. *LOS!* Ich beuge mich seufzend vor, schließe die Augen und schürze steif die Lippen.

Er durchbricht meinen Widerstand mit der ersten Berührung seiner Lippen. Mein Körper schmilzt dahin und vergisst alles bis auf das Gefühl seiner Hand in meinem Nacken, diese Hand, die meinen Mund fest auf seinen zieht – seinen Mund, der sich mit glatten vollkommenen Bewegungen alles nimmt. Er bringt meine Welt durcheinander, nimmt meinen Geist gefangen und heilt ein klein wenig von meiner Seele, alles binnen weniger Sekunden. Meine Lippen reagieren auf seine, meine Hände lassen den Rucksack los und fahren ihm durchs Haar, ziehen und zerren begierig an ihm, außerstande, genug zu bekommen.

LOS! Ich stoße ihn weg. Meine Hände verharren für einen Moment auf seinen kräftigen Schultern, bevor wir uns voneinander lösen, und er sieht mich besorgt an.

Ich atme schwer keuchend, während meine Augen verzweifelt versuchen, nicht auf seinen Mund zu starren. »Bitte«, flüstere ich. »Ich muss los.«

Er nickt, streckt die Beine aus, zieht einen kleineren Schlüsselbund aus der Hosentasche und hält ihn mir hin.

»Mein Truck ist der graue Ford im hinteren Teil des Gebäudes.«

Eine Welle der Erleichterung durchflutet mich, und ich lächele, strecke eine Hand aus und schnappe mir die Schlüssel. »Danke. Ich bin dir was schuldig.«

Ich nehme den Rucksack und wende mich ab, aber meine Flucht wird aufgehalten von seiner entschlossenen Hand auf meinem Knie. Ich drehe mich fragend um. Er hält mir eine Visitenkarte hin.

»Das Date. Denk darüber nach. Meine Handynummer steht auf der Karte.«

Ich zögere, dann nicke ich, greife nach der Karte und springe aus dem Lieferwagen. Ich gehe um die Motorhaube, werfe Jeremy ein flüchtiges Lächeln zu und laufe dann los zum hinteren Teil des Gebäudes.

Jeremy sieht ihr nach. Ihr Stolpern von vorhin ist verschwunden – die Dringlichkeit verleiht ihren Beinen jetzt Kraft. Seine erste Diagnose hallt in seinem Kopf wider. *Von irgendetwas will sie nicht entdeckt werden.* Aber es sieht nicht so aus, als ob sie sich versteckt. Es sieht aus, als ob sie mit voller Kraft losläuft, um sich einer Auseinandersetzung zu stellen und sie zum Abendessen zu verspeisen.

Er hätte nicht nachgeben sollen, hätte ihr sein Fahrzeug nicht im Gegenzug für – ausgerechnet – einen Kuss überlassen sollen. Aber sie brauchte den Truck, das war nicht zu übersehen. Panik, vermischt mit Entschlossenheit, lag in ihren Augen. Wo immer sie hinfährt, ob vor jemandem davon oder zu irgendetwas hin, es ist etwas Wichtiges. Es ist mit Sicherheit wichtiger als die kleine Unannehmlichkeit, dass er jetzt zusehen muss, wie er nach Hause kommt.

Er legt die Stirn in Falten, während er über ihre erste Begegnung nachdenkt, den Wahn in ihren Augen, den blutrünstigen Drang nach Gewalt. Im Verlauf der letzten Minuten hat er diesen Teil von ihr vergessen, hat ihn in seiner Aufregung darüber, in ihrer Nähe zu sein, wahrgenommen zu werden, dazuzugehören, beiseitegeschoben. Bei dieser Interaktion schien sie durchaus normal. Geistig gesund. War es ein Trick? Ein neuer Anlauf zu dem sexuellen Täuschungsmanöver, das sie bei ihrer ersten Begegnung versucht hat?

Er hört den Motor seines Trucks aufheulen, hört das kreischende Geräusch von Reifenprofilen auf Asphalt, als sie den Parkplatz verlässt und in Richtung Norden davonschießt, unterwegs zu einem unbekannten Ort. Und er hofft, während sich ein ängstlicher Knoten in seinem Magen bildet, dass er nicht eben einer Verrückten zu ihrer nächsten Tat verholfen hat.

54

Meine letzte Beziehung hatte ich mit Jesse Howell. Ich lernte ihn mit achtzehn im Taco Bell kennen, als er mir anbot, meinen 89-Cent-Taco zu bezahlen. Er trug seine zotteligen Haare unter einer Mütze, die er verkehrt herum aufgesetzt hatte, und ein schlabberiges Achselshirt über schlanken sonnengebräunten Muskeln. Wir gingen vier Wochen miteinander, lange genug für ihn, um zu begreifen, dass ich nicht die Beine breit machen würde, dann zog er weiter. Es war besser so, das mit uns wäre sowieso nichts geworden. Er verstand meine Besessenheit von Horrorfilmen nicht, in denen das Blut nur so spritzte.

Mir hingegen gefiel ein bisschen zu gut, wie vollkommen seine Haut in seinem Gesicht aussah. Es schien eine solche Vergeudung, seine Züge umzumodellieren, sein absolut perfektes Aussehen im Namen des Blutdurstes zu ruinieren. Einmal wachte er mitten in der Nacht auf und stellte fest, dass ich über ihm war, die Hände um den Griff eines Messers gelegt, das ich mir aus der Küche geholt hatte. Ich war eben dabei, mir zu überlegen, wohin ich es ihm zuerst rammen sollte, in den Hals oder in die Brust, als er auf einmal die Augen aufschlug. Es war leichter für mich, ihn töten zu wollen, als er die Augen noch geschlossen hatte, als ich nicht in seine Seele blicken konnte. Als er nur eine leere Leinwand war, bereit, mit warmem Blut bespritzt zu werden.

Ich erstarrte, als ich seine offenen Augen sah, die sichtliche Verwirrung, während sein Gehirn versuchte, durch die Schichten von Schlaf zu waten und zu verstehen, was da eigentlich auf ihm saß. In dem dunklen Zimmer war ich mir nicht sicher, wie viel er sehen konnte, und ich warf das Messer rasch auf den Boden, beugte mich vor und lenkte ihn mit einem Kuss ab. Er stieß mich von sich und beschuldigte mich, versucht zu haben, seine üppigen Locken abzuschneiden.

Am nächsten Morgen stopfte ich meine Zahnbürste in meine Handtasche und entschied, dass ich offenbar nicht damit klarkam, bei anderen Leuten zu übernachten. Ein Glück, dass er aufgewacht ist. Sein Gesicht war zu schön, um verstümmelt zu werden.

Carolyn steht im Flur der Polizeiwache und füllt einen Plastikbecher mit Wasser aus dem Wasserspender. Sie sieht den Strahl der klaren Flüssigkeit, spürt, wie der Becher allmählich schwerer wird. Irgendetwas dringt in den Rand ihres Blickfelds vor, und eine ausgestreckte Hand nimmt ihr den Becher ab.

»Carolyn. Ich mache das für dich.«

Sie hebt den Blick und sieht in John Watkins' Augen. »John. Danke.«

Er beugt sich zu ihr vor und senkt die Stimme. »Ich habe heute Vormittag ein bisschen herumtelefoniert. Habe mit Screven und Evans County gesprochen. In beiden Bezirken ist einmal ein Mädchen verschwunden, das etwa in Annies Alter war, in Screven vor sieben Jahren, in Evans vor dreien. Die Mädchen wurden nie gefunden. Ich warte noch auf einen Rückruf aus Effingham County, um zu hören, ob es dort in den letzten zehn Jahren ähnliche Fälle gab. Vielleicht haben wir es ja mit einem Serien…«

»John. Bitte verwende dieses Wort mir gegenüber nicht. Ich … ich kann es im Moment einfach nicht verkraften.«

Sein Blick wird sanfter. »Scheiße, Carolyn. Entschuldige. Ich habe nicht nachgedacht.« Er hält inne und sieht zu Boden. »Ich bin so etwas in dieser Gegend einfach nicht gewohnt. Du kennst uns ja – normalerweise suchen wir hier nach vermissten Kühen und gewalttätigen Ehemännern.« Sein gedehnter Südstaatenakzent ist tröstlich, er weckt so viele Erinnerungen an unbeschwertere Zeiten. »Carolyn, können wir kurz nach draußen gehen? Ich muss unbedingt eine rauchen, und ich könnte ein bisschen Gesellschaft gebrauchen.«

Sie sieht hinüber zu dem Büro, das in den letzten sechs Stunden ihr Gefängnis war und wo die Räder von Henrys Rollstuhl eben noch zu sehen sind. »Aber nur kurz. Ein bisschen frische Luft wird mir guttun, aber ich will Henry nicht zu lange allein lassen.«

Er lächelt, aber das Lächeln reicht nicht bis zu seinen Augen. »Sehr gut.« Er drückt die Klinke herunter, öffnet die Tür und hält sie Carolyn auf. Sie tritt hinaus, und die Sonne scheint grell in ihre ungeschützten Augen.

Die Polizeiwache steht an einer unscheinbaren Ecke von Brooklet. Die Stadt ist so klein, dass nur eine Handvoll Läden die einen Block lange Straße säumen, und Carolyn kann ein paar Leute auf der einzigen Geschäftsstraße der Stadt sehen. Hier draußen, vor der Tür, ist das Leben wie immer; die Leute gehen ihrem Alltag nach, offenbar ohne etwas von Carolyns Situation zu ahnen. Einer Frau, deren Leben in diesem Augenblick in jeder Hinsicht zusammenbricht, erscheint dieser Beweis von normalem Leben schmerzlich ungerecht.

Sie lehnt sich gegen das Gebäude, verschränkt die Arme vor der Brust und wendet ihr Gesicht John zu. »Was ist los? Haben sie sie gefunden?«

Er sieht verblüfft zu ihr hinüber. »Was?«

»Du hast vor sechs Jahren mit dem Rauchen aufgehört. Hast so viel gejammert und gestöhnt, dass es die Leute vermutlich bis nach Savannah gehört haben. Und jetzt bist du mit mir nach draußen gegangen, fort von meinem Mann, wegen irgendetwas. Was ist es?«

»Ich würde es am liebsten gar nicht erwähnen …« Er sieht zu Boden, spuckt aus. »Die Bundespolizei hat angerufen. Sie haben ein paar Anrufe auf der Hotline bekommen. Die meisten davon sind unbrauchbar, aber es gab da eine junge Frau, die wegen Michael angerufen hat.«

Carolyn zuckt zusammen, und ihr Rücken löst sich von der weißen Backsteinwand.

»Michael? Mein Bruder?«

»Ja. Nur dass dieses Mädchen ihn nicht Michael genannt hat – sie hat ihn Ralph genannt. Der AMBER-Alarm sagt nicht, von wo Annie verschwunden ist, nur dass es in der Nähe von Savannah ist. Das heißt, die Tatsache, dass dieses Mädchen anruft und Michael erwähnt, ist irgendwie seltsam, verstehst du?« Er lehnt sich gegen die Motorhaube des nächstbesten Fahrzeugs, eines alten schwarz-weißen Streifenwagens, und mustert Carolyns Gesicht.

Sie ballt die Fäuste, während sie langsam und bewusst ein- und ausatmet. »Was hat dieses Mädchen gesagt?«

»Dass er einen Haufen Telefongespräche mit ihr geführt hat – sexueller Art. Und dass es bei diesen Gesprächen immer um Fantasien ging, die er von einem kleinen Mädchen hat. Einem Mädchen namens Annie.«

Die Welt bricht mit einem Mal über ihr zusammen und verfärbt sich düster vor ihren Augen, und Carolyns Beine geben unter ihr nach.

John tritt einen Schritt vor, fängt sie an den Armen auf und zieht sie hoch. »Carolyn, Carolyn! Sei stark. Steh auf! Ich brauche dich bei mir.«

Sie drückt sich an ihn, geht auf den Wagen zu und setzt sich auf die Motorhaube. Sie umklammert mit zitternden Händen ihren Oberkörper, zerknautscht den Stoff ihres Kleides und streicht ihn dann wieder glatt. »O Gott. Hast du Junior darüber befragt? Er ist Mikes Sohn, er könnte …« Sie fährt sich mit einer Hand an den Mund, und die Worte ersticken. Junior, ein neunzehnjähriger Junge … Bilder von ihm als Kind tauchen vor ihr auf. Sie schließt die Augen und schickt ein kurzes Gebet zum Himmel.

»Ich habe noch niemanden darüber befragt. Du weißt doch, wie so etwas ist, Carolyn. Sobald man es offen ausspricht, die Gedanken, den Verdacht, kann man es nicht mehr zurücknehmen. Der Anruf könnte fingiert gewesen sein. Es könnte irgendein Mädchen sein, das einen Groll gegen ihn hegt. Meinst du … Weißt du irgendetwas über ihn, was wir wissen müssen? Über seine sexuellen Vorlieben?«

Sie schüttelt rasch den Kopf. »Ich weiß nichts. Ich bin ja älter … Er war nie … Nicht dass ich wüsste. Nein. Ich würde Michael niemals verdächtigen, so etwas zu tun. Niemals. Gott, er hat Zeit mit ihr verbracht. Allein! Das kann doch nicht…«

»Carolyn.«

Seine Stimme klingt stark, zuversichtlich, und sie klammert sich mit allem, das ihr noch geblieben ist, an ihr fest.

»Es könnte gar nichts sein. Mach dir keine Sorgen. Aber wir müssen der Sache nachgehen. Das weißt du. Es ist nichts gegen dich oder deine Familie …«

»Genug!« Sie springt mit einem Satz auf, und er weicht erschrocken einen Schritt zurück. Sie hebt eine Hand. »Beleidige mich nicht, John! Hier geht es um Annie. Es ist mir scheißegal, ob eure Ermittlungen irgendwelche Unannehmlichkeiten oder Kränkungen für meine Familie bedeuten. Wenn Michael dafür verantwortlich ist, dann werde ich die Einzige sein, die du festnehmen musst, denn dann werde ich ihn eigenhändig umbringen. Und das ist mein voller Ernst.«

55

Jeremys Truck ist ein F-150 Single Cab, der peinlich sauber ist und schwach nach einem Duftbäumchen riecht. Er hat ein Navigationsgerät, und ich fahre bei der erstbesten Gelegenheit rechts ran und gebe die Adresse von Ralphs gemietetem Trailer ein. Das Navi berechnet, dass ich zwölf Stunden und vierundzwanzig Minuten von meinem Zielort entfernt bin.

Ich beschließe vorsichtshalber zu tanken und fahre ein paar Meilen weiter bis zur nächsten Tankstelle. Der Zapfhahn fühlt sich seltsam an, meine Hände schwitzen an dem metallenen Griff, und das Strömen der Flüssigkeit erzeugt ein vibrierendes Gefühl in meinen Handflächen. Ich sehe auf die Armbanduhr: 17:47 Uhr. Ich habe bereits über eine halbe Stunde außerhalb meiner Wohnung verbracht, und niemand ist tot und keine unbeherrschbaren Triebe haben meinen Körper heimgesucht. Ich denke für einen Moment an all die Camming-Termine, die ich versäume, die Männer, die ihren Bildschirm immer wieder aktivieren, während sie auf sexy Jessica warten, die sich nicht blicken lässt.

Der Befehl kommt erneut. *LOS!*

Ich mache mich auf eine Katastrophe gefasst, während ich auf den Tankstellenshop zugehe, spüre rauen, körnigen Asphalt unter meinen Füßen, hole einmal tief Luft und konzentriere mich. Ich brauche Proviant für die Fahrt, und ich muss auf die Toilette.

Ein Wagen parkt vor dem Shop, und ein anderer an der Zapfsäule neben mir. Zwei Wagen. Ein oder zwei Angestellte. *Blut spritzt gegen gläserne Kühlschranktüren. Körper sacken mit einem dumpfen Aufschlag auf dem gefliesten Boden zusammen.* Ich lasse meinen Rucksack im Wagen und gehe unbewaffnet auf den Tankstellenshop zu. Ich versuche alle anderen Gedanken auszublenden und mich ausschließlich auf Annie zu konzentrieren. *Rette Annie. Rette Annie. Ignoriere alles andere.*

Die Tür schwingt leicht auf, und ich stehe in grellem Neonlicht. Der Geruch von Hotdogs und anderem Essen bedrängt mich. Mein Blick fällt auf Regale voll mit Lebensmitteln, auf die ich drei lange Jahre verzichtet habe. *Limonade.* Ich glaube, mein Körper weiß gar nicht mehr, wie viel Kraft in Kohlensäure steckt. *Schokolade.* Richtige, keine Diätschokolade, in über fünfzig verschiedenen Sorten. *Chips, Nüsse, Biskuitkekse. Alkohol.* Meine Lust auf den Tod schwindet angesichts solch ausschweifender Dekadenz.

Ich schnappe mir wie eine Besessene Dinge von den Regalen, belade meine Arme mit allem, was sie halten können. Ich lasse einen Arm voll zuckersüßer Träume auf den Tresen fallen, und der dunkelhäutige Mann dahinter wirft mir einen seltsamen Blick zu. Ich gehe hinüber zu den Kühlschränken und nehme mir eine Fanta, eine Cherry-Cola, einen Monster Energy Drink und eine Dr.-Pepper-Dose. Das hier ist mit Sicherheit einer der tollsten Momente, die ich in letzter Zeit hatte. Ich stelle die Getränke auf dem Boden ab, schnappe mir eine weiße Styropor-Kühlbox aus einem Regal, packe die Getränke hinein und lege dann noch ein paar aus den Kühlregalen dazu. Mit einem breiten Lächeln im Gesicht trete ich an die Kasse. »Ich brauche auch noch einen Beutel mit Eis. Bitte.«

Er funkelt mich an, seltsam irritiert von dem plötzlichen Umsatzplus, das ich seinem Laden beschere. Finger tippen, Tasten klicken, und eine Registrierkasse klingelt. »Zweiunddreißig sechsundachtzig«, erklärt er. Ich zücke zwei Zwanziger, reiche sie ihm und warte, während er das Wechselgeld abzählt und über die Theke schiebt, bevor er meine Beute einpackt und mir über den Ladentisch hievt.

»Danke.« Ich strahle ihn an. Die Pistole wäre am besten geeignet, um ihm das Leben zu nehmen. Mein Messer würde nicht über diesen breiten Tresen reichen. »Schönen Tag noch.«

LOS! Rette Annie.

Von unterwegs versuche ich Mike anzurufen. Ich wähle eine Nummer, die ich früher einmal für ihn hatte, in der Hoffnung, dass sie noch immer aktiv ist. Ich klemme das Telefon zwischen Schulter und Kinn ein, während ich fahre, die Hände in der Zehn-vor-zwei-Stellung ums Lenkrad gelegt. Es macht mich nervös, auf offener Straße und in diesem seltsamen Fahrzeug unterwegs zu sein. Ich bin immer nur meinen Highschool-Wagen gefahren – einen zehn Jahre alten Honda Accord, der meiner Mutter gehörte. Dieser Truck hier fühlt sich im Vergleich dazu riesig an, und er nimmt mehr Platz auf der Straße in Anspruch, als ihm eigentlich zusteht.

Mike nimmt beim dritten Klingeln ab. »Ja?«

»Hier ist Jessica.«

»Was gibt's, *chica?*«

»Ich muss dich morgen für den ganzen Tag anheuern. Was kostet mich das?«

»Verdammt, Mädchen. In letzter Zeit bist du wie die verfluchte Lotterie. Was muss denn erledigt werden? Ich werde nicht den ganzen Tag dafür brauchen, da bin ich mir sicher.«

»Eine ganze Menge. Ich brauche bei jedem Scheiß, um den ich dich bitte, deinen vollen Einsatz, das heißt, du *wirst* den ganzen Tag dafür benötigen. Sonst nichts, nur ich für zwölf Stunden, vielleicht mehr.«

»Ab wann?«

»Jetzt.«

»Jetzt sofort?«

»Ja.«

»Für zwölf Stunden? O. k., ich nehme an, ich kann in Anbetracht deines hervorragenden Zahlungsverhaltens meine heißen Pläne noch verschieben.«

Ich kann sein Grinsen durchs Telefon hören, während ich angestrengt versuche, den Ärger aus meiner Stimme herauszuhalten. »Wie viel?«

»Eintausend. Ich räume dir einen Rabatt ein, aber wenn du dich mit deinen Wünschen zu weit außerhalb des gesetzlichen Rahmens bewegst, musst du vielleicht noch einen Zuschlag zahlen.«

»Alles, was du tust, ist außerhalb des gesetzlichen Rahmens.«

Er lacht. »Einverstanden. Die Uhr läuft. Was brauchst du?«

»Erstens, schalte einen Fernseher ein. Stell ihn auf CNN oder irgendeinen anderen Nachrichtensender ein. Wenn es irgendetwas Neues zu einem vermissten Kind namens

Annie Thompson gibt, ruf mich an und gib mir Bescheid. Zweitens, du erinnerst dich an Ralph Atkins?«

»Den Typen von neulich? Mehr oder weniger, ja.«

»Überprüfe ihn weiter. Ich will wissen, ob auf ihn irgendwelche Schusswaffen registriert sind. Und sieh nach, ob du sein Handy orten kannst.«

»Wie ist seine Handynummer?«

Ich denke einen Moment nach. »Scheiße. Habe ich sie dir nicht geschickt?«

»Nein. Hast du sie?«

»Ja. Ich muss meine Handys durchgehen und sehen, auf welchem er mich anruft. Darauf müsste ich seine Nummer gespeichert haben. Gib mir fünf Minuten; ich werde sehen, dass ich irgendwo halten kann, und schicke sie dir als SMS.«

»Ich weiß ja nicht, was für Fähigkeiten du mir zutraust, aber selbst wenn er sein Handy benutzt, werde ich bestenfalls eine ungefähre Vorstellung davon bekommen können, wo er ist.«

»Das reicht schon. Ich muss nur wissen, ob er zu Hause oder irgendwo anders ist.«

»Jess, was ist denn eigentlich los? Ich werde dir besser helfen können, wenn ich weiß, was du zu erreichen versuchst.«

Ich beobachte den Mittelstreifen; mein Fahrzeug kommt dem entgegenkommenden Verkehr immer näher, und ich versuche angestrengt, das riesige Fahrzeug auf der Spur und unter Kontrolle zu halten. »Ich glaube, Ralph Atkins hat Annie Thompson. Ich glaube, er hat sie entführt. Ich versuche ihn zu finden … beide.«

»Und dann was?«

»Verdammt, Himmel und Hölle spielen, Mike. Was

kümmert dich das denn? Jetzt weißt du, was ich versuche, also hilf mir einfach.«

»Warum verständigst du nicht die Polizei? Nimm's mir nicht übel, aber du lutschst künstliche Schwänze als Lebensunterhalt – du bist keine Geheimagentin.«

Weil ich dieses Stück Scheiße selbst töten will.

»Ich habe sie bereits verständigt. Aber ich habe nicht das Gefühl, dass sie mit meiner Information irgendetwas anfangen werden. Genau das ist der Grund, weshalb du für mich die Nachrichten im Auge behalten musst.«

»Ich werde mich in einem Forum einloggen, bei dem ich Mitglied bin, und dafür sorgen, dass mich jemand in den Polizeifunk für dieses Gebiet einschleust – mal sehen, was wir aufschnappen können.«

»Das wäre toll. Gute Idee.«

»Dafür bin ich doch da, babe.«

»Ich schicke dir in ein paar Minuten Ralphs Handynummer.«

»Ciao.« Es klickt, und dann bin ich wieder allein in dem Truck. Ich werfe das Handy auf den Sitz und drücke fester aufs Gas, bis der Tacho achtundsechzig anzeigt, acht beängstigende Meilen über dem Tempolimit.

Gott, ich muss mir wirklich ein paar Eier wachsen lassen.

56

Ich fahre, während ich knusprige Erdnussflips, Schokoladenriegel, Biskuitkekse und Limonade in mich hineinstopfe. Mir wird schlecht, als ich ungefähr die Hälfte meiner Beute von der Tankstelle verdrückt habe. Es fühlt sich an, als ob das ganze Junkfood in meinem Magen zu einem Knoten aus Kohlensäure, Konservierungsstoffen und fruktosehaltigem Maissirup verklebt ist, der in meinen Gedärmen herumrollt und lästige Krämpfe auslöst. Ich schwöre mir, mich bei der nächsten Pause auf Wasser und Obst zu beschränken, und rufe mir in Erinnerung, dass diese Fahrt einem höheren Zweck dient als meiner sündigen Völlerei. Das Letzte, was ich mitten in einem tödlichen, perfekt orchestrierten Killerkommandos brauchen kann, ist eine Durchfallattacke.

Jeremy steigt in meinem Ansehen noch höher, als ich feststelle, dass er Satellitenfunk hat – ein technologisches Wunder, das offenbar an Popularität gewonnen hat, seit ich zuletzt einen Wagen besessen habe. Ich finde einen Nachrichtensender aus Georgia. Berichte über Annie kommen nur vereinzelt, und nach den begrenzten Informationen in ihren Meldungen zu urteilen, hat die Polizei keine Anhaltspunkte und keine klare Vorstellung davon, wo Annie sein könnte. Ich rufe noch einmal Mike an.

»Was gibt's, mein kleiner Racheengel?« Ich höre Musik

im Hintergrund, eine Komposition aus kreischenden Gitarren und Schreien.

»Was hast du rausgefunden?«

»Die Polizei ist zu Ralphs Haus gefahren und hat das Grundstück nach Annie abgesucht, aber sie ist nicht da. Sie brauchen einen Durchsuchungsbeschluss, um sich sein Zeug anzusehen, aber einen Computer haben sie trotzdem mitgenommen. Die Cops haben einen Streifenwagen am Ende der Straße abgestellt, um sein Haus die ganze Nacht zu beobachten.«

»Gut. Dann haben sie meinen Hinweis wenigstens ernst genommen. Hast du die Handynummer gekriegt, die ich dir geschickt habe?«

»Ja. Wenn ich dem GPS-Signal glauben darf, müsste er in der ungefähren Nähe seiner Privatadresse sein – das heißt, es bestätigt die Aussage der Polizei, dass er zu Hause ist.«

»Also muss Annie in dem anderen Haus sein.«

»Welchem anderen Haus?«

»Ich nehme an, du hast eine Kopie der Dateien auf seiner Festplatte, die du mir geschickt hast?«

»Logisch.«

»Scroll seinen Suchverlauf durch. Es gibt zwei Kleinanzeigen, die er sich vor ungefähr einem Monat ein paarmal angesehen hat. Eines davon – den Trailer, nicht das Haus – hat er angemietet. Ich glaube, dort hält er sie fest. Es gibt keinen anderen Grund, weshalb er ihn haben sollte.«

»Hab's gefunden. Ich gehe seinen Scheiß schon seit einer Stunde durch. Es könnte natürlich sein, dass er jagt.«

»Was?« Ich nähere mich einem Wagen von hinten, blinke und schieße auf der Gegenspur an ihm vorbei. Mein Stress und meine Nervosität darüber, am Steuer eines Autos zu sitzen, haben sich vor siebzig Meilen in Luft aufgelöst.

»Du hast gesagt, er hätte keinen Grund, dieses zweite Objekt anzumieten. Das stimmt, es sei denn, er geht jagen. Dieser Trailer befindet sich mitten in einem hundertfünfzig Hektar großen Jagdgebiet. Das ist der einzige Grund, weshalb der Besitzer fünfhundert Dollar im Monat für dieses Dreckloch kassieren kann. Eigentlich ist es ein ziemlich cooles Grundstück – es hat eine Scheune zum Aufbrechen des Wilds und eine Hütte, um es aufzuhängen – und verdammt viele Jalousien.«

»Das heißt, es handelt sich um einen abgelegenen Ort, ohne Nachbarn in einem Umkreis von mehreren Meilen, bestens geeignet, um zu töten und Leichen verschwinden zu lassen.«

»Die Leichen von Wildtieren. Aber ja, wenn du es so ausdrückst, klingt es absolut psychotisch.«

Ich drücke stärker aufs Gas, während ich zusehe, wie die Nadel zitternd die 85 übersteigt. »Was ist mit auf Ralph registrierten Waffen?«

»Fehlanzeige. Aber das ist Georgia, Baby. Wenn jemand eine inoffizielle Waffe braucht, muss er nur jemanden kennen, der jemanden kennt, der zum System gehört.«

»Was sagt das Gesetz zu Jagdwaffen? Gewehre, Schrotflinten, müssen die registriert werden?«

»In Georgia? Keine Ahnung.«

»Dann finde es heraus. Und gib mir Bescheid, wenn irgendetwas über den Polizeifunk kommt. Es ist mir egal, ob es eine Diskussion über Jessica Simpsons Titten ist. Ich will es wissen.«

»Du bist weitaus witziger, wenn du nackt bist.«

Ich grinse in die Dunkelheit des leeren Trucks. »Zweifellos.«

»Wir sprechen uns bald wieder.«

Ich lege auf, während ich gegen den Drang ankämpfe, den Snickers-Riegel aufzureißen, den ich in der Plastiktüte auf dem Beifahrersitz liegen sehe. Ich werfe einen Blick auf die Uhr neben dem Tacho: 19:15 Uhr. Zehn Stunden und zweiundfünfzig Minuten von Annie entfernt. Es scheint so weit, fast eintausend Meilen erstrecken sich zwischen ihrem und meinem Wohnort. Aber eigentlich kann ich von Glück reden. Was, wenn sie in Kalifornien leben würde? Oder Alaska? Dann hätte ich keine Zeit gehabt, zu ihr zu gelangen, es sei denn, ich hätte ein Flugzeug gekidnappt. Und auch wenn ich tollkühn genug bin, um meine Wohnung zu verlassen und das Risiko einzugehen, bei meiner Jagd nach Ralph anderen Leuten wehzutun, weiß ich doch, dass ich mit einem Flughafen nicht klarkommen würde. Und schon gar nicht mit einem Nachtflug, umgeben von friedlich schlafenden Körpern. Vermutlich würde ich versuchen, meinen Sitznachbarn mit dem Gurt zu erdrosseln, nachdem ich mein Waffenarsenal mit dem Gepäck hätte aufgeben müssen. Außerdem müsste ich mich mit einer Litanei von Fragen bezüglich dieses Arsenals herumschlagen. Ja. Absolute Katastrophe.

Ich beuge mich vor, konzentriere mich wieder auf die Straße und drücke das Gaspedal entschlossen durch.

57

Die Polizei klopfte am Montagabend um 18:12 Uhr an Michael Atkins' Tür. Er und seine Frau Becky hatten sich eben zum Abendessen an den Tisch gesetzt, zu einem verkochten Boeuf Stroganoff. Als es klopfte, warf Becky ihre Serviette hin und stand mit einem entnervten Seufzer auf. Michael blieb sitzen, legte den Kopf auf die Seite und lauschte.

Dann war sie wieder da, und ihr Parfüm wetteiferte mit dem Geruch des Fleischs. »Michael? Die Polizei ist hier. Wegen Annie.«

Sie befragten die beiden gemeinsam in ihrem dekorativ eingerichteten Wohnzimmer. Beckys Hand umklammerte Michaels und drückte sie bei bestimmten Fragen so fest, dass er die Knochen fast knirschen hören konnte. Ihre Antworten kamen schnell und präzise.

Nein, sie hätten keine Ahnung, wo Annie sein könnte.

Nein, sie hätten sie nicht gesehen, nicht seit ihrer Geburtstagsparty.

Nein, keiner von ihnen hätte irgendwelche Vorstrafen.

Gestern Abend seien sie beide hier gewesen, den ganzen Abend. Das könnten sie beide bestätigen.

Ja, sie würden in der Gegend bleiben und sich für weitere Fragen zur Verfügung halten.

Nein, sie könnten sich nicht vorstellen, wer der armen Annie etwas antun würde.

Nein, sie besäßen nur einen Computer.

Die Polizisten durchsuchten das Haus gründlich, dann baten sie darum, den Computer sehen zu dürfen. Becky führte sie ins Arbeitszimmer und zu dem uralten PC, der dort stand. Die Polizisten erklärten, sie müssten ihn mitnehmen, und Becky erklärte sich einverstanden, unterzeichnete eine Quittung, die sie ihr aushändigten, und erwähnte nichts von dem Laptop, den Michael, wie sie wusste, besaß. Danach gingen die Beamten, und die beiden kehrten zu ihrer kalt gewordenen Mahlzeit zurück.

Es war eine Mahlzeit, die schweigend eingenommen wurde, Gabeln und Messer kratzten über Teller, Eiswürfel fielen in Eistee. Nur ein einziger Satz wurde gesprochen: »Ich weiß ja nicht, was du getan hast, Michael, aber du bleibst heute Abend *hier*. Den ganzen Abend.«

58

Diese Fahrt sollte mir schwerfallen. Die offene Straße, mit nichts, was meinen Geist ablenkt. Zwölf Stunden Leere, die sich vor mir ausdehnen, was verdammt gefährlich für meine inneren Dämonen sein sollte. Zu Hause in meiner Wohnung kämpfe ich mit der halben Stunde zwischen meiner letzten Cam-Session und dem Schlaf – diese tote Zeit ist die Phase, in der meinen entsetzlichen Fantasien Flügel wachsen, die sie davontragen.

Diese lange Strecke jetzt, mit nichts, um mich abzulenken, und zu der Tageszeit, zu der ich am schwächsten bin … das ist die perfekte Ruhe vor dem Sturm. Ich sollte Schaum vor dem Mund haben, das Messer in meiner Hand bereit, und dieser Truck sollte bei der nächsten Ausfahrt abfahren und langsam durch die verstreuten Ortschaften tuckern, bis ich ein Opfer finde.

Doch mein Verstand benimmt sich anständig und konzentriert sich auf das Foto, das ich auf Ralphs Festplatte gefunden habe. Annie. Nur sie zählt, und mein krankes Hirn scheint das zu begreifen.

Ich überlege, ob ich Dr. Derek anrufen soll, aber ich traue mich nicht. Manchmal platzen Worte aus mir heraus, ohne dass ich sie aufhalten kann. Aber gewisse Dinge kann ich ihm nicht erzählen. Die ärztliche Schweigepflicht hat ihre Grenzen, und meine sorgfältige Recherche hat mir aufgezeigt, wo genau diese Grenzen liegen. Ich darf ihm unbeschwert von früheren Verbrechen erzählen, aber nur, wenn der Grund dafür ist, mir zu helfen, meine gegenwärtige Krankheit zu heilen. Dabei sind die Regeln völlig verschwommen – der Arzt hat freie Hand zu entscheiden, ob die Information, die ich ihm mitteile, hilfreich für die Behandlung ist, oder ob er das Gefühl hat, sie sollte gemeldet werden.

Verbrechen, die noch gar nicht begangen wurden? Eindeutig ein Grund, sie den Behörden zu melden. Und nach dem strengen Moralkodex zu urteilen, nach dem Dr. Derek zu leben scheint, ist mir klar, dass er sofort die Polizei verständigen wird, wenn er von meinem Vorhaben erfährt. Er ist dazu imstande, mein heimliches Leben zu beenden, mich auszuliefern. Das Klopfen wird kommen, die Polizisten werden vor meiner Tür stehen, und sie werden mich wegbringen. Ich werde nicht friedlich mitgehen. Ich werde um mich treten und schreien, das Messer in meiner Hand bereit, um in Fleisch zu schneiden und so viel Blut zu vergießen, wie ich kann. Vielleicht wird einmal der Tag kommen, an dem ich mich selbst stelle, aber heute ist nicht dieser Tag. Wie ich bereits sagte, ein Gefängnis ist kein Ort für ein Mädchen wie mich.

Stattdessen rufe ich Dr. Brian an, meinen schwulen Psychiater für die Sexangelegenheiten. Ich werfe einen Blick auf die Uhr, während das Telefon klingelt. In Kalifornien müsste es jetzt sieben oder acht am Abend sein, zu spät für ihn, um noch in seiner Praxis zu sein, aber an sein Handy könnte er trotzdem gehen.

»Hallo, mein kleiner Sexdämon.« Beim Klang seiner Stimme muss ich unwillkürlich lächeln – der Spitzname ist zutreffender, als er je wissen wird.

»Hey. Störe ich bei einem heißen Date?«

Er seufzt schwer in den Hörer. »Leider nein. In letzter Zeit ist dieser Brunnen ein bisschen ausgetrocknet. Sie sind für mich seit fast einem Monat das Einzige, was man annähernd als Sex bezeichnen könnte.«

»Autsch. Das ist ja traurig.«

»Nun, Sie rufen sicher nicht an, damit ich mich über mein Liebesleben beklage. Was gibt's? Irgendwelche neuen und schrägen Kunden?«

Ich grinse. »Augenblick … Ich habe ein Angebot über dreißig Riesen für einen Blowjob in Manhattan. Wie lautet Ihre fachmännische Meinung dazu? Sollte ich das annehmen?« Ich gehe vom Gas, auf einmal eingekeilt zwischen zwei Sattelschleppern, als einer von ihnen abbremst.

»Scheiße, nein«, sagt er mit Nachdruck. »Sie sollten mir seine Nummer geben und mich seinen Schwanz lutschen lassen. Ich werde dafür sorgen, dass er den Namen Jessica Reilly sofort wieder vergisst.«

Ich lache schallend auf, und dann ringe ich um Beherrschung, während ich so breit lächeln muss, dass es wehtut. »Ich werde ihm sagen, dass ich ihm einen vergleichbaren Ersatz schicke, mal sehen, wie er reagiert. Ich bin sicher, er wird begeistert sein.«

»Wenn nicht, sagen Sie ihm, ich räume ihm einen Rabatt ein. Ich mache ihm einen Schnäppchenpreis von neunundzwanzigtausend.«

Finanzielle Angebote für Sex sind etwas, womit ich tagtäglich zu tun habe. Ich habe keine Ahnung, wie viele davon ernst gemeint sind und wie viele nur von irgendwelchen Typen kommen, die wissen wollen, wo meine Grenze ist, wo der Webcam-Sex aufhört und die Prostitution beginnt. Dreißigtausend ist ein ziemlich hohes Angebot für einen Blowjob. Oralsex-Angebote bewegen sich im Allgemeinen eher um die drei oder vier Riesen.

Meine Stammkunden kennen mich. Sie wissen, dass jeder Versuch, eine physische Begegnung herbeizuführen, sinnlos ist. Bis auf Paul aus Alaska. Er klammert sich an die Hoffnung, dass wir eines Tages heiraten und Kinder haben werden. Er will mich aus diesem Leben retten. Er hat mir Voucher für drei verschiedene Airlines geschickt und fleht mich an, sie einzulösen und zu ihm zu kommen, damit er sich um mich kümmern kann.

Ich sollte ihm einfach die Wahrheit sagen – das Pflaster mit einer kurzen Erklärung, was passieren würde, wenn ich tatsächlich kommen würde, herunterreißen. Wie ich meine Klinge an seinen Füßen ansetzen und mich dann langsam an ihm hocharbeiten würde. Aber ich will den armen Kerl nicht traumatisieren, will ihm seine herrlich naive Sicht auf die Welt nicht verderben.

»Sind Sie noch dran?«

»Ja«, antworte ich. »Ich bin hier.«

»Ist dieser Pädophile wieder online gewesen?«

Jedes Grinsen, das ich vielleicht noch im Gesicht hatte, vergeht mir prompt. »Ja. Vorgestern Abend.«

»Hat er wieder denselben Scheiß gebracht?«

Ich umklammere das Lenkrad fester. »Ja. Wir haben ein Rollenspiel gespielt.«

Er schweigt einen Moment. »Inwieweit geht es bei seiner Fantasie um Schmerz?«

»Nicht sehr. Es dreht sich fast ausschließlich um Sex.«

»Ich frage nur, weil viele Leute, die vom Tod oder dem Zufügen von Schmerz fantasieren … Sie fantasieren oft von

Kindern. Nicht weil die Kinder klein oder unschuldig sind, sondern weil sie die leichtesten Opfer sind. Kinder können sich nicht wehren, sie sind vertrauensvoll. Kinder sind die beste Chance auf Erfolg, die sie haben.«

»Nicht alle.«

»Nicht alle was? Kinder?«

»Nein. Nicht alle Leute, die von Schmerz fantasieren, denken dabei an Kinder.«

»Scheiße, nein. Die einzige Regel ist, dass es keine Regel gibt. Es gibt keine feste Formel für irgendeine Art geistiger Anomalie. Ich habe nur gefragt, weil ich herausfinden wollte, ob er wegen der Gewalt oder wegen des Sex' an sie denkt. Wenn Sie das nächste Mal mit ihm cammen, versuchen Sie das Gespräch in eine Richtung zu …«

»Es wird kein nächstes Mal geben«, unterbreche ich ihn.

»Sie haben ihn gesperrt?« Ich habe schon früher Kunden gesperrt, manche auf Dr. Brians Vorschlag hin, manche, weil es 6,99 Dollar die Minute nicht wert sind, sich mit einem so gigantischen Maß an Dummheit abzugeben.

»Nein. Aber ich nehme nicht an, dass er je wieder online geht.«

Das dürfte ihm auch schwerfallen, wenn er tot ist.

»Jess …« Dr. Brians Stimme ist argwöhnisch. »Ich weiß, Sie hassen es, mit ihm zu tun zu haben, aber ich mache mir Sorgen. Wenn er nicht online ist …«

Darüber haben wir schon gesprochen. Oft. Ich bin Ralphs Ventil. Ich könnte die Methode sein, mit der er sich vom Druck seiner Fantasien befreit, etwa so, wie ich mir makabre Todesszenarien vorstelle, wenn der Drang zum Töten zuschlägt. Dr. Brian ist besorgt, dass Ralph ohne mich, ohne diese Möglichkeit, seinem Verlangen nachzukommen, tatsächlich in Aktion treten wird. Eine Aktion, die das Objekt seiner Begierde involvieren könnte.

»Ich weiß. Sie haben mir Ihre Überlegungen zu diesem Punkt bereits mitgeteilt. Und ich habe Ihnen gesagt, dass ich seine Besessenheit vielleicht begünstige, und Sie haben mir recht gegeben.«

»Recht gegeben wohl kaum. Ich habe gesagt, es sei eine Möglichkeit.«

»Ich will ihm nicht helfen, ihr etwas anzutun.«

»Wir wissen ja gar nicht, ob Sie das tun. Eher anzunehmen ist, dass Sie ihr helfen.«

Ich atme aus. »Die Frage erübrigt sich. Ich glaube nicht, dass er noch einmal online geht.«

Danach gibt es nicht mehr viel zu besprechen, und ich lege auf. Meine Augen und meine Gedanken kehren zurück zum Asphalt des Highways, und ich suche nach einer neuen Möglichkeit, mein Gehirn zu unterhalten.

59

Er sollte jetzt bei ihr sein. Die Fantasien erkunden, die seinen Verstand in den letzten paar Monaten bombardiert haben. Er sollte bei ihr sein, nicht in diesem Haus festsitzen, seine hässliche Ehefrau ansehen und zuhören müssen, wie sie von ihren Handarbeitstreffen und der Lebensmittel-Spendenaktion der nächsten Woche schwafelt. Er nickt in ihre Richtung, führt seine Tasse an den Mund und lässt den Whiskey seine Kehle hinabrinnen, den er statt Kaffee hineingegossen hat.

Heute Abend, wenn sie schläft und das Haus still ist, wird er sich sein Laptop nehmen und ins Internet gehen. Die Polizei hat das Laptop und seine Kiste mit Andenken nicht gefunden. Morgen früh wird er alles hinaus zu seinem Wagen, einem geräumigen Ford Explorer bringen, die Gegenstände zum Trailer schaffen und sie dort verstecken. In ein paar Tagen wird sich die Lage beruhigt haben. Dann wird er mehr Freiheit haben, es wird weniger Augen geben, die sein Tun und Treiben beobachten, und die kleine örtliche Polizei wird sich auf andere Spuren, andere Möglichkeiten konzentrieren.

Heute Abend wird er anstatt Annie Jessica benutzen. Er wird Jessica ein letztes Mal anrufen, und morgen wird er zu Annie fahren.

60

Ich bin seit rund fünf Stunden unterwegs, als Mike mich anruft, offenbar aus keinem anderen Grund als dem, dass ihm langweilig ist. Ich brauche über drei Minuten, um diese Tatsache festzustellen, meine Fragen führen alle zu dem Statusbericht »nichts Neues«. Ich lehne mich zurück, zufrieden damit, ein bisschen zu plaudern, denn mir ist ebenfalls sterbenslangweilig, und mein Verstand beginnt davon zu fantasieren, diesen Truck zum Töten anderer Menschen zu missbrauchen.

»Hast du eigentlich einen festen Freund?« Mike redet, während er tippt, und das Geklapper der Tasten deutet auf eine eindrucksvolle Anzahl von Wörtern pro Minute hin.

Ich zögere, nicht sicher, wie die korrekte Antwort lautet, ob das unbeholfene Balzverhalten von Jeremy und mir als eine Art Beziehung gilt. Meinen Kunden sage ich immer, dass ich Single bin. Wir sind alle Singles, alle viertausend von uns, die auf dieser Seite sind. Schöne, sexuell interessierte und umtriebige Single-Ladys. Aber es gibt keinen Grund, Mike zu belügen. Ich glaube, ich kann mit Bestimmtheit sagen, dass wir diesen Punkt hinter uns haben.

Er fasst mein Schweigen als Zögern auf. »Du weißt schon, dass ich mich in deine Telefondaten einhacken kann, oder? Dass ich sehen kann, wen du mindestens einmal täglich anrufst? Oder ob am vierzehnten Februar irgendwelche Einkäufe mit deiner Kreditkarte getätigt wurden?«

»Ich habe Kunden, mit denen ich mindestens einmal täglich rede.«

»Verdammt. Diese Witzbolde müssen ja stinkreich sein.«

»Oder einsam«, überlege ich.

»Oder einsam. Da gebe ich dir recht. Und, hast du jetzt einen?«

»Ich glaube nicht. Es gibt da diesen Typen … Aber wir sind weit davon entfernt, eine Beziehung zu haben.«

»Vögelt ihr?«

Ich lache. »Nein. Wir hatten noch nicht mal ein Date.«

»Ist er ein Kunde?«

»Nein. Ich habe ihn nicht bei der Arbeit kennengelernt. Ich führe durchaus ein normales Leben, weißt du.« Die Lüge kommt mir leicht über die Lippen, aber das sollte sie auch. Ich tische ständig dieselbe Lüge auf, Hunderte Male jede Woche. Wenn ich meine Kunden davon nicht überzeugen kann, wie kann ich dann von ihnen erwarten, mir zu glauben, dass ich ihren zehn Zentimeter langen Schwanz als Geschenk des Himmels betrachte?

»Hattest du je ein Date mit einem Kunden?« Er lächelt, ich kann es an seiner Stimme hören.

»Nein. Und nein, ich habe nicht vor, mit dir anzufangen.«

»Und hier bin ich und stehe dir die ganze Nacht zur Verfügung. Autsch!«

»Oh, dann ist es also ein Geschenk? Gott sei Dank, ich dachte schon, ich würde dir ein dickes Honorar dafür bezahlen.«

Ich grinse, während ich im Vorbeifahren eine Reklametafel mit einem saftigen Big Mac sehe. Mmm … Mir läuft das Wasser im Mund zusammen. Für einen Bic Mac und einen Erdbeer-Milchshake, zusammen mit einer großen Portion salziger, knuspriger Pommes frites würde ich jetzt töten. Mein Magen wählt genau diesen Augenblick, um zu protestieren, und rührt einen Teil meines Festmahls von vorhin durcheinander. Vermutlich die Erdnussflips, die waren unnatürlich fettig.

»Hast du irgendwelche abgefahrenen Cam-Geschichten für mich auf Lager? Ich möchte wetten, auf dieser Seite bekommst du so einige Freaks zu Gesicht.«

»Ehrlich gesagt, sind die meisten Typen ziemlich normal. Aber es gibt da diesen einen Typen, der mir Angst macht …« Ich lasse den Satz unvollendet, womit ich Mike leicht und mühelos ködere.

Das Tippen bricht ab. »Wirklich? Worauf steht er?«

»Das sollte ich besser nicht sagen.«

»Komm schon, Jess. Sag's mir.«

Ich dämpfe verführerisch die Stimme. »Sobald er mich mit in den privaten Chat nimmt, will er, dass ich mich umziehe, er will mich nur auf eine Weise sehen.«

»Und das heißt?«

Ich seufze. »Es ist richtig krank. Ich will es dir lieber nicht sagen. Du wirst denken, dass er zu seltsam ist.«

Auf einmal ist seine Stimme nah am Mikrofon, und die Worte klingen ein bisschen kratzig. »Nein, das werde ich nicht denken. Wirklich nicht. Sag schon, worauf steht er?«

Ich lege eine theatralische Pause ein. »Katholische Schulmädchen. Er will, dass ich einen karierten Rock, weiße Strümpfe und das alles trage.«

Eine Sekunde herrscht Schweigen, bevor bei ihm der

Groschen fällt. »Das ist doch Schwachsinn, Jess. Völliger Schwachsinn. Jetzt hast du mich richtig in Fahrt gebracht, weil ich dachte, du hättest irgendwelche guten Geschichten auf Lager!«

Ich senke meine Stimme zu einem dramatischen Flüsterton. »Ich bin die Hüterin aller Geheimnisse. Ich erzähle anderen Leuten nichts von deinen heimlichen Fantasien, und ich schütze die, die sich mir anvertrauen.«

Er schnaubt. »Na, das ist vielleicht langweilig.«

Ich grinse. »Langweilig muss nicht immer etwas Schlechtes sein. Glaub mir.«

Er schweigt einen Moment. »Jess, wenn du da ankommst … was hast du dann vor?«

Es ist das zweite Mal, dass er mir diese Frage stellt, und unser brandneuer Kumpelstatus ist nicht innig genug, um ihn in meine Welt einzuführen. »Sie retten.«

»Das ist ja alles schön und gut, wenn sie allein ist, aber was, wenn er auch da ist?« Die Besorgnis in seiner Stimme ist rührend, wenn auch fehl am Platz.

»Überlass diese Sorge mir. Ich schaffe das schon.«

»Ich mache mir nur Gedanken, dass ich, wenn … wenn du das nicht schaffst, wie werde ich dann bezahlt?«

Ich lache schallend auf, die Pointe ist perfekt gesetzt und hellt die Stimmung unseres Gesprächs um ungefähr fünf Nuancen auf. »Ich werde deinen erbärmlichen Arsch in meinem Nachlass berücksichtigen«, gebe ich zurück. »Und jetzt lass mich weiterfahren.«

»Na schön. Fahr vorsichtig. Ich rufe dich an, wenn es irgendetwas Neues gibt.«

Ich lege lächelnd auf. Auf einmal wird mir bewusst, dass das mein erstes persönliches Telefongespräch seit drei Jahren war, die Gespräche mit Dr. Brian und Dr. Derek nicht eingeschlossen.

Ich brach jeden Kontakt zu meinen Großeltern ab, als ich in das Apartment einzog. Auf dem College hatte ich sie erst noch jede Woche, dann jeden Monat, dann alle zwei Monate angerufen, bis ich irgendwann begriffen hatte, dass es verlorene Liebesmüh war. Ihr Leben war zusammen mit meiner Familie gestorben. Meine Anrufe waren ein Tropfen in einen Eimer der Finsternis, die Worte blieben ungehört und wurden prompt vergessen.

So viele Leben wurden an jenem Tag, als meine Mutter ihre schreckliche Tat vollbrachte, in Mitleidenschaft gezogen. Ich kann nur hoffen, dass ich selbst niemals eine solch verheerende Auswirkung auf die Welt haben werde.

61

Annie

Es ist dunkel. In dem kleinen Raum, in dem sie sitzt, brennt kein Licht. Aber es ist nicht stockfinster. Die Nacht senkt sich ganz langsam auf sie herab, sodass sich ihre Augen an die Dunkelheit gewöhnen können und sie die ungefähren Umrisse ihres Gefängnisses noch ausmachen kann. Sie zerrt an den Stricken, mit denen sie gefesselt ist, und die groben Fasern scheuern schmerzhaft an ihrer zarten Haut.

Sie hört ein Kratzen an der Tür, ein Kratzen, das sie an jedes Monster erinnert, das sich je in ihrem Kleiderschrank versteckt hat, jeden unheimlichen Ast, der je gegen ihr Fenster gepeitscht hat. Dann kommt das Kratzen wieder, und sie kann ein Atmen, ein Schnauben, ein Prusten hören. Das Monster hat Klauen. Das Monster hat Zähne. Das Monster ist echt.

Sie wimmert, hält sich die Hände über die Ohren und presst die Augen fest zusammen. So verharrt sie lange Zeit, bis sich das Monster entfernt und sie sich tapfer genug fühlt, um die Augen wieder aufzuschlagen.

Ich habe einmal eine Katze getötet. Es ist seltsam, dass mir dieser Vorfall mehr zu schaffen gemacht hat als irgendetwas sonst. Ich hatte ernsthafte Schuldgefühle danach und schrubbte wie wild an meinen Händen herum, obwohl keine Blutspuren zurückgeblieben waren. Ich vergrub ihren Körper, verbrachte fast eine Stunde mit der Arbeit an dem Loch, wollte sicher sein, dass es tief genug war, damit keine Aasfresser den Körper riechen und ausbuddeln konnten. Ich weinte, als ich den Kadaver in das Loch legte. Auf ihren offenen Augen krabbelten bereits Ameisen herum, deren Blutdurst offenbar noch größer als mein eigener war.

Das war in meiner fehlgeleiteten Phase – als ich versuchte, meinen Trieb in irgendeine andere Richtung als Mord zu lenken. Als ich versuchte, ihn auf eine Weise zu besänftigen, die kein Menschenfleisch beinhaltete. Nach der Katze hielt ich mich von Tieren fern. Ich hasse Katzen, hasste sie damals sogar noch mehr. Die Vorstellung, dass ich diese ganzen seelischen Qualen litt, weil ich eine getötet hatte, war lächerlich. Ich war sauer auf mich, mein Selbsthass war so groß wie noch nie, und die Frustration über meine psychischen Grenzen lähmte mich.

Es war eine solche Vergeudung. Nicht nur die Katze, sondern mein ganzes damaliges Leben – das Jahr, das ich zwischen dem Haus meiner Großeltern und Apartment 6E verbrachte. Zwölf Monate lang kämpfte ich gegen meine Impulse an. Und das Einzige, was mir dieses Jahr einbrachte, war die Erkenntnis, dass es noch immer verdammt viel gab, was ich verlieren konnte. Das Jahr brachte mir die Gewissheit, dass ich meine Triebe nicht im Griff hatte. Ich hoffte, dass sich das alles von allein regeln würde, wenn ich mich erst einmal von der Außenwelt abgeschottet hätte. Aber je höher man seine Erwartungen schraubt, desto tiefer wird der Absturz.

In der ersten Woche, in der ich in 6E eingeschlossen war, stürzte ich verdammt tief. Diese ersten Tage waren schmerzhaft, meine eingebauten Impulse waren es gewohnt, die Tür zu öffnen, wenn jemand klopfte, hinauszugehen, um die Post zu holen, auf den Gehsteig zu treten, wenn der Blick aus dem Fenster einen herrlichen Tag versprach. Damals hatte ich noch kein Essen in Kartons; ich war an dem Tag, an dem ich einzog, zum Supermarkt gefahren und hatte meinen Wagen bis auf den letzten Zentimeter mit Trockenlebensmitteln und Konserven vollgestopft. Ich saß am Fenster und starrte auf das Auto auf dem Parkstreifen vor dem Haus, während ich mich fragte, wie lange es dauern würde, bis die Reifen verrotteten oder der Wagen abgeschleppt wurde. Es dauerte drei Wochen, und sein Verschwinden erfolgte in Gestalt einer Brechstange und zweier Schlägertypen. Ich hörte den Alarm, hielt meine Webcam an und sah vom Fenster aus zu, wie mein stillgelegtes Auto zum Leben erwachte und wegfuhr. In diesem Augenblick war ich eifersüchtig auf die blöde Karre, eifersüchtig auf ihre Fähigkeit, ihr Gefängnis zu verlassen, zu einem neuen Leben zu fahren, selbst wenn dieses neue Leben Entstellung und Tod bedeutete. Ich verbrachte diese erste Woche hauptsächlich damit, auf meine Tür zu starren und mir einzureden, dass ich nicht stark genug war, um der Anziehung des Lebens dort draußen zu widerstehen, nicht stark genug, um meine Triebe zu beherrschen, nicht stark genug, um von gelieferten Mahlzeiten und der schalen Luft in Apartment 6E zu leben.

Aber ich *war* stark genug. Ich überstand das Elend, bis das Elend zur Normalität wurde. Ich empfinde es als Ironie des Schicksals, dass ich dieses Leben ausgerechnet jetzt, da ich mich endgültig an meine isolierte Existenz in Apartment 6E gewöhnt habe, hinter mir lasse. Dass ich auf dieser Straße fahre, Stunden und Hunderte von Meilen entfernt von der Zuflucht, die ich mir geschaffen habe.

Mein Blick fällt auf die Uhr, als ich an einem Straßenschild vorbeifahre und in Alabama begrüßt werde: 22:50 Uhr. Meine Brust schnürt sich zu, die Vertrautheit der Situation trifft mich auf einmal mit voller Wucht. Wie ich spätabends auf einer Straße fahre, nicht weit von dort, wo ich jetzt bin.

Ich war schon einmal in dieser Lage.

62

Vier Jahre zuvor
22:50 Uhr

Nachdem ich eine Stunde lang auf Land- und Vorstadtstraßen gefahren war, parkte ich zwei Häuser hinter unserem eigenen vor dem Haus eines Nachbarn und stellte den Motor ab. Die Schlüssel in der Hand stieg ich aus und schloss leise die Wagentür zu. Ich trug Joggingshorts, ein T-Shirt und Flipflops. Unsere Straße war schön angelegt, die Grundstücke weit auseinanderliegend, stattliche Häuser getrennt von gepflasterten Auffahrten und Einzelgaragen. Ich ging rasch den Gehsteig entlang, vorbei an den dunklen Häusern unserer Nachbarn, und bog in unsere Auffahrt ein, auf die Außentür unserer Garage zu. Ich sah zu unserem Haus hoch, sah Lichter brennen. Ich runzelte die Stirn. Mom achtete streng darauf, dass Trent und Summer spätestens um neun das Licht ausmachten. Alle sollten oben sein und schlafen oder dabei sein, zu Bett zu gehen. Ich bückte mich, lief leise den Gehsteig hinunter, der an unserer Hintertür vorbeiführte, drehte den Knauf zur Garage, öffnete die Tür und schlüpfte in den dunklen Raum.

Ich stieß mir das Schienbein an irgendetwas an und biss mir auf die Lippe, um nicht aufzuschreien. Der Schmerz war heftig, pochend, und ich streckte eine Hand aus und rieb die Stelle. Ich betete, es möge keinen blauen Fleck geben. Dann tastete ich mich vor, bis ich Moms Wagen fand, der immer auf dem linken Stellplatz stand, und ging an ihm entlang, bis ich die Tür zur Rückbank erreichte. Als ich sie öffnete, wurde das Deckenlicht aktiviert, und ich sah die türkisfarbene Einkaufstüte neben einer Dunkin'-Donuts-Schachtel im Wagen auf dem Boden liegen. Ich streckte eine Hand aus und schnappte mir die Tüte, griff hinein und vergewisserte mich, dass das Kleid noch immer da war.

Es war da. Gut, jetzt musste ich nur noch zusehen, dass ich verschwand, ohne gesehen zu werden. Mein Herz hämmerte laut in meiner Brust, als ich die Wagentür sanft schloss. Ich drückte mit der Hüfte dagegen, bis das Innenlicht ausging. Dann tastete ich mich vor zur Garagentür, öffnete sie und huschte wieder hinaus in die Nachtluft. Ich duckte mich und schlich an der Hintertür unseres Hauses vorbei, als ich auf einmal das gedämpfte, aber eindeutige Geräusch eines Schreis hörte.

Er kam aus dem Inneren unseres Hauses – ein entsetzliches, markerschütterndes Geräusch, das stark und beängstigend begann und dann erstarb, während es langsam in ein Gurgeln überging, das von dem Haus völlig geschluckt wurde. Ich erstarrte in der Hocke und wandte den Kopf zur Tür. Die Tüte fiel neben meinen Füßen zu Boden. Irgendetwas stimmte nicht.

Wir waren eine fröhliche Familie, spielten einander ständig Streiche und alberten immer herum, wenn es auch nur die geringste Gelegenheit dazu gab. Aber dieses Geräusch, dieser Schrei – das veränderte alles binnen eines Augenblicks. Er war, so nichtssagend das Wort auch klingen mag, echt. Jede Spur von Hoffnung, Frieden und Normalität verließ meinen Körper bei diesem einen Geräusch. Ich richtete mich zu voller

Größe auf, ging schwer keuchend zur Hintertür und spähte durch das Glasfenster der Tür.

Mein erster Gedanke war, dass Mom das Haus renoviert hatte. Dass sie irgendeine grässliche Tapete angeklebt hatte, irgendeinen Feng-Shui-Schwachsinn, der Farbspritzer als Muster hatte. Dann sah ich Summer, zusammengesackt am Tisch, ihr dunkles Haar – das genauso war wie meines – in der Blutlache, die ihren Kopf umgab.

Keine Farbe. Das war Blut. Summers Blut.

Langsam, verständnislos, wandte ich den Blick nach rechts. Trent. Er saß neben Summer am Tisch, seine Hand ruhte noch immer auf seinem Platzdeckchen, vor einem weißen Teller mit zwei Keksen. Eine Hälfte seines Kopfes fehlte – Teile seiner Haut endeten im Nichts. Ich packte den Knauf der Hintertür und drehte ihn apathisch. Mein Hirn war wie benebelt, während mein Unterbewusstsein einen langen, langsamen Schrei ausstieß.

Der Knauf, der verschlossen hätte sein sollen – alles war falsch –, drehte sich glatt in meiner Hand, und die Tür schwang auf. Ich ging vor, um das Ende meines Lebens zu sehen. Sie saß rittlings auf ihm, am Kopf der Tafel – seinem gewohnten Platz – dem Platz, den die Gesellschaft immer dem Vater zuweist. Sein Gesicht konnte ich nicht erkennen, da ich an den Locken ihrer vollkommenen Haare nicht vorbeisehen konnte, der Haare, die ihr Gesicht immer umrahmten. Sie war beschäftigt, ihr Kopf wippte, sie murmelte Worte vor sich hin, und ihre Arme zuckten und bewegten sich in einem fort. Beschäftigt mit dem, was sie ihm antat. Ich trat weiter in den Raum hinein, die Finger vor mir ausgestreckt, während ich erst an Summers und dann an Trents Stuhl vorbeikam. Meine Hände sehnten sich verzweifelt danach, die beiden zu hal-

ten, sie zu berühren, sie wieder zum Leben zu erwecken. Ich stand in einem Winkel, aus dem ich das Gesicht meines Vaters sehen konnte, matt und leblos und grau vom Tod, als sie auf einmal aufschrie.

In diesem Moment begriff ich, dass es ihr Schrei war, den ich von draußen gehört hatte. Ihr Rock hing zerknautscht um ihre Taille, ihre hochgeschlossene weiße Bluse war blutdurchtränkt, und sie riss den Kopf zurück und schrie – ein gequältes Geräusch voller Verzweiflung und Wahn, von purer Hölle, das anhielt, bis ihr Atem erschöpft und ihre Lungen leer waren. Dann sackte ihr Kopf nach unten, und sie ging wieder in Aktion.

Mein Blick fiel auf ihre Hände. Sie hielt ein Messer in jeder Hand. Ich erkannte sie wieder: ein Eversharp-Set, das wir ihr im Jahr zuvor zu Weihnachten geschenkt hatten. Sie stach damit immer wieder ruckartig auf die Brust meines Vaters ein, drehte die Messer und malte ein Muster aus offenen Wunden auf seinen Oberkörper – sinnlosen Wunden angesichts der Tatsache, dass sein Hals halb weggerissen war. Ein unverständlicher Wortschwall quoll in einem fast fröhlichen Ton aus ihrem Mund hervor.

»Mom.«

Ich erkannte meine Stimme nicht, als sie erklang. Es war nicht meine eigene; es war die einer alten Frau, die Stimme von jemandem, der schon vor langer Zeit alle Lebenskraft verloren hat. Es war eine tote Stimme.

Meine Mutter erstarrte, ein Messer in die Brust meines Vaters gesteckt, das andere halb herausgezogen, und wandte sich um. Ihre Augen suchten den Raum ab, bis sie mich fanden.

Meine Mutter war eine schöne Frau – stattlich, mit perfekten Porzellanpuppen-Zügen, die ihr Gesicht vollkommen er-

scheinen ließen. Ich sah meine Mutter nicht an. Dieses Ding auf meinem Vater, dieses Ding – mit der Nase, den Augen und den Haaren meiner Mutter – hatte keine Seele. Dieses Gesicht war mit Blutstropfen bespritzt, dunklen, weil bereits getrocknet. Die Haare waren ein Kokon aus Locken, die in alle Richtungen abstanden. Der Mund stand offen, und die Augen durchbohrten mich mit erschreckender Klarheit, Tränen strömten aus ihren Winkeln und zogen schwarze Mascarastreifen über ihre bleichen Wangen.

»Deanna? Was machst du hier? Du bist nicht zu dieser Party eingeladen.« Sie stand auf, schwang ein Bein über meinen Vater und riss das Messer aus seiner Brust. Sie sah mich stirnrunzelnd an, mit einem Blick, in dem ich Enttäuschung erkannte. »Hol mir mal ein Papierhandtuch.«

Ich schwankte, während ich in einer Wolke des Deliriums zusah, wie sie sich zum Tisch umwandte und über Trents leblosen Körper ausstreckte, um sich die silberne Platte zu nehmen, auf der noch immer ein paar Kekse lagen.

Ich warf gerade einen Blick zurück zu meinem Vater, als sie herumschnellte, mit dem Arm ausholte und mir die Platte mit voller Wucht seitlich an den Kopf knallte.

Unter dem Schmerz ging ich in die Knie, ein hallendes Geräusch füllte meinen Kopf aus und wollte nicht mehr aufhören, egal, was ich tat. Die Platte hatte mich am Ohr getroffen, und ich spürte, wie meine Welt schwarz wurde und sich drehte, während mein Gleichgewichtssinn zu ergründen versuchte, was zum Teufel eigentlich los war. Ich umklammerte meine Schläfe und stöhnte, während meine Mutter wieder zu schreien begann.

Ich konnte es nicht ertragen. Ich konnte die schwarzen Punkte in meinem Gesichtsfeld nicht ertragen, den stechen-

den Schmerz in meinem Ohr, den Tod und das Blut rings um mich herum, und meine verdammte Mutter, die neben mir auf dem Boden kniete und schrie, während ihr Tränen aus den Augen strömten und das Zimmer von ihrem Wahn widerhallte.

Dann hörte ich, wie sich ihre Stimme veränderte und ihre Schreie in ein zusammenhangloses Gefasel übergingen. Ich wandte mich um und sah ein Messer in ihrer Hand, ihren hungrigen Blick auf mir. Sie stieß ein leises und tiefes Knurren aus und öffnete den Mund zu einem Schrei, während sie sich mit hoch erhobener Waffe auf mich stürzte. Ich reagierte. Schnappte mir das nächstbeste Messer – der Boden war praktisch dekoriert mit jeder Klinge aus unserem Set –, holte aus und vergrub es in ihrer Brust.

Es glitt nicht leicht hinein. Ich hatte erwartet, dass es glatt und fließend hineinrutschen würde, aber ich traf einen Knochen oder ein Organ oder irgendetwas, was das Messer aufhielt. Ich riss es heraus und stach noch einmal zu, härter diesmal. Mein Körper war erfüllt von dem brennenden Verlangen, das alles zu beenden, ihren Irrsinn zu stoppen.

Auf einmal verstummte ihr Schrei, und sie sah mich verwirrt an. Ich bewegte mich, ignorierte meine pulsierende Schläfe, ignorierte die Punkte in meinem Gesichtsfeld, die immer größer wurden, und wandte mich ganz zu ihr um, verzehrt von dem Drang, mein Messer dort zu vergraben, wo es eine Wirkung erzielte, wo das Blut hervorschießen und sie stöhnen und schreien und leiden würde. Irgendeine Qual, die vergleichbar mit der Ekstase war, in der ich mich in diesem Moment befand. Ich nahm beide Hände zu Hilfe und rammte ihr das Messer in den Bauch, an einer Stelle, an der keine Knochen waren, nichts, um zu verhindern, dass die Klinge scharf, schnell und tief in ihren Körper eindrang.

Sie schnappte nach Luft, ihre Augen verrieten Schmerz, der Wahnsinn verließ sie für eine kurze Sekunde, und dann war sie auf einmal wieder Mom. Sie saß einfach nur da, auf dem Küchenboden, und sah ihre Tochter an, die sie eben erstochen hatte.

Ich schluchzte, jetzt völlig am Ende, und starrte ihr in die Augen. Ich war zu beschämt, um ihren Blick zu erwidern, aber zu verzweifelt, um wegzusehen. Ich brauchte meine Mutter jetzt mehr als je zuvor. Unsere Blicke trafen sich, zwei braune Regenbogenhäute, und wir starrten uns an; ich streckte eine Hand nach ihr aus, umklammerte sie fest und schluchzte an ihrem Hals. Sie sackte gegen meinen Körper, ohne auf meine Berührung zu reagieren. Und dann waren die einzigen Schreie, die das Zimmer erfüllten, meine eigenen.

63

Sie ist nicht online. Es ist elf Uhr abends, und sie sollte da sein. Sie ist immer da. Er chattet nicht immer mit ihr, sie ist oft zu beliebt, der graue Bildschirm über ihrem Fenster weist ihn dann darauf hin, dass sie in einer privaten Session ist, dass andere Männer ihre Zeit in Anspruch nehmen. Aber sie ist immer da, zuverlässig wie ein Uhrwerk, ungeachtet des Wochentages.

Er wechselt ständig den Bildschirm, schaltet zwischen ihrer privaten Webseite und der Cam-Seite hin und her, sucht nach einem Hinweis, irgendeinem Hinweis darauf, wo sie ist. Sie sollte da sein. An einem Abend wie diesem, an dem er wirklich Erleichterung braucht, *sollte* sie da sein.

Seine Finger schweben zitternd über der Maus, die Nervosität gewinnt die Oberhand, Schwere drückt auf seine Brust. Er geht ans Fenster und sieht durch die Jalousien auf den Streifenwagen. Vielleicht sollte er zu Annie fahren. Irgendeinen Weg um die Polizei herum finden und zu dem Grundstück fahren. Gestern Abend hatte er keine Zeit mit ihr, konnte nicht mehr tun, als sie zu fesseln und sich ihre Schreie anzuhören. Und jetzt, wo er weiß, dass sie ihm gehört, dass sie sicher weggesperrt ist und wartet, ist die Versuchung so groß.

Und ihr Ersatz ist nirgends zu finden. Er ballt die Faust und aktiviert seinen Bildschirm wieder. Sucht nach ihrem Gesicht. Er braucht Erleichterung.

64

Mein Vater war vier Jahre seines Lebens Polizist. In seiner Abteilung wurden Gelder gekürzt, und als neu eingestellter Beamter wurde er zum Strafvollzug versetzt und arbeitete in Zwölf-Stunden-Schichten im Gefängnis – zwischen Vergewaltigern, Mördern und Drogendealern. Nach vier Jahren in der Hölle schied er aus dem Polizeidienst aus und ging in die Immobilienbranche, wo er in einem Monat mehr verdiente als in einem ganzen Jahr im öffentlichen Dienst. Er sagte immer, in diesen vier Jahren hätte er mehr über menschliches Verhalten und Konfliktlösung gelernt als in der ganzen restlichen Berufserfahrung zusammen. Er predigte mir, mit Körpersprache und dem richtigen Tonfall könne ich mehr erreichen als mit einer Waffe. Er brachte mir bei, in einer Konfliktsituation nicht nachzugeben, meinem Angreifer in die Augen zu sehen und mit fester, autoritärer Stimme zu sprechen. Es war eine Lektion, die ich nie vergessen habe.

Mehr noch als ein Cop oder ein Vater war er mein Freund – jemand, an den ich mich immer mit der Bitte um Rat, Hilfe und Unterstützung wenden konnte. Es gibt nicht genug Worte auf der Welt, um zu beschreiben, wie sehr ich ihn vermisse.

Jetzt, während ich mit einer Pistole im Rucksack neben mir den dunklen Highway hinunterfahre, wünschte ich, er wäre hier. Es wäre wirklich toll gewesen, bei dieser ganzen Geschichte einen Freund dabeizuhaben.

Meine Gedanken schweifen ab zum Gefängnis, zu dem Wissen, dass ich mit dem, was ich im Augenblick vorhabe, dorthin gehöre. Meine Mutter war eine Sache. Ein guter Anwalt würde das als Notwehr oder vorübergehende Unzurechnungsfähigkeit einstufen. Man kann von niemandem, der unversehens in eine solche Situation gerät, vernünftiges Handeln erwarten.

Aber das hier ist eine völlig andere Geschichte. Das hier ist vorsätzlich. Geplant. Ich fahre auf dieser Straße mit der vollen Absicht, diesen Mann zu töten. Die Geschworenen werden erkennen, dass ich während meiner Fahrt zwölf Stunden Zeit hatte, um es mir anders zu überlegen, jede Menge Zeit, um die Polizei anzurufen und es der Justiz zu überlassen, sich ordnungsgemäß um Ralph zu kümmern. Alle Anzeichen deuten auf vorsätzlichen Mord hin. Vielleicht werde ich gar keine Gefängnisstrafe bekommen. Vielleicht werde ich die Todesstrafe bekommen, und dieses ganze Chaos wird zu Ende sein, und meine mörderischen Neigungen werden mit einer einzigen tödlichen Injektion beendet werden. Es gibt schlimmere Arten zu sterben, und dann könnte ich im Jenseits mit meiner Familie wiedervereint sein. Ich habe keine Angst vor der Justiz. Justiz ist etwas Gutes, selbst wenn ich dabei auf der Verliererseite stehe.

65

Jeremy ist über mir, mit gebannter Miene und bewundernden Blicken. Ich krümme den Rücken und biete mich ihm an, und er stöhnt auf und neigt den Kopf. Er drückt seinen sanften Mund auf meinen. Seine rauen Hände streicheln und massieren meine Brüste und schieben sie hoch zu seiner Zunge, während er sich hin- und herbewegt, Brust an Brust, und mich mit seinen Lippen und seiner Zunge in den Wahnsinn treibt.

Ich bin feucht, unglaublich bereit und voller Begehren, mein Verlangen pocht so heftig zwischen meinen Beinen – mehr, als ich es je erlebt habe. Seine Berührung, seine Männlichkeit, sein Atem auf meiner Haut – lauter Empfindungen, die mein Körper vergessen hat, jede Erfahrung verstärkt durch meine Auszeit. Ich stöhne und ziehe ihn an mich, und seine Hände wandern nach unten. Das unglaubliche Geräusch eines Reißverschlusses dringt an meine Ohren.

Ich wache auf, das wirkliche Leben bombardiert all meine Sinne auf einmal. Ich stöhne auf, mit einem Schock in die Wirklichkeit versetzt, während mein Unterbewusstsein versucht, aus dieser seltsamen Umgebung, Seitenstreifen, einem dunklen Truck, dem Parkplatz einer Raststätte, schlau zu werden.

Im Schlaf. Während mein Kopf immer wieder nach unten sackte, habe ich über zwanzig Meilen gegen den Schlaf angekämpft, habe die Musik laut aufgedreht und die Fenster heruntergekurbelt. Es hat nichts genutzt; der Truck kam zweimal fast vom Highway ab, bevor ich auf eine Raststätte fuhr und den Timer meines Handys auf fünfzehn Minuten einstellte, in der Hoffnung, in dieser kurzen Zeit meine Batterien aufzuladen. Der Schlaf stellte sich prompt ein, die Augen fielen mir zu, sobald ich auf dem Timer auf »Start« drückte. Und von Jeremy träumte. Es war seit langer Zeit mein erster Traum, bei dem es nicht um Chaos und Blut ging. *Dr. Derek wird zufrieden sein.*

Ich bewege den Kopf hin und her, lasse den Motor an und starre auf das Armaturenbrett, während es zum Leben erwacht. Das Erste, was mir auffällt, ist, dass Jeremys Truck kaum noch Sprit hat; das Warnlicht der Benzinanzeige blinkt. Ich sehe auf die Uhr am Armaturenbrett: 23:46 Uhr.

Ich werfe einen Blick auf das Navi, während ich in meinem Kopf Berechnungen anstelle. Wenn ich jetzt weiterfahre, müsste ich gegen sechs Uhr morgens ankommen. Mikes sämtlichen Updates und dem beschränkten Geplauder des Polizeifunks zufolge, hat sich Ralph für heute Abend schlafen gelegt, und sie werden ihn die ganze Nacht im Auge behalten. Ich nehme an, dass er morgen früh zu Annie fahren wird, falls er sie nicht schon getötet hat. Wenn ich schnell genug dorthin komme, kann ich sie rechtzeitig außer Gefahr bringen. Ich drücke auf das Navi-Display, suche nach der nächsten Ausfahrt mit einer Tankstelle. Es gibt nur eine Option, eine Tankstelle siebzehn Meilen weiter. Ich drücke mir die Daumen und hoffe, dass sie noch offen ist.

Die Tankstelle ist erbärmlich. Sie steht einsam und heruntergekommen an der Ausfahrt. Flackernde weiße Lichter verkünden, dass sie geöffnet hat. Ich bezahle an der Zapfsäule, ziehe meine Karte durch den Schlitz und greife nach dem Zapfhahn.

Auf einmal bin ich mir der ganzen Leere bewusst, die mich umgibt. Als ich einen Blick über die Schulter werfe, sehe ich den Angestellten, der mich beäugt – akneübersäte Haut um Knopfaugen und einen grinsenden Mund. *Na toll.*

Ich höre, wie das Benzin zu fließen beginnt, und lockere meinen Griff um den Zapfhahn. Dann sehe ich zu, wie die Anzeige die sechsundzwanzig Gallonen übersteigt, bevor der Zapfhahn in meiner Hand klickt. Ich drücke noch ein bisschen mehr in den Tank, höre das letzte Schwappen des Benzins und ziehe den Zapfhahn heraus.

Als ich den Truck öffne, fällt mein Blick auf den schwarzen Rucksack, der meine Pistole und mein Bargeld enthält. Einen Moment lang bin ich unschlüssig, dann aber schließe ich die Tür und gehe auf den Shop zu. Meine Augen sind sich der Leere um mich herum bewusst, mein gesundes Ohr lauscht aufmerksam auf die unheimliche Stille des Ortes. Meine Turnschuhe knirschen laut auf dem rauen Asphalt.

Ich öffne die mit Reklame übersäte Tür und trete in einen kleinen vollgestopften Laden. Der Boden ist klebrig und dunkel, die Luft schal. Ich werfe einen Blick auf den Obstkorb neben dem Lottoschalter, die Bananen sind bräunlich und die Orangen hart geworden. Ich schnappe mir einen Apfel – die Haut ist zu weich, als dass er noch gut sein könnte –, gehe den ersten Gang hinunter und nehme mir ein paar Erdnüsse und Flaschen mit Orangen- und Apfelsaft. Ich weiche den Blicken des Angestellten aus, dessen

Gegenwart ich selbst in den hintersten Winkeln des Ladens spüren kann. Ich verschwinde auf die Toilette, nachdem ich meine Einkäufe davor auf dem Boden abgestellt habe; aber da ich nicht weiß, wohin mit dem Apfel, nehme ich ihn mit auf die Toilette und werfe ihn in den Mülleimer. Ich schließe die Tür und sperre sie ab, kauere mich über die schmuddelige Toilette und versuche, nicht zu sehr auf den Sitz zu pinkeln. Ich entspanne mich, der Druck auf meine Blase lässt nach, und die Erleichterung ist herrlich.

Meine Augen nehmen Bewegung wahr und konzentrieren sich, sehen, wie der Türknauf leicht zuckt, nur einmal, und dann wieder zurückfällt. Ich brauche einen Moment, mein Verstand ist erst langsam und dann fassungslos, als er schließlich begreift, was passiert. *Der Dreckskerl versucht die Tür zu öffnen!* Ich reiße ein Blatt Klopapier ab, wische mich ab und ziehe mir die Hose hoch, und mein Hirn erkennt den Zusammenhang, noch bevor meine Gedanken es tun. *Ein Schlüssel. Er hat vermutlich einen …*

Die Tür wird aufgestoßen, und da steht er, in der kleinen Kabine, und schließt die Tür mit einem metallischen Klicken hinter sich, während er mich mit beängstigendem Selbstbewusstsein angrinst. »Na, na, na. Und mir wurde heute Abend eben schon langweilig. Was hat ein heißes kleines Ding wie du denn so spät hier draußen zu suchen?«

Ich grinse ihn übers ganze Gesicht an, während ich mit den Händen in die Beuteltasche meines Kapuzenpullis gleite. Ich lege eine Hand um den Griff des Stilettomessers, reibe darüber, finde und betaste den Auslöser, der die Klinge ausfahren lässt. *Warte.*

Wenn er nur wüsste, dass er die Beute ist und ich die Jägerin bin. Und er hat es mir so verdammt einfach gemacht.

Diesmal wird es mir gelingen. Diesmal werde ich nicht scheitern, ich habe aus meinen Fehlern mit Jeremy gelernt. Ich werde nicht zu Boden gehen, ich werde ihn im Stehen töten.

Mein Grinsen verwirrt ihn. Ich sehe das Zögern, die Pause in seiner Bewegung und das Flackern der Unsicherheit in seinem starren Blick.

»Lass dich nicht aufhalten«, sage ich. »Bitte. Was immer du vorhattest, du kannst es gern versuchen.«

Er tritt vor, dann bleibt er stehen. Er geht wieder einen Schritt weiter, hält inne, zögert noch länger angesichts meines Tonfalls und meiner Unerschrockenheit.

Ich lache, ein Geräusch, das ihm nicht gefällt, und er ballt die Fäuste, während das Düstere in seine Augen zurückkehrt. *Hunger. Hass.*

»Lass die Hose runter«, keucht er, während sein Blick auf meine Taille und die offene Hose fällt. »Ich will die kleine Spalte sehen, die ich gleich…«

Meine Hände schießen vor, mein Unterarm ist an seiner Kehle. Die plötzliche Bewegung bringt ihn aus dem Gleichgewicht und schleudert ihn gegen die geschlossene Tür. Die Klinge des Stilettomessers ist jetzt befreit, und das Blitzen des Metalls spiegelt sich in seinen Augen. Sein Körper erstarrt. Ich halte ihm das Messer an die Wange, den Blick fest auf ihn gerichtet. Ich lächele noch breiter, teile mein Gesicht fast in zwei Hälften. Ich versuche mir seinen Tod vorzustellen, die grausamen Visionen zu begrüßen, die ständig darum ringen, Zugang zu meinem Verstand zu bekommen, aber ich kann nur *sie* sehen – das kleine blonde Mädchen, das in die Kamera grinst, einen Kuchen mit weißem Zuckerguss vor sich.

Annie. LOS!

Ich kämpfe mit meinen inneren Dämonen, will mir diesen Moment nicht entgehen lassen – endlich ein Opfer in meiner Gewalt, eines, das es wert ist, getötet zu werden, mein Angriff perfekt ausgeführt.

Aber ich muss mich auf Annie konzentrieren. Den Grund, weshalb ich meine Wohnung verlassen habe. Um einmal etwas richtig zu machen mit den verkorksten Karten, die mir zugeteilt wurden. Eine Leiche könnte mich aufhalten, könnte mich in eine Gefängniszelle bringen anstatt zu Annie.

Ich beiße die Zähne zusammen, speie wütend Worte aus, während ich ihm in die Augen starre. »Ich würde nichts lieber tun, als eine Kerbe in dieses hässliche Stück Scheiße zu hauen, das du Gesicht nennst, und dich blutend und hilflos auf diesem dreckigen Boden liegen zu lassen, während du dich mühsam hochrappelst, mit herausgeschnittenen Augäpfeln, unter meinen Füßen zerquetscht. Aber ich bin *verdammt* spät dran, und ich habe im Moment keine Zeit für diesen Scheiß.«

Ich drücke die Klinge in die dünne Haut unter seinen Augen, spüre, wie leicht sie hineingleitet und Blut um die Spitze hervorquillt.

Seine Pupillen huschen mit einer panischen, ruckartigen Bewegung von der Klinge zu mir. Ich weide mich an der roten Flüssigkeit, außerstande, meinen Blick von den Tropfen abzuwenden. Meine Finger reagieren nicht auf meinen Wunsch, den Druck zu lindern, um zu verhindern, dass die Klinge tiefer eindringt. Ich reiße das Messer zurück, und die Klinge ritzt seine Haut auf. Seine Hand schnellt hoch, um sie auf die Wunde zu pressen, und seine Miene verrät Entsetzen.

Blut. Ich wollte es. Ich brauchte es.

Ich habe meine zitternden Hände kaum noch unter Kontrolle. »Aus dem Weg, du Scheißkerl«, keuche ich.

Er greift hinter sich und tastet nach dem Türknauf. Seine blutigen Hände rutschen an ihm ab, bevor er ihn schließlich drehen kann, dann stürzt er rückwärts in den Shop, während er sich mit einer Hand wieder das Gesicht hält. Ich verlasse die Toilette, bücke mich, im Ladenlokal angekommen, nach meinen Sachen und schlendere durch das Geschäft. Als ich an der Kasse vorbeikomme, zögere ich kurz, dann greife ich ein in Plastik verpacktes Prepaid-Handy und gehe hinaus zu dem parkenden Truck.

Die Worte kommen wieder, lauter jetzt. *LOS! Annie.*

66

In jener Nacht in der Küche meiner Kindheit, umgeben von dem Blutbad, während meine Mutter vor mir im Sterben lag, waren die Schreie, die aus meinem Mund kamen, keine Schreie der Trauer. Ich schrie, weil ich, als ich auf sie einstach, als ich das Messer immer wieder in sie rammte, als ihr Blut meine Hände durchnässte und mir ins Gesicht spritzte, Erleichterung empfand. Ich hatte ihre Seele genommen, ihr Leben ausgelöscht. Meine Mutter, an deren Schulter ich mich gelehnt, die meine Lunchpakete gepackt, meine Wunden geküsst hatte und meine Inspiration gewesen war, war tot.

Ich hatte sie getötet.

Dieser lange gequälte Schrei galt dem Leben, das ich ausgelöscht hatte, sowohl ihrem als auch meinem eigenen. Es war ein Schrei wegen dem, was ich in diesem Augenblick geworden war.

Es ist 6:04 Uhr morgens, als ich vom Highway abfahre und auf die zweispurige Straße abbiege. Der Weg beschreibt eine enge Kurve einmal um sich selbst und verläuft dann parallel zum Highway weiter. Dem Navi zufolge muss ich links abbiegen, und ich halte eine Viertelmeile lang Ausschau, bis ich eine schmale Schotterstraße entdecke, in die ich einbiege.

Das Führerhaus vibriert dank der Furchen des Untergrunds, die Straße ist lehmig, mit tiefen Gräben zu beiden Seiten, in denen das Wasser steht. Es muss in der Nacht geregnet haben. Die Umgebung lenkt mich ab, und fast übersehe ich mein Ziel. Ich bremse im letzten Moment neben einem weißen Metallgatter, das mit einem glänzenden neuen Kombinationsschloss verschlossen ist. Ein BETRETEN-VERBOTEN-Schild baumelt daran. *Bingo.*

Ich steige aus dem Truck, lasse die Tür offen und sehe mich um: nichts als Äcker, Bäume und der leere geschotterte Weg. Das nächste Haus befindet sich mehr als eine halbe Meile entfernt von mir, ein kleines schindelgedecktes Gebäude, an dem ich vorbeigefahren bin, etwas zurückgesetzt von der Straße inmitten von Feldern. Kein Platz, um mich zu verstecken. Ich muss den Wagen irgendwo stehen lassen und zu Fuß weitergehen. Ich setze mich wieder hinters Lenkrad und rufe Mike an.

»Gott, bin ich froh, wenn dieser Scheiß vorbei ist!«, begrüßt er mich gähnend.

»Ja, Geld verdienen nervt. Hol dir mal eine Karte auf den Bildschirm und sag mir, wie Ralph von seinem Haus in Brooklet aus hierherfahren würde. Ich muss wissen, aus welcher Richtung er auf dieser Straße kommen wird.«

»Welcher Straße?«

»Der verdammten Straße, auf der ich bin.« Ich fummele an den Knöpfen des Navis herum, drücke auf den falschen und zoome heraus. »Herrgott noch mal!«

»Verdammt, du bist morgens aber biestig. Bist du auf der Straße, an der der Trailer steht?«

»Ja. Im Moment sehe ich auf ein weißes Gatter.«

»Okay, ich hab noch eine Info für dich vom Polizeifunk.

In Ralphs Haus brennt Licht, aber es ist noch niemand weggefahren. Die Cops, die das Haus beobachten, gehen um sieben.«

»Gehen wohin?«

»Schichtende. Sie beobachten ihn heute nicht.«

»Scheiße. Was sagen seine Handydaten? Ist er immer noch zu Hause?«

»Auf jeden Fall in der Nähe. Kann natürlich auch sein, dass er bei den Nachbarn schläft.«

»Ein simples Ja würde genügen.«

»Ich sag's noch mal, biestig.« Er atmet laut ins Telefon. »Okay. Wenn er zu dem Trailer will, wird er den schnellsten Weg nehmen, was heißt, in westlicher Richtung diese Straße hinunter.«

»Ich habe keinen verdammten Kompass, Mike. Ich weiß nicht, in welcher Richtung Westen ist.«

Er lacht quietschfidel – ganz schön gut drauf, dafür dass er die ganze Nacht wach war. »Du bist von Osten gekommen.«

»Okay.« Ich lege den Rückwärtsgang ein und setze den Truck zurück. Dann trete ich ruckartig auf die Bremse. »Augenblick – woher weißt du, aus welcher Richtung ich gekommen bin?«

»Äh … was?«

Ich spreche langsam, überzeugt, dass meine Wut durch jedes meiner Worte sickert: »Woher. Weißt. Du. Aus. Welcher. Richtung. Ich. Gekommen. Bin?«

»Reine Vermutung.«

»Blödsinn. Weißt du, wo ich wohne?«

»Äh … ja. Meinst du etwa, ich kann Ralphs Handy orten, aber deines nicht?«

Ich versuche, meine Panik in den Griff zu bekommen. Mir ist nicht wohl dabei, wie dieses Gespräch verläuft.

»Weißt du, *wer* ich bin?«

»Äh … ja.« In diesen zwei Worten kommuniziert er sowohl Misstrauen als auch Stolz.

»Wie leicht war es, das herauszufinden?«

»Nicht sehr leicht. Ich habe dich verfolgt über dein …«

»Hör auf. Ich werde dich später dafür zusammenstauchen. Sieh zu, dass du alle Lücken schließt, durch die du gekrochen bist, damit dir niemand anders folgen kann. *Jetzt.* Und behalte Ralphs Handy im Auge.«

»Geht klar, Boss. Du weißt aber schon, dass dieses beschissene Sicherheitspaket, das du dir geleistet hast, dich vor rein gar nichts schützt? Vor ein paar Monaten habe ich mich in deine Firewalls gehackt und sie verstärkt. Aber ich kann noch mehr tun. Ich kann…«

»Mike«, unterbreche ich ihn, »richte es einfach. Du kannst mir später zusätzliche Dienstleistungen verkaufen.«

»Pah! Ich meine ja nur. Du kannst gern das kostenlose Security-Upgrade bekommen. Vergiss nicht, ich muss bald los. So in einer Stunde.«

»Schütze meine Privatsphäre. Und behalte Ralph im Auge. *Bitte.*« Ich beende das Gespräch und werfe einen Blick über die Schulter, nehme den Fuß von der Bremse und gebe Gas, während ich nach einer Gelegenheit zum Wenden suche.

Ich finde eine Stelle, an der ich vom Schotterweg abfahren und den Truck parken kann, dann schnappe ich mir meinen Rucksack und schließe das Fahrzeug ab. Der Wagen steht unter einer halbrunden Baumgruppe, abseits genug von der Landstraße, um keine unerwünschte Aufmerksamkeit auf sich zu ziehen. Wenn jemand von Westen kommt, wird der Truck vor seinen Blicken geschützt sein, es sei denn, er sieht in den Rückspiegel. Wenn jemand von Osten kommt, wird der graue Wagen in dieser verlassenen Gegend auffallen wie ein bunter Hund. Ich schicke ein rasches Gebet zum Himmel, während ich auf das verschlossene Gatter und, wie ich hoffe, Annie zulaufe.

Während ich gehe, denke ich nach und versuche mich auf das vorzubereiten, was mich erwartet. Ich habe immer nur meine Dämonen als einengend betrachtet – schwere Ketten, die ich mit mir herumschleppe und von denen ich mich ständig zu befreien versuche. Ihr lästiges Gewicht schränkt mich in meinen ganz alltäglichen Bewegungsabläufen ein; es hält mich auf, wenn ich zu hoch springe oder zu weit gehe. Die Vorstellung, dass ich diese Schrulle meiner Persönlichkeit tatsächlich sinnvoll einsetzen könnte – um jemandem zu helfen, anstatt ihm etwas anzutun –, hat einen Funken Hoffnung in meinem Herzen entfacht. Einen Funken, den ich zu ignorieren versuche, so gut ich kann. Hoffnung ist gefährlich. Hoffnung führt zu Erwartungen, die zu Enttäuschung führen. Enttäuschung von anderen ist hart. Aber Enttäuschung von sich selbst ist noch weitaus schlimmer. Ich erwarte von anderen nicht, dass sie mich enttäuschen. Nein – ich bin meine eigene Traumkillerin. Diese Hoffnung, dieser Funken Erwartung, dass ich zu etwas Höherem imstande sein könnte, zu mehr als nur zu Bösem … Diese Hoffnung wird den Geschmack der Enttäuschung kennenlernen. Von anderen enttäuscht zu werden, ist ein Zuckerschlecken verglichen mit dem

Gefühl, von dir selbst enttäuscht zu sein. Ich weiß nicht, was trauriger ist – von mir zu erwarten, dass ich scheitern werde, oder zu viel Angst zu haben, um vom Erfolg zu träumen.

67

Der einzige Zweck des Gatters besteht offenbar darin, Autos fernzuhalten. Zu beiden Seiten der Flügel befindet sich eine gut einen halben Meter breite Lücke. Ich gehe um das Gatter herum und sprinte los, einen geschwungenen, ausgefahrenen Feldweg entlang, der eine schmale Schneise durch den dichten Baumbestand schneidet.

Laut Google Earth müsste der Trailer etwa zweihundert Meter weit vom Schotterweg entfernt stehen. Da die Sonne bereits durch die Bäume äugt, muss ich einen Zahn zulegen. Meine Füße kämpfen sich auf dem unebenen Weg mühsam vorwärts, und ich bete verzweifelt, ich möge mir nicht ausgerechnet jetzt den Knöchel verrenken. Meine Beine, die so viel körperliche Ertüchtigung nicht gewohnt sind, sind schwer, und ich habe Seitenstechen, als der Trailer endlich in Sicht kommt. Ich verlangsame das Tempo und verstecke mich zwischen ein paar Bäumen, die den Weg säumen. Dann kauere ich mich über meinen Rucksack und ziehe den Reißverschluss auf.

Als Erstes nehme ich die Pistole heraus, entsichere sie und lege sie behutsam neben mir auf den Boden. Dann greife ich in die Tasche des Kapuzenpullis und lege die Hand kurz um das Stilettomesser, um mich zu vergewissern, dass es noch immer da ist. Ich betaste die Skimütze, die ich eingepackt habe, im Inneren des Rucksacks, entscheide aber, sie nicht zu verwenden. Ich will, dass er mich sieht. Ich will, dass er mich erkennt, dass er weiß, dass ich die Ursache seines Untergangs bin.

Mein Handy vibriert leise. Ich klappe es auf und melde mich flüsternd. »Ja?«

»Die Polizeieskorte hat Ralphs Haus soeben verlassen.«

»Das ist zu früh.« Ich fummele an meinem Ärmel und schiebe ihn zurück, um auf die Uhr sehen zu können. 6:16 Uhr.

»Es kam eine Meldung, dass Jugendliche Graffiti an die örtliche Highschool sprühen. Sie brauchten jemanden, der sich darum kümmert. Wir haben es hier mit einer Kleinstadt zu tun. Im Augenblick haben sie dort draußen nur einen einzigen Deputy.«

»Scheiße.«

»Ich kann mich in sein Finanznetz einhacken, dann kann ich sehen, ob er seine Kreditkarten benutzt, aber das ist immer mit einer kleinen Verzögerung verbunden. Sein Fahrzeug habe ich nicht im Blick, nur sein Handy. Aber wenn er das nicht mitnimmt, kann ich nicht sehen, ob er das Haus verlässt. Und du weißt, ich muss…«

»Ja, ja. Du musst bald los. Ich weiß.« Ich beende das Gespräch, stecke das Handy in die Hosentasche und greife nach der Pistole. Ich trete hinter den Bäumen hervor auf den Weg und starre auf den erbärmlichen Abklatsch eines Trailers.

Auf dem Grundstück, auf dem er steht, wurden alle Bäume gefällt, was wirklich ein Jammer ist, denn dadurch sticht das schäbige Aussehen des Trailers erst recht hervor. Er ist einfach dort abgestellt, schmuddelig und vernachlässigt, das Abdeckblech rund um den Sockel ramponiert. Ursprünglich war er weiß, aber inzwischen ist die Farbe ein vergilbtes Grau, entweder von Pollen oder von Schimmel; er ist im Grunde ein einziger langer Kasten, in dem nur ein Fenster zu sehen ist. Zwei Betonblöcke befinden sich unter der metallenen Vordertür, in die auf Augenhöhe ein rautenförmiges Guckloch eingelassen ist. Autos sind nicht in Sicht, aber im Schlamm sind frische Reifenspuren zu sehen.

Knirsch. Obwohl ich mir alle Mühe gebe, möglichst sachte auf den Teppich aus Kiefernnadeln aufzutreten, machen meine Schritte so viel Lärm wie eine ganze Marschkapelle. Ich weiche den Reifenspuren aus, gehe seitlich herum und beschleunige meine Schritte auf dem Weg zum hinteren Ende des Trailers.

Die Türen sind verschlossen, und ich klopfe an die Hintertür – in der Hoffnung, dass es ausnahmsweise einmal einfach sein wird. Dass Annie zur Tür springen und ihre Hand vertrauensvoll in meine legen wird und dass wir zusammen zu Jeremys Truck davonlaufen werden – mein Verstand frei von mörderischen Gedanken, ihre Unschuld unversehrt, ihr Geist ungebrochen. Aber niemand öffnet die Tür, daher trete ich an das erste Fenster. Ich stecke die Pistole in meinen Hosenbund und benutze mein Messer, um das Fliegengitter zu öffnen, und versuche dann, die widerspenstige Scheibe hochzuschieben.

Es gelingt mir erst im dritten Anlauf. Das letzte Fenster des Trailers ist meine Rettung. Es gleitet schwerfällig hoch, und mein Magen verkrampft sich vor Aufregung und Vorfreude. Ich lege beide Hände auf den Fenstersims und stemme mich hoch, in den dunklen Raum.

Im Inneren des Trailers riecht es nach alten Zigaretten und nassen Handtüchern. Als ich im leeren Schlafzimmer, in dem blassgrüne Tapete von den Wänden blättert, auf die Füße komme, weiß ich bereits, dass der Trailer leer ist. Die Struktur ist zu still, zu ruhig. Trotzdem gehe ich weiter, in den Flur, durch ein anderes Schlafzimmer, ein Bad, ein Wohnzimmer und schließlich in eine Küche.

Ich suche den Trailer zweimal ab, erst ängstlich und vorsichtig, dann verzweifelt, aber die minimale Einrichtung macht die Aufgabe deprimierend einfach. Niemand da. Es gibt kein Blut, keine Spuren eines kleinen Mädchens. Keine Annie.

Ich lasse mich auf die Couch fallen, eines der wenigen Möbelstücke hier drin, eine orange geblümte Katastrophe, die unter meinem Gewicht fast in zwei Hälften bricht. Kann es sein, dass ich mich getäuscht habe? Ich habe bis jetzt keine physische Verbindung zwischen Annie und Ralph festgestellt. Ich habe diesen Trailer über die Anzeigen gefunden, die er sich im Internet angesehen hat, habe Ralphs Verkommenheit in seinem Computer bestätigt gesehen und bin davon ausgegangen, dass seine Fantasie-Annie dasselbe Mädchen wie die vermisste Annie sein muss. Was, wenn er wirklich nur ein verdammter Jäger ist und kein kleines Mädchen versteckt hat? Was, wenn er seine Krankheit ausschließlich mit unseren Internetchats befriedigt? Was, wenn ich ihn getötet hätte und er, im Hinblick auf Annie, ein unschuldiger Mann ist?

Der Stress und das Adrenalin der letzten vierundzwanzig Stunden prasseln auf mich ein, harte Steine auf meiner empfindlichen geistigen Gesundheit, und mir wird schwindelig unter der Schwere der Situation. Eine zweite Möglichkeit geht mir durch den Kopf, eine, vor der ich die ganze Fahrt über die Augen verschlossen habe. *Ich könnte zu spät sein.* Ich stehe auf und betrachte das Fenster, durch das ich hereingekommen bin, dann finde ich mich damit ab, dass ich vielleicht unverrichteter Dinge wieder gehen werde.

Ich suche den Trailer ein letztes Mal ab, halte nach Blutflecken oder Spritzern Ausschau, nach einem Paar rosa Gummisandalen oder einer Glitzerschleife – oder einem gottverdammten »Annie-war-hier«-Schild. Dann verlasse ich den Trailer. Ich ignoriere das Fenster, das ich offen stehen lasse, entriegele stattdessen die Vordertür und stapfe die Stufen hinunter. Verzweiflung liegt in jedem meiner Schritte. Ich lehne mich gegen die schimmelige Seite des Trailers und überlege mir meine nächsten Schritte, als ich auf einmal einen Motor höre.

Meine Augen gehen schlagartig auf, und ich kauere mich hin – eine lächerliche Aktion, wenn es nichts gibt, wohinter man sich verstecken kann. Ich stürze nach vorn, um das hintere Ende des Trailers herum, und lasse den Blick auf der Suche nach Deckung über die umliegenden Wälder schweifen. Ich lausche auf das Geräusch, das immer lauter wird – es muss näherkommen. Es muss nah beim Gatter sein. Es wird einen Moment dauern, bis er anhält, das Gatter öffnet und auf den Weg fährt. Ich strauchele und halte inne, als mein Blick auf ein Nebengebäude fällt, einen Holzbau, in dem vermutlich das Wild aufgehängt wird, und einen kleinen Schuppen dahinter. Sie stehen hinter dem Trailer, verborgen vor den Augen allzu neugieriger Wanderer, die sich über die Zufahrtsstraße hierher verirren. Eigentlich ist es ein ziemlich cooles Grundstück, es hat eine Scheune zum Aufbrechen des Wilds und eine Hütte, um es aufzuhängen – und verdammt viele Jalousien. Es handelt sich also um einen abgelegenen Ort, ohne direkte Nachbarn oder menschliche Zivilisation, bestens geeignet, um zu töten und Leichen verschwinden zu lassen.

Ich renne auf den Schuppen zu, verfluche meine Dummheit bei jedem Schritt, und meine Aufregung wächst, während das Motorgeräusch immer lauter wird.

68

Carolyn Thompson

Sie wacht allein im Bett auf, zum ersten Mal seit über drei Jahren. Sie liegt reglos da, in einem Moment stiller Einsamkeit, bevor die Realität zuschlägt und die Tränen kommen. Sie presst die Augen fest zusammen, schluckt die Verzweiflung hinunter und unterdrückt die Gefühle, die sie zu überwältigen drohen. Sie muss stark sein: für Henry, für Annie und für sich selbst.

Ihre kleine Tochter ist noch am Leben. Das weiß sie, das muss sie glauben. Sie ist sich ganz sicher, dass sie es fühlen würde, wenn Annie gestorben wäre. Eine Mutter würde so etwas doch wissen. Im Augenblick betet sie nur, dass Annie, wo immer sie ist, bei wem sie auch ist, keine Schmerzen und keine Angst hat.

Dann steht sie auf und schlüpft in ihren Morgenmantel, geht den leeren Flur hinunter zum Wohnzimmer. An der Tür angekommen, hält sie einen Moment inne und betrachtet ihren Ehemann. Sein Kopf liegt schief; er hat im Rollstuhl geschlafen. Seine Hand ruht in hoffnungsvoller Erwartung auf dem Telefon. Sie weiß, ohne ihn zu wecken, dass kein Anruf gekommen ist. Sie betritt das Wohnzimmer, nimmt ein kleines Kissen von der Couch und steckt es ihm sanft hinter den Kopf, um ihn in eine bequemere Position zu bringen.

Sie geht leise durch die Küche, um Henry möglichst lange schlafen zu lassen, seinen Frieden zu verlängern. Sobald sie eine Tasse Kaffee in der Hand hat, geht sie zurück ins Schlafzimmer, nimmt sich das Festnetztelefon und wählt die Nummer der Polizeiwache.

Fünf Minuten später legt sie auf und geht zurück ins Wohnzimmer, die warme Kaffeetasse mit beiden Händen umklammernd. Es gibt keine Neuigkeiten. Michael ist den ganzen Abend zu Hause geblieben, und das Interesse der Polizei an ihm schwindet jetzt. Das wahrscheinlichste Szenario ist, dass Annie aus der Stadt weggebracht wurde, möglicherweise sogar aus dem Bundesstaat. Anrufen zufolge, die bei der AMBER-Hotline eingingen, wurde sie bis zu sechs Stunden entfernt weiter oben im Norden gesichtet. Aber die Anrufe kamen immer zu spät – die Polizei war jedes Mal eine Viertelstunde hinterher, die Spur kalt, bis sie eintrafen.

Carolyns Hand hält zitternd die Kaffeetasse, während ihr Verstand entsetzliche Bilder der verschiedenen Möglichkeiten heraufbeschwört. Wenn Annies Entführer auf der Flucht ist, wenn sie auf dem Weg nach Norden sind, dann ist das vielleicht besser, als wenn sie irgendwo eingesperrt ist, allein mit einem Verrückten.

Michael. Ihre Gedanken kreisen um die Möglichkeit, über die sie sich die ganze Nacht den Kopf zerbrochen hat. Sie hat sich jedes Detail ihrer gemeinsamen Kindheit vor Augen geführt, und sie kann in diesen Erinnerungen nicht eine Spur von irgendetwas Unheilvollem entdecken. Wenn sie doch nur mit diesem Mädchen reden könnte, das bei der Hotline angerufen hat. Sie hat John nach mehr Informationen gefragt, aber er hat nur immer wieder dasselbe gesagt. Gespräche sexueller Art, die um ein kleines Mädchen namens Annie kreisten. Sie hat John gesagt, das müsse ein Irrtum sein – die junge Frau habe ihn schließlich Ralph genannt. Niemand nenne Michael bei seinem zweiten Vornamen. Aber John ließ sich nicht beirren. Das Mädchen habe die Adresse des Mannes genannt. Es war die von Michael.

Sie betrachtet ihren schlafenden Ehemann. Seine Brust hebt und senkt sich, während er unruhig atmet. Er ist ihr Seelenverwandter, ihr Partner fürs Leben, vor Gott und vor dem Gesetz. Ihre größte Gemeinsamkeit jedoch ist ihre Liebe zu Annie.

Ihre Gedanken kehren zurück zu Michael, und auf einmal hat sie eine Idee. Sie stellt den Kaffee ab, eilt ins Schlafzimmer, wirft ihren Morgenmantel ab und reißt die Kommodenschublade auf. *Becky.* Wenn irgendjemand etwas über Michael weiß, dann seine Frau.

69

An dem Schuppen hängt ein riesiges Vorhängeschloss. Es sieht neu aus, genau wie das am Gatter. Das ist die erste Beobachtung, die mir etwas Hoffnung macht.

Ich halte erst ein Auge und dann mein gesundes Ohr an den Spalt zwischen den Türflügeln, in der Hoffnung auf irgendeinen Hinweis darauf, was dort drinnen ist. Aber da ist nichts als Dunkelheit … und Stille.

Ich wende mich um und lausche auf den Motor, der in der Ferne noch immer ununterbrochen zu hören ist, irgendwo am vorderen Ende des Grundstücks. Das Tuckern wird leiser, offenbar entfernt er sich wieder. Das Handy in meiner Hosentasche vibriert, die Bewegung erschreckt mich. Ich hole es hervor und nehme das Gespräch an, als ich Mikes Namen sehe.

»Ich hoffe, es ist etwas Wichtiges«, flüstere ich.

»Wir haben ein Problem. Ralphs Kreditkarte hat vor drei Minuten an einer BP-Tankstelle acht Meilen nördlich von dir ein Signal abgegeben. Ich weiß nicht, wie lang die Verzögerung zwischen Bezahlung und Meldung ist … Es könnte alles von dreißig Sekunden bis fünfzehn Minuten sein. Aber, Jess, du musst *jetzt* von dort verschwinden.« Mikes Stimme ist atemlos, die Anspannung ist seinen Worten anzuhören, während das rasche Klicken von Tastenanschlägen im Hintergrund erklingt.

»Scheiße. Was ist mit seinem Handy? Warum hast du ihn nicht wegfahren sehen?«

»Das Signal kommt noch immer von seinem Haus.« Er atmet entnervt aus. »Er muss es zu Hause gelassen haben. Wir können von Glück reden, dass der Idiot seine Kreditkarte benutzt hat.«

Die Eile treibt mich jetzt zum Handeln an. Ich beende das Gespräch und stecke das Handy ein, während ich spüre, wie mir ein Schweißtropfen an der Schläfe herabrinnt. Ich zerre vergeblich an dem Schloss, dann widme ich mich dem Fenster daneben und versuche es zu öffnen. Ich gehe noch einmal einen Schritt zurück und schätze die Entfernung ab, bevor ich einen Satz nach vorn mache und gegen die Scheibe trete.

Bei der Vorstellung, dass sie in einer gewaltigen Explosion unter meinem Fuß zersplittert, ist meine Fantasie offenbar mit mir durchgegangen – die einzige Folge meines Tritts ist ein spinnennetzartiger Riss in der Scheibe. Ich versuche es noch einmal mit aller Kraft, und diesmal geht mein Fuß glatt durch, aber als ich ihn zurückziehe, bleibt mein Bein an den gezackten Rändern hängen. Ich wickele den Ärmel meines Sweatshirts um meine Faust und schlage die scharfkantigen Teile heraus, dann stemme ich mich hoch und in die dunkle Öffnung hinein.

Angst.

Es ist eine seltsame Empfindung, eine, die ich seit jener Nacht in der Küche meiner Familie nicht mehr verspürt habe. Aber jetzt überwältigt mich das Gefühl, schnürt mir die Luft ab und findet den Weg in mein Herz, umklammert es und drückt es fest zusammen. Angst vor der Perversion dieses Mannes. Angst vor meinem Scheitern, davor, Annie nicht beschützen zu können. Angst davor, die mörderische Wut in mir zu vergeuden.

Eine halbe Minute lang hänge ich so da, halb in und halb aus dem Fenster, während meine Augen versuchen, sich an die Dunkelheit in dem Raum zu gewöhnen. Unter mir steht ein niedriger Tisch, und ich schiebe mich weiter durch den Fensterausschnitt und lasse mich vorsichtig auf den Tisch hinunter, bis ich mir sicher bin, dass er mein Gewicht trägt. In dem Raum riecht es nach Tod – ein Geruch, der mich prompt an die Küche meiner Kindheit erinnert. Der Gedanke sorgt dafür, dass mein Magen unangenehm rumort, und ich versuche, die Emotion zurückzudrängen, das Verlangen für eine Zeit aufzuheben, in der ich es möglichst sinnvoll einsetzen kann.

Dann höre ich etwas, und ich erstarre, während ich versuche, die Quelle des Geräuschs ausfindig zu machen.

Ich höre es wieder.

Ein Wimmern – schwach und gedämpft.

Und es ist mit mir in diesem Raum.

Annie.

70

Carolyn Thompson

Sie klingelt an Michaels Tür, während sie auf die verwelkten Geranien hinabsieht, die auf der Stufe vor dem Haus in Terrakottatöpfen stehen. Sie hört, wie das Bimmeln im Haus allmählich verklingt, dann geht die Tür auf, und Becky steht vor ihr, die Frau, die sie noch nie leiden konnte, die sie nie willkommen hieß, um die sie sich nie bemüht hat. Eine Missachtung, die sie jetzt teuer zu stehen kommen könnte.

Becky war früher einmal schön, aber das ständige Stirnrunzeln und der besorgte Blick haben sie früh altern lassen. Sie scheint permanent nervös zu sein, eine Angewohnheit, die auch jetzt deutlich hervortritt, als sie vor Carolyn steht und mit einem Lappen in ihren Händen spielt. »Carolyn«, sagt sie kurz angebunden. »Was machst du denn hier?«

Kein Mitleid mit ihrer Situation, keine Sorge um Annie, die zum Ausdruck gebracht wird. Es gibt einen Grund, weshalb Carolyn noch nie viel für sie übrig hatte, einen Grund, der jetzt sein wahres Gesicht zeigt.

»Ich muss mit dir über Michael reden. Darf ich hereinkommen?«

»Ich habe zu tun. Und wie du vermutlich weißt, war die Polizei gestern Abend hier. Hat uns beim Abendessen gestört. Du kannst alle Antworten, die du brauchst, von ihnen bekommen.«

Becky tritt den Rückzug an, will die Tür schon wieder schließen, aber Carolyn macht einen Satz nach vorne, drückt die Tür auf und geht in die Diele.

»Nein. Es mag vielleicht unhöflich erscheinen, aber ich muss mit dir reden.«

Becky starrt sie mit offenem Mund an, sieht zornig auf Carolyns Füße, als sei sie schockiert, sie dort zu sehen, in ihrem Haus, wie sie in ihre Privatsphäre eindringen. Schließlich hebt sie den Blick, sieht Carolyn stirnrunzelnd an und schließt die Tür.

»Na schön. Was willst du wissen?«

71

Ich springe vom Tisch, während ich mich dafür verfluche, dass ich keine Taschenlampe mitgebracht habe, vor allem da das Fenster auf der falschen Seite des Schuppens angebracht ist, wo es kaum Sonnenlicht hereinlässt.

»Annie?« Ich spreche leise, um einen möglichst freundlichen Ton bemüht. »Mein Name ist Deanna. Ich bin hier, um dir zu helfen. Kannst du mir sagen, wo du bist?«

Meine Frage trifft auf Schweigen. Der Moment dehnt sich aus, und meine Hände beginnen, sich panisch zu verkrampfen, während kostbare Zeit verstreicht.

»Annie, ich weiß, du kennst mich nicht. Aber ich will dich hier herausholen. Ich will dich zu deiner Mom zurückbringen. Kannst du mir bitte helfen?«

Ich höre ein Schniefen und schnelle herum, versuche zu orten, woher das Geräusch kommt. Links von mir. Ich bewege mich in diese Richtung, blinzele ein paarmal rasch hintereinander, versuche im Dunkeln etwas zu erkennen.

Ich bleibe wie angewurzelt stehen, als ich ihre Stimme höre.

»Ich will zu meiner Mommy!«

Ich finde sie, noch bevor sie zu Ende gesprochen hat, strecke die Hände aus und berühre weiche Haut und glatte Baumwolle. Ich drücke Annie in einer Umarmung instinktiv an mich, meiner ersten Umarmung seit sehr, sehr langer Zeit. Der Geruch von ihr weckt Erinnerungen an meine Schwester, an Weihnachtsmorgen und Gutenachtgeschichten. Fast schluchze ich bei diesen Erinnerungen, aber dann drücke ich ihr stattdessen rasch einen Kuss auf den Kopf und lasse sie los.

Meine Hände tasten sie sanft ab, folgen ihren Gliedmaßen, bis ich den groben Strick finde, der fest um ihre Handgelenke und Füße gebunden ist. Ich zerre an den Knoten, aber ich gebe rasch auf; sie sind zu fest und kompliziert gebunden.

»Halt still«, sage ich leise. Ich zücke mein Messer und klappe die Klinge auf, um die Stricke zu durchtrennen. Ich achte gar nicht darauf, wohin sie führen. Annie benimmt sich artig und hält ganz still, bis ich sie losgemacht habe, hochziehe und auf die Füße stelle. Aber dann sträubt sie sich an meiner Hand, stemmt sich nach hinten und drückt sich flach gegen die schmutzige Wand des Schuppens. Ich kann spüren, dass sie Angst hat, hin- und hergerissen zwischen ihrem Wunsch, den Schuppen zu verlassen, und ihrem Misstrauen mir gegenüber.

»Du musst mir jetzt ganz genau zuhören, okay?« Ich gehe in die Hocke, und als ich sie sanft an der Schulter berühre, kann ich spüren, wie sie nickt. »Ich werde dir nicht wehtun. Ich will dich nur zu deinen Eltern zurückbringen. Wenn du mit mir mitkommst, kannst du sehr bald wieder bei deiner Mommy und deinem Daddy sein.« Ich spreche in einem leichten, fröhlichen Ton, und ich spüre, wie sie sich entspannt und ihre kleinen Schultern ein wenig sinken lässt.

»Okay. Kommt Onkel Michael wieder?«, flüstert sie.

Ich erstarre bei der Frage. Ich wünschte, ich könnte ihr Gesicht sehen, könnte die Emotion zwischen den leisen

Worten erkennen. Onkel *Michael.* Ralph Michael Atkins. RalphMA.

»War er denn hier?«, frage ich. Ich strecke die Hände aus, bitte sie um Erlaubnis, bevor ich ihren leichten Körper hochhebe und sie auf den Tisch stelle.

»Er hat mich hierhergebracht. Ich soll auf das Kätzchen warten, aber er ist nie zurückgekommen, und dann ist es dunkel geworden.« Ihre Stimme bebt, die kaum noch unterdrückte Hysterie ist nicht zu überhören.

Ich klettere neben ihr auf den Tisch. »Annie. Du musst jetzt ungefähr zehn Minuten sehr erwachsen für mich sein, okay? Sei stark, Schatz. Das ist wirklich wichtig. Ich werde durch das Fenster hier klettern, und dann helfe ich dir hinaus. Hast du verstanden?«

Hier am Fenster, wo es heller ist, kann ich sie undeutlich erkennen. Sie nickt und verzieht ihre Miene zu einem entschlossenen Stirnrunzeln. Ich lächele sie an. »Braves Mädchen.« Ich klettere durchs Fenster und springe mühelos auf den Boden. Dann strecke ich die Arme durch die Öffnung und spüre ihren angespannten Körper, als sie sich mir entgegenreckt. Im nächsten Augenblick halte ich sie in den Armen, hebe sie aus dem Schuppen und setze sie auf dem Boden ab. Mein Handy vibriert in meiner Hosentasche, und ich ziehe es mit einer Hand daraus hervor, während ich mit der anderen Annies fest umklammert halte.

»Hey, Mike.«

»Jess, ich muss los. Ich wollte mich nur vorher noch mal bei dir melden.«

»Keine weiteren Bewegungen auf seiner Kreditkarte?«

»Was hast du erwartet? Eine Shoppingtour auf seinem Weg zu ihr?«

»Ein Mädchen darf hoffen«, murmele ich, während ich Annie zuflüstere, sich zu beeilen, und an ihrer Hand ziehe.

Als ich mit ihr loslaufe, sehe ich, dass sie barfuß ist, und ich verlangsame unser Tempo, damit sie auf dem schlammigen Weg besser mithalten kann. »Ich habe sie, Mike. Wir sind jetzt auf dem Weg zum Truck.«

»Das ist toll, Jess. Wirklich, verdammt toll.« Ich kann das Lächeln in seiner Stimme hören, das seine Worte in die Länge zieht, und ich lächele trotz meiner Angst. *Ich habe sie.* Ich habe dieses kleine Mädchen gerettet, ohne davon zu fantasieren, ihr irgendetwas anzutun. Jetzt muss ich nur noch zusehen, dass ich verschwinde, bevor *er* auftaucht.

Mike spricht meine Gedanken laut aus. »Und jetzt sieh zu, dass du verschwindest!«

Ich kann hören, wie Mike sich bewegt, höre das Klimpern von Schlüsseln, ein paar Tasten auf dem Computer, und ich antworte schnell. »Bin schon dabei. Danke, Mike. Wir sehen uns irgendwann online.«

Er lacht mir ins Ohr. »Na klar, Süße. Hat mich gefreut, dir helfen zu können.«

Ich beende das Gespräch und lächele zu Annie hinunter. »Bereit, nach Hause zu fahren?«

Sie nickt, ein Zögern liegt in ihrem Gesicht – Angst vermischt mit Hoffnung, ein schwaches Schimmern von Vertrauen in ihren Augen. Dieser Blick bricht mir das Herz, er erinnert mich so sehr an Summer. Kinder fassen so schnell Vertrauen, weil sie keine Vorstellung von der Verkommenheit unserer Spezies haben. Summer war vertrauensvoll, genau wie ich es einmal war, bevor ich wusste, was es auf der Welt alles gibt. Bevor ich diese Düsterkeit kennenlernte, die in meiner eigenen Seele wohnt.

Wir laufen zusammen weiter, bis wir endlich festen Boden erreichen. Der Rucksack auf meinem Rücken hüpft auf und ab. Ihre nackten Füße fliegen nur so dahin. Das Laufen lenkt sie ab, und ein leises Lachen perlt aus ihrem Mund. Die schlichte Tatsache, dass ihre nackten Füße den Untergrund spüren, ist unterhaltsam für sie. Ein beklemmendes Gefühl, die Sorge, vielleicht jeden Moment das Dröhnen von Ralphs Wagen zu hören, ergreift von mir Besitz. Aber ich fühle mich noch immer berauscht, hingerissen von der schier unglaublichen Vorstellung, dass mein Rettungsversuch tatsächlich klappen könnte, dass Annie hier neben mir ist und wir fast in Sicherheit sind.

Wir drücken uns am Gatter vorbei, springen über die Furchen der schlammverkrusteten Straße und laufen um die Wette zu dem Truck, und ich lasse sie gewinnen. Ich schnalle sie auf dem Beifahrersitz an, eine Handbewegung, deren Normalität mir schmerzlich bewusst ist, und lege den Rückwärtsgang ein. Einen Moment lang bleibt mir fast das Herz stehen, als die Reifen durchdrehen. Aber dann greifen sie, und der Wagen macht einen Satz auf die Schotterstraße.

Als wir an der Einmündung zur Landstraße ankommen, die parallel zum Highway verläuft, sind keine anderen Fahrzeuge zu sehen, und die Freiheit ist zum Greifen nah. Ich fahre nach links, in Richtung Brooklet, während ich mir überlege, wie ich Annie am besten zu ihren Eltern zurückbringen soll. Ich bin abgelenkt, berauscht von unserer Flucht, daher bemerke ich das Fahrzeug fast nicht, das an uns vorbeifährt. Ich schaue in den Rückspiegel und sehe, dass es nach rechts genau in die Straße abbiegt, aus der wir gerade gekommen sind. Ein dunkelblauer Ford Explorer. Mein Verstand ist eine Sekunde langsamer als meine

Augen, und ich steige auf die Bremse, während ich zusehe, wie der SUV die Schotterstraße entlangrumpelt. *Ralph Michael Atkins. Georgia-Kennzeichen: X42FF. Marineblauer Ford Explorer.*

Zeit der Entscheidung. Ralph ist *hier.* Ich atme schwer, Emotionen schießen wie eine Ladung Heroin durch meine Blutbahn, jeder Nerv in meinem Körper ist angespannt, jeder Muskel verspürt den Drang zu zerstören. Über das Dröhnen in meinem Kopf hinweg höre ich eine Stimme, und ich wende mich auf meinem Sitz zu ihr und versuche, mich auf sie zu konzentrieren. Annie. Süß und unschuldig, ihr Mund bewegt sich, sie sagt irgendetwas. Ich lege die Stirn in Falten, kämpfe einen aussichtslosen Kampf auf meinem Platz, während ich mich auf ihre Lippen konzentriere. Für einen kurzen Moment bin ich bei klarem Verstand und höre ihre Stimme.

»… halten wir an?«

Ich umklammere das Lenkrad, während ich versuche, den Wahnsinn von der Logik zu trennen – was ich tun *sollte* gegenüber dem, was ich tun *will.* Ich sollte weiterfahren, dafür sorgen, dass Annie in Sicherheit bleibt. Ich sollte sie nach Hause bringen. Ich sollte die Informationen, die ich über ihren kranken Onkel erhalten habe, der Polizei übergeben.

Ich presse die Augen fest zusammen und versuche zu atmen, versuche nachzudenken, aber sie gehen prompt von allein wieder auf. Ich drücke aufs Gaspedal, reiße das Lenkrad unsanft herum und lege schlitternd eine scharfe Wende hin, bevor ich Gas gebe und kurz darauf rechts auf die Schotterstraße einbiege.

Ich fahre zum ersten Farmhaus, an dem wir vorbeikommen, und halte dahinter an. Der Hof ist leer, keine Autos stehen in der Auffahrt. Ich parke, dann wende ich mich Annie zu und richte den Blick fest auf sie. Ich halte immer noch das Lenkrad fest und versuche mich auf ihr Gesicht zu konzentrieren, versuche etwas Normalität in meine Stimme zu legen. Aber ich kann in ihren Augen sehen, dass sie spürt, dass irgendetwas nicht stimmt.

»Annie. Du musst jetzt aussteigen und auf dieser Veranda auf mich warten. Ich bin bald wieder da. Weißt du die Telefonnummer deiner Eltern?«

Bitte sag Nein, bitte sag Nein. Es sind die Worte meines bösen Unterbewusstseins, das drauf und dran ist, dieses Mädchen zu verlassen und dem Ford Explorer zu folgen.

Sie schüttelt den Kopf, und ich atme erleichtert aus. »Okay. Ich lasse dir ein Handy da und stelle den Timer darauf ein. Wenn der Timer losgeht und ich noch nicht wieder da bin, will ich, dass du es benutzt, um den Notruf zu wählen. Weißt du, wie man den Notruf wählt?«

Sie sieht mich ernst an. »Mom sagt, ich soll den Notruf nur wählen, wenn es wirklich ein Notfall ist.«

»Da hat sie recht. Ich will auch nicht, dass du ihn wählst, es sei denn, der Timer geht los. Wahrscheinlich bin ich bis dahin schon zurück, und dann musst du gar nicht dort anrufen.«

Sie hat die Augenbrauen zusammengezogen, und dieser Ausdruck ist so süß, so besorgt, dass ich sie einfach nur in die Arme schließen und auf den Kopf küssen will.

»Du lässt mich hier? Allein?« Ihre Augen werden groß und glänzen vor Feuchtigkeit. »Ich will nicht wieder allein sein.«

Ich versuche normal zu atmen, klar und ruhig zu sprechen. »Ich werde nur ganz kurz weg sein. Eine Viertelstunde. Du musst hier auf mich warten, auf der Veranda. Und dann bringe ich dich nach Hause zu deinen Eltern.«

Sie senkt den Blick, befingert das Nylon ihres Gurts. »Ich will nicht wieder im Dunkeln eingesperrt sein.« Sie schnieft, und ihre Stimme bebt leicht. »Ich hatte Angst dort. Onkel Michael war anders … nicht so, wie er bei Mommy ist.«

Ich muss *jetzt* los. Ich kann spüren, wie die Eile mich antreibt. Ralph ist längst beim Schuppen angekommen, er wird bemerkt haben, dass sie verschwunden ist. Was, wenn er wieder wegfährt? Was, wenn ich meine Gelegenheit verpasse? Was, wenn er flieht?

Ich versuche, weiterhin ruhig zu sprechen, mit einem Lächeln im Gesicht. »Ich weiß, Schatz. Ich bringe dich weg von hier, weg von ihm, du musst nur noch diese eine Sache für mich tun, okay? Fühlst du dich hier sicher? Kannst du auf dieser Veranda auf mich warten?«

Sie sieht auf den sonnenüberfluteten Balkon mit den großen Blumentöpfen voller leuchtend roter Zinnien zu beiden Seiten der Hintertür. Ihre Hand umklammert den Gurt, und ihre Stimme ist leise, als sie antwortet. »Ja.«

Mit zitternden Fingern zücke ich mein Handy und stelle den Timer auf fünfzehn Minuten ein. Ich halte es ihr hin und zeige ihr, wie sie den Alarm ausschalten und wie sie den Notruf wählen soll. Dann drücke ich ihr das Telefon in die Hand, bemüht, Ruhe zu bewahren und ihr fest in die Augen zu sehen.

»Bleib auf der Veranda und wähle nicht den Notruf, bevor der Alarm losgeht. Ich habe vor, wieder hier zu sein, bevor die Zeit abgelaufen ist, okay?«

Sie nickt mit ernster Miene.

»Geh schon, Annie. Setz dich auf die Veranda und warte.«

Ich sehe mit flatterndem Herzen zu, wie sie sich setzt und mir mit ihrer kleinen Hand zuwinkt. Dann reiße ich den Truck herum und gebe in Richtung Schotterstraße Vollgas.

LOS!

72

Er kehrt wieder, dieser Schwall von brennendem Verlangen. Er durchflutet meine Adern und strömt durch meine Gliedmaßen, sodass meine Hände zittern und mein Atem in kurzen abgehackten Stößen geht. Zum ersten Mal in meinem Leben bin ich froh, dass es ihn gibt. Mit Annie zusammen zu sein, hat meinen Verstand gelähmt. Die Angst, sie zu verlieren, hat die Fähigkeit meines Körpers geschwächt, an diesen Punkt zu gelangen, mein Gehirn und meine Gedanken kreisten ausschließlich um sie und darum, sie in Sicherheit zu bringen. Es ist, soweit ich mich erinnern kann, das erste Mal, dass ich Besorgnis empfunden habe. Wenn man selbst die düsterste Erscheinung in einem Raum ist, gibt es kaum einen Grund, sich zu fürchten. Eine Gelegenheit, sich mit dem Bösen anzulegen, würde jede Gewalt, die mein Körper vielleicht gern ausüben würde, nur rechtfertigen. Aber als ich für Annie verantwortlich war, als ihr unschuldiges Leben in meinen Händen lag und sie sich darauf verließ, dass ich sie beschützte, scheiterten meine dämonischen Triebe, unterdrückt und erstickt von mütterlichem Instinkt und der Sorge. Sorge um Annies Sicherheit, Sorge, dass ich sie, wenn ich mich auf eine Konfrontation mit Ralph einlasse, enttäuschen könnte.

Jetzt, wo sie aus der Schusslinie ist und ich ihn im Visier habe, ist diese Sorge verschwunden, ersetzt von dem grausamen Drang, der mich antreibt. *Ich will töten, ich muss töten, ich habe ein Ziel vor mir.* Es ist das erste Mal, dass ich gegen dieses Gefühl nicht ankämpfe, dass ich nicht versuche, es zu beherrschen, indem ich die Augen schließe oder meinen Verstand in eine andere Richtung lenke. Stattdessen begrüße ich dieses Gefühl, greife das vibrierende Lenkrad fester und spüre die Freisetzung dunkler Energie, die sich in meinem Körper ausbreitet.

Das Gatter steht jetzt offen, die Kette hängt lose von einem Metallrohr, und ich lenke den Truck hindurch. Es gibt keinen Grund mehr, sich zu verstecken. Ein Kampf liegt vor mir, und ich stöhne fast vor Aufregung. Nach vier Jahren Warten fühle ich mich mehr als bereit dazu, und ich keuche schon bei dem Gedanken daran.

Der Ford Explorer parkt in einem seltsamen Winkel vor dem Trailer, vermutlich hatte er es auf dem Weg hierher genauso eilig wie ich. Die Tür zum Schuppen steht offen, und Ralph taucht im selben Moment im Türrahmen auf, in dem ich aus dem Truck steige, die Hände in die Beuteltasche meines Pullis gesteckt, das Messer in der einen Hand, die Pistole in der anderen.

Es ist schon erstaunlich, dass ich trotz unserer ganzen Chats, obwohl ich seine grausame Stimme schon so oft gehört habe, sein Gesicht nicht ein einziges Mal zu sehen bekam. Es waren keine Fotos in den Dokumenten, die ich von Mike bekommen habe. Keine Ausweispapiere und kein Screenshot, um mich auf sein Aussehen vorzubereiten.

Ich habe ihn mir so oft vorgestellt, dass meine Fantasie ein Monster mit grotesken Gesichtszügen und seltsamen Proportionen erschaffen hat. Aber vor mir, in der Tür des

Schuppens, steht, mit schräg gelegtem Kopf und stechendem Blick, ein ganz normaler Mann. Er sieht durchschnittlich aus, mit leichtem Ansatz zur Glatze, zwanzig Pfund zu schwer, den Mund zu einem spöttischen Grinsen verzogen. Seine Augen verengen sich, seine Haltung ist stramm, der Gesamteindruck düster. Dieser Typ, dieser kahl werdende, dicke Mann, hat mir ins Ohr geflüstert, sich seine widerlichen Gedanken von der Seele geredet, mir das finstere Böse in seinem Herzen gezeigt. Und jetzt tritt er näher, während die Erregung von seinem Körper wie ein fauliger Geruch ausströmt.

Komm schon ... Baby. Komm schon. Komm näher, du kranker Scheißkerl. Ich will lächeln, berauscht von der köstlichen Aufgabe, die vor mir liegt. Ich bin im Begriff zu töten. Im Begriff, ein Leben auszulöschen, lebendiges Fleisch zu spüren und seinen Atem mit einem Blutschwall zu ersticken. Die Aufregung überwältigt mich fast; die Vorstellung, meine selbst gesetzten Grenzen hinter mir zu lassen, ist so fremd, mein Drang, diese Dämonen in Schach zu halten, so fest verankert, dass es sich seltsam anfühlt, diesen Riegel zurückzuschieben, seltsam, mir zu gestatten, ohne Zensur oder Kontrolle zu denken, zu fühlen und zu handeln.

Aber ich muss schlau sein. Ich muss schnell sein. Ich muss diesen Mann bestrafen und zu Annie zurückkehren. Ich darf nicht vergessen, wie es mit Jeremy gelaufen ist, wie er mich überwältigt hat. Wie schnell ich unter Kontrolle gebracht, der Spieß umgedreht wurde und Jeremy auf mir saß und mich festnagelte.

Die Pistole. Die Pistole ist die beste Chance. Ich sollte sie jetzt zücken, Ralphs Vorwärtskommen aufhalten, einen

Schuss abfeuern, der ihn tötet. Fertig. Mission ausgeführt. Irrtum ausgeschlossen.

Es wäre verdammt langweilig. Ich habe vier Jahre lang von diesem Moment fantasiert, habe mir unzählige Tötungsszenarien vorgestellt, und 90 Prozent davon beinhalteten nahen Körperkontakt, eine Klinge und eine intime mörderische Begegnung. Keine Pistole mit drei Metern Abstand vom Ziel, ein Drücken am Abzug und ein menschlicher Körper, der zu Boden sackt. *Leidenschaftslos. Enttäuschend.*

Ich verkneife mir das Lächeln, denn ich will, dass er sich entspannt fühlt, dass er denkt, er hätte die Kontrolle, er wäre bei diesem Kampf der Aggressor. Er tritt aus dem Schuppen ins Morgenlicht, und meine Hand lässt die Pistole in der Tasche los, während ich vortrete und mich frage, ob er mich erkennt.

Ich kann seine Panik spüren. Nicht meinetwegen, nicht wegen dieses jungen Mädchens, das in Kapuzenpulli und Turnschuhen vor ihm steht. Sein Blick ist bereits über mich geglitten, hat meinen Körper von Kopf bis Fuß gemustert und mich als geringfügige Bedrohung abgetan. Nein, seine Panik gilt Annie. Er fragt sich, wo sie ist. Fragt sich, was mit seinen Plänen, seinen Fesseln passiert ist. Fragt sich, wie lange sie schon fort ist und wie weit sie gekommen sein kann. Ich bin eine Ablenkung, eine Zeitverschwendung, um die er sich rasch kümmern sollte, damit er weitermachen und sich seine Trophäe zurückholen kann.

Ich kann es nicht aufhalten, kann nicht verhindern, dass sich dieses Grinsen über mein Gesicht ausbreitet, dass das Entzücken über diese ungeahnte Möglichkeit durch meinen Körper strömt.

Er zögert, meine freundliche Miene verwirrt ihn, und seine Augen sehen mich blinzelnd an, während er weiter auf mich zukommt und dann, zwei Schritte von mir entfernt, auf einmal erstarrt. Seine Knopfaugen mustern mein Gesicht, erst zögernd und dann irritiert, und seine Miene verhärtet sich, als ihm die Erkenntnis schließlich dämmert. Fassungslosigkeit, gefolgt von Wut, funkelt in seinen Augen.

»Was tust *du* denn hier?«

Er ist nicht bewaffnet – sein weicher Körper erstarrt nur vor Wut. Er braucht keine Waffe; sein Opfer ist ein hilfloses sechsjähriges Mädchen.

Mein Selbstvertrauen wächst, während sein Gehirn die möglichen Gründe für meine Anwesenheit durchgeht. Er tritt einen Schritt zurück, sieht zum Schuppen, mustert das eingeschlagene Fenster, den leeren Rahmen.

Ich stehe da und denke über die Intelligenz des Mannes vor mir nach. Ich weiß so wenig über ihn, und jetzt warte ich darauf, dass er den Zusammenhang herstellt.

Ich kann den Augenblick sehen, in dem es passiert, in dem sein Blick langsam von Punkt A zu Punkt B wandert, in dem ihm langsam ein Licht aufgeht. Meine Anwesenheit. Annies Abwesenheit. Mein Wissen um seine sexuellen Begierden. Dann fällt der Groschen, sein Kopf schnellt zu mir zurück, und seine Augen lodern vor Zorn. »Du. Kleines. Biest«, stößt er hervor, während er auf mich zugeht.

Ich reagiere rasch – ich habe aus meinen Fehlern mit Jeremy gelernt. Ich darf nicht zulassen, dass er mich zu fassen bekommt, ich muss ihn unvorbereitet überrumpeln. Ich reiße die rechte Hand vor, die das Stilettomesser fest umklammert hält, und drücke auf den Auslöseknopf, während ich mich bewege. Die scharfe Klinge springt heraus und rastet ein, und die ruckartige Bewegung in meiner Hand bewirkt, dass sich meine Beine verkrampfen und mein Magen rumort.

Das ist der Moment. Das ist meine Zeit.

Die Schuld – dieser gewaltige Stein, der auf meinen Schultern lastet und mir sagt, dass meine Gedanken falsch und meine Absichten geisteskrank sind – ist verschwunden, und mein Gewissen ist leicht. Es unternimmt nichts, um den Schwall von Energie aufzuhalten, der durch meinen Körper strömt. Das Messer wackelt ein wenig, da meine Hände vor Aufregung zittern, und ich beäuge seinen Nacken, mustere aufmerksam die Rundungen und Vertiefungen, die ich gleich durchtrennen werde.

Er sieht mein Messer und hält inne, für einen Moment verwirrt von dem Aufblitzen einer Waffe in meiner Hand.

In Filmen sagen die Leute immer: »Du musst auf die Halsader abzielen.« Aber tatsächlich liegt sie im äußeren Bereich des Halses. Sie zu durchtrennen richtet zwar durchaus ein Blutbad an, aber es reicht nicht aus, um zu töten, es sei denn, man hängt den Betreffenden anschließend an den Füßen herum auf und lässt langsam jeden Tropfen Blut aus seinem Hals laufen. Das ist ein langweiliger Tod. Vermutlich würde ich einschlafen, nachdem ich zwanzig Minuten lang dem hypnotisierenden Geräusch von tröpfelndem Blut zugehört habe.

Wenn man eine Kehle aufschlitzt, sollte man tatsächlich auf die Halsschlagadern abzielen, die sich in den kleinen Vertiefungen zu beiden Seiten der Luftröhre befinden. Man muss die Schlagadern nicht einmal aufschlitzen, es genügt, einfach etwas Druck auf die Arterie auszuüben, um die Sauerstoffzufuhr zum Gehirn zu unterbrechen, sodass das Opfer das Bewusstsein verliert und – wenn der Druck aufrechterhalten wird – letztendlich stirbt. Aber auch das macht verdammt wenig Spaß. Ihn fünf Minuten lang erwürgen, nachdem er bereits bewusstlos ist? Dann könnte man ihm genauso gut ein Schlaflied singen und ihn damit sanft ins Jenseits wiegen.

Ralph hat kein friedliches Hinübergleiten in den Tod verdient, bei dem sein Verstand den Schmerz ausblendet und ihm ein langsames und dankbares Hinwegscheiden gestattet. Scheiß drauf. Dieser Mann hat es verdient zu bluten. Ich muss sehen, dass er blutet, ich muss meinen düsteren Obsessionen nach vier Jahren Enthaltsamkeit eine Art Ausgleich bieten.

Die beste Art, ihm den Hals aufzuschlitzen, ist quer durch den Trachealbereich, ein einziger rascher Schnitt, der gleichzeitig sowohl die Luftröhre als auch die Halsschlagadern zerstören wird. Diese Methode wird dazu führen, dass er nicht mehr sprechen oder schreien kann; außerdem wird er, wenn er nach Luft schnappt, das Blut einsaugen und so verhindern, dass ich damit bespritzt werde.

Das Problem ist, ich will seine Schreie. Ich will seinen Schmerz hören, sein gequältes Heulen, das nicht aufhört, bis er tot ist. Schreie sind immer mein Lieblingsteil der Fantasien; sie sind der Beweis dafür, dass ich die Macht, dass ich die Kontrolle habe und sie die Angst, dass sie mir auf Gedeih und Verderb ausgeliefert sind. Und ich will das Blut, ich will, dass es überallhin spritzt, dass es meine Hände und meinen Körper bedeckt. Meine dunklen Triebe wollen den Beweis ihrer Zerstörung sehen, den Beweis dafür, dass wir als Einheit das Leben dieses Mannes ausgelöscht haben.

Aber ich muss an Annie denken. Ein Mädchen, das allzu nah ist, das seine Schreie hören könnte, das Angst haben könnte. Ein Mädchen, das schon zu viel durchgemacht hat und dem der Anblick erspart bleiben sollte, wie ich, eine Fremde, mit frischem Blut ihres Verwandten besudelt zu ihr zurückkomme.

Einen Moment lang stelle ich mir vor, was ich tun will, wie ich seinen Körper mit meinem Messer verunstalte, Finger und Zehen abschneide und höre, wie er schreit, wie er mich um Gnade anfleht. Ich will die Stärke meiner Macht durch spritzendes Blut und gequältes Stöhnen hindurch hören. Aber dann halten meine Fantasien unvermittelt inne, als Ralph einen Satz nach vorn macht, mich an der Kapuze packt und mir seine Faust genau ins Gesicht rammt.

Schwärze.

Mir war nie bewusst, wie unzulänglich ich tatsächlich bin. Ich bin schwach: Meine Muskeln sind immerhin so trainiert, dass ich keine Cellulite kriege, aber für kaum sonst etwas. Ich bin schmächtig, leicht zu überwältigen von einem Mann, der von Natur aus stärker ist. Ein einziger harter Faustschlag auf meine feinen Gesichtsknochen, und ich bin wie betäubt, vernichtet, und jede Zelle in meinem Körper will sich zusammenrollen und den Namen meiner Mutter schreien.

Aber meine Mutter wird mich nicht retten. Das kann sie nicht; ich habe sie getötet. Diese perverse Erkenntnis sorgt dafür, dass ich gegen den Schmerz ankämpfe, dass ich die Muskeln in meinem Gesicht anspanne und die Augen aufschlage und matt blinzele, während meine beeinträchtigten Sinne versuchen, wieder zu fokussieren. Ich bin schwächer.

Ich bin unterlegen. Aber ich bin auch eine Killerin, und diese Krankheit ist vielleicht das Einzige, was mir Kraft verleiht. Mein Blick wird schärfer, mein Griff um das Messer verstärkt sich, und ich starre auf die Silhouette vor mir, die Ralph ist. Er kniet schwer keuchend neben mir, auf seine Hand gestützt, die meinen Arm zu Boden drückt. Das Messer in meiner Hand ist nutzlos gegen 190 Pfund Gewicht. Ich keuche und winde mich unter ihm und versuche mich zu befreien, während er sich über mich beugt.

»Wo. Ist. Sie?«

Es ist eine Katastrophe. Es ist wieder genau wie mit Jeremy, aber anstelle eines absolut heißen Mannes, der meinen Körper begehrt, habe ich es hier mit dem Kerl aus meinen Albträumen zu tun, habe dabei Annie in Gefahr gebracht und werde von Glück reden können, wenn ich mit dem Leben davonkomme. Ich brauche meine Pistole. Scheiß auf das Blut, scheiß auf meinen Spaß bei dieser ganzen verdammten Geschichte, auf diese einmalige Gelegenheit, mit gutem Grund zu töten. Ich muss ihn nur noch umlegen, und meine inneren Dämonen werden sich damit abfinden müssen, dass es nicht wie aus dem Bilderbuch aussehen wird.

Ich übertöne das Geräusch meiner Bewegung mit einem Schrei, einem langen, gequälten Heulen, von dem ich hoffe, dass Annie es nicht hören wird. Bei dem Geräusch zuckt Ralph zurück, die Hand noch immer fest auf meinem Arm. Während das Geräusch in meinem Gehirn nachhallt, schiebe ich unbemerkt meine freie Hand in die Bauchtasche meines Kapuzenpullovers, schnappe mir die Pistole, zücke sie, ziele und feuere ab. Ich überlasse die Arbeit dem Double-Action-Abzug, ein Spannen ist nicht nötig. Ein einziger harter Schuss, aus den Tiefen der Waffe abgefeuert.

Ich hätte ihm die Pistole gern vors Gesicht gehalten, ein bisschen Klartext mit ihm geredet und darauf gewartet, dass er meinen Arm loslässt und vor mir zurückweicht. Aber es wäre nicht klug gewesen, ihm Zeit zu geben, um mir die Waffe aus der Hand zu schlagen und mich für jeden oberschlauen Kommentar, den ich abgegeben habe, zu bestrafen. Ich habe den Fehler des Tages schon gemacht. Ich wollte ein Blutbad aus nächster Nähe so unbedingt, dass ich ihm die Möglichkeit gegeben habe, vor mich zu treten und mein Gesicht zu Brei zu schlagen.

Daher schieße ich jetzt auf ihn. Ich achte eigentlich kaum darauf, wohin, mein Finger drückt einfach auf den Abzug, ist auf ein Ziel gerichtet, das einen halben Meter vor mir ist. Ich kann ihn nicht verfehlen. Er zuckt zusammen, sein Blick fällt auf meine Waffe, und dann sieht er wieder hoch zu meinem Gesicht. Wut, vermischt mit Schmerz, liegt in seiner Miene. Er lehnt sich zurück und hält sich die Seite, wo meine Kugel ihn offenbar getroffen hat. Ich weiß nicht, welche Organe auf der rechten Seite des Brustkorbs liegen, aber meinem fieberhaften Verstand fallen keine wichtigen ein, und ich setze mich rasch auf, ziehe die Beine unter mir an und knie mich vor ihn hin. Als ich das Messer wieder fest im Griff habe, schwinge ich es in einem glatten Bogen durch die Luft, der jeden feuchten Traum befriedigt, den ich je hatte, und ramme ihm die scharfe Klinge genau unter seinem linken Ohr in die Haut.

Ich reiße das Messer nach links und schlitze ihm die Kehle so auf, wie ich es mir unzählige fieberhafte Male vorgestellt habe, ziehe die Klinge mit einer schwungvollen nassen Bewegung über seinen Hals, bis sie sich von der Haut löst. Die Bewegung ist träge, aber sauber, und der Widerstand verlangsamt ihr Tempo kaum. Mein Verstand ist verblüfft davon, wie leicht es sich schneidet, wie wenig Mühe erforderlich ist.

Die Zeit steht still, eine atemberaubende Sekunde lang, in der ich befürchte, ich könnte nicht tief genug geschnitten haben, das Messer könnte ihn nur flüchtig berührt, ihm eine oberflächliche Wunde zugefügt haben, die ihn nur in Rage versetzen wird. Unsere Blicke treffen sich, Wut gegen Wut, Stärke gegen Schwäche.

Und dann sackt er zusammen.

Er fällt nach vorn, hält sich eine Hand an die Wunde, und Blut quillt durch seine Finger, als er zu sprechen versucht, als er den Hass und die Frustration, die in seinen Augen lodern, zu kommunizieren versucht. Ich fange ihn mit einer Hand auf und halte ihn aufrecht, während meine andere Hand um die Klinge zuckt.

Dann hebe ich das Messer erneut, und er folgt ihm mit seinem Blick. Seine andere Hand schießt vor, packt mich an der Schulter und umklammert sie fest. Die Kraft seines Griffs verblüfft mich. *Ich kann ihn erledigen.* Ich kann auf diesen Körper einstechen, ihn verdrehen und verstümmeln, meine unzähligen Fantasien wahr machen. Das ist endlich mein Moment, meine Gelegenheit.

Aber meine Hand verrät mich, sie sinkt, und ich starre sie an, während sie schlaff und nutzlos wird. Ich greife in mein übervolles mentales Reservoir, das ich normalerweise meide wie der Teufel das Weihwasser, das eine, das ständig voller Blutdurst ist, das mir höllisch Angst macht. Aber es ist leer. Ausgelaugt. Ich sehe ihn an, und die Verzweiflung in seinen Augen spiegelt meine eigene wider. Seine um die Zukunft, die er nun nicht mehr haben wird, meine wegen meiner Unfähigkeit, meine Fantasie auszuleben. Seine Hand wird kraftlos an meinem Arm, er sackt nach hinten, und ein paar dünne Blutrinnsale laufen an seinem Hals hinunter und sammeln sich in einer Lache auf der Erde unter seinem Körper.

Vielleicht bin ich nicht wie meine Mutter. Vielleicht hört mein Drang nach Blutvergießen auf, sobald er mit Verstümmelung und Entstellung tatsächlich konfrontiert wird.

Ich stehe auf, umklammere das Messer wieder fest und gehe hinüber zu Ralphs Wagen, reiße die Tür auf und schnappe mir die Schlüssel aus der Zündung. Dann ziehe ich meinen blutverschmierten Pulli aus, sprinte zu Jeremys Truck und werfe ihn hinter den Fahrersitz. Mein einziger Gedanke gilt Annie. *Ich muss zurück zu ihr.*

73

Annie

Ihre Mutter hat ihr immer erzählt, dass es Engel gibt. Engel, die auf uns aufpassen und uns beschützen. Annie hat in dem dunklen Raum des Schuppens gebetet, ein Engel möge kommen, und jetzt betet sie darum, dass ihr Engel wiederkommt. Sie ist nervös, und sie dreht immer wieder das Telefon in den Händen, während das Display im Licht aufblitzt. Sie hat noch nie ein Handy benutzt; ihre Familie besitzt keines.

Einmal hat sie ein rosa Plastik-Handy geschenkt bekommen, mit weichen Tasten, und das Display war ein Aufkleber, der lauter Nullen anzeigte. Sie hatte es geliebt, kam sich ach so wichtig vor, wenn sie es in der Öffentlichkeit zückte und so tat, als würde sie einen Anruf tätigen, und aufgeregt in den Plastikhörer sprach.

Sie versucht, sich an die Telefonnummer von zu Hause zu erinnern. Ihre Mutter hat sie ihr oft aufgesagt, hat ihr eingeschärft, wie wichtig es ist, sie auswendig zu kennen. Die Nummer beginnt mit einer Neun. Das ist alles, was sie weiß, und sie klappt das Telefon auf, drückt auf die Neun und versucht, sich an mehr zu erinnern. Neun. Sonst fällt ihr nichts ein. Ihr Magen knurrt.

Der Engel hat gesagt, sie solle warten, bis der Alarm losgeht, und dann den Notruf wählen. Diese Nummer ist leicht zu merken. Das schafft sie.

Sie hört einen Motor tuckern, und als sie aufblickt, sieht sie das braunhaarige Mädchen in dem grauen Truck vorfahren. Es sind noch zwei Minuten auf dem Timer übrig.

Annie steht auf und winkt aufgeregt, als sie das lächelnde Gesicht des Mädchens durch die Windschutzscheibe des Trucks sieht. Das Mädchen reagiert, winkt Annie zu kommen, und sie springt die Stufen hinunter und läuft zu dem Truck.

»Du bist zurückgekommen!« Die Worte kommen ihr einfach so über die Lippen, und Erleichterung durchströmt ihren Körper. Bald wird sie zu Hause sein. Bald wird sie wieder bei ihren Eltern sein. Sie zerrt an der Autotür, reißt sie auf, kämpft mit dem Gleichgewicht und klettert schließlich in den Truck.

Das Mädchen lächelt, ihr Gesicht ist zerkratzt, mit schwarzen Flecken auf ihrer Haut. »Na klar, Schatz. Danke, dass du dich an unsere Abmachung gehalten hast. Bist du bereit, nach Hause zu fahren?«

Annie nickt, zerrt an ihrem Gurt und zieht ihn über ihren Körper. »Ja!«

Das Mädchen legt den Rückwärtsgang ein und stößt zurück, und der Truck rollt über den weichen Boden. »Ich weiß, dass deine Familie darauf wartet, dass du nach Hause kommst.«

Annie schlingt die Arme fest um ihren Körper und sieht aus dem Fenster.

Ich brauche zehn Minuten, um die Zivilisation und einen Parkplatz zu finden, auf den ich fahren kann. Dann schnappe ich mir das Prepaid-Handy, dasselbe, das erst vor ein paar Minuten durch Annies Hände geglitten ist, und taste auf dem Boden des Trucks nach meinem iPad. Als ich es gefunden habe und hochhebe, sehe ich, dass Annies Blick auf meine Tüte mit den Vorräten von der Tankstelle geheftet ist.

»Hast du Hunger?«

Sie nickt, und ich ziehe die Tüte hoch und lege sie ihr auf den Schoß. Die Plastiktüte ist prall gefüllt mit Schokolade und Bonbons. Annie sieht mich fragend an, und ich mache eine wegwerfende Handbewegung. »Nimm dir einfach, was du willst. Es gehört alles dir.«

Sie kreischt aufgeregt, und bei dem Geräusch muss ich unwillkürlich lächeln. Meine Finger huschen rasch über die Oberfläche des Tablets, und dann finde ich die Antwort auf meine Suche, eine Festnetznummer für Henry und Carolyn Thompsons Zuhause. Ich gebe noch eine Suche ein, versuche einen Ort in der Nähe ihres Zuhauses zu finden, einer Gegend, die rund zwanzig Minuten von unserem aktuellen Standort entfernt ist. Ich hole einmal tief Luft, lehne den Kopf gegen den Sitz und versuche zu überlegen, wie ich am besten vorgehen sollte. Dann klappe ich das Telefon auf, unterdrücke meine Nummer und wähle die Festnetznummer von Annies Eltern.

74

Henry Thompson

Er sitzt im Wohnzimmer, die Hände vor dem Gesicht gefaltet, während Tränen über seine unrasierten Wangen strömen. Als er aufgewacht ist, war das Haus leer. Carolyn hat eine Nachricht auf dem Küchentresen hinterlassen, sie sei zu Becky gefahren. Warum sie ausgerechnet jetzt Zeit damit verschwendet, Verwandte zu besuchen, ist ihm ein Rätsel. Er hat zweimal bei der Polizeiwache angerufen, ohne etwas zu erfahren. Sie wussten nichts; die Cops sind, nach allem, was er weiß, samt und sonders Idioten.

Er hat sich noch nie so nutzlos gefühlt, und er verflucht seine Beine und seine Unfähigkeit, selbst zur Wache zu fahren.

Das Telefon klingelt neben ihm, und er starrt auf den Hörer. Er hat die ganze Nacht und den ganzen Morgen darauf gewartet, dass das Telefon klingelt. Und jetzt, wo es das endlich tut, hat er schreckliche Angst vor der Neuigkeit, die der Anruf bringen könnte. Schließlich nimmt er ab, und seine Stimme ist rau, als er sagt: »Hallo?«

»Mr. Thompson?« Es ist die Stimme eines jungen Mädchens, eine, die er nicht erkennt.

»Ja?«

»Ich habe Annie hier bei mir. Sie ist in Sicherheit.«

Er setzt sich auf und umklammert das Telefon fester. »Wer ist da?«, fragt er barsch.

»Wer ich bin, spielt keine Rolle. Ich werde sie zu Ihnen bringen, aber nur, wenn nur Sie und Ihre Frau da sind. Ist Ihre Frau jetzt da?«

»Nein. Sie ist bei ihrer Schwägerin. Darf ich mit Annie sprechen?«

»Ja, aber ich muss zuerst ein paar Dinge mit Ihnen klären. Sind Sie damit einverstanden, mich allein zu treffen, ohne Polizei?«

»Was wollen Sie von uns? Wir haben kein Geld«, antwortet er rasch, besorgt von seinen Worten, noch während er sie spricht, besorgt, dass sie Annies Rückkehr gefährden könnten.

»Mr. Thompson, ich bin nicht die Person, die Annie entführt hat. Ich bin nur die, die sie zurückbringt. Ich bin ausschließlich daran interessiert, sie wieder bei Ihnen abzuliefern.«

Er atmet aus, und neue Tränen laufen ihm übers Gesicht. »Ja, wir werden Sie allein treffen. Wo?«

»Ich habe eine Adresse, die Sie sich bitte notieren. Wir können uns dort in dreißig Minuten treffen. Gibt Ihnen das genug Zeit, um Ihre Frau zu kontaktieren?«

Er nickt hektisch, während er sich die Augen wischt. »Ja. Bitte lassen Sie mich mit Annie sprechen.«

Eine Pause tritt ein, und Worte werden geflüstert, die er nicht verstehen kann. Dann hört er jemanden in den Hörer atmen, und Annie spricht, und es ist der süßeste Klang, den er je gehört hat.

75

Carolyn Thompson

Sie starrt ihr ins Gesicht. Sie sitzen am Esszimmertisch, süßen Tee und zerknitterte Servietten zwischen sich. Im Hintergrund klingelt ein Telefon, und Beckys Blick huscht hinüber.

»Du wirst dieses Telefon nicht abnehmen, Becky! Du wirst meine verdammte Frage beantworten. Wir reden hier von meiner Tochter!« Carolyn steht auf, beugt sich vor und sieht in die wässerigen blauen Augen der anderen. »Glaubst du, dass Michael irgendetwas damit zu tun hat?«

Das Telefon hört auf zu klingeln, und die plötzliche Stille liegt schal im Raum.

»Du stellst mir seit einer halben Stunde dieselbe Frage.« Beckys Stimme bricht, und sie stemmt sich hoch, entfernt sich vom Tisch, geht ans Fenster und sieht durch die Jalousien. Sie sieht zu der Stelle, an der gestern Nacht der Streifenwagen stand. »Er ist dein Blut«, sagt sie schließlich. Ihr Rücken ist steif, ihr Gesicht nimmt einen harten Zug an, und die Worte klingen gebrochen und tot. »Du solltest wissen, wie er ist. Geheimnisse … Er hat schon immer Geheimnisse gehabt. Und er interessiert sich schon lange nicht mehr für mich. Wir sind nicht so wie du und Henry. Wir leben zusammen. Nicht viel mehr.«

Sie wendet sich zu Carolyn um, trotziger Stolz vermischt sich in ihrem Blick mit Unschlüssigkeit. Sie verknotet die Hände ineinander, und Carolyn wartet auf mehr, aber Becky zögert, während sie über ihre nächsten Worte nachzudenken scheint.

Dann klingelt das Telefon wieder, schrillt fordernd, und Becky bewegt sich rasch, eilt zur Wand, fort von Carolyn, und schnappt sich den Hörer. »Hallo?«

Eine Pause tritt ein, und dann dreht sie sich mit weit aufgerissenen Augen um. »Es ist Henry. Er sagt, er hat Neuigkeiten über Annie.«

Es gibt noch eine letzte Sache, um die ich mich kümmern muss, und ich werfe einen Blick auf Annie, die am Radio herumspielt und Popsender durchgeht. Sie lächelt schüchtern, und ich erwidere ihr Lächeln. Ich sehe, wie ihre Augen aufleuchten, als sie einen Song findet, der ihr gefällt.

Ich erstelle rasch eine fingierte E-Mail-Adresse und schicke eine E-Mail an John Watkins, einen der beiden Deputys, die im Online-Dienstplan der Polizei von Brooklet verzeichnet sind. Es ist eine kurze E-Mail, in der steht, wo Ralph liegt, dass er vielleicht, vielleicht auch nicht, noch am Leben ist und dass er für Annies Verschwinden verantwortlich ist. Ich drücke auf »Senden« und lege das Tablet beiseite.

»Okay, Schatz. Fahren wir zu deinen Eltern.«

76

Carolyn Thompson

Das Wiedersehen mit Annie findet auf dem Parkplatz einer Kirche zehn Meilen außerhalb von Brooklet statt. Das Vordach ist verblichen, das Gebäude heruntergekommen, aber Carolyn Thompson sieht nur den leeren Parkplatz. Sie hat Henry ausgefragt, sobald sie zur Tür des Trailers hereinkam, hat Fragen gestellt, auf die er keine Antworten wusste, hat geredet, nur um zu reden, während ihre Nerven an jedem Rezeptor ihres Körpers zerrten. Sie vertraut ihm nicht, diesem seltsamen Mädchen, das angerufen hat, um zu sagen, sie würde Annie zurückbringen. Sie kennen sie nicht, ihre Absichten sind unklar. Es ist zu schön, um wahr zu sein. Und sie hier zu treffen, ohne Polizei, das riecht nach einer Falle.

Carolyn wollte John anrufen, wollte die Polizei oder das FBI einschalten – die bis jetzt völlig nutzlos waren –, aber Henry hat darauf bestanden, sich genau an die Anweisungen der Fremden zu halten. Und so sind sie nun hier und warten, allein und schutzlos, und sie sind kurz davor, die Nerven zu verlieren. Carolyn weiß nicht, ob sie eine Enttäuschung in ihrer Situation werden verkraften können.

Sie lädt Henrys Rollstuhl aus dem behindertengerechten Van, und er sitzt mit geschlossenen Augen in der Sonne, ein leises Lächeln im Gesicht. Er scheint völlig entspannt – ein Zustand, der sie in Rage versetzt. Sie kann nicht begreifen, wie er so ruhig sein kann. Wenn sie nur zu Hause gewesen wäre, wenn sie *selbst* mit Annie gesprochen, die Worte gehört hätte, die vielleicht ihre letzten waren. Henry hatte diesen Moment, und Carolyn fühlt sich betrogen – ein ungerechtes Gefühl, aber trotzdem da.

»Es ist spät, Henry«, sagt sie angespannt, während sie einen Blick auf die Uhr wirft. »Sie hat acht Uhr gesagt, richtig? Du hast gesagt, sie hat acht gesagt.«

»Entspann dich, Carolyn. Es ist erst eine Minute nach. Gib ihnen etwas Zeit.«

Und dann ist da ein Geräusch zu hören, ein Motor, und Carolyn schreit fast auf, ihr Herz zieht sich vor Schmerz zusammen, als sie sich umdreht, und sie wagt es kaum, dem Glauben zu schenken, was sie da sieht. Ein blonder Haarschopf blitzt im Sonnenlicht auf der Beifahrerseite eines Trucks auf, und Carolyns Kehle schnürt sich zu.

Der Truck kommt vor ihnen zum Stehen, aber in dem grellen Sonnenlicht kann sie durch die Windschutzscheibe nichts erkennen, und sie läuft los. Ihr einziger Gedanke gilt Annie, und sie stürzt zur Beifahrertür und fummelt an dem Griff herum, reißt die Tür auf und fängt ihre Tochter auf, die im selben Moment herauspurzelt. Sie hält sie fest und schluchzt in ihre Locken, und ihre Hände umklammern den kleinen Körper, der in ihren Armen zappelt. »Oh, Annie!«, schluchzt sie. Sie hört das quietschende Geräusch von Metall auf Metall, und als sie sich umdreht, sieht sie Henry, der mit seinem Rollstuhl kämpft, während er versucht, über den mit Wurzeln übersäten Boden zu rollen. Er fängt ihren Blick auf, und seine Hände lassen die Räder los und strecken sich nach Annie aus.

Carolyn verflucht ihre Gedankenlosigkeit, läuft mit Annie in ihren Armen auf Henry zu und wirft sich in seine ausgestreckten Arme. Annie purzelt in seinen Schoß, und ihr perlendes Lachen erklingt. Henry sieht sie an, Tränen kullern ihm aus den Augen, sein Mund bebt, und als er Annies Gesicht berührt, erstickt er fast an seinen Schluchzern. Er hält seine Tochter fest umklammert, und sie alle umarmen sich lange, lange Zeit.

Ich sehe den dreien zu, mit zugeschnürter Kehle, die Liebe zwischen ihnen ist offensichtlich. Sie sind ein älteres Paar, Annie ganz offensichtlich das Wunder in ihrem Leben. Ich bin verblüfft, dass ihr Vater im Rollstuhl sitzt, ein Umstand, den ich mir nie vorgestellt habe, und etwas, das in den Nachrichten nie erwähnt wurde. Ich habe eigentlich gar nicht über die Familie Thompson nachgedacht. Ich war blind von meiner eigenen Gier, mein Drang zu töten war übermächtig angesichts der Möglichkeit, die sich ihm bot.

Annies Lachen dringt an mein Ohr, und ich halte mir eine Hand über den Mund. Ihre kindliche Unschuld bricht mir fast das Herz. Ich fühle mich wie ein Eindringling bei diesem privaten Wiedersehen, und ich räuspere mich leise. »Ich fahre dann mal wieder.« Ich deute auf den Truck. »Ich muss los.«

Die Mutter wendet sich um, und unsere Blicke treffen sich zum ersten Mal. Sie streichelt Annies Rücken, als wollte sie sich ihrer Gegenwart vergewissern, dann wendet sie sich von ihr ab und geht ein paar Schritte, bis sie vor mir steht. Als sie spricht, sind ihre Worte klar, und sie hat den Kopf hoch erhoben. »Ich weiß nicht, welche Rolle Sie bei alledem spielen, aber mein Mann sagt, dass Sie Annie geholfen haben, und dafür stehe ich für immer in Ihrer Schuld.«

Ich lächele und sehe dem kleinen Mädchen in die Augen. Auch sie schenkt mir ein einnehmendes Lächeln. »Es hat mich sehr gefreut, helfen zu können. Und ich möchte Sie um einen Gefallen bitten, wenn Sie gestatten.«

Auf einmal verhärtet sich ihr Gesicht, und Misstrauen liegt in ihrem Blick. »Das dachte ich mir schon. Was wollen Sie?«

»Anonymität. Ich wusste keine andere Möglichkeit, Annie zu Ihnen zurückzubringen, ohne mich zu zeigen, denn ich wollte sie nicht bei irgendwelchen Leuten lassen, die ich nicht kenne. Ihr Mann war so freundlich, mich hier zu treffen, ohne die Polizei einzuschalten, aber wenn Sie Details über mich für sich behalten könnten, wäre ich Ihnen sehr verbunden.«

Carolyn Thompson wartet, den Blick auf mich geheftet, aber schließlich ergreift sie das Wort. »Das ist alles? Ihre Anonymität ist alles, worum Sie uns bitten?«

Ich verziehe das Gesicht, hin- und hergerissen. »Gewisse Maßnahmen, die ich zu Annies Rettung ergriffen habe, werden Sie später vielleicht nicht gutheißen. In ein paar Stunden werden Sie es verstehen. Ich entschuldige mich im Voraus für jedes Leid, das ich Ihrer Familie vielleicht zugefügt habe. Sie sollen wissen, dass ich bei dem, was ich getan habe, in erster Linie Annies Wohlergehen im Sinn hatte.« Ich halte einen Augenblick inne. »Ich will Sie nicht in eine unangenehme Lage bringen oder Sie bitten zu lügen. Aber wenn die Möglichkeit besteht, Details meiner

Beteiligung zurückzuhalten, wäre ich Ihnen wirklich sehr verbunden.«

Die Mutter sieht hinüber zu ihrer Tochter, die in den Armen ihres Mannes liegt. »Ich bin Ihnen so dankbar für alles, was Sie getan haben. Das kann ich niemals wiedergutmachen. Wenn das alles ist, was Sie wünschen, kann ich dieser Bitte mit Sicherheit nachkommen.«

Ich lächele sie an, die Geste überrumpelt sie, und sie zögert einen Moment, bevor sie mein Lächeln erwidert.

Annie unterbricht unseren Wortwechsel, springt vom Schoß ihres Vaters und läuft auf mich zu, hebt die Hände und streckt sie nach mir aus. Ich beuge mich hinunter, und sie schlingt mir prompt die Arme um den Hals. »Danke«, flüstert sie mir ins Ohr.

Ich halte sie, während ich versuche, die Erinnerungen an Summer zu verdrängen, die auf mich einprasseln, Erinnerungen an ihren Geruch, ihre Küsse, ihr Zerren an meiner Kleidung, gerötete Wangen, zerzauste Haare. Ich muss mich von Annie losreißen und richte mich auf. »Ich muss gehen. Sie ist ein wundervolles Kind. Und Sie haben Annie sehr gut erzogen.«

Ich nicke den beiden zu, der Vater streckt die Hände nach mir aus, und ich gehe zu ihm hinüber. Ich bücke mich und erwidere die Umarmung, die er mir anbietet, verblüfft von der Kraft, mit der er mich hält.

»Danke«, flüstert er. »Wir stehen für immer in Ihrer Schuld.«

Ich löse mich aus der Umarmung und streiche Annie ein letztes Mal sanft übers Haar, dann wende ich mich ab und gehe zurück zu dem Truck, öffne die Tür und steige ein. Ich sehe die drei noch einen Moment lang an. Die Mutter kauert neben dem Rollstuhl, und alle reden aufgeregt miteinander.

Ich lege den Rückwärtsgang ein, stoße mit dem Truck zurück und will gerade aufs Gas treten, als ich auf einmal einen Schrei höre. Ich blicke auf und sehe Carolyn Thompson auf den Truck zulaufen. Ich kurbele mein Fenster herunter, besorgt, dass irgendetwas nicht stimmt.

»Waren Sie das Mädchen? Das bei der Hotline angerufen hat?«

Ich halte inne, und meine Unschlüssigkeit beantwortet ihre Frage. Ihr Mund wird hart, und sie kneift die Augen fest zusammen.

»Dann war es Michael? Mein Michael?«

»Ja. Aber ich glaube nicht, dass er Annie etwas angetan hat. Sie war gefesselt, als ich sie gefunden habe. Unversehrt.«

»Aber Sie haben der Polizei gesagt … Sie dachten, er hätte vor …« Ihre Stimme schwankt, und sie klammert sich am Fenster des Trucks fest.

»Wenn er das vorhatte, worüber er mit mir gesprochen hat … Das war der Grund, weshalb ich mich auf die Suche nach ihr gemacht habe. Weshalb ich getan habe, was ich getan habe.« Ich schließe die Augen und umklammere das Lenkrad fest. »Es tut mir leid.« Ich schlage die Augen auf. Ich hasse es, in ihre sehen zu müssen, hasse die Fassungslosigkeit und Verurteilung, die ich dort sehen werde.

Sie schwankt, der Schmerz ist ihr anzusehen. »Ich kann nicht … Es gab nie irgendein Anzeichen«, flüstert sie, während sie über die Schulter einen Blick auf Annie wirft. »Die Vorstellung, dass ihr jemand von meinem Blut etwas antun würde …« Sie richtet sich auf, während die Entschlossenheit in ihren Blick zurückkehrt. »Ich weiß nicht, was Sie mit ihm gemacht haben, und es kümmert mich auch nicht«, faucht sie. »Blutsverwandtschaft ist keine Entschuldigung dafür, ein Kind zu entführen. Sie haben etwas beendet, was beendet werden musste.« Sie schüttelt entschieden den Kopf, und ihre Unterlippe bebt, bevor sie die Lippen fest aufeinanderpresst. »Unsere Polizei sagt, dass es noch andere Mädchen gibt. Mädchen wie Annie, die in dieser Gegend verschwunden sind.« Sie steckt einen Arm durchs Fenster und umklammert mein Handgelenk. »Bitte haben Sie keine Schuldgefühle wegen irgendetwas, was Sie ihm angetan haben.«

Sie starrt mich entschlossen an, wartet auf eine Antwort, und schließlich nicke ich, nicht sicher, wie ich sonst reagieren soll. Dann schnieft sie, lässt mein Handgelenk los, tritt einen Schritt zurück, geht wieder zu ihrer Familie und hebt Annie auf ihre Hüfte. Sie drehen sich zu mir um und winken alle zusammen, und ich winke zurück, während ich losfahre, auf den Highway und nach Hause, falls man mein Ein-Zimmer-Gefängnis so nennen kann.

Bitte haben Sie keine Schuldgefühle …

Schuldgefühle? Ich suche in mir danach, aber ich finde keine Spur davon, finde überhaupt keine Emotion zu dem, was ich getan habe. Was ich fühle, ist das Fehlen eines Abschlusses. Als ich meine Mutter erstach, da sah ich sie sterben. Ich sah den Moment, in dem ihre Augen reglos wurden und sie ihren letzten Atemzug machte. Bei Ralph hätte ich bleiben sollen. Hätte das Messer noch ein paarmal benutzen und dafür sorgen sollen, dass der Job richtig ausgeführt war, hätte auf seinen letzten schnaufenden Atemzug warten sollen, das erstickte Keuchen des Todes.

77

Bei Meilenstein 84 auf dem Alabama Highway 78 setze ich den Blinker, wechsele auf die Verzögerungsspur und bereite mich darauf vor, die Ausfahrt zu nehmen. Auf dem Weg zu Annie hatte ich keine Zeit für persönliche Erledigungen, für ein Schwelgen in meiner Vergangenheit. Aber jetzt, wo ich noch weitere sechs Stunden vor mir und keine andere Ausrede als Erschöpfung habe, muss ich einen Zwischenstopp einlegen.

Ich muss meine Familie sehen.

Ich nehme die Ausfahrt und fahre zwölf Meilen in Richtung Norden, bis ich vertrautes Gebiet erreiche. Erinnerungen an meine Kindheit rollen über mich hinweg, ich bekomme einen Kloß im Hals, und meine Hände umklammern das Lenkrad fester, als ich durch das Friedhofsgatter fahre, umrahmt von leuchtend roten Blumen. Ich war seit dem Tag der Beerdigung nicht mehr hier, aber ich werde diesen Weg nie vergessen, werde den großen Baum nie vergessen, der sich über ihre Gräber neigt. Trent hätte diesen Baum geliebt. An seinen niedrigen Ästen könnte er wunderbar hochklettern und hinunterspringen. Ich habe die Grabstellen wegen dieses Baums ausgewählt.

Ich parke und trete hinaus in den Sonnenschein, irritiert von dem Wetter. Es sollte düster, neblig und deprimierend sein, passend zu einem traurigen Anlass. Aber das Wetter ist heiter, flauschige Wolken sprenkeln einen strahlend blauen Himmel, Vögel zwitschern, und Frösche springen vor meinen Füßen davon, während ich durch das dichte Gras gehe.

Ich setze mich vor ihre Gräber, vier perfekte Grabstellen mit einem leeren Platz an einer Seite, ziehe meine Turnschuhe aus, bohre die Zehen ins Gras und genieße das Kitzeln der Grashalme, die Wärme der Sonne. Ich habe diesen Augenblick so lange vor mir hergeschoben. Die Schuldgefühle wegen ihres Todes lasteten so schwer auf meinem Herzen. Nicht weil ich mich dafür verantwortlich fühle, sondern weil ich am Leben bin und sie nicht. Ich habe das Leben, und sie haben nur den Tod.

Ich sitze zwanzig Minuten da und spreche der Reihe nach mit jedem von ihnen. Mein Gespräch mit meiner Mutter dauert am längsten. Ich sage ihr, dass ich ihr verzeihe. Und während ich die Worte spreche, wird mir bewusst, dass ich es ernst meine.

Zwanzig Minuten später gehe ich zurück zum Truck, schließe die Tür und starre einen langen Moment durchs Fenster auf ihre Gräber. Dann, mit einem etwas leichteren Gefühl als bei meiner Ankunft, fahre ich zurück auf die Straße.

Die restliche Strecke fahre ich wie in Trance. Adrenalin und Koffein sind das Einzige, was mich am Leben hält, und alle paar Stunden fahre ich auf eine Raststätte, um ein Nickerchen zu machen.

Als ich endlich den Flur in der sechsten Etage hinunterstolpere, sitzt Jeremy vor meiner Tür auf dem hässlichen orangefarbenen Teppichboden. Ich bleibe ein paar Schritte vor ihm stehen, bis auf die Knochen erschöpft, und die Augen fallen mir fast zu.

Er steht auf, als er mich sieht, streckt seine kräftigen Arme nach mir aus und erdrückt mich fast mit seiner Umarmung – eine Umarmung, die ich nicht will und nicht brauche bis zu dem Augenblick, in dem ich berührt werde. Ich lasse mich in seine Arme fallen, und das Gefühl seiner Nähe verleiht mir Kraft. Seine Zuneigung ist mir so fremd, so vergessen, dass ich fast weinen muss, so schön ist es. Ich war so lange allein, voller Angst vor mir und um mich, war so vieler Freiheiten beraubt. Seine Umarmung bricht mich entzwei, sie reißt jede Wand ein, die ich aufgebaut habe, jeden Damm, den ich errichtet habe, und wirft jedes Gewicht zu Boden, das ich trage. Er stützt mich, hebt mich hoch und drückt mich gegen die Wand, und als seine Augen mein Gesicht finden, liegt ein besorgter Ausdruck in ihnen.

»Alles okay mit dir?«, fragt er. Er mustert meinen Körper, wie um sich zu vergewissern, dass ich unversehrt bin.

»Bitte, halt mich fest.« Die Worte platzen unkontrolliert aus mir heraus, eine Flutwelle von Emotionen durchströmt meinen Körper, und Tränen laufen mir übers Gesicht.

Jeremy starrt mich wortlos an, dann beugt er sich vor, hebt mich mühelos hoch und trägt mich in die Wohnung.

Jeremy hilft mir beim Ausziehen und wendet den Blick respektvoll ab, während ich in eine Jogginghose und ein T-Shirt schlüpfe. Dann steckt er mich ins Bett und hält mich in seinen kräftigen Armen, während ich mich auf die Seite rolle, eng an seinen Körper gekuschelt. Ich wurde noch nie so gehalten, und der letzte Gedanke, während mein Verstand wegdämmert, ist, dass ich für immer so liegen bleiben will.

In der Nacht wache ich einmal auf. Ich starre an die Decke, Jeremys Arm auf meinem Bauch, und warte darauf, dass der Trieb kommt. Dass mein Gehirn vor Ideen für ein Blutbad explodiert.

Aber in meinem Kopf bleibt alles still und erschöpft. Die Dämonen in mir lassen mich in seinen Armen weiterschlafen.

Ich schlafe zwei ganze Tage und werde nur hin und wieder von meiner Blase oder meinem Magen geweckt. Jeremy ist immer da, und seine Nähe und die Sorge um mich füllen die Leere aus, die die letzten Tage in mir hinterlassen haben. Er bringt mir Essen, Wasser und Aspirin und plaudert mit mir, bis mir die Augen zufallen und ich wieder einschlafe.

Dann, an Tag drei, bin ich wieder da.

78

Als ich erwache, sehe ich einen Gegenstand, den ich noch nie gesehen habe. Ich blinzele und versuche das Objekt einzuordnen, das immer wieder vor meinen Augen verschwimmt, während ich langsam zu Sinnen komme. Es ist ein Rucksack, grau-schwarz mit einem Karabiner, der am oberen Griff hängt. *Jeremy.* Es muss seiner sein, was heißt, dass er noch immer hier ist.

Ich setze mich auf, blinzele in das grelle Sonnenlicht und sehe ihn gegen die Wohnungstür gelehnt dasitzen, ein aufgeklapptes Laptop vor sich. Ich kneife die Augen zusammen, um das Gerät in Augenschein zu nehmen, und dann, als ich erkenne, dass es nicht meines ist, entspanne ich mich.

Jeremy wirft einen Blick zu mir herüber, und ein Lächeln breitet sich auf seinem Gesicht aus. »Du bist ja wach«, sagt er, legt das Laptop beiseite und springt auf.

»Wie viel Uhr ist es?«, frage ich leise. Ich fühle mich benebelt, zu viel Schlaf macht mein Gehirn langsam und träge.

»Es ist halb zehn. Freitag.«

Ich nicke und denke an all die Camming-Termine, zu denen ich nicht erschienen bin, an Dr. Derek und was er von der verpassten Mittwochssitzung halten wird. Das ist noch nie vorgekommen – ich halte meinen Zeitplan immer streng ein, da es bei mir nie zu Ereignissen kommt, die sich überschneiden. Die Cammer werden mir verzeihen. Dr. Derek wird vermutlich die Dosis meiner Medikamente erhöhen wollen.

»Willst du, dass ich gehe?« Jeremy steht auf, nimmt eine Flasche Wasser vom Boden, trinkt sie aus und trägt sie zum Mülleimer.

Mein Blick folgt seinen Bewegungen, fällt auf den funkelnden Küchentresen, die sauberen Böden, den fremdartigen schwachen Geruch von Zitrone. »Hast du *sauber* gemacht?«

Er grinst verlegen. »Nur die Bereiche, die ich benutzt habe. Ich wollte nicht, dass du hinter mir herputzen musst.«

Ich weise mit einem Nicken auf mein rosa Schlafzimmer. »Und was ist mit dort drüben?«

Er reißt die Augen auf und hebt die Hände. »Diese Seite der Wohnung habe ich nicht einmal betreten.«

Ich lache und winke mit einer Hand ab, während ich aufstehe. »War nur ein Witz.«

Dann sehe ich, was ich anhabe: einen hellrosa gestreiften Pyjama, der nicht mir gehört. Ich sehe Jeremy fragend an.

»Der gehört meiner Schwester. Ich habe ihn ausgeliehen. Ich wollte nicht deine Sachen durchwühlen …« Er bricht verlegen ab. »Gestern Nacht bist du auf die Toilette gegangen und nackt zurückgekommen. Ich konnte nicht … Es war hart für mich, in deiner Nähe zu sein, wenn du ohne Kleider schläfst. Ich hatte das Gefühl, deine Privatsphäre zu verletzen.«

»Hart?« Ich gleite mit der Zunge leicht über meine Zähne, schenke ihm ein schelmisches Lächeln und lache, als er errötet. »Keine Panik, du hast alles richtig gemacht. Sag

deiner Schwester danke für den Pyjama. Ich gebe ihn ihr wieder, sobald ich eine Ladung Wäsche gewaschen habe.« Ich strecke mich, mein Rücken knackt, und ich bewege den Nacken hin und her.

»Willst du, dass ich gehe?« Er wiederholt die Frage, die ich vorhin ignoriert habe, die eine, die ich in meiner ersten Verwirrung nach dem Aufwachen unmöglich beantworten konnte.

Ich halte mitten im Strecken inne, tauche in die dunklen Gänge meines Verstandes ein und suche nach einer roten Warnflagge, einem Flackern von irgendetwas Dunklem und Gefährlichem. Dann zucke ich die Schultern. »Nein. Schon gut. Du kannst gern bleiben.«

Freitagmorgen. Mit einem Mal wird mir bewusst, was für ein Tag heute ist – ein ganz normaler Arbeitstag. Ich sehe Jeremy blinzelnd an. »Solltest du nicht bei der Arbeit sein?«

»Ich habe angerufen. Ich habe ein paar Überstunden angesammelt, daher habe ich mir ein paar Tage freigenommen.« Er setzt sich wieder an seinen Platz an der Tür und sieht mir zu, wie ich aufstehe, an meine Kommode trete, Schubladen öffne und nach Unterwäsche und Kleidern wühle. »Du redest viel. Im Schlaf.«

Ich verlangsame meine Bewegungen, meine Gedanken überschlagen sich. »Wirklich? Was sage ich denn?«

»Viel Unsinn. Hauptsächlich Wörter, die es gar nicht gibt. Du hast ein paarmal Summer erwähnt und etwas von einem Trench.«

Ich schließe die Schublade, Schlüpfer, Jeans und ein T-Shirt in einer Hand. *Summer. Trent.* Die Lieben meines Lebens. Ich öffne ein paar Knöpfe des Pyjamaoberteils und ziehe es mir über den Kopf, dann fasse ich den

Bund der Pyjamahose, schiebe sie mir über den Po und lasse sie auf den Boden fallen. Ich suche nach einer plausiblen Erklärung für das, was ich im Schlaf von mir gegeben habe, als ich einen Blick zu Jeremy hinüberwerfe und sehe, wie er mit offenem Mund den Blick auf meinen Körper heftet.

Ich bin nackt. Auf einmal schießt mir der Gedanke durch den Kopf. Für mich ist das ein natürlicher Zustand – diese Wohnung ist eine Welt, in der außer mir niemand existiert, meine eigene, ganz private Zuflucht. Meine digitale Welt hat mich darauf konditioniert, dass ich nackt bin, dass mein Körper vollständig und hochauflösend für jeden zu sehen ist, der gewillt ist, sich von lächerlichen sieben Dollar die Minute zu trennen. Ich habe ganz vergessen, dass nackte Haut für andere Leute etwas Begehrenswertes ist – etwas, was bis zum richtigen Augenblick verhüllt werden sollte, bis die gesellschaftlich akzeptierten Hürden überwunden und die Grenzen der zwischenmenschlichen Beziehung festgelegt wurden.

»Entschuldigung«, murmele ich, schlüpfe mit den Armen durch die Ärmel meines T-Shirts, ziehe es mir über den Kopf und steige dann in meine Unterhose.

»Nein. Ich entschuldige mich dafür, dass ich dich angestarrt habe. Ich hätte nicht …«

Er schließt kurz die Augen und schüttelt den Kopf, dann schlägt er sie wieder auf und sieht mich an. »Gott, du bist so schön.«

Schön. Es ist ein Wort, das ich nicht oft höre, was seltsam ist angesichts all der Tage, Wochen, Monate und Jahre, die Männer damit verbracht haben, meinen Körper zu beäugen. Sexy. Heiß. Hinreißend. Nett. Scharf. Hübsch, wenn der Mann einen geringen Wortschatz oder nur begrenzte Kenntnisse der englischen Sprache hat. Aber *schön* ist kein Wort, das bislang oft verwendet wurde.

»Danke. Ich hätte ins Bad gehen sollen, um mich umzuziehen, aber ich bin es so gewohnt, nackt zu sein, dass ich die üblichen Benimmregeln manchmal vergesse.«

»Du hast keinen Grund, dich zu entschuldigen. Glaub mir. Und ich erinnere mich daran, dass du schon mal…«

Ich sehe ihn fragend an, und er erklärt.

»Als ich das erste Mal in diese Wohnung kam, warst du auch nackt.« Er deutet auf die linke Seite der Wohnung. »Auf dem Bett, angestrahlt von den Scheinwerfern.«

Ich nicke, ich erinnere mich noch gut an den Augenblick, als meine Bewunderung für sein gutes Aussehen nur von der blutrünstigen Lust auf sein Kartonmesser unterbrochen wurde. Allein schon bei der Erinnerung daran durchzuckt mich ein düsterer Schauder, und ich verlagere unbehaglich mein Gewicht.

Er lacht verlegen. »Und was genau heißt das jetzt, dein Nacktsein? Machst du Pornos?«

Ich schüttele lächelnd den Kopf. »Nein.«

»Entschuldige. Ich wollte dich nicht beleidigen. Es ist nur, die Scheinwerfer, die Kameras, die Spielzeuge …«

»Ich bin nicht beleidigt. Vielleicht würdest du das, was ich tue, auch als Porno bezeichnen, daher hätte ich vermutlich nicht so schnell antworten sollen. Ich arbeite mit einer Webcam. Diese Kameras hier sind an meinen Computer angeschlossen, und ich sende die Videos ins Netz, in privaten Chatrooms. Männer – und manchmal Frauen – bezahlen mich dafür, dass ich Cybersex mit ihnen habe.« Ich binde mir die Haare zu einem Pferdeschwanz zusammen, drehe mich zu ihm um und beobachte sein Gesicht, gespannt auf seine Reaktion.

»Cybersex? Wie das, was die Leute früher in Chatrooms gemacht haben?«

»Nein. Nicht so. Das war nur Tippen. Meine Kunden tippen auch, aber ich kommuniziere über einen Livestream mit ihnen. Es gibt auch Sound, daher ist es eher wie ein FaceTime-Anruf, aber mein System ist ungefähr zehnmal ausgeklügelter als ein iPhone.«

Sein Blick gleitet über meine Ausrüstung, die Scheinwerfer, die Kabel und Verbindungen und die Spielzeuge, die die Oberflächen von zwei Kommoden bedecken. »Das ist viel Ausrüstung.«

Es ist eine nüchterne Feststellung, eine, die mir keinen Einblick in seine Gedanken gewährt. »Ja.«

Er lacht. »Es ist nicht so schlimm, wie ich erwartet habe. Ich weiß nicht, was ich erwartet habe. Machst du das für Geld?«

Ich nicke.

»Das heißt, diese Typen … sie kommen nicht wirklich hierher.«

Oh, aber sie kommen. Ich lächele. »Nein. Der Sex ist rein virtuell.«

Ich erwarte nicht unbedingt, dass er mit meiner Arbeit einverstanden ist. Aber das steht auch nicht zur Debatte, jedenfalls nicht, bevor wir die Möglichkeit einer Beziehung erörtern. Was wir nicht tun werden. Vor allem da meine Gedanken eben von diesem superaufregenden Dialog abgeschweift sind und sich jetzt vorstellen, wie Jeremys Rucksackriemen fest um diesen hinreißenden, seit drei Tagen nicht rasierten Hals geschlungen sind und langsam zugezogen werden. Ich blinzele und zwinge mich, in die Gegenwart zurückzukehren.

»Das ist meine Arbeit. Mein Lebensunterhalt. Ich erwarte nicht von dir, dass du es verstehst.«

Er hebt die Hände. »Glaub mir, in Sachen seltsam sind deine Chats am unteren Ende angesiedelt. Es stört mich nicht.«

Ich versuche die Stirn zu runzeln, gekränkt auszusehen, aber »seltsam« ist so ziemlich das netteste Wort, das jemand wählen könnte, um mich zu beschreiben.

Jeremy legt den Kopf ein wenig schräg. »Na ja, vielleicht stört es mich ein bisschen, aber ich habe schließlich nicht das Recht, dir vorzuschreiben, was du mit deinem Körper tust.« Er sieht sich in der Wohnung um. »Das sieht allerdings nach viel Arbeit für wenig Geld aus. Dieses Gebäude … eines Tages wird es einfach in sich zusammenstürzen. Es muss doch etwas anderes geben, was du für mehr Geld tun kannst.«

Ich beiße mir auf die Unterlippe, damit mir kein Grinsen herausrutscht. Seine Sorge um meine Finanzen ist lachhaft. »Zum Beispiel Kugelschreiber zusammendrehen?«

Es war ein Witz, aber etwas, was ich in meiner ersten Woche in 6E ernsthaft in Betracht zog. Wenn man »Heimarbeit« und »Jobs« bei Google eingibt, bekommt man eine Fülle von Angeboten, von Telemarketing über Meinungsumfragen bis hin zu Arbeit im technischen Support. Ich entschied mich aus zweierlei Gründen fürs Camming: das Geld und der Wunsch, dass mich niemand anschreit oder den Hörer aufknallt. Online bin ich diejenige, die andere Leute anbrüllt, im Allgemeinen während ich eine Reitgerte oder einen zwanzig Zentimeter langen Dildo schwinge.

Und wenn jemand den Hörer auflegt, dann klingelt die Kasse und signalisiert mir eine weitere erfolgreiche Orgasmus-gegen-Geld-Transaktion.

»Zum Beispiel Kugelschreiber zusammendrehen«, sagt er lächelnd. »Dann hätte ich vermutlich noch mehr Pakete zu liefern. Mehr Gelegenheiten, auf deine geschlossene Tür zu starren.«

»Vielleicht werde ich anfangen, sie für dich zu öffnen. Nur damit deine Hand nicht noch mehr mädchenhafte Unterschriften kritzeln muss.«

Er grinst, und ich erwidere das Lächeln, und ein Funken von Möglichkeit liegt in unserem Wortwechsel. *Vielleicht.* Vielleicht gibt es doch eine Möglichkeit zum Glück, trotz meines Online-Schlampendaseins und meiner psychopathischen Triebe.

Aber da ist noch ein anderes Flackern in mir. Meine dunklen Dämonen erinnern mich an ihre Macht, und ich sehe Jeremy in die Augen. »Du solltest vermutlich gehen.«

Vielleicht. Vielleicht nicht.

Ich muss mir in Erinnerung rufen, was ich bin.

79

»Du solltest vermutlich gehen.« Ich wiederhole den Satz unnötigerweise, teste die Worte auf der Zunge, während sich mein Herz mit der Logik streitet.

»Okay.« Jeremy steht auf und geht zu seinem Rucksack, steckt das Laptop hinein und zieht den Reißverschluss zu.

Ich habe seit langer Zeit nur wenig physische Interaktion, habe mir diesen Raum hier nie mit einem anderen Menschen geteilt. Ich bin außer Übung im Hinblick auf Beziehungen, Verhaltensweisen und gesellschaftliche Normen, deswegen wundert mich seine Antwort. Aber vielleicht ist das ja normal, diese beiläufige Akzeptanz meiner Anweisung.

»Okay? Du hast nichts dagegen?«

Er dreht sich um und lächelt. »Ich war hier, weil ich dachte, dass du vielleicht jemanden brauchst. Offenbar bist du wieder auf die Beine gekommen. Außerdem«, ergänzt er augenzwinkernd, »musste ich meinen Truck irgendwie zurückbekommen.«

Ich lache, ein unbeholfenes Geräusch, an das sich meine Kehle erst noch gewöhnen muss. Kichern, das kennt sie. In den letzten drei Jahren habe ich mehr gekichert als vier Teeniemädchen bei einem Justin-Bieber-Konzert. Offenbar lieben Männer mädchenhaftes Kichern, vor allem wenn es eine Reaktion auf irgendetwas Geistreiches ist, was ihnen eben eingefallen ist.

Ich zögere, als er sich nähert, dann lasse ich zu, dass er die Arme um mich legt, und ein Seufzer entfährt mir, als er den Mund auf meinen Nacken legt und sanft küsst, meinen Geruch einatmet, bevor er loslässt.

»Ich nehme dich beim Wort für dieses Date«, warnt er mich. »Ich will einen ganzen Abend – Dinner, Kino, das volle Programm.« Er macht wieder dieses Ding, dieses beiläufige Grinsen, das mein Herz unwiderstehlich findet.

Ich mache ein mürrisches Gesicht trotz meines Herzklopfens. »Ich habe mich nie ausdrücklich dazu bereit erklärt.«

»Du hast meine Wagenschlüssel entgegengenommen. Das ist eine Art physische Einwilligung.«

Ich folge ihm zur Tür, dann öffne ich sie und sehe ihn lange an. Er beugt sich vor, verharrt über meinen Lippen, als wollte er um Erlaubnis bitten, und dann, als ich nicht zurückweiche, kommt er noch näher und gibt mir einen sanften Kuss. Der Moment ist viel zu kurz, und meine Lippen betteln um mehr, als er sich zurückzieht.

»Weißt du, ich kann immer noch deine Pakete als Geiseln behalten«, flüstert er, bevor er sich aufrichtet und in den Flur hinaustritt.

Ich kneife die Augen zusammen und stecke den Kopf in den Flur hinaus. »Das würdest du nicht wagen!«, rufe ich seinem entschwindenden Rücken hinterher.

»Heute in zwei Wochen. Ein Date. Ich rufe vorher an, ob es dabei bleibt.«

Ich schließe lächelnd die Tür. Ein Lächeln, das sich verdüstert – das Zittern meiner Seele erinnert mich daran, wer ich bin, woraus ich bestehe. Wozu ich imstande bin. Ich höre das Quietschen von Metall, als der Aufzug hinunterfährt, und gehe ans Fenster, um zuzusehen, wie Jeremy in seinen Truck steigt und die Tür zuzieht.

Ich muss mir in Erinnerung rufen, dass »dort draußen« die Normalität ist. Etwas, was ich nicht bin. Nur weil ich diese Wohnung verlassen habe, diese Straße hinuntergegangen und in einen Wagen gestiegen bin, bin ich noch lange nicht normal. Ich bin aus einem bestimmten Grund weggesperrt. Das muss ich mir vor Augen halten. Ich brauche keine Erstes-Date-Katastrophe, keine Fahrt nach Hause mit diesem schönen Mann tot auf dem Beifahrersitz, sein halb abgetrennter Kopf hängt zur Seite, und das Blut befleckt die Sitze. Ich weiß, was ich bin. Ich weiß, was ich getan habe. Und genau das muss ich mir vor Augen halten.

Ich ziehe mein Sweatshirt und meine Pyjamahose aus und schlüpfe in einen Spitzentanga und einen Push-up-BH. Dann fahre ich meinen Computer hoch, schalte die Scheinwerfer ein und kehre zurück in mein Leben.

80

Das Leben, nachdem man getötet hat, ist seltsam. Ich habe mir verboten, Annie zu verfolgen, mich noch mehr in ihr Leben einzumischen, als ich es ohnehin schon getan habe. Es ist ein egoistischer Plan, in erster Linie beflügelt von meinem Wunsch, meine andere, düstere Hälfte nicht wissen zu lassen, wie es weitergegangen ist. Den Medienrummel zu sehen, der bei Annies Rückkehr zweifellos ausgebrochen ist, die Bilder von ihr und ihren Eltern, ihr normales, glückliches Leben … Das würde mich zu sehr an Summer und Trent erinnern – an das Leben, das sie hätten haben sollen, und an die Teile des Lebens, die ich mir jetzt entgehen lasse. Es ist leichter für mich, nicht hinzusehen, mich auf etwas anderes zu konzentrieren: das Auge der Kamera. Ich muss weiterhin überleben, wie ich es bisher getan habe: zwei Acht-Stunden-Schichten täglich, die ich mit Kunden verbringe, die meinen Körper und meine Seele erschöpfen, damit ich am Ende des Tages an nicht viel mehr zu denken habe als an Schlaf.

Aber jetzt bin ich anders. Dieser Schritt in die Außenwelt hat frisches Blut in meine Adern gepumpt. Ich fühle mich wie Simon mit seiner Schmerzmittelabhängigkeit – der Trieb nach mehr, mehr, mehr zerrt an mir. Nachts, wenn ich mich ins Bett lege, kehren meine Gedanken zurück zu der Einsamkeit vor dem Blutvergießen und zu der Sehnsucht nach Armen, die sich um mich legen, die stärker sind als der Tod. Es war ein Fehler, Jeremy in diesen Nächten nach meiner Tat bei mir schlafen zu lassen. Ich kann nicht aufhören, daran zu denken – sein unbeschwertes Grinsen am Morgen, die Tatsache, dass er nicht einen Funken Böses an sich hat – nur sorglose Küsse, sanft in meinen Nacken gedrückt. Er hat mich nicht einmal zum Sex gedrängt, hat sich bei allem, was er tat, auf Berührungen beschränkt. Eine Hand, die über meinen Nacken glitt, wenn ich die Augen aufschlug. Ein Arm, der sich um meine Taille legte und mich an seinen festen, warmen Körper zog. Weiche Lippen, die sich auf meine drückten, langsame Küsse, bis mein Mund reagierte und ihn berauscht von der Nähe weiter erkunden ließ. Die Hitze seines Atems an meinem Haar, wenn wir aneinandergekuschelt in meinem Bett lagen, sein Bein um mich geschlungen, während er meinen Körper in seinen kräftigen Armen hielt.

Es ist acht Tage her, seit er meine Wohnung verlassen hat. Seitdem habe ich jeden Tag durch die geschlossene Tür mit ihm gesprochen – seine Lieferungen kommen wieder mit derselben verlässlichen Regelmäßigkeit. Er hat mich nicht gedrängt, hat nicht mit mir diskutiert, hat nichts weiter getan, als meine übliche Antwort zu akzeptieren, während ich aus meiner Guckloch-Perspektive sehen konnte, wie dieses hinreißende Lächeln seinen Mund umspielte.

Ich weiß nicht, warum ich die Tür nicht öffne. Ich bin mir ziemlich sicher, dass ich mich bei diesem Mann, mit dem ich in einem Bett gelegen habe, tagsüber beherrschen könnte. Er ist sich meiner Schwäche bewusst, hat seine Fähigkeit, mich im Kampf zu besiegen, bereits unter Beweis gestellt. Außerdem – wie eine fröhliche gelbe Post-it-Notiz bezeugt, die vor drei Tagen an einem meiner Pakete klebte – trägt er kein Kartonmesser mehr bei sich. Und ich würde mich schwertun, ihn mit bloßen Händen zu töten. Daher lasse ich die Tür vielleicht geschlossen, um mein Herz zu schützen und nicht seinen Körper. Was immer der Grund ist, ich habe die Tür nicht geöffnet, und jetzt sehne ich mich nach seiner Berührung.

81

Annie

Sie sitzt in einem kleinen Raum, ihre Mutter und ihr Vater links und rechts neben sich. Auf der anderen Seite des Schreibtischs sind eine Frau und ein Mann, beide in dunklen Anzügen, ihre Gesichter fremd. Sie kann die Anspannung im Raum spüren, die von ihren Eltern ausgeht, ihre Nervosität, die in Wellen von ihren Körpern ausstrahlt. Sie sollten nicht nervös sein. Sie weiß, was sie sagen soll, erinnert sich an alles, was man ihr gesagt hat.

»Annie, wir haben nur ein paar Fragen an dich, aber es ist wichtig, dass du die Wahrheit sagst. Hast du verstanden?« Der Mann spricht langsam, in einem Ton, in dem man normalerweise mit Babys spricht.

Sie nickt ernst, mit ruhiger Miene, die Augen weit aufgerissen.

»Du hast uns von Onkel Michael und dem Schuppen erzählt. Aber du hast uns nicht erzählt, wie du dort herausgekommen bist. Wie du zu der Kirche gekommen bist, bei der deine Eltern dich gefunden haben.«

»Ich weiß es nicht mehr.« Sie spricht klar, sieht dem Mann dabei in die Augen.

»Hat dich irgendjemand bedroht? Dir gesagt, dass du es nicht sagen sollst?«

Sie spürt, wie sich ihre Mom neben ihr anspannt, und spricht rasch. »Onkel Michael hat mir die Cola zu trinken gegeben, und dann bin ich eingeschlafen. Bei der Kirche bin ich wieder aufgewacht.«

Der Mann starrt erst sie und dann seine Kollegin an, und beide atmen entnervt aus.

»Ich glaube, Annie hat genug durchgemacht«, sagt ihre Mutter. Sie steht auf und zieht Annie hoch. »Ich bringe sie jetzt nach Hause. Wo sie hingehört.«

82

Es ist so weit mit mir gekommen, dass ich vom Anblick eines Truckers mit Rauschebart gelangweilt bin, der mir Spitzenunterwäsche vorführt. Ich kämpfe gegen den Drang zu gähnen an, bewege mich für einen Moment nach oben, außer Sichtweite der Kamera, und lasse das Gähnen heraus. Sobald ich mich wieder gefasst habe, mache ich es mir wieder bequem und setze ein beeindrucktes Lächeln auf.

»Oh«, schnurre ich. »Der Anblick deines Arschs in dieser Spitzenwäsche ist so verdammt heiß. Das gefällt dir, stimmt's?«

Mistyone62 sieht über die Schulter in die Webcam – sein Gesicht ist verzerrt von Verlangen und Erregung. »O Gott, ja …« Er kichert, ein Geräusch, das so gar nicht zu seinen groben Zügen passt.

Ich beiße mir auf die Unterlippe und reiße in gespieltem Erstaunen die Augen auf. Da ist etwas. *Scheiße.* Ich richte mich auf und sehe zur Tür, dann blicke ich in die Kamera und lege einen Finger an die Lippen, um Mistyone62 zum Schweigen zu bringen.

Das Geräusch ertönt wieder – ein Klopfen. Es ist zu dieser nächtlichen Stunde so fehl am Platz wie nichts anderes in meiner Wohnung. Ich sehe auf meinen Computerbildschirm, auf die Uhr in der rechten oberen Ecke: 23:34 Uhr. Ich beuge mich vor und spreche rasch: »Misty, es tut mir leid, aber ich muss Schluss machen. Meine Mitbewohnerin ist eben nach Hause gekommen.«

Sein Bildschirm verdunkelt sich rasch. Die Gefahr, bloßgestellt zu werden, ist immer ihre größte Angst. Gott segne meine imaginäre Mitbewohnerin, die mich schon aus zahllosen lächerlichen Situationen befreit hat, zuverlässiger, als es meine Elektroschockpistole oder ein Messer je tun könnten. Er tippt ein paar Sätze, verspricht, morgen wieder online zu sein, und dann ist er verschwunden, und das CHAT-BEENDET-Fenster füllt meinen Bildschirm aus.

Ich durchquere das Zimmer und halte ein Auge an den Türspion. Ich hole einmal tief Luft, bevor ich hindurchsehe. Es ist Jeremy. Sein kräftiger Körper steckt in einem engen ärmellosen T-Shirt und etwas, was nach Joggingshorts aussieht. Seine Haare sind feucht, und Kopfhörer hängen ihm um den Hals. Ich schlucke den Speichel hinunter, der mir aus dem Mund zu sabbern droht. Ich kann den Geruch seines männlichen Schweißes fast riechen, und das Glitzern auf seinen Muskeln ist selbst durch die verzerrte Sicht des Gucklochs zu erkennen.

»Lassen Sie es stehen. Danke.« Ich spreche die Worte unseres Drehbuchs, ein breites Lächeln im Gesicht.

Er lacht und wirft den Kopf zurück, und diese unbekümmerte Geste berührt mein Herz selbst durch das Guckloch. Er legt eine Hand an die Tür und beugt sich näher vor, sodass ich ihn deutlicher hören kann. »Du bist ja noch wach. Ich war schon besorgt, du würdest vielleicht schlafen.«

»Und die Hälfte der amerikanischen Männer hängen las-
?«, bemerke ich trocken, womit ich ihm noch ein Ki-
entlocke.

Sein Grinsen wird breiter. »Ich wollte dich nicht stören.« Er fährt sich mit einer Hand durchs Haar, und meine Augen können sich kaum sattsehen an der Bewegung. »Ich musste einfach deine Stimme hören. Ich …« Er stößt einen leisen Fluch aus. »Scheiße, ich weiß nicht. Ich wollte einfach deine Stimme hören.«

Ich beiße mir auf die Lippe, damit sich mein Lächeln nicht noch weiter ausbreitet. »Kommst du gerade aus dem Fitnessstudio?«

Schweiß. Schweiß schmeckt gut. Du kannst ihn von Jeremy ablecken. Vielleicht an seiner Haut knabbern. Ein bisschen Blut fließen lassen. Dann noch ein bisschen mehr. Scheiße, vielleicht ist er ja ein Masochist. Lass ihn einfach herein, damit wir ihn bearbeiten können. Ihn fesseln.

Die Stimmen in meinem Kopf kichern, begierig vor Verlangen und der Aussicht auf Blut. Ich ignoriere sie. Ich habe seine Stimme vermisst, die beiläufige Art, mit der er mich, verkorkst von oben bis unten, akzeptiert.

Er sieht an seiner Kleidung hinunter. »Nein. Ich meine, ich war joggen, als ich spontan entschied, bei dir vorbeizuschauen. Entschuldige, dass es so spät ist.«

Ich gehe gar nicht erst auf diese Entschuldigung ein. Von mir aus kann er um vier Uhr morgens bei mir vorbeischauen. Fünf Uhr morgens, wenn er dieses T-Shirt auszieht und mich seine verschwitzte Brust sehen lässt, die sich, verausgabt von der Anstrengung, hebt und senkt. Ich will diese Brust berühren, will mit den Fingern über die Konturen seiner Muskeln gleiten.

Als er hier bei mir war und diese Tage mit mir verbrachte, da war Sex das Letzte, was mir durch den Kopf ging. Jeremy war der perfekte Gentleman. Aber jetzt habe ich mich von meinem Ausflug nach draußen erholt, jetzt bin ich wieder in meiner Welt, fort von den Geräuschen und der Erfahrung, Luft, Fahrzeugen und dem Gefühl, den Raum mit anderen Leuten zu teilen. Eine Erfahrung, die ich vermisse. Die Unberechenbarkeit des wirklichen Lebens außerhalb dieser Wohnung. In 6E habe ich alles unter Kontrolle, es gibt keine Variablen, die Unfug mit meiner Normalität anstellen. Dort draußen gibt es Leute. Leute wie ihn, die Dinge tun, die jeden Gedanken, jedes Tun und jede Emotion, die es gibt, beeinflussen.

»Darf ich reinkommen?«

Mir stockt für einen Moment der Atem, das Ziehen und Zerren in mir ist zu stark, um es zu ignorieren. »Ich weiß nicht«, sage ich langsam, während ich mit einer Hand über die Türkante gleite, ein Ohr erwartungsvoll dagegen gepresst, in der Hoffnung, dass er weiterspricht, denn mein Körper verzehrt sich nach mehr von seiner Stimme.

»Ist es, weil du besorgt bist, du könntest mir etwas antun?«

Ich nicke, vergesse für einen Moment, dass er mich nicht sehen kann. »Ja.«

»Ich könnte dich festhalten. Mich rittlings auf deinen Körper setzen. So wie an dem Tag, an dem wir uns das erste Mal begegnet sind.«

»Du meinst, als ich nackt war?«

Er sieht zu dem Guckloch hoch und schenkt mir noch ein Lächeln. »Ja. Bist du jetzt nackt?«

Ich lache und sehe hinunter auf mein hauchdünnes BH-und-Schlüpfer-Set. »Nicht ganz.«

Er *kann* mich beherrschen. Das hat er schon einmal be[illegible]n, als mein Versuch, sein Leben auszulöschen, von seiner Kraft und Beweglichkeit vereitelt wurde. Diesmal wird er darauf vorbereitet sein, er wird noch besser dazu imstande sein, sich zu wehren, vor allem wenn ich mich aus freien Stücken in eine Position der Schwäche begebe, bevor der Drang zu töten zuschlägt. Ich spiele mit dem Gedanken, ihn hereinzulassen, und die dunklen Triebe in meinem Hinterkopf horchen auf. *Ich sollte es nicht tun.* Es ist zu gefährlich, zu riskant.

Er setzt sich neben meiner Tür auf den Boden, verschwindet aus meinem Gesichtsfeld, und die Tür bewegt sich leicht, als ob er sich mit seinem Gewicht dagegen lehnt. Ich tue dasselbe, rutsche an der stählernen Oberfläche hinunter, bis mein Gesäß den Boden berührt, und presse das Ohr wieder an das kalte Metall.

»Du hast nicht versucht, mich zu töten, als ich diese paar Tage bei dir war.« Seine Stimme ist jetzt leiser, und ich muss mich anstrengen, um sie zu hören.

»Ich weiß. Ich glaube, mein Körper war dabei, sich zu erholen. Eine Minute lang dachte ich, dass es mir vielleicht ...« Meine Worte verlieren sich, und ich spüre, wie er seine Haltung verlagert.

»Vielleicht was?«

»Ich hatte gehofft, dass es mir vielleicht besser geht. Dass ich wieder normal bin.«

Ich habe es wirklich gehofft. In diesen drei Tagen mit Jeremy habe ich mir gestattet, von Normalität zu träumen. Ich habe meinen Frieden gefunden, meine Dämonen schwiegen, und meine Psyche gewährte mir das Geschenk, ihn zu berühren und zu küssen, ohne darüber nachzudenken, wie gut sein Kopf aussehen würde, wenn er von seinem Körper abgeschlagen wäre. Es war fast grausam, diese

Tage gewährt zu bekommen, einen flüchtigen Blick auf das Leben, das ich niemals haben werde.

»Warst du früher normal?« Er klingt so verdutzt, dass ich lachen muss, ein echtes Lachen, das aus mir herausplatzt und sich unglaublich anfühlt.

»Ja«, flüstere ich. »Früher war ich absolut normal. Bis ich siebzehn war. Und dann hat sich alles verändert.«

Er geht nicht weiter auf das Thema ein, eine Tatsache, für die ich dankbar bin. Ich will diesen Moment nicht ruinieren, indem ich meine Vergangenheit zur Sprache bringe, will nicht noch unheimlicher erscheinen, als ich ohnehin schon bin.

Wir sitzen schweigend da.

Irgendwann sagt er: »Aber das ist doch okay so, oder? So, wie du jetzt bist, bist du normal. Und du bist doch glücklich, oder?«

»Ja«, sage ich leise. »Ich bin glücklich.«

Und das bin ich wirklich. In diesem Augenblick, mit ihm, bin ich glücklich. Und mit dieser Erkenntnis beschließe ich, die Tür zu öffnen.

Ich bewege mich rasch, bevor mein Gehirn die Gelegenheit hat zu reagieren – mir zu sagen, dass das, was ich tue, töricht ist. Ich stehe auf und gleite mit den Händen über meinen Körper, rücke die Ränder meiner Unterwäsche zurecht, arrangiere und verschiebe sie so, wie sie sein sollen. Ich schüttele meine Haare auf, befeuchte meine Lippen und greife nach dem Türknauf, während das Herz in meiner Brust in einem schnellen Rhythmus hämmert.

83

Der Türknauf dreht sich, und ich ziehe an ihm, mit einem Lächeln im Gesicht, und das Herz rutscht mir in die Hose, als sich die Tür nicht bewegt. Nicht ein bisschen. Das Reiben von Metall an Metall erinnert mich an den Sperrriegel, der mich gefangen hält, eine Vorsichtsmaßnahme, die ich vor lauter Aufregung über meinen Besucher ganz vergessen habe.

Ich lache, meiner Frustration zum Trotz. Es liegt eine gewisse Ironie in der Tatsache, dass die Tür zu meiner Wohnung und zu einem Leben, als ich endlich bereit bin, sie zu öffnen, verschlossen ist, und das auf meine eigene Anweisung hin.

Jeremys Stimme klingt jetzt lauter, und als ich einen Blick durch das Guckloch werfe, sehe ich, dass er aufgestanden ist. »Es ist abgeschlossen«, sagt er.

Ich verdrehe die Augen. »Danke. Das weiß ich selbst.«

»Dann schließ sie auf.«

Ich stöhne und lehne mich gegen die Tür. »Ich kann nicht. Ich habe keinen Schlüssel.«

»Was?!« Jeremy klingt bestürzt, und als ich einen Blick durch den Spion werfe, sehe ich, dass er die Fäuste geballt hat. »Was, wenn dir jemand etwas antut? Oder wenn du Hilfe brauchst?«

»Es ist irgendwie schwer vorstellbar, dass mir hier drinnen jemand etwas antut. Und wenn ich in einer Situation wäre, in der ich Hilfe bräuchte, würde ich einfach bis zum Morgen warten. Dann schließt er mir auf.«

»Wer?« Seine Frage klingt aufgebracht, wütend. Als würde er den Verwahrer des Schlüssels am liebsten in Stücke reißen, alles in dem Versuch, meine Unabhängigkeit zu wahren.

»Jeremy …« Ich versuche ihn mit meiner Stimme zu beschwichtigen. »Beruhige dich. Es ist nur zu meinem Besten. Nachts …« Ich halte einen Moment inne. »Nachts ist die Zeit, zu der ich am gefährlichsten bin. Oft kann ich mich nicht beherrschen, und dann will ich die Wohnung verlassen – hinausgehen und jemandem etwas antun. Ich brauche dieses Schloss. Es hält mich hier drinnen. Tagsüber ist es einfacher. Den Tag habe ich im Griff, da kann ich ohne das Schloss überleben.«

»Ich will nicht, dass du dort eingesperrt bist wie ein Tier. Das ist doch Blödsinn!« Er hämmert mit der Faust gegen die Tür, aber die Wucht seines Schlags erzeugt nur ein dumpfes Geräusch. Der Einbau dieser Sicherheitspforte war offenbar jeden Dollar wert, den ich dafür investiert habe.

Ich lehne mich kopfschüttelnd an die Tür. »Du verstehst das nicht, Jeremy. Was ich bin, wie ich denke … Das ist nicht so wie bei dir oder bei anderen Leuten. Ich habe nur deshalb so lange überlebt, *weil* ich so lebe, wie ich es tue. Wegen der Regeln, die dafür sorgen, dass meine Triebe unter Kontrolle bleiben.«

Schweigen tritt ein, und ich warte. Ich bereue das Schloss nicht. Ich hasse das Schloss nur dann, wenn ich es am dringendsten brauche – wenn ich blind vor Verlangen bin und es das Einzige ist, was mich hier drinnen festhält. Zu diesen Zeiten schreie ich und hämmere gegen die Tür und verfluche Simon, verfluche mich selbst. Aber jetzt, wo ich bei klarem Verstand bin? Jetzt ist es mir egal, ob ein 180 Pfund schwerer Leckerbissen auf der anderen Seite der Tür steht. Ich weiß, was ich brauche. Und ich bin dankbar für diese Sicherheitsmaßnahme.

»Hast du etwas dagegen, wenn ich noch ein bisschen länger mit dir rede?«

Ich grinse. »Ist mir recht.« Ich setze mich wieder, höre, wie sich seine Stimme nach unten bewegt, als er dasselbe tut, und wir reden. Unser Gespräch geht fast eine Stunde durch die Stahltür hin und her. Bis mir langsam die Augen zufallen und ich zu lallen beginne. Dann sagt er gute Nacht und gewährt mir durch das Guckloch einen letzten Blick auf seinen schönen Körper, bevor er den Flur hinuntergeht.

»Pass auf, wenn du nach Hause joggst«, rufe ich ihm hinterher, während ich zusehe, wie er sich langsam von meiner Tür entfernt. »Dort draußen gibt es viele Verrückte.«

Er grinst, und es ist ein großspuriges Lächeln, das den düsteren Flur erhellt. »Ich mag Verrückte. Wir … wir haben da ein bisschen was am Laufen.«

Ein bisschen was am Laufen. Es ist ein Schimmern, ein Spalt, eine Chance auf mehr, und genau darauf konzentriere ich mich, während ich mich ins Bett schleppe. Die Augen fallen mir zu, noch bevor ich mich zudecken kann.

Ich weiß nicht, was mit Jeremy passieren wird. Ich weiß nicht, ob er mein Happy End sein wird oder nicht. Aber ich weiß, dass er mich zum Lächeln bringt und mich akzeptiert – das verkorkste »Ich bringe dich mit deinem eigenen Kartonmesser um«-Ich.

Mit dieser Erkenntnis schlafe ich ein, meine Dämonen lassen mich in Ruhe, und mein Körper sinkt in das friedliche Vergessen, das dem Schlaf zu eigen ist.

Ein paar Tage später leitet Mike einen Zeitungsartikel an mich weiter. Er schildert Annies Rettung durch eine »unbekannte Person« und erklärt, dass die Polizei den Trailer und das Gelände gründlich abgesucht und eine Kiste mit Fotos und Andenken von über acht vermissten Mädchen gefunden hat, alle etwa in Annies Alter. Und sie haben ein Laptop gefunden – das Original, das Mike geklont hat. Mithilfe der auf dem Laptop gefundenen Informationen hoffen sie die Fälle der vermissten Mädchen aufzuklären und ihren Familien eine Art Abschluss zu ermöglichen.

Ich antworte auf seine E-Mail und bitte ihn, mir die Bankverbindung der Thompsons zu besorgen. Dann lasse ich ihn eine nicht zurückverfolgbare Verbindung aufbauen und zweihundert Riesen auf ihr Konto überweisen.

Meinen Augen sind die Anzeichen nicht entgangen. Ihr aus dem letzten Loch pfeifender Van auf dem Parkplatz vor der Kirche, das Klebeband, mit dem der Seitenspiegel befestigt war. Die abgetragene Kleidung. Das Zittern in Henry Thompsons Stimme, als er sagte, sie hätten kein Lösegeld. Ich habe das Geld, und es gibt keinen Grund, es nicht zu teilen. Es ist ein kleiner Preis für die Erfahrung. Ich habe diese Wohnung verlassen und mich zwischen den Lebenden bewegt. Ich habe jemandem geholfen. Und auch wenn ich Annie vielleicht gerettet habe, hat sie mich doch noch viel mehr gerettet. Sie hat mir das Gefühl gegeben, dass es in meiner ganzen verrotteten Seele noch immer Güte und Licht gibt. Hoffnung.

Es klopft an meiner Tür, und ich sehe auf, überprüfe ein letztes Mal mein Aussehen im Spiegel. Das Betsey-Johnson-Kleid passt wie angegossen, das Haar fällt mir sanft über die Schultern, und ich habe ein Funkeln in den Augen, das, wie ich hoffe, Aufregung und nicht Geisteskrankheit verrät.

Heute ist Freitag, und ich werde es tun. Ich habe ein Date mit Jeremy. Es ist lächerlich früh, vier Uhr nachmittags, und er hat versprochen, mich spätestens um sieben nach Hause zu bringen. Es ist gefährlich, und es ist riskant. Er hat die strikte Anweisung, mich zu Boden zu werfen, falls ich anfangen sollte, mich seltsam zu benehmen. Aber ein kleiner Teil von mir denkt, dass es möglich ist. Und ich will es. Ich brauche es. So dringend.

Hoffnung.

Hoffnung ist gefährlich. Denn diese Hoffnung führt zu Erwartungen, dass ich zu etwas Höherem imstande sein könnte, zu mehr als nur zu Bösem …

Anmerkungen der Autorin

Dieses Buch zu schreiben war so faszinierend, weil es mir gestattet hat, in die Welt des Camming einzutauchen. Im Laufe meiner Recherchen habe ich mich eingehend mit dieser Branche befasst und über die Frauen gestaunt, denen ich begegnet bin – Frauen aus allen Lebensbereichen, von denen viele hochgebildet und unabhängig sind und erfolgreich in ihren früheren Berufen waren. Manche sind aus freien Stücken zum Camming gekommen, andere aus einer bestimmten Situation heraus, aber allen war eine überwältigende Eigenschaft gemeinsam: Selbstbewusstsein. Diese Frauen schämen sich nicht für ihren Beruf, sie sind stolz darauf.

Auch wenn die Figuren in diesem Buch frei erfunden sind, habe ich Deannas Webcam-Unternehmen und die Szenen aus ihrem Alltag so wahrheitsgetreu wie möglich dargestellt. Die Kunden sind verschiedenen Fetischisten nachempfunden, die häufig in der Webcam-Community zu finden sind.

Wenn es Sie interessiert, mehr über diese Branche zu erfahren, besuchen Sie www.webcammingfaq.com für weitere Informationen.

Fußnoten

1 Dan Savage, *Savage Love, We Have a Winner!* In: *The Stranger,* 21. Juni 2001, http://www.thestranger.com/seattle/SavageLove?oid=7730

2 Robin Bell, *Homosexual Men and Women.* In: *ABC of Sexual Health, British Medical Journal* 318, Nr. 7181 (Februar 1999): 452–55; http://www.ncbi.nlm.nih.gov/pmc/articles/PMC1114912/

3 Eric W. Hickey, *Sex Crimes and Paraphilia.* Pearson Education, 2006, 165. Zitiert in: *Foot fetishism,* Wikipedia, zuletzt geändert am 1. November 2013, http://en.wikipedia.org/wiki/Foot_fetishism

4 Lucy Moore, *Foot Fetishes: Fun or Freaky?* In: *Student Life,* 4. November 2009, http://www.studlife.com/scene/2009/11/04/foot-fetishes-fun-or-freaky

5 Cameron Kippen, *»The History of Footwear – Foot Sex«,* November 2004. Zitiert nach *Foot fetishism,* Wikipedia, zuletzt geändert am 1. November 2013, http://en.wikipedia.org/wiki/Foot_fetishism

6 William A. Henkin, Sybil Holiday, *Consensual Sadomasochism: How to Talk About It and How to Do It Safely.* Daedalus Publishing Company, 1996.

7 Anil Aggrawal, *Forensic and Medico-legal Aspects of Sexual Crimes and Unusual Sexual Practices.* In: CRC Press, 2009, S. 147.

8 Siehe http://www.psychosissucks.ca/whatispsychosis.cfm

9 *Erotic humiliation,* Wikipedia, zuletzt geändert am 2. November 2013, http://en.wikipedia.org/wiki/Erotic_humiliation#Psychology_of_humiliation

10 *Diagnostic and Statistical Manual of Mental Disorders,* 5. Aufl., Textrevision. American Psychiatric Association, 2013. Zitiert in: *Pedophilia,* Wikipedia, zuletzt geändert am 11. Oktober 2013, http://en.wikipedia.org/wiki/Pedophilia

11 *Pedophilia, Psychology Today,* 7. September 2006. Zitiert in *Child sexual abuse,* Wikipedia, zuletzt geändert am 24. Oktober 2013, http://en.wikipedia.org/wiki/Child_sexual_abuse#Causal_factors.

12 David M. Fergusson, Michael T. Lynskey, L. John Horwood, *Childhood Sexual Abuse and Psychiatric Disorder in Young Adulthood: I. Prevalence of Sexual Abuse and Factors Associated with Sexual Abuse, Journal of the American Academy of Child and Adolescent Psychiatry* 35, Nr. 10 (Oktober 1996), 1355-64. Zitiert in *Child sexual abuse,* Wikipedia, zuletzt geändert am 24. Oktober 2013, http://en.wikipedia.org/wiki/Child_sexual_abuse#Demographics.

13 E. J. Dickson, *›Do It Again or I'm Gonna Call Your Wife‹: Inside the World of Financial Domination, Salon,* 29. Juni 2013, http://www.salon.com/2013/06/30/do_it_again_or_i%E2%80%99m_gonna_call_your_wife%E2%80%9D_inside_the_world_of_financial_domination/.

14 Aaron Sankin, *Inside the Twisted World of the Internet's Priciest Fetish, The Daily Dot,* 11. September 2013, http://www.dailydot.com/lifestyle/findom-kinky-fetish-domination-extortion-blackmail/

Dank

Dieses Buch ist mein böses Baby. Es ist teuflisch und ungezogen und hat sich oft jeglichen Befehlen, die ich ihm gegeben habe, widersetzt. Außerdem pflegt es zu vielen Individuen eine Hassliebe. Man muss ein bestimmter Typ sein, um es zu »verstehen«, und ich bin überwältigt von der Liebe zu der Gruppe, die an diesem Buch gearbeitet hat. Sie alle haben das, was *Kill Girl – Tödliches Verlangen* ausmacht, verstanden und es noch besser gemacht, als ich es mir je hätte träumen lassen.

Ich danke den Kunst-, Marketing- und Werbeteams bei Redhook. Ihr habt ein Cover entworfen, von dem ich restlos begeistert bin, und ihr habt mich mit euren innovativen Ideen, kreativen Ansätzen und eurem Sinn für Zusammenarbeit immer wieder überrascht. Ihr seid eine unglaubliche Truppe, und es war mir eine Freude, mit euch zusammenzuarbeiten.

Ich danke Susan Barnes. Du hast dieses Buch auf ein Niveau gebracht, von dem ich begeistert bin. Ich danke dir für die Furchtlosigkeit, mit der du den Text angenommen hast, und dafür, dass du es tiefer und düsterer gemacht hast. Deine redaktionellen Änderungen haben es an den Punkt gebracht, an den es gebracht werden musste, und ich könnte nicht stolzer auf das Endergebnis sein. Ich kann es kaum erwarten, beim nächsten Buch mit dir zusammenzuarbeiten. Hab Dank für deine Hingabe und dafür, dass du anerkennst, was es ist, und es so sein lässt.

Ich danke Maura Kye-Casella, meiner Agentin, für deine harte Arbeit für dieses Buch und für deine Leidenschaft und Begeisterung dafür. Du hast mich bei jedem Schritt des Weges begleitet, und dafür bin ich dir zutiefst dankbar.

Außerdem möchte ich meinen Lesern danken. Social-Media-Plattformen bieten mir die Möglichkeit, mit einigen von euch Kontakt aufzunehmen. Aber ich werde niemals die Gelegenheit haben, mit euch allen zu sprechen, und ich hoffe, dass diese Anmerkung all diejenigen erreicht, mit denen ich bislang nicht in Kontakt getreten bin. Danke, dass ihr Zeit mit diesem Buch verbracht habt. Bitte gebt es an Freunde und Verwandte weiter und lest es immer wieder, bis die Seiten zerfleddert sind und das Cover abfällt. Ihr sollt wissen, dass ich euch von ganzem Herzen danke.

Alessandra